MOEWIG
SCIENCE FICTION

M. A. Foster

STUNDE DER KLESH

Herausgegeben und mit einem Nachwort
von Hans Joachim Alpers

MOEWIG
Deutsche Erstausgabe

Titel der Originalausgabe: The Day of the Klesh
Aus dem Amerikanischen von Ulrich Kiesow

Umschlagillustration: Schlück
Umschlagentwurf und -gestaltung: Franz Wöllzenmüller, München
Redaktion: Hans Joachim Alpers
Verkaufspreis inkl. gesetzl. Mehrwertsteuer
Auslieferung in Österreich:
Pressegroßvertrieb Salzburg, Niederalm 300, A-5081 Anif
Printed in Germany 1981
Druck und Bindung: Mohndruck Graphische Betriebe GmbH, Gütersloh
ISBN 3-8118-3533-5

Für Eugene

Elmsfeuers Vermächtnis

„Ein großes Geheimnis hat schon immer mein Volk beschäftigt. Es ist eine einfache Geschichte: Einst gab es eine Ler-Rebellin ... Der Name dieser Rebellin war Sanjirmil. In eurer Sprache nennt man so ein plötzliches, natürliches Entflammen Irrlicht. Elmsfeuer. Die Ler, die sie begleiteten, degenerierten zu den Kriegern der Morgenröte, deren Zahl ständig schrumpfte und die schließlich ganz verschwanden. Es gab auch Menschen, die Klesh, die von den Kriegern versklavt wurden und aus denen diese dann eine Vielzahl reiner Archetypen züchteten. Wir sind auf dem Weg nach Monsalvat, um mit einigen Klesh zu sprechen, die das einzige Bindeglied zu jener Vergangenheit bilden.

Sanjirmil setzte Kräfte frei, die die Klesh schufen und sie zugleich von den Menschen und den Ler trennten. Jene Geschichten, die behaupten, daß Sanjirmil ein Opfer und nicht der Verursacher war, ließen sich alle auf eine gemeinsame Quelle zurückführen: Monsalvat und die Klesh. Wo ich auch sonst nachgeschlagen habe, der gemeinsame Ursprung war immer Monsalvat. Dahinter schwebt ein Vorhang, den wir nicht durchdringen können. Also muß die Antwort dort zu finden sein ..."

1

„Jeder, der in eine neue Welt gelangt, muß sich auf alle ihre Gegebenheiten einstellen."

A. C.

Die Sommer-Landwirtschaftsmesse am Stadtrand von Kundre auf Tankred war seit ungezählten Jahren ein fester Bestandteil dieses Landes. Ihre Tradition reichte weit zurück in jene Tage, als die Menschen noch allein über die Welt Tankred herrschten. Das Eintreffen des Ler-Volkes in späterer Zeit hatte allmählich viel verändert, langsam und unmerklich, aber nicht Kundre und die Messe. Sie hielt stand. Sie wuchs, denn nichts bleibt immer gleich, und die Messe, einst ein Arbeitsmarkt für Erntearbeiter, war zurück in den Sommer gerutscht; dann lag sie noch früher, fast im Frühjahr, und schloß auch andere Berufe, Handwerk, Erwerbszweige, Spezialitäten und am Ende praktisch alles ein. Das wichtigste jedoch war – sie war zu einer Veranstaltung geworden, auf der junge Leute, die ihr Glück versuchen wollten, die Wahl hatten oder ausgewählt wurden, für viele Aufgaben. Für kurz oder lang, nah oder fern, auf ihrem Heimatplaneten oder fern von ihm.

Die Städte auf Tankred waren einförmig und wenig weltoffen. Kundre, die Messestadt, unterschied sich nicht sehr von ihren Schwestern Bohemundo, Isticho, Athalf, Ricimer und Amand. Auf der Messe jedoch herrschte Vielfalt und Abwechslung: Dort gab es Raumkapitäne, Laboranten, Veranstalter, Heuerbosse und Vorarbeiter, und alle entstammten sie den unterschiedlichsten Rassen. Menschen in ei- oder tropfenförmigen Schiffen, Ler in fensterlosen, glatten Kugeln und – typisch für diesen Sektor des Alls – Spsomi, füchsische, spitzzähnige humanoide Wesen, die Lemuren oder Galagos ähnelten, aber – biologisch betrachtet – mit Primaten überhaupt nichts gemein hatten. Sie ließen sich auf eine unspezialisierte Fleischfresserart zurückführen, die eine gewisse Verwandtschaft mit den Pandas und Waschbären auf der alten Erde aufwies.

Die Spsomi befuhren den Raum in unsymmetrischen Slipperschiffen, deren Form sich nie wiederholte und die immer schwer zu beschreiben waren, denn sie ähnelten Kritzeleien in drei Dimensionen. Das polierte Oberflächenmaterial verlief in wilden Schwüngen, und die Gesamtform war vielfach gebrochen von außen liegenden Leitungen und Rohrgängen. Sie waren so exzentrisch, wie die Schiffe der Ler nichtssagend waren.

Düfte, Geräusche und Bilder; Kontraste und Verschiedenheit erfüllten das Gelände der Messe. Über das ganze Feld verstreut waren Buden, in denen etwas gekocht wurde. Staub hing in der Luft, der Geruch von Tieren und Chemikalien, Dunst, der anzog und abstieß. Wohlhabende Stellenvermittler schlugen ihre Plakate an und bauten ihre Tische auf, belauerten sich mit finsteren Blicken: Ler in *pleths*, Nachthemden ähnlich, oder in losen Umhängen und weiten Hosen; Spsomi in Westen und Lendentüchern, die mit bunten Mustern in Farben von schreiender Disharmonie bedeckt waren. Man hörte das Geräusch vieler Motoren, der Räder der Karren und Wägelchen, Rufe in vielen Sprachen, Fragmente unverständlicher Wörter und Musik: akzentuierte, rhythmische menschliche Formen, unbetonte, formalistische Ler-Musik und die regellosen, synkopischen Spsomi-Melodien und -Klänge.

Aus den Hügeln nahe bei Kundre waren vier junge Männer herabgestiegen. Alle etwa gleichen Alters, waren sie gekommen, um umherzustreifen und Entdeckungen zu machen, um neue Dinge und neue Länder zu sehen, oder aber um beim Anblick der Einladungen von stiller Selbsterkenntnis ernüchtert heimzukehren. Ilver Quisinart, Grale Cervitan, Dreve Halander und Meure Schasny waren schon auf den ersten Blick leicht zu unterscheiden: Quisinart war schlaksig gebaut, langnasig und mürrisch. Cervitan hatte einen langen Rumpf und kurze, stämmige und kräftige Beine. Die schweren Knochen seines Gesichts umspannte eine glatte Haut. Halander wirkte ausgesprochen unscheinbar, nichtssagend, freundlich und neutral wie eine Schaufensterpuppe. Schasny war zugleich zartgliedrig und drahtig, mit feinen Gesichtszügen. Andererseits hatten sie viele Gemeinsamkeiten, was Haut- und Augenfarbe, Art und Farbton der Haare und ihre allgemeine Erscheinung betraf. Die Menschen waren einander so ähnlich wie die Ler geworden. Es gab nur noch eine Menschenrasse, mit geringfügigen Varianten, auf den verschiedenen Planeten.

Sie waren Kumpel, locker miteinander befreundet, aber von unterschiedlicher Herkunft. Quisinart stammte aus einer experimentellen Kommune; Cervitan war das einzige Kind eines Hirten; Halander das mittlere Kind einer Kaufmannsfamilie; Schasny war der jüngste Sohn in der Familie eines Landverwalters. Keinem von ihnen winkte eine gesicherte oder wünschenswerte Zukunft. Und für Leute wie sie gab es seit undenklichen Zeiten die Messe bei Kundre.

Die vier kamen an einer Spsomi-Bude vorbei, die von einem halben Dutzend der schlanken, fuchsartigen Wesen umlagert war. Gestenreich sprachen sie alle gleichzeitig in ihrer sprudelnden Redeweise; ihre Bewegungen waren langsam, hatten die Bedächtigkeit von Faultieren, und doch spürte man eine unterdrückte, verkrampfte Nervosität. Die Spsomi blickten in ihre Richtung. Schmale Fuchsschnauzen entblößten nadelspitze Zähne in der Andeutung eines Lächelns nach Spsomi-Art. Die schlaff herabhängenden Schnurrbartfühlhaare zitterten, und albern geschwungene Ohrtrichter öffneten und schlossen sich und zuckten — voneinander unabhängig — hin und her. Eine Tafel im Hintergrund war mit groben Schriftzeichen bedeckt, die verkündeten: „Ruhm, ein Vermögen? Anheuern beim großen Kapitän Iachm Vlumdz Shtsh. Landungen auf Pstungdz, Whulge, Tmargu, SfaDdze — ungelernte Röhrenwarte, Stellen frei: 9.“ Während sie noch den Stand betrachteten, beugte sich ein Spsom über ein Kommunikationsgerät, das auf dem Tisch stand, lauschte, wütete gegen das Gerät, als ob die Stimme wirklich aus dessen Innerem käme und nicht von irgendeiner anderen Stelle des Messegeländes, dann schritt er friedlich zur Tafel hinüber und machte aus der 9 eine 6.

Quisinart staunte mit offenem Mund, Cervitan blickte starr, Halander runzelte die Stirn. Meure Schasny blickte auf die vierfingrigen Hände, die in ständiger Bewegung waren, winkten, ihnen Zeichen machten, sie einluden. An jedem Finger befand sich ein harter Nagel, der sich während des alltäglichen Hantierens von allein zu einer nadelfeinen Spitze schliff. Meure grüßte höflich zu den Spsomi hinüber, während er am Stand vorbeiging.

Als sie sich so weit von der Bude entfernt hatten, daß sie hoffen konnten, außer Hörweite der Spsomi zu sein, bemerkte Cervitan: „Von wegen Ruhm — alles, was man auf einem Spsomi-Schiff zu sehen kriegt, ist das Innere der Röhrengänge.“

Quisinart fragte: „Wozu dienen diese Röhren? Sie scheinen

überhaupt keine Funktion zu haben." Quisinart hegte eine tiefe Bewunderung für das weltmännische Flair, das Grale Cervitan umgab.

Cervitan antwortete: „Soviel ich gehört habe, weiß das keiner. Die Spsomi verraten es nicht. Was sie wollen, ist nur, daß jemand anders diese Röhren reinigt, das ist ein Job, der nur für Sträflinge, Herumtreiber und Fremdrassen taugt. Ich weiß nur, daß sie immer blitzblank sein müssen. Manche sind von Natur aus staubig, andere werden fettig. Alle riechen komisch oder übel. Sie müssen während des Fluges und im Hafen gereinigt werden. Damit habe ich mein ganzes Wissen über Spsomi-Leitungen und -Röhren enthüllt."

Halander mischte sich ein: „Mit dem Vermögen ist es auch nichts. Die Heuer wird auf der Basis von ‚Anteilen' zugeteilt, und diese betragen einen Bruchteil des Nettoprofits der Reise. Der Haken an der Sache ist das ‚Abstimmen' der Anteile. Sie rechnen alles mögliche gegeneinander auf: Essen, Steuern, Zuschläge und Abzüge, Guthaben und Pfändungen. Am Ende hat man Glück gehabt, wenn man beim Abmustern nicht bei den pelzigen Teufeln in der Kreide steht."

„Was, überhaupt kein Taschengeld?" fragte Meure im Tonfall ironischer Entrüstung.

„Absolut nichts", antwortete Cervitan. „Fardus hat vor zwei Jahren bei ihnen angeheuert und mußte die ganze Fahrt lang diese Rohrleitungen scheuern. Hat überhaupt nichts zu sehen bekommen. Dann haben sie ihn mit Schulden bei Lickrepent abgesetzt, und er mußte sich den Rückweg verdienen, hat fast darum gebettelt. Es gab jede Menge Ärger, der Spsom-Kapitän wollte ihn zu Frikassee verarbeiten, aber das haben die Ler auf Lickrepent verhindert. Schließlich haben sie ihn ausbezahlt."

Quisinart fragte ungläubig: „Hätten sie ihn wirklich aufgefressen?"

„Ganz zweifellos." Cervitan sagte dies in sehr ernsthaftem Ton, aber mit einem schnellen Seitenblick zu Halander, den Meure erhaschte. Die wahre Antwort wäre wohl gewesen, daß sie es nicht getan hätten, es waren jedoch genug Geschichten über die Spsomi im Umlauf, so daß Quisinart dergleichen glauben konnte.

Jetzt kamen sie an einem kleinen Büro vorbei, das etwas stabiler gebaut war; eine Anzeigetafel im Fenster listete An- und Abflüge und im Hafen liegende Schiffe auf. In drei Reihen wurde der Zustand angegeben und in drei weiteren Spalten die Rassenzugehörigkeit der

Besatzung. Die vier schlenderten hinüber, um sich die Listen anzusehen. Die erste Spalte führte Menschenschiffe auf, die zweite Ler- und die dritte Spsomi-Schiffe.

Halander las laut vor: „*Zahed* und *Zain* sind schon fort, genauso *Assiah* und *Sadran*, die sind gestern abgeflogen. *Baal Chalal* und *Aur Chasdim* sind drüben auf dem Feld. *Nistar* ist auch hier unten, aber sie erwarten Ersatzteile und sind nicht flugfähig. *Tiferet* und *Merkava* sind im Anflug, *Zemindar* und *Kavanna* sind angesagt."

Cervitan gab einen Kommentar: „Da ist wenig dabei, mit dem wir was anfangen können. *Baal Chalal* ist eine Schute, und *Aur Chasdim* ist noch schlimmer, wie man hört. *Nistar* ist ein ausgezeichnetes Schiff, gut geführt. Das sieht man schon daran, daß sein Kapitän es außer Betrieb gestellt hat. Die meisten anderen hätten die Ersatzteile bestellt und wären weitergeflogen. Von *Tiferet* habe ich gehört, aber die anderen kenne ich nicht. *Zemindar* ... hmm ... taugt wahrscheinlich auch nicht viel."

Halander studierte die Liste mit zusammengekniffenen Augen. „Mal sehen, was die Ler zu bieten haben ... aha, *Dilberler* ist weg. Eine Schande. Das ist ein gutes Schiff. *Forfirion* ist vorgestern abgeflogen, gemeinsam mit *Gennadhlin Srith. Tantarrum* und *Holyastrin* sind noch da. *Murkhandin* und *Volyasmus* sind angesagt. Und die Spsomi? Laß mal sehen ... Kürzlich sind keine abgeflogen. *Thlecsne Ishcht* hat festgemacht, genau wie *Vstrandtz, Warquandr* und *Ffstretsha. Mstritl* wird nächste Woche erwartet."

„*Vstrandtz*", bemerkte Cervitan, „das wird wohl das Schiff von Iachm Vlumdz sein."

Halander fragte: „Kennst du die anderen drei?"

„*Thlecsne* wird als privater Frachter bezeichnet. Es ist ein Krieg im Gange auf der fernen Seite des Spsom-Gebiets, so heißt es jedenfalls. Da könnte es auf diese Seite gekommen sein, um Plündergut zu veräußern. *Warquandr* ist ein fahrplanmäßiges Linienschiff, und die *Ffstretsha* ist ein Charter-Tramp-Schiff, glaube ich. Die müßt ihr im Auge behalten! Da kann man nie wissen, was für Arbeiten die zu vergeben haben."

Sie wanderten weiter, ließen sich ziellos durch den warmen Nachmittag treiben, von einem Ort zum anderen, kamen an Buden, Ständen, Tischen und Restaurant-Terrassen vorbei. An den Heuerbuden wurden einige Arbeitsangebote sehr genau aufgeschlüsselt. Mit Angaben über Pflichten, Verantwortlichkeiten, Arbeitszeiten. Manche gingen noch weiter und boten Gehaltstabellen, Aufstiegsmöglichkeiten und Pensionspläne. Genauso exakt waren sie aber auch in den Anforderungen, die sie an mögliche Kandidaten stellten. Andere Anschläge waren einfacher gehalten, wirkten betrügerisch schlicht. Diese versprachen einfach „gutes Geld“ für „harte Arbeit“ und führten weder die Art der Beschäftigung auf noch den Arbeitgeber, für den diese Tätigkeit ausgeführt werden sollte. Solche Anschläge ließen sie aus. Die Vergangenheit hatte sie gelehrt, daß ein Job, der so angeboten wurde, entweder illegal, gefährlich, riskant oder unterbezahlt war, auch eine Kombination von allen vier Eigenschaften war möglich.

Sie kehrten in einem kleinen Lokal ein, das sich auf geröstete Würstchen und schäumendes, helles Bier spezialisiert hatte, nahmen in einer geeigneten Nische Platz und speisten bedächtig. Jeder saß still und ließ in Gedanken an sich vorüberziehen, was der Tag auf der Messe für ihn an Erkenntnissen gebracht hatte.

Meure Schasny war – schlicht gesagt – gelangweilt. Außer zu staunen und zu schauen hatten sie an diesem Tag wenig erreicht, und die nächsten Tage versprachen ähnlich zu verlaufen. Solange sie sich damit begnügten, sich umzuschauen und Schilder zu lesen, so wußte er, war es unwahrscheinlich, daß sie irgendwo eine Anstellung finden würden, sei diese nun gefährlich oder nicht. Er betrachtete die freundliche Miene Cervitans, das ausdruckslose Gesicht Halanders und die leichtgläubigen Züge Quisinarts und sagte schließlich: „Und nun? Wenn wir mit den Würstchen fertig sind – was haben wir dann vor?“

Ohne Überraschung, aber auch ohne über seine Antwort nachzudenken, äußerte sich Halander: „Kein Problem; Kundre ist nur einen kurzen Fußmarsch entfernt, und da findest du immer einen Haufen leichter Mädchen. Ich würde befürworten, daß wir uns stadteinwärts wenden, uns jenen andienen und es dann der Natur überlassen, über den Fortgang der Ereignisse zu bestimmen.“

Cervitan stimmte zu und stürzte den Rest seines Bieres hinunter. „Das hätte ich nicht besser sagen können. Laßt uns nun mit der gebotenen Eile zur Tat schreiten.“

Quisinart betastete seine Nasenspitze und fragte: „Können wir nicht zum Fluß hinabgehen und uns die Schiffe ansehen? Ich habe noch nie eines aus der Nähe gesehen. Vielleicht fällt uns dort auch etwas ein.“

Halander und Cervitan blickten mit ablehnenden Mienen zu Quisinart herüber, Meure jedoch unterstützte ihn: „Genau! Eine gute Idee. Diesmal bin ich mit Ilver einer Meinung. Wir werden am Ufer entlangwandern und Angehörige der Mannschaften ausfragen, falls sie mit uns reden, und ihr zwei kehrt zu Kundre und dem knusprigen Fleisch zurück."

Cervitan runzelte seine dichten Brauen und brummelte: „Moment. Die Sache mit dem knusprigen Fleisch ist keineswegs gesichert; und überhaupt, woher wollt ihr denn eigentlich wissen, wonach ihr fragen müßt? Ihr gleicht doch Neugeborenen im Wald."

„Ich kann einen anständigen Kerl von einem Schurken unterscheiden", versetzte Quisinart, „und bei den Spsomi heuere ich sowieso nicht an, egal was sie mir versprechen."

Schasny stimmte ihm zu: „Und ich werde es genauso machen. Irgendwo müssen wir ja anfangen und ..." – er zögerte – „... und aufblühen oder welken, so wie es das Schicksal will." Das war tapfer, aber er bereute sofort, was er gesagt hatte, denn zwischen ihm und Cervitan war eine Spannung entstanden, die sich nicht lösen ließ, ohne daß einer von ihnen beiden das Gesicht dabei verlor.

Halander leerte sein Glas und sagte zustimmend: „Na schön, das gibt den Ausschlag. Wir gehen zu den Schiffen hinunter und reden mit den Besatzungen. Und später, falls nichts dabei herauskommt, können wir uns immer noch in die Stadt begeben."

„Akzeptiert", sagte Meure. Dann erhoben sich die vier, beglichen ihre Rechnungen beim Wirt und bewegten sich auf das Flußufer zu, wo die Schiffe abgestellt waren.

Der Schwerpunkt der Messe lag immer auf einem Feld in der direkten Nähe von Kundre. Aber wenn man sich westlich durch die provisorischen Gänge der Messe bewegte, lichteten sich die Reihen und machten offenem Gelände Platz, das sich bis zum Flußufer erstreckte. Von Kundre aus konnte man die Schiffe kaum bemerken: unscheinbare Gebilde bei – oder vielmehr unter – der fernen Reihe der Uferbäume. Von der Messe aus gesehen boten sie auch nicht viel mehr, aber wenn man das freie Gelände betrat, begannen sie besser unterscheidbare Formen anzunehmen. Schasny ertappte sich dabei, wie er hin und wieder hinaufblickte, damit er nicht von einem landenden Schiff überrascht wurde.

Neun Schiffe standen da, der breiten Biegung des Flusses folgend.

Aus der Ferne hatten sie klein und wenig eindrucksvoll gewirkt, aber während die vier über das Feld schritten, wurden sie zusehends größer und imposanter. Das nächstgelegene Schiff war die *Nistar*, die auf die Ersatzteile wartete, ein Menschen-Schiff. Die würden offensichtlich für einige Zeit niemanden einstellen. Wenn sie auch zeitweilig außer Dienst war, so herrschte in ihrer Umgebung doch keine rechte Urlaubsstimmung. Vor dem Haupteinstieg war ein Pavillon errichtet worden, und die Mannschaftsmitglieder hatten einige Damen aus Kundre zu einem Nachmittagsessen geladen. Alles wirkte sehr nüchtern, ordentlich und beeindruckend; das Grün der Zweige und überhängenden Äste der Bäume am Ufer, die goldbraune Farbe des trockenen Sommergrases und das satte Dunkelgrün, mit dem die *Nistar* lackiert war. Sie waren jetzt dicht genug herangekommen, um den Namen und die Ursprungsplakette lesen zu können, die über dem Haupteinstieg angebracht waren: *Nistar* – und darunter: *Port Callet, Samphire*. Die Mannschaftsmitglieder, die sie sehen konnten, wirkten höflich und geschniegelt. Sie trugen Ausgehuniformen und bewegten sich leicht und mit eleganter Lässigkeit. Die vier gingen vorbei und versuchten unauffällig zu bleiben. Mit Sicherheit würde ein solches Schiff auf einem Hinterwelt-Planeten wie Tankred keine Leute anheuern. Für ein Raumschiff war es ziemlich klein. Schasny nahm an, daß die *Nistar* für gewöhnlich Wertgegenstände, Geld, Juwelen oder reiche Passagiere beförderte. Er seufzte und hoffte dabei, daß die anderen ihn nicht gehört hatten. So etwas hatte er gesucht, aber das schien, hier und jetzt, Lichtjahre entfernt zu sein.

Das nächste Fahrzeug war ein großes Spsom-Schiff ohne Namensschild. An den unverdeckten Ausbeulungen für die Bewaffnung konnten sie jedoch ablesen, daß es sich um die *Thlecsne Ishcht* handeln mußte. Dieses Schiff hatte die Form einer asymptotischen Kurve, deren spitze Enden nach oben strebten. Es wies eindeutig eine größere Anzahl von außen liegenden Rohrgängen und -leitungen auf, als man es gewohnt war. Seine Farbe war ein sattes Braun. Die Röhren hatten wahrscheinlich früher eine andere Farbe gehabt, wie es bei den Spsomi der Brauch war, aber diese war entweder abgeblättert oder verbrannt. Sie hielten sich in gewisser Distanz zu ihm, da sie nicht für Spione gehalten werden wollten, aber sie stellten keinerlei Aktivität fest. Und doch vermittelte die *Thlecsne* den Eindruck einer verborgenen Regsamkeit. Ein fernes Summen war irgendwo aus ihrem Inneren zu hören, und keiner von ihnen bezweifelte auch nur für einen Augenblick, daß hier und jetzt urplötzlich wildes Leben in ihr erwachen konnte. Sie gingen weiter, hofften, daß man sie nicht bemerkt hatte, und wußten doch, daß sie gesehen worden waren.

Etwas weiter in der unregelmäßigen Reihe der Schiffe stand ein kleines Spsom-Raumfahrzeug, das nicht so verschlossen wirkte. Dies schien ungefähr der Form einer Sichel nachempfunden zu sein; ein Ende jedoch war höher, breiter und stärker gekrümmt als das andere. Es hatte eine stumpfe Kupferfarbe, schien aber sauber und gut instand gehalten worden zu sein. Das äußere Röhrensystem wurde mit der ganzen Gründlichkeit des Spsom-Brauches gewartet; die Röhren waren mit leuchtenden Regenbogenfarben bedeckt, so weit man sehen konnte, jede in einem anderen Farbton. Als sie näher kamen, konnten sie unter dem Gewirr der Röhren einen Einstieg entdecken. Über dem offenen Einstieg, an dem eine Leiter befestigt war, konnte man einige in Spsomschrift auf den Rumpf gemalte Bildzeichen erkennen. Auf der anderen Seite ein Schild, das sie entziffern konnten: *Ffstretsha, Imber, SfaDdze.* Nahe bei der Treppe hatte ein einzelner Spsom eine Inspektionsplatte in der Bordwand geöffnet und las etwas auf einem tragbaren Gerät ab, das er an verschiedenen Stellen im Inneren befestigte. Ein Ohr schwang herum, der fuchsartige Kopf folgte nach. Das Wesen blieb, in der Bewegung erstarrt, auf halber Höhe der Treppe stehen.

Der Spsom ergriff zuerst das Wort. Er verzerrte die Worte auf die eigentümliche Art, in der die Spsomi die menschliche Sprache* behandelten.

„Jja, wss vinschen Zie?"

Cervitan, der sich mit diesen eigenartigen Wesen ein wenig auszukennen schien, wiederholte die Antwort für die anderen: „Was wir wünschen, fragt er."

„Uns das Schiff ansehen", sagte Quisinart mutig.

Der Raumfahrer schien hocherfreut, denn nun fuhren beide Ohrtrichter herum und zeigten in ihre Richtung, und er sagte: „Ejn

* Die Spsomi verzerrten nichtspsomische Sprachen auf mannigfaltige Art. sowohl was die Grammatik als auch die Aussprache betraf. Teilweise war dies auf die Anatomie des Spsom-Mundes zurückzuführen. die sie zwang. die meisten Laute noch vor dem Gaumen zu formen. Dies verlieh der Ler- oder Menschensprache einen zischenden. spuckenden Klang. Auch verfügten die Spsomi über keinen nennenswerten Resonanzraum. und daher wirkte ihre Sprache stimmlos und unakzentuiert.

gutt Ihdäh. Abärr wrr nix Plätsz fihr Rährenwrt. Wrr Vfzyekhr fihr Rährenwrt, Skleven."

Cervitan wiederholte: „Er sagt, das sei eine gute Idee, aber sie hätten schon Röhrenwarte. Sklaven – er nennt sie Vizyekher – von einer anderen Welt. Ich weiß nicht, wo sie herkommen, wahrscheinlich von einer weit entfernten Welt."

Meure Schasny blickte auf und tastete das Außenleitungssystem mit seinen Blicken ab; die meisten Röhren waren dick genug, daß ein Mann hindurchschlüpfen konnte, dann sagte er: „Das sind ja schlechte Nachrichten, wir suchen nämlich Arbeit. Wir werden nichts berühren. Wir haben noch nie eines Ihrer Schiffe aus der Nähe gesehen. Vielen Dank."

Der Spsom runzelte die Stirn, und bei der Antwort gab er sich Mühe um eine korrekte Aussprache: „Ahrbeit zuken, tja . . . geht dort, hinterr die Szchipp. Lirleut dort, brauken nok tswei. Ungelährnt, ja? Gehn Zie tsu Lirleut, bej Flusz. Ick jtzt weck. Gutt Tack!"

Der Spsom wandte sich um und huschte in das Schiff hinauf, sofort war er außer Sicht – und, wie sie hofften, auch außer Hörweite.

Schasny schüttelte den Kopf. Er sagte: „Das soll unsere Sprache sein?"

Cervitan antwortete: „Das war noch gar nichts! Der hat noch sehr deutlich gesprochen, Tatsache. Es war auch etwas Wichtiges dabei. Er sagte nämlich, ‚Arbeit suchen Sie? Gehen Sie hinter das Schiff und reden Sie mit den Ler. Die suchen noch zwei Ungelernte.'"

Schasny stimmte zu: „So ähnlich hat es geklungen."

Dann sahen die vier einander lange Zeit an. Schließlich brach Halander das Schweigen. „Ler hinter einem Spsom-Schiff? Grale, was hat das zu bedeuten?"

„Ein Charterflug, wahrscheinlich, wenn sie wirklich zu diesem Schiff gehören."

Schasny fügte hinzu: „Fragen tut nicht weh. Sie können höchstens nein sagen."

Sie standen einen Moment lang unentschlossen da. Sie betrachteten das Spsom-Schiff, die sanften Schwünge der Hügel und die Baumreihen am Fluß, während sich die Nachmittagsschatten über all das senkten. Dann tauschten sie untereinander Blicke. Schließlich brachen sie in die Richtung auf, die ihnen der Spsom gewiesen hatte; dabei achteten sie sorgfältig darauf, dem Schiff und dem phantastischen Röhrennetz, das es umgab, nicht zu nahe zu kommen.

Hinter dem Schiff fiel die – mit trockenem Gras bestandene – Wiese sanft zum Flußufer ab. Darüber bildeten hohe Aoe-Bäume einen luftigen Baldachin, der gerade eben begann, sich in dem Abendwind zu regen, für den Kundre bekannt war. Jenseits der Baumstämme lag der Fluß, dessen Wasser träge und milchig floß. Auf der Uferböschung saß eine kleine Gruppe Ler und war in ein Gespräch vertieft. Zwei Spsomi gehörten ebenfalls zu der Gruppe.

Als sie näher herangetreten waren, konnten sie feine Unterschiede zwischen diesen Spsomi und jenem erkennen, mit dem sie am Eingang des Schiffes geredet hatten. Diese wirkten reservierter und bewegten sich kaum. Auch machte ihre Kleidung einen ordentlicheren Eindruck. Die offenen Westen, die die Spsomi immer zu tragen schienen, waren reich bestickt und mit Lederstücken besetzt. Der imposantere von beiden trug ein Drahtgeflecht auf der Schulter, das an das Röhrennetz erinnerte, welches die Spsomi-Schiffe umgab. Auf dem Oberarm hatte er einen goldenen Streifen.

Ganz gleich, wie oft man einen Spsom zu sehen bekam, als Mensch konnte man sich an diese Lebensform niemals gewöhnen. Das lag nicht etwa daran, daß ihre Zivilisation so unbegreiflich gewesen wäre – ihre Körperproportionen waren einfach falsch, wenn man sie mit der menschlichen Anatomie verglich; die Spsomi *stimmten* eben nicht. Zunächst einmal wiesen alle vier Extremitäten statt einem zwei Gelenke auf, so daß sie sich in drei Teile gliederten. Dies wurde erreicht durch eine Verlängerung dessen, was eigentlich die Fuß- oder Handwurzelknochen hätten sein sollen. Die Füße waren die von Zehengängern, mit einem kurzen, knochigen Sporn, der den Fuß nach hinten stabilisierte. Die vier Finger der Hände waren in Zweierpaaren einander gegenübergestellt. Wie lang der Weg ihrer Evolution auch gewesen sein mochte, die Spsomi hatten sich weit von ihrer ursprünglichen Gestalt entfernt. Die Beine waren jetzt völlig auf das Laufen und Springen eingerichtet, während die Hände hochspezialisierte Greifwerkzeuge darstellten.

Der kurze Rumpf endete in langen Beinen. Den allgemeinen Eindruck konnte man vielleicht mit feingliedrig oder drahtig beschreiben, aber auch mit tapsig oder linkisch. Überdies hatten sie sich aus ihrem früheren Tierstadium das Fell bewahrt: einen kurzen, dichten Pelz von einem matten, rötlichen Braun. Etwas dunklere Linien betonten das Gesicht und die Schultern, während die Flanken und Gliedmaßen ein wenig heller gefärbt waren.

Bei den Händen fehlten die Handflächen, eine zusätzliche Eigentümlichkeit. Und schließlich der Kopf: Die Spsomi hatten schmale, dreieckige Gesichter, die sich zu einer spitzen Schnauze verjüngten, ähnlich wie bei einem Fuchs. Einen völlig anderen Eindruck jedoch erweckten die großen Augen, der gewölbte Schädel und die äußerst beweglichen Ohren, die hoch auf dem Kopf standen und ständig, nervös und doch kontrolliert, hin und her fuhren. Die Spsomi sahen eher wie Tiere aus als manche wirklichen Tiere, und doch konnte man ihr Benehmen nur als zivilisiert bezeichnen; sie konnten lesen und schreiben, flogen in Raumschiffen, lebten in Städten und führten gelegentlich kleinere Kriege untereinander, manchmal, sehr selten, auch gegen fremde Rassen.

In ihrer Beziehung zu Menschen und Ler gab es Unterschiede. Während Menschen und Ler vor allem die Gemeinsamkeiten ihrer beider Rassen sahen, entdeckten die Spsomi das Trennende.

Den Ler traten sie respektvoll, neutral und reserviert gegenüber. Die Menschen hingegen mochten sie, und sie ließen keine Gelegenheit aus, sich mit ihnen zu verbrüdern, soweit die Umstände dies zuließen.

Außer den beiden Spsomi, die sich zu der Gruppe gesellt hatten, schienen drei Ler anwesend zu sein, zwei Älteste, wie man an ihrem langen Haar erkennen konnte, und ein „Heranreifender", der ein loses Obergewand und weite Hosen trug. Die Ältesten waren mit dem traditionellen *pleth*, dem Überhemd, gekleidet.

Die vier jungen Männer näherten sich vorsichtig der Gruppe; sie wußten nicht, an wen sie sich wenden sollten: an den Heranwachsenden, die Ältesten oder etwa an die Spsomi? Grale ging voran, ihm folgten Meure und Halander, Quisinart bildete die Nachhut. Als sie direkt bei der Gruppe waren, blieb Cervitran stehen und blickte sich unsicher um, da er nicht wußte, wen er ansprechen sollte.

Die Ältesten lösten sein Problem. Einer von ihnen hatte eine gedrungene, etwas rundliche Figur. Der andere wirkte schlank und schweigsam. Der Rundliche sagte: „Sind Sie auf Arbeitssuche? Wollen Sie bei uns anheuern?"

Cervitan antwortete: „Ja, wir hörten, daß noch ein paar Stellen frei seien, und hätten gern Näheres erfahren."

Der Älteste sagte: „Eine klare Antwort. Also, hören Sie zu: Wir suchen noch zwei Leute und werden sofort aufbrechen, wenn wir sie gefunden haben – im gleichen Moment. Das Arbeitsangebot entspricht in etwa dem eines *daorman**, das heißt – allgemeine Hausarbeit, Bedienen, Kochen. Die Bezahlung entspricht dem üblichen Tarif für ungelernte *daorman*, und der Vertrag soll für die Dauer der Reise einschließlich Aufenthalt auf einem bestimmten Planeten gelten, bis wir unsere dortige Aufgabe beendet haben. Sie können dann wählen, ob Sie nach Tankred zurück oder beim ersten Stopp auf der Rückreise das Schiff verlassen wollen. Wir haben weder vor, einen Krieg anzuzetteln, noch wollen wir Blutrache üben, deswegen entfallen Gefahrenzuschläge. Bei Gefahr erwarten wir – soweit wie möglich – besonnenes Verhalten. Es wird ungefähr ein hiesiges Jahr dauern. Sie besitzen alle das Zert**?"

Cervitan antwortete für die Gruppe: „Ja, wir haben alle eines."

An diesem Punkt sagte der kleinere und weniger schmuckvoll gekleidete Spsom etwas in seiner eigenen Sprache. Worte, die zischend geflüstert wurden und von gehauchten Labial- und Dental-Lauten untermalt waren. Er schien eine allgemeine Bemerkung zu machen und niemanden direkt anzusprechen.

Der heranreifende Ler trat nun vor, zwischen die beiden Ältesten, und deutete auf Cervitan und Quisinart. Aus der Nähe betrachtet schien es sich um ein Mädchen zu handeln. Es sagte: „Diese beiden, derjenige, der gesprochen hat, und der ganz hinten, sind nach Meinung von Adjutant Iflssh nicht geeignet."

Der Älteste nickte und fügte hinzu: „Da dies so ist, ziehe ich mein Angebot an die beiden genannten Personen zurück." Er wandte sich an das Mädchen. „Was ist mit den anderen?"

„Annehmbar."

Jetzt ergriff Meure das Wort: „Warum sind sie nicht geeignet?"

Das Mädchen erwiderte: „Die Ausdünstung. Die Spsomi haben sehr empfindliche Nasen und können damit das allgemeine Betragen vorherbestimmen. Wir brauchen niemanden, der zu kühn ist, und auch niemanden, der nicht kühn genug ist. Und gerade so sind diese

* Ein Bediensteter auf Zeit, der jeweils für die Dauer einer Mission oder Unternehmung angeworben wird. Eine Rangverbesserung war nicht damit verbunden. Die Bewältigung der allgemein anfallenden Aufgaben wurde erwartet, manchmal mußten auch *religiöse* Pflichten von den Zeitarbeitern übernommen werden. Es wurden nur befristete Verträge abgeschlossen. „Hausdiener" ist wohl die bestmögliche Übersetzung.

** Zert: eine Bescheinigung des örtlichen Präfekten, daß ihr Träger berechtigt war, eigenverantwortlich zu handeln.

beiden – das soll nicht als Kränkung aufgefaßt werden, aber wir können sie nicht brauchen. Mit Ihnen beiden sind wir einverstanden, falls Sie unsere Bedingungen akzeptieren."

Meure sagte: „Soviel wir bisher gehört haben, waren sie in Ordnung, aber einiges ist noch offen. Wir wissen nichts von Ihrer Mission oder Aufgabe und wie sie organisiert wird. Können wir nicht mehr darüber erfahren?"

Das Mädchen blickte zuerst den ersten Ältesten an, dann wandte es sich wieder Meure zu. Es war selbst für ein Mädchen sehr leicht gebaut, fast schwächlich. Auch war sie nicht hübsch und besaß nichts von der kraftvollen Wildheit, die man so oft bei Ler-Mädchen beobachten konnte. Sie sagte: „Wir haben dieses Schiff, die *Ffstretsha*, von den Spsomi-Besitzern gechartert, um damit zu einem bestimmten Planeten zu reisen und dort verschiedene Punkte auf dessen Oberfläche anzusteuern. Dann geht es zurück zur nächstgelegenen Ler-Welt, wo sich unsere Wege trennen. Wir werden zu unseren Heimatwelten mit fahrplanmäßigen Linienschiffen zurückkehren. Von den *daorman*, die wir hier anheuern, erwarten wir, daß sie die diversen Aufgaben, die während der Reise anfallen, erledigen und uns für Handreichungen auf der Planetenoberfläche zur Verfügung stehen. Einer von ihnen muß die Funkverbindung aufrechterhalten. Das Ganze ist ein wissenschaftliches Unternehmen, das Fakten sammeln soll. Sie können uns als faktensuchende Forschungsgruppe betrachten, die helfen soll, eine seit langem offene Frage meines Volkes zu beantworten."

Halander stellte ihr eine seltsame Frage: „Warum gerade auf Tankred? Ich meine, warum heuern Sie hier Leute an und nicht irgendwo anders?"

„Warum auf Tankred? Weil es zufällig am Wege liegt, das ist alles." Es schien, daß sie die Frage überrascht hatte.

Halander sagte: „Aha." Er schien von der Antwort durchaus befriedigt zu sein, aber Meure dachte: *Ein Spsomi-Schiff konnten sie überall chartern, die fliegen überallhin. Doch Tankred ist die letzte besiedelte Welt, das weiß ich. Jenseits von uns liegen nur noch einige kolonialisierte Welten und wilde Planeten. Dort verkehren kaum Spsomi-Schiffe, jedenfalls nicht in diesem Teil des Alls. Sie müssen aus dem Inneren des zivilisierten Weltalls gekommen sein. Und wenn Tankred auf dem Wege zu ihrem Reiseziel liegt, dann muß dieses Ziel irgendwo draußen liegen.*

Meure fragte: „Hat diese Welt einen Namen?"

Das Mädchen antwortete: „Sie heißt Monsalvat."

Der Name sagte weder Meure noch dem Rest von ihnen etwas. Er klang wie die Verballhornung eines Ler-Namens. Die vier blickten einander an und bemerkten so nicht, daß das Mädchen sie gespannt beobachtete. Der Name hatte keine Bedeutung. Meure wandte sich wieder dem Mädchen und den Ältesten zu.

„Also dann, ich bewerbe mich um die Stellung als *daorman.*"

Halander fügte hinzu: „Ich ebenfalls."

Der Älteste zögerte einen Moment und sah zu den Spsomi hinüber. Der kleinere nickte ähnlich wie ein Mensch. Der größere, der das filigrane Schulterabzeichen trug, sagte nichts und machte auch keine Geste. Er schien keinen von ihnen zu beachten. Jetzt ging der Älteste zu einem kleinen Koffer, der auf dem Boden stand, bückte sich, öffnete ihn und entnahm ihm zwei Papierbögen. „Dies sind Ihre Verträge. Einen Daumenabdruck, bitte." Meure drückte seinen Daumen auf die Stelle, die er ihm bedeutete. Halander war einen Moment unentschlossen, dann tat er das gleiche. Der Älteste trennte die Bögen auf, dann gab er zwei Exemplare an Meure und Halander und zwei an das Mädchen. Die letzten beiden schließlich händigte er dem kleineren Spsomi aus.

Nun sagte der Älteste: „Sie sind eingestellt. Sie können sofort die *Ffstretsha* besteigen, wenn Sie sonst nichts mehr zu erledigen haben."

Der andere Spsom entfernte sich nun ebenfalls; ohne noch ein Wort zu sagen, schritt er um eine vorspringende Ecke der *Thlecsne* und war verschwunden. Meure Schasny und Dreve Halander sahen Cervitan und Quisinart an. Es war zu schnell gegangen, und kein Wort schien zu passen, um das Schweigen zu brechen. Cervitan schaffte es: „Viel Glück, ihr zwei. Wir nehmen das nächste Schiff."

Sie beendeten ihren kurzen Abschied, und Cervitan und Quisinart machten sich auf den Weg zurück nach Kundre. Meure und Halander gingen unsicher auf den Einstieg des Schiffes zu.

Der Älteste, der zuvor mit ihnen gesprochen hatte, ging geradewegs zum Schiff. Der andere wandte sich nun an sie und sagte: „Folgen Sie mir bitte. Außer uns sind alle an Bord. Die *Liy* Flerdistar*

* Liy ist eine Anredeform, die den Adelsrang verdeutlicht. Wenn ein Ältester einen Heranwachsenden so bezeichnet, konnte dies nur bedeuten, daß das Mädchen auf seiner Heimatwelt einen sehr hohen Rang innehatte. Das Ler-Wort drückte unmittelbare Nähe zum Königstum aus. „Demoiselle" könnte als sinngemäßte Übersetzung dienen.

wird Sie in Ihre Pflichten einweisen, während die Spsom-Mannschaft die Startvorbereitungen trifft. Wir sind startbereit. Oder ... sind da noch Fragen?"

Meure antwortete: „Nein, auch wir sind reisefertig. Also, brechen wir auf." Aber während er auf die *Ffstretsha* zuging, blickte er sich mehrmals um und sah den schwindenden Gestalten von Cervitan und Quisinart nach. Diese sahen nicht einmal zurück.

Meure erreichte die ausgefahrene Einstiegsleiter und stellte fest, daß er tatsächlich der letzte war, der das unsymmetrische Spsom-Schiff, die *Ffstretsha*, betrat. Er konnte hineinsehen. Im Innern war nur ein Spsom, offensichtlich das Mannschaftsmitglied, mit dem sie zu Anfang gesprochen hatten. Er wartete in dem Gang hinter dem Einstieg. Meure kletterte die ungewohnte Leiter hinauf, deren Sprossen weite Abstände hatten, umfaßte einen Griff neben der Luke, schwang sich ins Innere und trat zur Seite.

Er befand sich in einem kurzen Gang, der zu einem anderen führte. Er verspürte ein fremdartiges Schwindelgefühl. Natürlich, dies war bereits eine fremde Welt. Eindrücke bestürmten seine Sinnesorgane. Die Beleuchtung im Schiff war indirekt und weich, mit einem gelblichen Stich. Verschiedene Düfte und Gerüche hingen in der Luft, der säuerliche Hauch des gegerbten Leders, das sie für gewöhnlich trugen, und dann der kaum wahrnehmbare süßliche Geruch der Wesen selbst, fast wie der von Brot oder vielleicht von Gebäck. Und die Geräusche: Er spürte ein schwaches Summen, welches besagte, daß das Schiff bereits unter Energie stand, darüber hing eine achtlose Melodie, die der Spsom summte, während er sich anschickte, die Luke zu schließen und zu versiegeln. Er stellte fest, daß er nicht wußte, in welche Richtung er sich in dem vor ihm liegenden Gang wenden sollte.

Der Spsom sprach in seiner zischenden, abgehackten Sprache etwas in die Sprechverbindung, dann wandte er sich Meure zu.

Da er wußte, daß Meure Schwierigkeiten hatte, ihm zu folgen, sprach er langsam und bedächtig: „Wr szchon darauszen gesprokken. Du kommszt mitt unsz, jia? Serr szchönn, denk ick, serr szchönn." Der Spsom zeigte auf seine Brust. „Vdhitz. Ick."

Meure sah sich den Spsom genauer an, wobei er sich Mühe gab, ihn nicht zu offensichtlich anzustarren. Er bemerkte die knochigen, starken Hände und die drahtigen, schlanken Gliedmaßen, die von dichtem, kurzem Fell bedeckt waren. Das Wesen war größer als er und offensichtlich selbstsicherer. Wo unbedeckte Haut zu sehen war, hatte sie eine dunkle Farbe; nicht Schwarz, sondern ein sehr tiefes Dunkelbraun, stumpf und trocken. Die spitze Schnauze, die scharfen, weißen Zähne, die lächerlichen beweglichen Ohren, all diese Merkmale drängten ihm die Bezeichnung „Tier“ auf, aber die Gestik der Hände und der intelligente Ausdruck verlangten überzeugend nach der Bezeichnung „Person“. Meure deutete auf sich selbst. „Meure“, sagte er, „Meure Schasny.“

„Miöhrtscheznie“, wiederholte Vdhitz, zufrieden mit seinem Erfolg in der Verständigung. Er wies auf den Korridor, der vor ihnen lag, und dann nach rechts. „Du gächst dortthin. Du arrbejtezt fihr Lirleut, nickt fihr Spsomi. Zie zagt dirr, wasz du tun muszt.“ Er hielt inne, dann sagte er noch: „Ruff mirr ruhik. Ick immer helfen.“

Meure ging den Gang entlang und bog nach rechts ab, wie man es ihm gesagt hatte. Er schaute sich um. Vdhitz war beschäftigt. Er verstellte einige Kontrollknöpfe hinter einer Klappe, die er geöffnet hatte. Meure beschleunigte seinen Schritt.

Der Hauptgang hatte einen ebenen Boden, der mit einem dunklen, elastischen Material belegt war, das Gummi ähnelte, aber keines war. Wände und Decke gingen in einer glatten Kurve ineinander über. Der Gang machte eine lange Rechtskurve, dann bog er scharf nach links ab. Mitten in der nächsten Kurve zurück nach rechts gab es eine Tür und Stimmen dahinter. Er ging hinein.

Der Raum war eine geräumige Kabine, wobei die Decke und die gebogenen Wände den Gegebenheiten auf dem Korridor entsprachen. Beleuchtet wurde er von dem gleichen indirekten Licht, weich, gelblich, ohne Schatten. Meure dachte an einen Tag, an dem der Himmel mit einer dünnen, hohen Wolkendecke bedeckt war. Vielleicht lebten die Vorväter der Spsomrasse ursprünglich in einer Gegend, die bestimmt wurde von rund ausgewaschenen Schluchten und Tälern. Vielleicht. Er wußte es nicht. Rrtz, die Heimatwelt der Spsomi, war unendlich weit entfernt.

In der Mitte des Raumes befand sich ein Tisch, der in den Boden überging. Er war aus einem durchscheinenden Material. Offensichtlich war er gegossen, also hergestellt worden, und doch vermittelte er ein Gefühl von Natur, so als sei er ein besonders seltsam geformtes Stück Felsen, das zufällig gerade die Größe und Gestalt angenommen hatte, die es in dieses Zimmer passen ließ.

Sieben Personen waren bereits anwesend. Sie standen oder saßen offenbar ganz so, wie sie es wollten, denn Meure konnte keine Rangordnung in ihrer Plazierung entdecken. Vier Ler waren da: die *Liy* Flerdistar, bei deren Anblick ihm der arme Quisinart wieder einfiel; ihr schlankes, hageres Gesicht war jedoch unendlich reservierter als das Quisinarts. Außer den beiden Ältesten, die er draußen schon getroffen hatte, war noch ein weiterer Heranwachsender da, der ruhige, völlig regelmäßige Gesichtszüge hatte. Dann gab es dort noch drei Menschen: Halander und zwei Mädchen. Eines von ihnen war kräftig gebaut, jedoch mit glatten Konturen. Ihr Haar hatte einen rötlichen Schimmer, es war kurz geschnitten, fast wie das eines heranwachsenden Ler. Ihre Haut hatte einen warmen gebräunten Ton. Die andere junge Frau war schmal und zerbrechlich gebaut. Das erste Mädchen wirkte gelangweilt, das zweite nervös. Halander war offensichtlich mit der Lage sehr zufrieden. *Ich bin es auch*, dachte Meure. Beide Frauen waren auf ihre Weise attraktiv.

Flerdistar bemerkte Meures Ankunft und wartete geduldig, bis er einen Platz gefunden hatte. Ein Gefühl für Zeit schien ihrer Lebensart völlig zu fehlen. Dennoch war es Meure peinlich, der letzte zu sein, und er nahm hastig auf einem Sitz am Tisch Platz.

Die *Liy* Flerdistar begann: „Gut. Alle sind anwesend. Ich werde eine Einführung geben, dann werden wir auf Ihre Aufgaben zu sprechen kommen, die im Moment noch sehr einfach sein werden." Sie deutete auf die Ler-Ältesten. „Diese geehrten Ältesten sind Rescharten Tlanh, den Sie als Führer dieser, äh ... Expedition betrachten können." Sie nickte zu dem schwereren Ältesten hinüber, demjenigen, der vor dem Schiff das Wort geführt hatte. „Und Lutshertan Tlanh." Das war der schlankere. „Der *Didh* zu meiner Rechten ist Clellendol Tlanh Narbelen, und ich bin Flerdistar Srith Perklonen*. Die Neuankömmlinge sind Meure Schasny, der gerade unseren Gemeinschaftsraum betreten hat, und Dreve Halander. Die Frauen sind Audiart Jendurne ..." – hierbei deutete sie auf das kräftige Mädchen mit den rötlichen Haaren – „... und Ingraine Deffy." Das schlankere Mädchen machte eine kurze, nervöse Kopfbewegung, die sein offen fließendes Haar schwingen ließ.

* An den Ler-Beinamen lassen sich Beruf oder Beschäftigung ablesen. Narbelen ist eine Zusammenziehung des Satzes *Narosi Bel Ghenaos*. „Neunter Dieb – dessen Familie" (Webe). Auf gleiche Weise bedeutet Perklonen „Familie des Ersten Historikers".

Flerdistar fuhr fort: „Von den Spsomi werden Sie kaum jemanden zu sehen bekommen. Der Kapitän heißt Shchifr. Er trägt einen eisernen Orden an einer Kette um den Hals. Mrikhn ist der Astrogator, ein kleiner, dunkler Typ. Vdhitz, der Erste Offizier und Techniker, hielt sich am Einstieg auf, als wir das Schiff betraten. Zdrist ist der Zweite Offizier und Aufseher. Außerdem sind zwei Wesen an Bord, die von einer Welt stammen, die die Spsomi ‚Vfzyekhr' nennen. Sie sind im Röhrensystem, und ich weiß nicht, ob sie Namen haben oder was sonst auf ihrer Welt Brauch ist.

Ihr Dienst beginnt jetzt und endet, wenn wir den Planeten, den wir ansteuern, erfolgreich wieder verlassen haben. Einige von Ihnen werden dann zweifellos Ihren Dienst verlängern wollen, und wir werden eine entsprechende Regelung treffen. Die anderen werden zu Passagieren werden und müssen für ihren Flug zahlen, genau wie wir. Sie können entweder den Rückflug nach Tankred wählen oder im ersten Hafen auf der Rückreise das Schiff verlassen. Welcher Hafen das sein wird, weiß ich nicht. Bis wir landen, werden Ihre Aufgaben einfach sein: Verpflegung und Bedienung. In Ihrer Unterkunft – dort links – finden Sie konzentrierte Nahrung und Geräte zu ihrer Zubereitung. Wir bewohnen die Kabinen zur Rechten. Audiart Jendurne, die wir bis zur Landung zum Haupt*daorman* ernannt haben, hat unseren Dienstplan. Die dienstfreie Zeit steht Ihnen zur freien Gestaltung zur Verfügung. Haben Sie noch Fragen?"

Das Mädchen Ingraine sagte leise: „Wir fahren zu einer Welt, die ‚Monsalvat' genannt wird. Wie lange wird die Reise dauern?"

Flerdistar antwortete:

„Es ist ein langer Weg, aber wir reisen direkt dorthin, ohne Aufenthalte. Der Spsom sagte mir, sechs Wochen, vielleicht acht, das hängt von den Strömungen ab. Ja, es ist ein langer Weg. Die *Ffstretsha* ist ein kleines Schiff, und hier ist wenig Raum, um sich den anderen gegenüber Freiheiten herauszunehmen – verbringen Sie also Ihre freie Zeit sinnvoll. Ich muß Ihnen noch etwas über die Spsomi und ihre Schiffe erzählen. Es gilt für dieses und wird für alle anderen Geltung haben, auf denen Sie jemals reisen werden. Außerhalb dieses Raumes können Sie überall hingehen, wo Sie einen offenen Gang oder eine offene Tür sehen. Aber Sie dürfen keine geschlossene Tür öffnen. Klopfen Sie auch nicht an. Wenn Sie hindurch müssen, dann müssen Sie eben warten. Dies ist die einzige Beschränkung, die ich Ihnen auferlegen muß."

Halander fragte: „Gibt es einen Ort, von dem aus man hinaussehen kann?“

„Nur vom Cockpit und von der Offiziersmesse aus. Sie werden ohnehin sehr wenig zu sehen bekommen, falls überhaupt etwas. Was erwarten Sie denn zu sehen? Die Spsom-Instrumente liefern ein getreues Abbild; der Blick ist der gleiche wie in den Nachthimmel. Die meiste Zeit werden die Türen zu den Spsom-Räumen geschlossen sein. Erinnern Sie sich bitte an meine Anweisung. Es wird ernste Konsequenzen haben, wenn Sie sie mißachten. Wäre das alles? Gut. Ich glaube, Jendure hat den Dienstplan? Nach dem Essen wird uns Kapitän Shchifr mit einer kurzen Einladung beehren. Die Ältesten, Rescharten und ich, werden ihr folgen. Schasny, Sie stehen zum Bedienen bereit, falls dies erforderlich sein wird.“

Das Ler-Mädchen wandte sich um und verließ schnell den Raum, die anderen folgten ihr. Clellendol ging als letzter. Er erhob sich in einer sorgfältigen, gemessenen Bewegung aus seinem Sessel, sah sich dabei im ganzen Zimmer um, ließ den Blick auf den vier im Zimmer verbliebenen Menschen ruhen und schien sie ganz genau abzuschätzen. Sie fühlten sich alle sehr unbehaglich unter seinen lesenden Blicken. Er war tatsächlich ein echter Sproß aus dem „Neunten Haus der Diebe“*. Dann schlüpfte er hinüber in die Räume, die Flerdistar als Kabinen des Ler-Volkes bezeichnet hatte.

So plötzlich allein gelassen zu werden, hätte für sie ein unangenehmes Erlebnis sein können, aber Audiart ließ ihnen keine Zeit, über Möglichkeiten nachzudenken; sie begann sofort, ihnen zu erklären, was sie zu tun hätten, mit einer festen, selbstsicheren Stimme. Ihre Art war von einer ausgewählt distanzierten Höflichkeit. Meure sandte Blicke zu dem anderen, schlankeren Mädchen, Ingraine, hinüber, und bemerkte, daß auch Halander dies tat. Aber er schätzte auch Audiarts forsche Art und riskierte mehr als einen Blick in ihre Richtung.

* Die Ler hatten mit der für ihre Art typischen Gründlichkeit die Weben geschaffen, um das zu vollziehen, was auf den menschlichen Welten dem Zufall überlassen blieb. Die verschiedenen Belen-Weben stahlen tatsächlich, es war ihre traditionelle Beschäftigung. Natürlich taten sie es nur unter genau ausgearbeiteten überlieferten Beschränkungen. Mitglieder der sogenannten „dunklen Weben“ wurden von anderen oft wegen ihrer ungewöhnlichen Fähigkeiten zur Hilfe gerufen. Daher ist es auch nicht ausgesprochen ungewöhnlich für Ler-Verhältnisse, wenn eine Person wie Clellendol zu einer so außergewöhnlichen Unternehmung hinzugezogen wurde.

Dann führte sie die beiden in ihre Kabine, wo es allerdings kaum etwas zu sehen gab: ein enger Gang, ein ungemütlicher Schlafraum mit sechs geschlossenen Kojen. Jeweils drei waren übereinander angebracht, zu beiden Seiten eines Mittelgangs. Am Ende lag ein winziges, aber komplett und fast luxuriös ausgestattetes Badezimmer, und direkt hinter der Tür zum Gemeinschaftsraum waren ein großer Schrank und eine Kochnische.

Audiart deutete auf die Kojen. „Es scheint, daß wir uns je eine auswählen können. Es ist ja genug Platz für alle vorhanden. Die beiden verbleibenden Kabinen können wir zum Verstauen des Gepäcks benutzen, aber es scheint, daß wir alle kaum etwas mitgebracht haben."

Meure sah sich die Etagenbetten genauer an. Sie waren hoch genug, daß man sich aufrichten konnte, ohne mit dem Kopf anzustoßen. Hinauf gelangte man über eine schmale Leiter und durch eine Schiebetür, die offensichtlich am Kopfende der Kojen angebracht war.

Halander fragte keck: „Müssen wir auch hier die Spsom-Vorschriften über offene Türen befolgen?"

Audiart wollte etwas erwidern, hielt inne und setzte dann von neuem an: „Diese Regelung ist doch einigermaßen verständlich", sagte sie bewußt unbestimmt und ohne jede Wärme. Dies war offensichtlich nicht als Einladung für Halander zu verstehen.

Sie öffnete einen kleinen Schrank. „*Liy* Flerdistar hat uns mit einer großzügigen Ausstattung an Kleidungsstücken versehen. Ich fürchte, es ist alles nach der Ler-Mode geschnitten, aber es liegt eine ganze Menge davon in diesen Fächern. Nehmt, was ihr braucht. Es ist alles sehr schlicht und diskret und sollte uns einigermaßen passen. Benutzt es ruhig, es gehört zum Job. Jetzt sollten wir zusehen, daß wir das Essen vorbereiten; sie kommen zuerst, dann wir. Kommt bitte mit, wir können nachher die Kleidung aufteilen und die Betten aussuchen. Schasny, du solltest dir schon jetzt ein Bett suchen. Ich weiß nicht, wie lange du in der Offiziersmesse bleiben mußt."

Meure sagte: „Ich nehme das Bett oben rechts."

Die anderen waren einverstanden. Dann machten sie sich daran, alles herzurichten. Der Raum war beengt, doch alles war sinnvoll angeordnet. Die Vorräte lagen dort, wo man sie erwartete, und alle Geräte funktionierten zufriedenstellend. Sie hatten schon eine Weile gearbeitet und waren schon gut aufeinander eingestellt, als Meure plötzlich eine Frage in den Sinn kam.

Er stand gerade an der Tür und wollte einige Schalen in den Gemeinschaftsraum hinübertragen, als er sich zu Audiart umdrehte, die eben den Kocher einstellte. Nur über dem Arbeitstisch befand sich eine kleine Lampe, daher war es an der Tür recht dämmrig. Er sah sie an. Das Licht ließ ihr kurzes Haar aufleuchten.

„Wann starten wir eigentlich, Audiart?" fragte er.

Sie war mit der Einstellung fertig und trat an den Tisch heran. Sie antwortete: „Ja, wußtest du das nicht? Wir sind gestartet, nachdem du an Bord gekommen bist. Wir sind schon seit einigen Stunden im All, schätze ich. Wir dürften schon ein hübsches Stück von Tankred entfernt sein."

Nach dem Essen ging Meure in die Offiziersmesse hinauf. Audiart hatte ihm gesagt, was er dort zu tun hätte und wie er hingelangte. Das war einfach: Ein kurzes Stück den Hauptgang entlang, dann eine Leiter hinauf, einen weiteren kurzen Korridor und eine andere kurze Leiter hinauf. Die Tür stand offen.

Der Raum hatte eine etwas kleinere Grundfläche als der Gemeinschaftsraum unten, aber er unterschied sich stark von diesem. Die Wände waren durchbrochen von Bildschirmen, die einen Blick ins All gewährten. Zwischen den Schirmen waren Regale befestigt, auf denen Trinkgefäße standen. Viele hatten fein gearbeitete Griffe und waren mit verzierten Plaketten versehen, die gerahmte Sprüche oder Ehrungen in Spsom-Schrift zeigten. Das war die ganze Einrichtung. Der Raum bot vier bis sechs Personen Platz.

Meure erkannte den Spsom-Kapitän aufgrund der Beschreibung, die Flerdistar gegeben hatte: an dem Orden. Der Astrogator war nicht anwesend. Wahrscheinlich steuerte er das Schiff. Der andere Spsom war Vdhitz. Meure trat ein, ohne zu klopfen, so wie man es ihm gesagt hatte, und stellte sich neben die Tür, die Hände auf dem Rücken.

Rescharten Tlanh und Shchifr, der Spsom-Kapitän, sprachen miteinander, wobei Flerdistar und Vdhitz gemeinsam dolmetschten. Manchmal diskutierten sie erst selbst eine Weile miteinander, ehe sie die Übersetzung lieferten.

Meure begriff nicht viel von der Diskussion, und die Spsomi-Seite war ohnehin unverständlich, daher hörte er kaum zu. Es schien ihnen nichts auszumachen, ob er etwas mitbekam oder nicht. Er benutzte die Gelegenheit, die Bildschirme zu betrachten, die die Umgebung des Schiffes zeigten. Die Sterne bewegten sich. Die Sternenfelder wanderten langsam über die Schirme, das war offensichtlich der Effekt ihrer eigenen Bewegung. Aber sie bewegten sich auch kaum merklich entlang anderer Achsen, so als ob das Schiff seine Richtung im Raum änderte. Es war eine Bewegung, wie sie die See einem Boot gegenüber beschreibt, nur daß sie langsamer und in einem anderen Rhythmus verlief.

Meure betrachtete gerade einen einzelnen Schirm, als eine Bewegung auf einem anderen Bildfeld seine Aufmerksamkeit erregte. Er sah genau hin. Dort schwebte ein anderes Schiff. Ungefähr auf Höhe des Hecks der *Ffstretsha* flog es in Formation mit ihr durch den Ozean des Raums. Er erkannte es. Das Begleitschiff war die *Thlecsne Ishcht*.

2

„Stell dir vor, wie ich es genoß: den Fluß der seidigen Wasser um unser Schiff, die körperlosen, märchenhaften Konturen der Hügel, die Dämmerung im Blattwerk der Wälder, die Windungen der Kobraküste, die finsteren Geschichten von Wracks und Piraten, die jene Unterwelt durchstreiften, durch die wir fuhren, wo man für neun Monate im Jahr das Wasser nicht vom Himmel unterscheiden konnte, so dunkel und feucht ist dort die Luft, so heftig schäumt die Dünung.

Und hinter allem erhob sich, wie in einem Haschischtraum, das Hochland, Provinzen, die sogar den zivilisierten Einwohnern völlig unbekannt sind. Dort lag im rosigen Purpur die Hoffnung auf unvorstellbare Menschenstämme, bizarr tätowiert und gekleidet, mit schrecklichen Bräuchen und mysteriösen Riten, unerahnbar und doch grausam wirklich, Menschen mit einer Erhabenheit, die aus Einfachheit gewachsen war, und Verderbtheit, die verwoben war mit allen Graden des Wahnsinns.“ *A. C.*

Der Rest des Gespräches zwischen Rescharten Tlanh, dem Ältesten, und Shchifr, dem Spsom-Kapitän verlief, ohne daß Meure zuhörte. Auch auf die Gesten achtete er nicht. Er beobachtete so unauffällig wie möglich den hintersten Bildschirm, wo die unregelmäßigen

Bewegungen der *Ffstretsha* hin und wieder die ungewöhnlichen Konturen der *Thlecsne* ins Bild brachten. Das Schiff zog weder an, noch ließ es sich zurückfallen, es blieb vielmehr sorgsam in seiner Position. Der Spsom-Kapitän, Vdhitz, Rescharten, Flerdistar, sie alle mußten es bemerkt haben. Sie konnten gar nicht vermeiden, es zu sehen, genau wie er; und doch waren sie völlig uninteressiert, also mußten sie damit gerechnet haben. Meure dachte noch einmal über ihren Bestimmungsort nach und fragte sich, wozu sie für die Reise dorthin ein bewaffnetes Kriegsschiff als Begleitung brauchten.

Kurze Zeit später spürte er, daß das Treffen zu Ende ging und die Themen abgeschlossen waren. Die beiden Ler erhoben sich von ihren Plätzen, entboten den Spsomi ihren Gruß und entfernten sich. Meure zögerte einen Moment, dann folgte er ihnen.

Das Mädchen schien sehr mit einem Gedanken beschäftigt zu sein, war vielleicht auch erschöpft. Meure hielt es für das beste, es jetzt nicht mit Fragen zu bestürmen. Und Rescharten? Der Gedanke, den Ältesten zu fragen, war ihm unangenehm. Sie kehrten über Leitern und durch Gänge schweigend zu ihren Quartieren zurück. Im Gemeinschaftsraum sah er den anderen Ler-Heranreifenden sitzen. Er studierte konzentriert die Seiten eines kopierten Textes. Rescharten beachtete den Jungen gar nicht, ging geradewegs in seine eigene Kabine und schloß die Tür hinter sich. Flerdistar verhielt ihren Schritt für einen Moment, so als ob sie etwas sagen wollte, aber Clellendol ignorierte ihre Anwesenheit völlig. Dann ging auch sie zu ihrer Kabine hinüber, sah sich aber noch einmal mit unergründlichem Gesichtsausdruck um.

Meure spürte, wie die mannigfaltigen Ereignisse des Tages schwer auf ihm lasteten. Er war müde. Auch sah er keinen Grund zu bleiben und streckte die Hand nach der Tür zu ihrem Quartier aus.

Dann jedoch kam ihm ein Gedanke, und er fragte: „Wissen Sie, daß wir ein Begleitschiff haben?“

Clellendol sah aus seinem Buch auf und warf Meure einen beunruhigend durchdringenden Blick zu. „Die *Thlecsne?* Ja, das weiß ich.“ Der junge Mann schob einen Stuhl zurück und erhob sich langsam, die kopierten Bögen legte er auf den Tisch.

Meure fragte: „Warum fliegt ein bewaffneter Transporter Formation mit einem kleinen Charterschiff?“

Der Jüngling lächelte, durchaus nicht unfreundlich. „Ein Transporter ... ja, so ist sie eingetragen. Tatsächlich ist sie etwas mehr als das: die *Thlecsne Ishcht* wurde von der Spsom-Bundesmarine in Dienst gestellt und gehört einer besonderen Klasse an. Bau und Größe gleichen einer Fregatte, aber die Bewaffnung kommt der eines Kreuzers gleich."

Staunen erfüllte Meure. Diese Leute waren doch tatsächlich reich genug, um ein komplettes Spsom-Schiff zu chartern und ein Schlachtschiff noch dazu. Er sagte: „Ihre Expedition hat beide Schiffe gemietet?"

Clellendol schüttelte den Kopf. „Beide gemietet? Nein. Das könnte nicht einmal Flerdistar schaffen. Die *Thlecsne* hat Shchifr angefordert . . . Nein, sagen Sie nichts mehr. Da steckt mehr dahinter, als man in einer Nacht besprechen könnte. Ich würde meinen, daß der Erste Offizier schon mit einem von Ihnen gesprochen hat. Aha, Sie waren das also. Verdauen Sie all die Neuigkeiten erst, Schasny, lassen Sie sich Zeit dabei. Ich wünsche keine Panik."

Clellendol wies auf die Blätter auf dem Tisch. „Hier, dies wird Ihnen einige Tatsachen über unser Reiseziel verraten. Sie werden dieses Wissen brauchen. Und halten Sie sich fern von der *Liy* Flerdistar. Fragen Sie sie nichts."

„Gehört sie Ihnen?" bemerkte Meure.

Clellendol gähnte und räkelte sich wie eine Katze. „Ganz im Gegenteil . . . ich meine in einem ganz anderen Sinn."

„Warum gerade ich von uns vieren?"

„Weil Sie ein cleverer Bursche sind, das ist der einzige Grund." Der jugendliche Ler sprach mit einer gewissen Ungeduld, so als würde Meure es geflissentlich vermeiden, seine versteckten Winke aufzunehmen. Er fügte hinzu: „Ich habe Kontakt zu einem bestimmten Spsom aufgenommen, der meine Befürchtungen teilt. Ich sehe es Ihrem Gesicht an, daß Sie ihn auch kennen. Lesen Sie bitte die Blätter, die ich hier für Sie zurücklasse, und sprechen Sie in Ihrer freien Zeit mit Vdhitz, wie schwierig es auch sein mag, den Spsom-Akzent zu verstehen. Seien Sie wachsam. Es wird nötig sein."

Clellendol wandte sich um und ging zur Tür seines Quartiers. Dort wandte er sich noch einmal um und blickte zurück, als wolle er sich vergewissern, ob Meure seine Absicht verstanden hatte. Meure hatte den heimlichen Wink verstanden, schien sich aber dennoch sicher zu sein, daß er nicht aufgefordert wurde, an einer geplanten Verschwörung teilzuhaben. Er schob die Papiere zusammen und nahm sie mit sich.

In der Kabine schien alles bereits zu schlafen. Schwach leuchtete das Nachtlicht über der Kochstelle. Er sah zu den Kojen hinüber. Alle waren dunkel, die Schiebetüren geschlossen. Für einen Moment verspürte er Erleichterung. Es schien, daß Halander noch nicht zum Zuge gekommen war. Meure sah genauer hin. Tatsächlich waren alle Türen, bis auf seine, geschlossen. Wer jedoch mit wem hinter welcher Tür lag, ließ sich nicht feststellen.

Meure stieg die schmale Leiter zu seiner Koje hinauf, beugte sich vor und zwängte sich durch die schmale Luke. Im Innern war es überraschend geräumig und bequem; die Ausstattung war wohlüberlegt und von erlesener Qualität. Direkt hinter der Tür befand sich eine gepolsterte Ablage, das Bett selbst lag etwas tiefer. Auch die anderen Seitenwände waren mit Ablagebrettern und kleinen Schränken besetzt. Für die Beleuchtung sorgte ein Deckenschirm, aber in die Wände waren weitere Lampen eingesetzt. Geschaltet wurden sie von einem kleinen Kasten aus, den er bald entdeckt hatte. Neben diesem Kasten war eine Anordnung ungewöhnlicher Steckdosen zu sehen; er sah jedoch kein Gerät, das zu ihnen gepaßt hätte. Vielleicht gehörten sie zu einer Sprechanlage, vielleicht ließ sich ein Unterhaltungsgerät anschließen. Er wußte es nicht. Die Schalter lagen ungewöhnlich in der Hand, was dafür sprach, daß es sich um eine gewöhnliche Spsom-Kabine handelte. Abgesehen von der ungewöhnlichen Handhabung der Schalter vermittelte nichts in der Kabine ein befremdliches Gefühl. Er fühlte sich sehr wohl, fast wie zu Hause.

Nach einigen Versuchen hatte er den Schalter für die Deckenbeleuchtung gefunden, und nachdem er etwas entdeckt hatte, was ganz offensichtlich eine Leselampe war, schaltete er das Hauptlicht aus. In einem Schrank fand er Decken, aber keine Kopfkissen. Er zog sich aus, wickelte sich in eine Decke und rollte die andere zu einem Kopfkissen zusammen. Dann fielen ihm die Blätter wieder ein. Er war müde und zögerte eine Weile, fragte sich, ob er nicht besser schlafen und den Artikel, den Clellendol ihm gegeben hatte, einfach vergessen sollte. Er gähnte, seufzte und zog den Blätterstapel dann resigniert zu sich heran. Er würde ihn vor dem Einschlafen einmal kurz überfliegen.

Beim ersten Abschnitt handelte es sich um einen trockenen Text über die allgemeine Ordnung des Planetensystems, zu dem Monsalvat gehörte. Meure blätterte ihn hastig durch. An dem System schien nichts bemerkenswert zu sein. Gar nichts? Er las den Abschnitt genauer. Nichts besonders Interessantes. Es gab sechs Planeten, einer war bewohnt, ein weiterer theoretisch bewohnbar, aber noch unerforscht. Vom Zentrum aus gesehen war Monsalvat der dritte Planet, der andere, mit Namen Catharge, war der zweite, eine heiße Welt, felsig und trocken. Es gab in diesem System keinen Gasriesen – das schien Meure ein wenig ungewöhnlich zu sein –, und die Sonne war ein Zwillingsgestirn aus eng beieinanderliegenden K6-Sternen, auch das war eigenartig, aber keineswegs besorgniserregend. Das System war zugleich außergewöhnlich stabil und sehr alt, soviel ließ sich aus dem Metallprozentsatz auf dem Spektrum der beiden Sonnen ablesen. Das Sternenpaar war einander so ähnlich, daß man sie als identisch bezeichnen konnte.

Auf intelligente Lebensformen gab es in der Vergangenheit Monsalvats keinen Hinweis. Sicher gab es dort heimische Lebewesen, die menschlichen Entdecker des Systems hatten jedoch keine Relikte, Werkzeuge oder Ruinen gefunden. Dies war eine Tatsache, die sie einigermaßen überraschte, und Monsalvat wurde für eine spätere, gründlichere Erforschung vorgesehen. Bevor dies jedoch geschehen konnte, war plötzlich eine Notlage entstanden: Man benötigte eine ganze Welt, so wie sie war, und der Planet wurde auf willkürliche und überstürzte Art besiedelt. Hier folgte ein Absatz im Text. Als die Beschreibung wiederaufgenommen wurde, war der Tonfall weniger allgemein und anschaulicher.

„... Monsalvat, eine recht wasserreiche Welt, besitzt vier Landmassen von fast kontinentaler Ausdehnung: Kepture, Cantou, Glordune und Chengurune. Der letztgenannte Kontinent ist der größte, Cantou der kleinste. Die gesamte Landfläche einschließlich der bekannten vorgelagerten Inseln macht neunzehn Prozent der Planetenoberfläche aus. Die Landmassen sind unzureichend, um die Pole vom Kreislauf des Wassers abzuschließen, daher findet sich auf beiden Halbkugeln keine Vereisung. Zwar weisen die geologischen Schichten aller Kontinte außer Cantou Anzeichen leichter Vereisung auf, aber diese hat offenbar nicht gleichzeitig stattgefunden.

Obwohl die Planetenachse zur Umlaufbahn stark geneigt ist (achtundzwanzig Grad), kann man das Klima als wenig wechselhaft bezeichnen; dies läßt sich zurückführen auf den hohen Wasseranteil sowohl im flüssigen als auch im gasförmigen Zustand.

... Wenn das Klima auch beständig ist, so gelten für das Wetter jedoch andere Bedingungen. Der Monsalvat-Tag dauert zweiundzwanzig Standardstunden; der kleine Mond übt keinen nennenswerten Einfluß auf die Gezeiten aus. Daher ist das Wetter starken Veränderungen unterworfen. In den äquatorialen und subpolaren Regionen wird es von heftigen Winden bestimmt, die einen ständigen Wechsel verursachen. Am Südpol, wo der Weltozean weder von Festlandsockeln noch von unterseeischen Erhebungen unterbrochen wird, können Wogen und einzelne Stürme den ganzen Planeten umrunden. In gemäßigteren Gegenden kommen Stürme weit weniger häufig vor, hier sind jedoch Wetterschwankungen häufiger anzutreffen. Die dichte Atmosphäre mit dem hohen Wasserdampfgehalt begünstigt eine rasche Wolkenbildung. Es mag überraschen, daß Monsalvat dennoch keine regnerische Welt ist. Gemessen am Wasserdampfanteil fällt wenig Niederschlag. Die Ursache hierfür mag das völlige Fehlen von atmosphärischem Staub sein, das typisch für diesen Planeten ist. Daher hat auch der Himmel, wenn er an klaren Tagen von der Planetenoberfläche aus betrachtet wird, eine dunkle, blau-violette Farbe. Die Wolkenfarben reichen von Weiß über ein gelbstichiges Grau bis hin zu Orange. Dies hängt vom Einfallswinkel der Strahlen der Doppelsonne ab.

Ein Forscher liefert eine subjektive Beschreibung der ungewöhnlichen Art des Lichtes von Monsalvat: Von gläserner Klarheit, und doch schien die Atmosphäre aus etwas anderem als Luft zu bestehen. Von dem von Wolkentürmen und -bändern durchwogten Himmel drangen Lichtpfeile und glänzende Strahlen in sie ein wie in eine dünnflüssige Substanz und schufen eine Stimmung ständiger Veränderung, Gärung, Aktivität, die bald an den Nerven zu zerren begann. Ständig spürte man den Zwang, sich umzublicken. Und nie konnte man sich völlig sicher fühlen, immer schien sich etwas zusammenzubrauen.'"

Meure gähnte und blätterte um. Nun begann ein Abschnitt, der die allgemeine Beschaffenheit des Planeten auf einer sehr abstrakttechnischen Ebene behandelte. Ein schwerverdaulicher Text. Meure überflog die allgemeinen Daten und nickte. Nichts an diesem Monsalvat war wirklich außergewöhnlich. Er konnte es leicht zusammenfassen: Monsalvat war eine Welt, die von Wassermassen des großen Ozeans geprägt wurde. Ihr Umfang war etwas größer als gewöhnlich, ihre Masse etwas geringer. Es war ein Planet für Fußgänger: keine sehr großen Entfernungen, keine sonderlich hohen Gebirgszüge. Es gab allerdings ein paar ziemlich niedrige Gebirge. Die Ozeane waren tief, aber keine unendlichen Abgründe. Bisher klang alles recht angenehm, eine Welt zum Ferienmachen. Ein Ort, wo man sich erholen konnte, wo man Zuflucht vor allzu hektischen Dingen finden konnte. Meure schlug eine neue Seite auf.

Dies war ein Abschnitt, den man aus einem anderen Band kopiert hatte. Es ging um die Geschichte des Planeten. Er las ihn sehr sorgfältig.

„... 9223 wurden die Klesh vom Planeten Morgenröte ausgesiedelt und nach Monsalvat transportiert, wo sie völlig unter sich bleiben sollten. Die Klesh waren Menschen, die von einem degenerierten Nebenzweig der Ler zu völlig rassereinen Archetypen gezüchtet worden waren. Zu jener Zeit hielt man sie für kulturell derart verschieden von gewöhnlichen menschlichen Organisationsformen, daß man sie auf Monsalvat isolierte, um ihnen Zeit zu geben, sich umzugewöhnen. Da niemand weise genug sein konnte, um zwischen den unterschiedlichen Stämmen und Rassen Entscheidungen zu treffen, sollten sie sich selbst überlassen bleiben. Man richtete jedoch eine Gouverneur-Stelle ein, um die allgemeine Ordnung aufrechtzuerhalten und friedliche Bestrebungen zu ermutigen.

... Im Rückblick kann die Geschichte der Besiedlung Monsalvats nur als ein großer Fehlschlag betrachtet werden. Nichts in der Geschichte der Menschheit oder der Ler kommt ihm gleich. Gouverneur folgte auf Gouverneur und Verwaltung auf Verwaltung, doch das Ergebnis blieb immer das gleiche: Während sich die Klesh die Grundvoraussetzungen zum Überleben aneigneten, wurden sie gleichzeitig mit den Jahren immer widerspenstiger und barbarischer. Sie schienen sich selbst als vom Schicksal betrogene Rasse zu betrachten, die zu nichts anderem taugte, als den Planeten mit Barbarei zu überziehen; mit endlosen Scharmützeln, Sklaverei und Grausamkeiten aller Art.

... Jeder Klesh, welchem Typ er auch immer zuzurechnen war, hatte einen sonderbaren Standpunkt, von dem er niemals abrückte. Niemand hatte Heimweh nach dem Planeten Morgenröte. Erst recht erinnerte sich niemand an einen Zustand, der vor ihrem Leben auf Morgenröte geherrscht haben mochte. Es gab keine Legenden, keine Sagen, nichts. Die Krieger der Morgenröte hatten alle ihre Verbindungen zur Vergangenheit vollständig ausgelöscht. Daher erfüllte sie eine wilde Sehnsucht nach der Zukunft, tiefe Abscheu vor allen Ler und Verachtung für den Rest der Menschheit. Ansonsten wurde der durchschnittliche Klesh beherrscht von seiner Abneigung (im besten Falle) gegen alle Klesh, die einer anderen Rasse angehörten.

... Man hatte gehofft, daß die Isolierung auf Monsalvat den Kulturschock auf ein Minimum reduzieren würde, und wollte durch allgemeine Verordnungen verhindern, daß gewissenlose Händler aus ihren Bedürfnissen nach Produkten hochentwickelter Zivilisation hohe Profite ziehen würden. Die Verordnungen brauchten jedoch nach einer Weile gar nicht mehr angewendet zu werden. Monsalvat war zu abgelegen, und hier ... (an dieser Stelle war die Kopie unleserlich) der Anflug war zu gefährlich, und die Klesh selbst waren zu zersplittert, um eine Organisationsform zu erreichen, die erfolgreich einen Start in den Weltraum hätte anstreben können.

... In der Zwischenzeit blühten die unterschiedlichen Klesh-Rassen auf oder gingen unter, sie vermischten und kreuzten sich, starben aus und erstanden neu in dieser ewig gärenden Welt. Die Anzahl der überlebenden *ursprünglichen Rassen* (Klesh-Bezeichnung: *Radah*) ging natürlich immer weiter zurück, aber es entstanden ständig neue Rassen, so daß es schließlich mehr Erscheinungsformen gab als ursprünglich auf dem Planeten angesiedelt wurden. (Es ist überliefert, daß es mehr als fünfhundert Klesh-Rassen gab, als die Schiffe auf Morgenröte beladen wurden.) Alle beanspruchen natürlich das gleiche Lebensrecht. Dieser Prozeß ist in der Gegenwart noch keineswegs abgeschlossen. Es ist eigenartig, daß die Kreuzungen der Rassen untereinander nicht zu allgemeiner Gleichartigkeit geführt haben. Wenn man von Kulturen auf Monsalvat sprechen kann, so ist diesen allen ein Grundsatz gemein: Das unbedingte Ziel ist die Reinerhaltung der Rasse, Mischlinge gelten als Parias und müssen gemieden werden.

... 9403 verließ der letzte Gouverneur Monsalvat, seine Stelle wurde nicht wieder besetzt. Zu diesem Zeitpunkt war die winzige Niederlassung der zivilisierten Gesellschaft bereits von einem bewaffneten Verteidigungsgürtel umgeben, und der Gouverneur hatte sein Amt nicht mehr ausgeübt. 9405 verließen auch die restlichen Menschen den Planeten. Es müßte vielleicht ergänzend erwähnt werden, daß die überlebenden Mitglieder der Gesellschaft von einem bewaffneten Kriegsschiff gerettet werden mußten. Ein Vorgang, wie er seit der Tau-Ceti-Krise 5225 nicht mehr eingetreten war.

... Händler, Forscher und verschiedene Institutionsgruppen flogen den Planeten zwar noch gelegentlich an, diese Kontakte gestalteten sich jedoch zunehmend gefährlicher und wurden daher schließlich völlig eingestellt. Monsalvat ist kein Anflughafen mehr. Hin und wieder kommt schon einmal ein Schiff in die Gegend, selten wird jedoch eine Landung versucht. Die Berichte dieser kurzen Besuche sagen alle dasselbe aus: Die Rassenvielfalt scheint einer Stabilisierung entgegenzugehen, aber das Leben dort ist so gefährlich, wie es immer war. Die Zustände sind chaotisch bis anarchisch."

Den Blättern lag eine einfache Karte bei. Der Text fuhr fort mit einer Beschreibung der unterschiedlichen Klesh-Typen, ihrer Anzahl, Siedlungsräume, Gewohnheiten. Dem allen war eine Warnung vorausgestellt, daß die Informationen vermutlich überholt seien und heute keine Gültigkeit mehr hätten für jemanden, der närrisch genug wäre, eine Landung auf Monsalvat überhaupt zu versuchen. Meure studierte die Beschreibungen mit Spannung und Erstaunen. Die Vielfalt der Erscheinungsformen einer Gattung, der er selbst angehörte, flößte ihm Angst ein. Schließlich waren sie doch alle Zweige eines gemeinsamen Stammes. Die Menschen, die er kannte, waren einander fast so ähnlich, wie die Ler es waren. Aber dort auf Monsalvat, las er, gab es Rassen, deren Angehörige deutlich über zwei Meter groß wurden – und zwar beide Geschlechter –, andere waren kaum einen Meter groß. Andere waren so bleich und frei von Hautpigmenten, daß ihre Venen violett durch die Haut schienen. Wieder andere waren von stumpfer kohlschwarzer Farbe. Manche waren so dicht behaart, daß man sie als pelzig bezeichnen konnte, andere waren völlig unbehaart. Alle Erscheinungsformen waren auf Monsalvat möglich. Manche Arten waren sehr beständig, doch keine war den anderen auf Dauer überlegen, und keine schien in einem größeren Gebiet auf einem der vier Kontinente die Herrschaft an sich gebracht zu haben.

Meure legte die Blätter neben sich ab, löschte das Licht und zog sich die Decke bis unter das Kinn. Monsalvat! Diese Welt hatte er vergessen. Sie war im Geschichtsunterricht nur als ein unbedeutendes Datum aufgetaucht. Ein Ort, wo es noch Menschenrassen gab. Dies alles erschien ihm so wild und barbarisch, daß er es sich überhaupt nicht vorstellen konnte. Und gerade dorthin waren sie unterwegs. Dies war ihr erklärtes Reiseziel, nicht etwa ein kurzer Zwischenstopp. Meure spürte, wie der Schlaf ihn umfing, und er wehrte sich nicht. Furcht stieg in ihm auf.

Es war kein friedlicher Schlaf. Er warf sich in seiner Koje hin und her, so heftig, daß er fürchtete, die anderen aufzuwecken. Doch alles blieb still und dunkel, und immer wieder sank er zurück in seinen unruhigen Schlaf. Dann begann er zu träumen. Zuerst erschienen nur bruchstückhafte Fetzen, Symbole und Bilder. Aus dem Dunkel stiegen sie auf und versanken wieder, nahmen immer neue Formen, neue Gesichter an. Sehr einfach und unerwartet veränderte sich plötzlich der Traum; er wurde konkreter, so lebendig wie die Wirklichkeit. Er befand sich in einem Palast. Soviel war klar. ‚Nicht eben sehr luxuriös', kommentierte sein Unterbewußtsein. Doch, es war ganz eindeutig ein Palast. Ein Gefüge aus Steinen. Große, dunkle Steine waren es, schwer und massig. Sie waren geschickt behauen und geschliffen und ohne Mörtel aufeinandergefügt. Dieser Palast war seine Burg. Er konnte sich darin so frei bewegen, wie er es wünschte. Und doch wußte er, daß die Burg auf eine geheime Weise auch sein Gefängnis war. Es gab jemanden, das wußte er, der ihn bediente und den er gleichzeitig fürchtete. Meure war sich all dieser Dinge bewußt, ohne sie zu verstehen. In einem Vorzimmer ging er auf und ab. Dann wechselte die Szene, und er war in einem Verlies, tief unter dem Palast. In eisernen Haltern an den Wänden steckten Pechfackeln und warfen ein flackerndes Licht. Unsicher verhielt er seinen Schritt ... Er hatte etwas vor. Etwas, das er fürchtete, etwas ... Ehrloses, so schien es ihm. Sein Verstand lieferte ihm kein Bild davon. Er fürchtete das Ungewisse. Gleichzeitig gab es viele Möglichkeiten, sich anders zu entscheiden. In seine Angst jedoch mischten sich mit furchterregender Helligkeit Triumphgefühle. Rachegelüste, die so ursprünglich und stark waren, daß Meure beinahe davon aufgewacht wäre. Er mühte sich, in seinen Traum zurückzukehren, spürte, daß er ihn fast verloren hätte. Jetzt hielt er etwas in der Hand. Etwas metallisch Kaltes, Scharfkantiges. Es zerschnitt fast seine Haut, so fest hielt er es umklammert. Er stieß eine schwere Tür auf und trat in den Raum dahinter. An einer Wand hing dort ein Spiegel mit reichverziertem Rahmen. Er blickte hinein, doch dort entstand kein Bild. Im roten Dämmerlicht sah er schärfer hin. Er mußte wissen, wie er aussah. Endlich klärte sich der Blick, und Meure spürte, wie er dem Aufwachen entgegenschwebte. Aber jetzt konnte er das Bild im Spiegel erkennen. Er sah ein unbekanntes Gesicht. Ein Fremder starrte ihn an. Er hatte ein hartes, bitteres Gesicht; Falten umzogen Augen und Mund. Sein lockiges Haar war genauso rot wie sein sauber gestutzter Oberlippen- und Kinnbart. Ein brutales, knochiges Gesicht, jedoch auffällig schmal. Die Augen blinzelten, um das Dämmerlicht zu durchdringen, sie schienen böse triumphierend zu lächeln. Die zusammengepreßten Zähne blitzten.

Meure erwachte schweißnaß, die Augen weit aufgerissen. Die Augen hatten ihn besonders fasziniert. Er hatte versucht, den Spiegel hinabzublicken ... aber er konnte sich nicht erinnern. Der Faden war gerissen. Plötzlich hellwach, spürte Meure jenes sonderbare Phänomen, das oft von Menschen beobachtet wird, die aus einem besonders bewegten, rätselhaften Traum erwachen: Die Erinnerung an das Traumgeschehen ist oft eindrucksvoller als der Traum selbst. Dieser rothaarige Mann, die harten, scharfen Gesichtszüge eines streitbaren Einzelgängers. Meure kam dieser Mann bekannt vor. Ein unwirkliches Gefühl ließ ihn frösteln. Er kannte diesen Mann. Er *war* dieser Mann. Und genausogut war er es nicht. Er war auch er selbst. Er glaubte sogar seinen Namen zu kennen ... In seinem ganzen Leben war Meure Schasny keinem solchen rothaarigen Mann begegnet. Langsam verblaßten die eindrucksvollen Bilder. Von irgendwo aus der Gemeinschaftskabine drangen schwache Laute an Meures Ohr. Die anderen erhoben sich aus den Kojen und gingen umher.

Meure hielt sich nicht für besonders introvertiert und begann, sich mit den alltäglichen Verrichtungen zu beschäftigen. Er sagte sich, daß der seltsame Traum eben nichts als ein seltsamer Traum gewesen sei und daß er ihn bald vergessen haben würde. Er sprach mit niemandem darüber. Halander hätte ihn für mondsüchtig gehalten. Auch Ingraine Deffy, die bereits eines der Überhemden aus dem Kleiderschrank trug, kam nicht in Frage. Und Audiart? Mit ihr konnte er – bis jetzt – auch nicht reden. Erst recht nicht mit einem der Ler. Sie waren zwar sehr höflich, aber zu distanziert. Außerdem hatten Flerdistar und Clellendol ein Verhältnis zueinander, das Meure nicht verstand. Es schien, daß sie ständig bemüht waren, einander aus dem Weg zu gehen. Offensichtlich hatten beide kein besonders tiefgehendes Interesse für seine Probleme.

Tag- und Nachtwachen wechselten sich an Bord der *Ffstretsha* ab. Auch Audiart trug nun Ler-Kleidung, da diese ihrer Meinung nach bequemer war. Halander schloß sich dieser Auffassung an und schließlich auch Meure. Mehrere Male ging er noch in die Offiziersmesse hinauf, einmal in seiner Freizeit. Der Anblick auf den Bildschirmen war im wesentlichen immer noch der gleiche wie beim erstenmal. Schwärze, die fernen Lichtpunkte der Sterne und im hintersten Schirm ein unförmiges Gebilde, der Kreuzer *Thlecsne*. Bei seinem letzten Aufenthalt in der Messe glaubte er jedoch eine rollende, stoßende Bewegung auf den Schirmen erkannt zu haben. Besonders die *Thlecsne* schwankte eindeutig, so als ob sie Mühe hätte, ihrem Kurs zu folgen ... Meure hatte keine Vorstellung davon, wie Spsom-Schiffe funktionierten, und so konnte er nicht sagen, ob das Schaukeln für ihn irgendeine Bedeutung hatte. Aber das Bild prägte sich ihm ein: Ein Schiff, daß schwankte und schlingerte wie auf der Oberfläche eines bewegten Ozeans.

Auch bei den Spsomi wurde eine Veränderung bemerkbar. Der erste Eindruck, den Meure von ihnen allen gewonnen hatte, war der von entspanntem Sachverstand. Sie führten das kleine Schiff, die *Ffstretsha*, ohne sichtbare Mühe oder persönliche Spannung. Der Kapitän hatte das Kommando, der Astrogator steuerte, der Aufseher sorgte dafür, daß die unsichtbaren Sklaven etwas zu tun hatten, und Vdhitz kümmerte sich um den allgemeinen Zustand des Schiffes. Die Veränderung war kaum zu spüren. Die Mannschaftsmitglieder hatten es nur häufiger eilig als früher, sie wirkten manchmal angespannt. Die Tür zur Brücke war öfters geschlossen, schließlich blieb sie ständig zu. Dann wurde die Offiziersmesse geschlossen. Wenn man Vdhitz einmal sah, wirkte er gehetzt.

Der Traum blieb Meure im Gedächtnis. Nach einiger Zeit, mehrere Tagwachen waren vergangen, besuchte er Vdhitz in dessen Unterkunft im Heck des Schiffes. Keine geschlossenen Türen hielten ihn auf; er drang weiter und weiter nach hinten vor. Der geschwungene Gang gab den Blick nach vorn nicht frei und wurde ständig enger. Am Ende stieß er auf eine kleine kreisrunde Kammer. Dort bot sich Meure ein seltsamer Anblick.

Vdhitz beugte sich über eine leblose Form, die auf dem Boden lag. Sie war Meure so fremd, daß er sie nicht erkennen konnte. Hinter Vdhitz stand ein zweites dieser Wesen und sah unbewegt hinab. Außerdem war noch Zdrist, der Aufseher, zugegen. In der rechten Hand trug er ein eigenartiges Instrument, eine Kombination aus einem Griff und einem Handschuh mit ein paar unregelmäßigen Öffnungen. Möglicherweise war es eine Spsom-Waffe, aber Meure konnte sich nicht vorstellen, wie sie funktionieren sollte. Sie hatte keine Öffnung, die einer Mündung auch nur entfernt ähnelte.

Die beiden fremden Wesen stammten wahrscheinlich von Vfzyekhr. Das stehende war ungefähr halb so groß wie ein Spsom, sein Körper war von einem dichten, fahlweißen Pelz bedeckt. Es hatte zwei Arme und Beine, welche sehr kurz waren. Es schien auch einen Hals und Kopf zu haben; Gesichtszüge waren jedoch nicht zu erkennen, das dichte Fell verhüllte alles. Meure mußte sich eingestehen, daß er nicht einmal sagen konnte, ob das Wesen überhaupt in seine Richtung sah.

Er wartete. Vdhitz richtete sich auf und sagte etwas zu Zdrist, der leise antwortete. Dann redeten beide gedämpft auf den stehenden Vfzyekhr ein. Das Wesen verlagerte nur stumm das Gewicht von einem Fuß auf den anderen in einer sanft schaukelnden Bewegung. Die beiden Spsomi berieten wieder untereinander. Vdhitz griff nach einer Schalttafel oben an der Wand und drückte einen beleuchteten Knopf. An der gegenüberliegenden Seite der Kabine öffnete sich ein Spalt, wo vorher nichts auf eine Tür hingedeutet hatte. Nachdem der verborgene Durchlaß sich ganz geöffnet hatte, trat der Vfzyekhr in einen silbrig glänzenden Gang, der dahinter lag, drehte sich um und wartete. Zdrist befreite seine Hand von dem rätselhaften Gerät und reichte es dem anderen Spsom. Vdhitz ergriff es, und Zdrist stieg durch die Öffnung zu dem Vfzyekhr in den Gang hinein. Danach schloß Vdhitz den Durchlaß wieder und öffnete eine kleinere Luke, die sich unten zu seiner Linken befand. Dort hinein stieß er das leblose Wesen, das auf dem Boden gelegen hatte. Erst als er damit fertig war und nachdem er das waffenähnliche Instrument verstaut hatte, wandte er sein Gesicht Meure zu.

Er sagte: „Ick viehl ge-iept. Dejn Sprack. Ick glaup, ick jtzt viel beszer, Jia?“

Ohne es zu merken, nahm Meure selbst den zischenden Tonfall der Spsom-Redeweise an: „O jia, viel beszer.“

Ein Ohrtrichter des Spsom schwenkte in Richtung auf die Rückseite der Kabine. „Wihr ejnen Vfzyekhr verrlohren. Dasz wircklick szchlimm. Jtzt musz Zdrist in den Rehren helpen. Wihr verlirren ander Vfzyekhr, ick musz Rehren saubermacken.“

„Woran ist der . . . äh, Vfzyekhr gestorben?“

„Er beszchähdickt, bej Ahrbejt.“

„Verletzt?“

„Jia, jia, dasz der ricktick Wort: Värrleckzt! Hier schleckte Gegend. Wilder Rraum, sährr wild. Gefährlick. Iszt auck Sturm!“

Meure riskierte eine Frage: „Auf den Schirmen in der Messe habe ich deutliche Bewegungen gesehen. Sie waren viel heftiger als bei unserm Start – meinst du das? Im Schiff kann man nichts davon spüren.“

„Wenn szchlimmer, du spüren auck. Wir dasz erwartet, aber nickt so szchlimm.“

„Was können wir tun? Umkehren?“

„Käptn musz mit Lirleut sprecken. Ick weisz nickt. Sie haben sczhon betsahlt und ch, ch, ch . . .“ – er stieß ein kurzes, meckerndes Lachen aus – „. . . Shchifr hat faszt dasz ganz Geld ausgegeben. Spsom-Szchiff hat immer Szchulden.“ Er dachte einen Augenblick nach, dann fügte er hinzu: „Iszt diesz vährdammt Planett Monszalfatt! Diesz Teil von Raum wir meiden wie, äh, wie szackt man . . . wie die Peszt!“

Einen Moment lang schienen die großen, ausdrucksvollen Augen Meure nicht mehr wahrzunehmen. Sie blickten starr ins Leere, und er schien eine innere Vision zu betrachten. Dann kehrte allmählich seine Aufmerksamkeit zurück, und er fügte hinzu: „Raum iszt niemalsz leer, und kejne tzwei Plätz sin gleick, ejner ruhick, der ander wild, nock ejn ander voll komiszch Bewegunck . . . Dieser hat von all dasz schlecktest!“

Meure ließ einige Zeit verstreichen, dann fragte er beiläufig: „Ich würde gern wissen, ob Spsomi jemals träumen?“

„Wasz Bädeutung von Wort ‚treumen‘?“

„Visionen während des Schlafes. Man sieht sie und erlebt sie, aber es geschieht alles nur im Kopf.“

„Aha, jia, *Mstli*, ija.“ Der Spsom schwieg, und Meure konnte eine angedeutete Mißbilligung spüren, so als ob Träume ein Gebiet seien, über das bei den Spsomi nicht gesprochen wurde. Vdhitz sagte unvermittelt: „Du hast *Mstli*, du hast nickt verstanden?“

Meure nickte, und Vdhitz fuhr fort: „Passiert dauerndt in diesz Gegend. Alle Leut werden erszchreckt von etwasz hier. Manch mehr, manch weniger.“

Meure wollte etwas sagen, aber der Spsom gebot ihm zu schweigen. „Mir nix ertzälen. Das iszt bej uns sähr schleckt Benähmen. Du kannszt es der *Liy* ertzählen, vielleickt verstäht sie etwas und szagt dir, wasz sie sieht.“

„Die *Liy* Flerdistar?“

„Dieszelbe. Sie mackt so etwas, dasz hab ick gehört.“

Dann wandte er sich ab und begann, sich mit belanglosen Handhabungen zu beschäftigen, ganz so, als ob ihm das Thema zu geschmacklos sei und er nichts mehr davon hören wolle. Er hatte Meure auf eine Art an Flerdistar verwiesen, die an das Abwimmeln eines Vertreters erinnerte, der völlig unmögliche Waren feilbot. Meure seinerseits hatte kein Interesse daran, den Spsom zu verärgern, darum wandte er sich zum Gehen, ohne noch einmal auf das Thema zu sprechen zu kommen.

Als am Abend die letzte Mahlzeit eingenommen worden war und er all seine Arbeiten erledigt hatte, legte Meure das feinste Übergewand an, das er im Kleiderschrank finden konnte, und begab sich auf die Suche nach der *Liy* Flerdistar. Sie war nicht in ihrer Suite, und Clellendol war es ebensowenig. Er trat auf den Gang hinaus. Die *Ffstretsha* war ein kleines Schiff. Es gab nicht viele Orte, an denen sie sich aufhalten konnte. Bis jetzt war es im Schiff still gewesen. Wie auch immer ein Spsom-Schiff sich durch das Weltall bewegen mochte, der Antrieb schien kein hörbares Geräusch zu verursachen. Draußen auf dem leeren Korridor jedoch, fern von den anderen Menschen, stellte er fest, daß es Geräusche gab, Serien von Tönen, die er zuvor noch nie gehört hatte. Sie waren schwach, kaum merkbar, nicht zu lokalisieren, schienen aber aus dem Schiff selbst zu kommen. Meure lauschte angestrengt. Diese Töne konnte er nicht identifizieren.

Er ging den Gang entlang, dem Bug des Schiffes entgegen. Dann stieg er die Leiter empor, die zum zweiten Deck führte. Die Tür zum Kontrollraum war fest verschlossen, und über dem Rahmen leuchtete trübe eine rote Lampe. Die Offiziersmesse war jedoch offen, und Licht drang heraus auf den Gang. Als Meure auf den Eingang zuging, kam Clellendol heraus. Unter der Tür blieb er stehen und sah in den Messeraum zurück. Als er Meure erblickte, sagte er etwas Unverständliches ins Zimmer hinein. Er gebrauchte die trillernd summende Multisprache der Ler. Aus dem Innern kam keine Antwort. Da schwieg Clellendol, schritt den Gang entlang und verschwand über die Leiter nach unten.

Die Messe war leer, bis auf einen Gast: Flerdistar. Mitten auf dem Tisch standen zwei Becher, und aus beiden stieg Dampf auf.

Meure hatte das Ler-Mädchen nicht als sehr attraktiv empfunden, als er ihr zum erstenmal begegnet war, und in der Zeit auf dem Schiff hatte sich seine Meinung kaum geändert. Sie war dünn, fast knochig. Die Grazie, mit der sich das schlanke Menschen-Mädchen Ingraine Deffy bewegte, fehlte ihr völlig. Auch ihr herrisches Auftreten stieß Meure ab, und er ging ihr sooft wie möglich aus dem Weg. Nun, nur durch die Tischplatte von ihr getrennt, konnte er sie aus der Nähe betrachten: Ihre Haut war farblos, der Mund dünnlippig und blaß, die Augen waren grau und immer ein wenig feucht. Ihre Erscheinung war an diesem Abend besonders auffällig, weil sie ein sehr ungewöhnliches Gewand trug. Das Oberteil war sehr locker geschnitten, hatte einen weiten Halsausschnitt und bestand aus einem transparenten Material, so daß der Oberkörper darunter sichtbar wurde. Sie hatte die Ellenbogen auf die Tischplatte gestützt und saß vornübergebeugt, wodurch sie sehr erschöpft wirkte. Ihre frühreife Streitbarkeit war ausgelöscht.

Meure fragte: „Störe ich . . .?“

Flerdistar antwortete mit leiser, beherrschter Stimme, die müde klang: „Nein, fragen Sie, was immer Sie wollen.“

Es schwang etwas wie ein Hintergedanke in ihrer Antwort mit. Meure sah sie genauer an. Seine Blicke konnten den Stoff ihrer Bluse leicht durchdringen, doch es gab wenig zu sehen. Ler-Mädchen waren ohnehin meist recht flachbrüstig, und bei Flerdistar war dies besonders ausgeprägt. Der Körper, den er da betrachtete, war der eines zarten Jungen oder der eines Kindes. Meure begann zögernd: „Ich bin nicht genügend mit den Umgangsformen vertraut, um . . .“

Sie unterbrach ihn mit einer wegwerfenden Geste der rechten Hand, die wohl andeuten sollte, daß aus irgendeinem Grund die Umgangsformen nicht beachtet zu werden brauchten.

„Nun, einer der Spsomi hat mir erzählt, daß Sie Träume deuten könnten. Ich hatte einen, hier auf diesem Schiff, dessen Bedeutung völlig dunkel für mich ist, und ich frage mich, ob Sie mir helfen können.“

Sie lächelte. „Traumdeuterei also . . . Nein, man kann eigentlich nicht sagen, daß ich so etwas mache. Ich lese die Vergangenheit. Ich lausche der Gegenwart, die . . . durchdrungen ist von den klingenden Echos der Vergangenheit. Ich siebe Geschichten, Wörter und Legenden, von denen die Literaturwissenschaftler sagen, daß sie verzerrt und unwahr seien, und die doch einmal wahr gewesen sind. Allmählich, Zeile für Zeile, kann ich so vordringen . . . und es schließlich fast ergreifen; kann es schließlich sehen, ganz so, wie es sich in Wirklichkeit zugetragen hat. Wenn man mir lange genug Zeit läßt, um an einer Sache zu arbeiten, kann ich Geschehnisse rekonstruieren, von denen man annimmt, daß sie ein für allemal in Vergessenheit gesunken sind."

„Warum sind Sie hier, unterwegs nach Monsalvat?" fragte Meure.

„Es gibt ein großes Geheimnis in der Geschichte meines Volkes. Für Sie mag es ohne Bedeutung sein. Sogar unter uns Ler gibt es viele, die so denken. Die Geschichte ist schnell erzählt: Es gab einst eine Ler-Rebellin. Von späteren Ereignissen ausgehend, nimmt man an, daß sie zeitlebens immer eine Rebellin geblieben ist. Es existiert jedoch auch die beunruhigende Überlieferung, wonach sie sich änderte. So entstehen viele Fragen. Warum, zum Beispiel, wurde die gesamte Rebellion mit ihrem Namen bezeichnet? Der Name dieser Rebellin war Sanjirmil. In Ihrer Sprache nennt man so ein plötzliches, natürliches Entflammen: Irrlicht, Elmsfeuer. Jene Ler, die sie begleiteten, degenerierten zu den Kriegern der Morgenröte, deren Zahl ständig schrumpfte und die schließlich ganz verschwanden. Es gab auch Menschen, die von diesen Kriegern gefangen, mißhandelt und versklavt wurden. Dann begannen die Krieger, aus ihnen eine Vielzahl reiner Archetypen zu züchten. Wir sind auf dem Weg nach Monsalvat, um mit einigen dieser Klesh zu sprechen, die das einzige Bindeglied zu jener Vergangenheit bilden."

„Ja, gut", warf Meure ein, „jeder hat von den Kriegern und ihren Klesh gehört. Aber die Zeit! Wieviel Zeit ist allein zwischen den Tagen Sanjirmils und dem Aufbruch der Klesh nach Monsalvat vergangen! Sie werden sich nicht an sie erinnern können. Sie war schon tot und hatte ihr Leben beendet, bevor noch die Krieger ihre ersten Zuchtversuche unternahmen. Und nach allem, was man hört, ist in der Zwischenzeit noch viel geschehen, seit sie auf Monsalvat leben. Ereignisse, die für sie schrecklich gewesen sein müssen. Sie werden Glück haben, wenn Sie überhaupt zusammenhängende Geschichten zu hören bekommen, und bestimmt werden diese nicht von Ereignissen handeln, die sich vor Tausenden von Jahren zugetragen haben."

Sie sah Meure freundlich an. „Sie haben eine falsche Vorstellung von meiner Methode. Für den in meiner Kunst Unerfahrenen klingt das, was ich zu einem zusammenhängenden Ganzen verwebe, wie ein zufälliges Geräusch. Außerdem sind uns zwei Tatsachen bekannt. Dies ist *Wissen*, keine Spekulation. Sanjirmil setzte Kräfte frei, die zur Entstehung der Krieger und der Klesh führten und die beide Arten voneinander sowie von Ler und Menschen trennten. Die andere Tatsache ist die, daß sich all die gegenteiligen Geschichten, die besagen, daß Sanjirmil selbst ein Opfer und kein Täter war, zu einer gemeinsamen Quelle zurückverfolgen lassen: zu Monsalvat und den Klesh. Wo immer ich nachgeschlagen habe, der gemeinsame Ursprung, den ich und die anderen Abkömmlinge des Hauses der Historiker fanden, war immer Monsalvat. Dahinter stoßen wir auf einen Vorhang, den wir nicht durchdringen können. Darum muß unsere Antwort dort liegen, tief verborgen im kollektiven Gedächtnis und den alten Sagen dieser Menschen."

„Warum hat man nicht jene Ler befragt, die die Krieger nach deren Umsiedlung betreuten?" fragte Meure mißtrauisch. „Schließlich haben Sie die bewußte Erinnerung, über die wir nicht verfügen."

Flerdistar schüttelte den Kopf. „Das hat nichts erbracht. Wir haben es anfangs versucht. Aber alles, was wir erfuhren, war, daß es über den Ursprung der Krieger ein Geheimnis gab, das nur eine kleine Zahl von ihnen kannte. Der Inhalt dieses Geheimnisses wurde nie einem der Ler enthüllt, die die überlebenden Krieger bewachten und betreuten. Wir sind prädestiniert dafür, Geheimnisse zu bewahren. Ich kann Ihnen versichern, daß es Krieger gab, die Selbstvergessen übten, das heißt bewußt ihre gesamte Erinnerung löschten, nur um ein Geheimnis nicht preiszugeben, das ihnen selbst fast völlig unverständlich geworden war. Das Wesen der Krieger stellte ein weiteres Problem dar. Sie waren keine echten Ler mehr, sie waren zu etwas anderem geworden, und Menschen waren sie auch nicht. Die Strahlung auf Morgenröte hatte sie nach und nach mit verhängnisvollen Mutationen des Erbguts belastet. Wir Ler sind für solche Strahlung sehr anfällig, wie Sie vielleicht wissen. So war also die Erinnerung der Krieger völlig unergiebig für uns; wären es Menschen gewesen, hätte sich in deren Sagen wenigstens noch eine unbewußte Erinnerung erhalten ... Nein, die Krieger stellten eine Sackgasse dar. Also haben wir uns den Menschen zugewandt. Aber hier – ich habe es bereits gesagt – erhalten wir entweder die offizielle Version, der wir mißtrauen, oder werden auf Monsalvat verwiesen."

„Warum ist das überhaupt so wichtig nach all den Jahrhunderten und Jahrtausenden?" fragte Meure zutiefst erstaunt. „Was macht es für einen Unterschied, ob sie eine Rebellin war oder nicht? Es ist geschehen. Das ist alles."

Flerdistar sah Meure direkt ins Gesicht. „Es schließt eine Grundfrage ein, die die Existenz selbst betrifft. Das geht über Ler- oder Menschentum, ja selbst über jede intelligente Lebensform hinaus. Eine Grundfrage eben. Vor langen Jahren gab es in unserer Geschichte einen heftigen Streit um ihre Beantwortung. Sie haben dies bestimmt vergessen, darum will ich Sie jetzt auch nicht damit belasten. In diesem Streit gab es keinen Sieger, denn eine Partei war gar nicht wirklich an einer Antwort interessiert – darum ließ sie der anderen Partei einfach unangefochten ihren Standpunkt. Alles, was wir sind, Sie und ich, läßt sich auf diese Frage zurückführen. Alles. Und immer, wenn jemand an dieses alte Problem rührt, kommt erneut die Möglichkeit ins Gespräch, daß doch die andere Seite recht gehabt haben könnte."

„Was macht es für einen Unterschied", sagte Meure wieder. „Wenn die andere Seite recht gehabt hat, dann müssen wir uns eben ändern."

„Wenn das so einfach wäre! Wenn jene Deutung, die sich schließlich nicht durchgesetzt hat, die Wirklichkeit wahrhaftiger deuten würde, würde dies bedeuten, daß wir alle wahnsinnig sind, es waren und immer sein werden. Aber ich habe hier von Dingen gesprochen, die viel zu hoch für Sie sind. Ehrlich gesagt ist selbst für mich das meiste davon kaum zu verstehen. Eigentlich wiederhole ich nur Dinge, von denen ich gehört habe. Ich bin ein Forschungsapparat, der nach der einen Wahrheit sucht. Jetzt will ich versuchen, Ihren Traum zu lesen. Erzählen Sie mir davon."

Meure fühlte sich unbehaglich, verwirrt von ihrem plötzlichen Sinneswandel. Einen Anflug von demselben Gefühl hatte er gespürt, als er mit Clellendol gesprochen hatte. Es war, als ob ihre Aufmerksamkeit – das galt für beide – eigentlich ganz woanders lag. Aber wo? Er entschied, daß ihm das eigentlich nichts auszumachen brauchte. Er war fast dankbar, daß sie zweierlei Dinge beschäftigten, denn so stand er nicht völlig im Zentrum ihrer Konzentration. Er begann: „Jedermann hat Träume, aber die meisten sind nichts Außergewöhnliches, selbst ein gelegentlicher Alptraum wirkt oft läuternd. Aber dieser war so . . . überdeutlich. So als ob ich wirklich ich selbst sei und doch gleichzeitig jemand anders. Ich war in einem Schloß, einer Burg. Sie war ganz aus dunklen Steinen erbaut. Ich war der Herr über diesen Ort, und doch fürchtete ich ihn oder jemanden in ihm. Ganz so, als ob er mein Herr geworden sei. Das war alles sehr dunkel und verwirrend. Dann brach der Traum ab und begann von neuem in einem finsteren, unterirdischen Verlies. Feuchtigkeit war in der Luft, aber die Steine waren trocken. Ich wollte etwas tun, etwas, das ich sehr fürchtete und von dem ich doch wußte, daß es notwendig war. Ich hielt etwas in der Hand, . . . ich weiß nicht, was das war. Es war schneidend scharf, aber es war kein Messer. Ein massiver Gegenstand war es wohl auch nicht. Ich sah mich selbst im Spiegel, und ich war es nicht! Ich will sagen, da stand jemand vor mir, der nicht ich war. Der Mann war rothaarig und hatte einen Bart. Er sah aus wie einer dieser Herumtreiber, die man auf der Messe in Kundre trifft. Ein streitsüchtiger Typ. Ich war in tiefer Furcht vor der schlimmen Tat, aber was er vorhatte, mußte getan werden. Dann wachte ich auf."

Flerdistars Augen blickten an Meure vorbei. Sie schienen einen fernen Punkt zu fixieren, etwas, das weit jenseits der Wände und Türen der Offiziersmesse lag. Ohne ihre Blickrichtung zu verändern, begann sie zu sprechen: „Das Verstehen schreitet in dem Maße fort, in dem es einem gelingt, verwandte Phänomene in entsprechende Gruppen zusammenzufassen. Selbst wenn sich der erste Ansatz als teilweise falsch erweist, deutet die dem System innewohnende Ordnung auf die notwendigen Korrekturen hin, und so kann man sich der Lösung nähern. Auch Träume sind in diesem Sinne Phänomene und können in Gruppen zusammengefaßt werden. Da Sie vermutlich kein Student dieses Wissenschaftszweiges sind, möchte ich Sie nicht langweilen, indem ich Ihnen das Ordnungssystem vorstelle, das zur Zeit am häufigsten Verwendung findet. Es mag in diesem Zusammenhang genügen, wenn wir feststellen, daß Ihr Traum keinem ungestillten Verlangen oder einem ungelösten Konflikt entspringt. Auch scheidet die Deutung als Déjà-vu-Erlebnis aus, denn Sie sind offensichtlich nicht rothaarig und zeigen auch keine Neigung zu dieser Farbe."

„Wie können Sie dies alles wissen?"

„Das läßt sich sehr einfach ableiten: Ich bin für Sie eine Fremde, gehöre einer anderen Rasse an, bin noch dazu weiblichen Geschlechts. Wenn Ihr Traum ein Wunschtraum gewesen wäre – wahrscheinlich hätten Sie ihn dann ohnehin schon vergessen –, hätten Sie ihn mir bestimmt nicht erzählt. Auch würden Sie keine Deutung verlangen, denn dann wüßten Sie die Bedeutung bereits."

„Da muß ich zustimmen. Übrigens, als ich die Haare als ‚rot' bezeichnete, meinte ich nicht die Haarfarbe, wie man sie heute bei Menschen findet, sondern wie sie früher war. Ein leuchtendes Rot, nicht ein Kastanienrot, wie zum Beispiel bei Audiart. Das ist mir aufgefallen, deswegen erinnere ich mich auch noch daran."

Jetzt konzentrierte Flerdistar ihre volle Aufmerksamkeit auf Meure. Die Zerstreutheit, die eben noch in ihren Augen zu lesen war, schien nun wie ausgewischt zu sein. Meure fühlte sich entblößt, fast nackt. Durch die Kindhaftigkeit des Mädchens wurde dessen Konzentration noch spürbarer, sein volles Gewicht noch erdrückender; seine wäßrigen Augen und die schlanke Gestalt riefen Meure plötzlich die vielen Schauergeschichten, die über die Fremdartigkeit der Ler erzählt wurden, ins Gedächtnis zurück. Wenn sie erwachsen, ja schon alt und grau geworden waren, bewahrten sie doch den Gesichtsausdruck eines Kindes und viele seiner Tugenden; gleichzeitig sprach aus dem Gesichtsausdruck ihrer Kinder oft schon das Alter auf eine fremde, greisenhafte Weise.

Sie sprach bedächtig: „Sie erinnern sich daran, weil Sie es waren, nicht weil er rote Haare hatte."

„Aber das versuche ich Ihnen doch zu erzählen", entgegnete Meure. „Ich war es nicht! Mir kam der Traum gar nicht außergewöhnlich vor, bis ich in den Spiegel blickte und erkannte, daß dieser Mann nicht ich war."

Sie antwortete, noch immer ganz auf ihn konzentriert: „Aber das wußten Sie nicht, solange Sie nicht in den Spiegel gesehen hatten, hm?"

„Tja, das . . . das alles war . . . äh, viel klarer, als ich es jemals in einem Traum erlebt habe, so als ob ich mich daran erinnern würde. Ja, eine Erinnerung."

„Wie war Ihr Name?" fragte sie unvermittelt.

„Er fällt mir nicht ein. Es liegt mir auf der Zunge. Ich kenne ihn und gleichzeitig wieder nicht. Eigentlich müßte ich mich daran erinnern, denn er schwebt über mir wie eine Drohung. Es ist ein einfacher Name, er hat eine Bedeutung. Das spüre ich; aber ich verstehe es nicht. Auf Tankred hat es nie Barbaren gegeben . . ."

Flerdistar unterbrach Meure: „Mit Tankred hat Ihr Traum nichts zu tun. Ich kenne Tankreds Geschichte wahrscheinlich besser als Sie. Gerade wegen dieser Geschichte haben wir nämlich dort Leute angeworben und nicht etwa auf Lickrepent oder Okalinda." Sie seufzte, und ein Teil ihrer Aufmerksamkeit schien sich wieder anderen Dingen zuzuwenden. Schließlich sagte sie nachdenklich: „Die Menschen sind in den letzten paar tausend Standardjahren sehr ausgeglichen und normal geworden; es scheint, als hättet ihr die gleiche Immunität gegen die Geschichte entwickelt, die wir haben. Alle Leute führen ein geregeltes Leben und beenden es, ohne je ein Leid oder größere Aufregung verursacht zu haben. Die Zeit der großen Kriege, der Massenbewegungen und der Propheten ist endgültig vorbei. Tankred ist ein Produkt dieser neuen Zeit und noch ausgeglichener als die meisten anderen Welten."

Meure antwortete: „Aber das ist es doch, worum die Menschen sich in allen Zeiten bemüht haben. Die Ler haben sich immer beklagt, daß wir Menschen zu regellos lebten; jetzt, da wir zur Ruhe gekommen sind, ist das offenbar auch nicht in Ordnung."

Er war auf eine heftige Erwiderung, auf einen Verweis gefaßt, Flerdistar aber sprach mit einer freundlichen Zartheit, die er ihr gar nicht zugetraut hätte: „Ich wollte Sie nicht angreifen ... Die Geschichte der Ler verlief in geregelten Bahnen, weil wir es so wollten. Wir sind ein bedachtsames Volk. Eine Geschichte ohne historische Ereignisse liegt in unserer Natur. Das aber gilt für euch ganz sicher nicht, und wenn die Geschichte der Menschen so glatt und ereignislos verläuft wie unsere, dann bringen wir andere Dinge damit in Zusammenhang. Ihr seid ... irgendwie aus der Bahn geworfen. Frieden und Zufriedenheit habt ihr erreicht und bewahrt, aber eure Gesamtbevölkerung nimmt ab, und die Kolonialisierung des offenen Raumes habt ihr eingestellt."

„Ich weiß von diesen Dingen, sie sind ohnehin kein Geheimnis. Aber wer würde schon ein Herzensbedürfnis eintauschen gegen einen ungewissen Ruhm ... der vielleicht noch auf Kosten anderer erreicht wird?"

„Nun gut ..."

„Was können Sie mir über den Traum sagen?"

„Ich habe Sie bereits darauf hingewiesen, daß dies nicht mein Spezialgebiet ist. Was ich darüber weiß, habe ich mir eher zufällig angeeignet. Es gibt gewisse Parallelen ... Lassen Sie es mich so ausdrücken: Wäre ich eine Wahrsagerin in alter Zeit, würde ich Ihnen sagen, daß Sie besessen sind und daß Sie sich an den geheimen Plätzen, die nur die Alten kennen, den geeigneten Reinigungsriten unterziehen müßten. Aber ich bin keine Wahrsagerin, und wir beide hocken nicht vor dem Feuer eines Steinzeitstammes."

„Ich verstehe nicht, worauf Sie hinauswollen."

„Das weiß ich selbst nicht. Wenn ich alles in einen bestimmten Rahmen fasse, läßt sich ein Sinnzusammenhang herstellen, aber wenn ich die geläufigen Ausdrücke der Gegenwartssprache benutzen soll, stehe ich vor einem Puzzle aus Widersprüchen."

„Jetzt verstehe ich gar nichts mehr."

„Im Prinzip geht es um Besessenheit: Für den Wilden umfaßt dieser Begriff eine Menge Dinge, die wir längst in Gruppen und Familien von Krankheiten aufgeteilt haben, wir zivilisierten Wesen. Wenn wir jedoch eingestehen müssen, daß es so etwas gibt, trotz aller Zivilisation, stellen wir plötzlich fest, daß wir heute nicht mehr die Werkzeuge besitzen, um uns mit etwas zu befassen, das mit einer Wahrscheinlichkeit von Null Komma null null Prozent auftritt. Ich deute Ihr Erlebnis als Kontaktaufnahme mit jemand anderem, und ich rate Ihnen, sich vor weiteren Kontakten zu schützen, denn Ihre Anfälligkeit wird mit der Häufigkeit der Kontakte steigen."

Meure dachte einen Moment darüber nach, dann sagte er: „Mir scheint, daß ich dazu kaum die Möglichkeit habe. Wie Sie schon sagten, stehen mir die Mittel der Wilden in der Vorzeit nicht mehr zur Verfügung. Ich bin auf einem Schiff eingesperrt, dessen Zielort ich nicht bestimmen kann. Soll ich etwa Shchifr bitten, abzudrehen und nicht nach Monsalvat zu fliegen?"

Ihre durchdringende Konzentration kehrte zurück: „Warum sagen Sie das?"

„Dorthin fliegen wir schließlich."

„Sie sollten hoffen, daß der Traum nichts mit unserem Ziel zu tun hat."

„Ich habe etwas über Monsalvat gelesen, bevor ich den Traum hatte. Gibt es rothaarige Klesh?"

„Vor langer Zeit gab es welche ... Manches an dieser Sache gefällt mir gar nicht ..." Sie brach plötzlich ab, so als ob sie schon zuviel gesagt hätte.

Doch Meure ließ nicht locker: „Worum geht es?"

„Verglichen mit dem Rest der bewohnten Welten ist Monsalvat ein Planet des Chaos. Die Herrschaftsformen dort kommen der Anarchie gleich. Doch ich denke nicht nur an Monsalvats ungewöhnliche Geschichte. Die ganze Raumzone dort hat einen schlechten Ruf: Kommunikationssysteme, die sonst narrensicher sind, versagen dort völlig. Schiffe werden beschädigt, zerstört oder verschwinden für immer. Wir fliegen mit einem Spsom-Schiff, weil Ler-Schiffe es dorthin gar nicht schaffen. Dies ist einer von wenigen Orten, wo unser Matrix-Antrieb nicht arbeitet."

„Irgend jemand muß ja einmal dorthin gelangt sein. Schließlich wurden die Klesh nach Monsalvat deportiert."

„Über diese Periode wissen wir nichts. Nur über spätere Zeiten. Was wir wissen ist, daß dies eine Region mit ungewöhnlichen Turbulenzen von außerordentlicher Stärke ist. Wie eine Sturmzone auf irdischen Ozeanen. In einem solchen Sturm treiben wir gerade, und wir sind in großer Gefahr. Der Grund, warum wir bis jetzt durchgehalten haben, ist nur, daß die *Ffstretsha* so klein ist. Die *Thlecsne* hat schon vor einiger Zeit abgedreht. Die Beanspruchung war so stark, daß sie beinahe manövrierunfähig geworden wäre. Ihr Kapitän hat aufgegeben."

„Unserer nicht?"

„Wenn es ihm möglich gewesen wäre, hätte Shchifr sicher ebenso gehandelt. Es ist ihm aber nicht möglich! Spsom-Schiffe benutzen natürlich ein anderes Antriebssystem als Ler-Schiffe, aber sie haben ein Prinzip mit uns gemeinsam: Die Energiequelle für den Antrieb wird nicht an Bord mitgeführt, Bewegungsenergie wird vielmehr aus Kräften abgeleitet, die im Raum vorhanden sind. Das Prinzip der alten Segelschiffe."

Meure fragte verdutzt: „Wie Segelschiffe, ganz ohne eigene Energie?"

„Natürlich haben sie einen unabhängigen Antrieb für die Starts und Landungen innerhalb eines Planetensystems. Sonst nichts. Für die großen Strecken zapfen sie einfach die Kräfte an, die im Raum zur Verfügung stehen, genauso wie ein Segelschiff seine Segel benutzt. Und wir befinden uns jetzt in der gleichen Lage wie ein Segelschiff in einem schweren Sturm: Wir können nicht wenden, und wir können nicht stoppen. Versuchten wir zu wenden, würde es uns die Segel zerfetzen, die Masten zerbrechen und uns unter die Wogen stoßen. Wenn wir Segel einholen würden, würden uns nur die folgenden Brecher überspülen . . ."

„Aber Sie sagten doch, daß die *Thlecsne* umkehren konnte."

„Unser letzter Kontakt mit der *Thlecsne* ergab etwa folgendes: Die *Thlecsne* war weitgehend manövrierunfähig geworden, sie wurde jedoch in eine Region abgetrieben, wo der Sturm rasch abflaute. Sie war schwer beschädigt und mußte den nächsten Hafen anlaufen.

Glauben Sie mir, Shchifr hat sein möglichstes getan. Genaugenommen arbeiten alle seit einiger Zeit nur daran, einen Ausweg aus dieser Lage zu finden."

„Wissen Sie, wohin wir getrieben werden?"

„Wohin wohl? Ziemlich genau nach Monsalvat. Die letzte Messung ergab, daß wir ungefähr mit der doppelten Geschwindigkeit eines gewöhnlichen Spsom-Schiffes laufen. Hören Sie denn nicht, wie das Schiff aufstöhnt unter diesem Druck? Sehen Sie nicht auf den Bildschirmen, wie es stampft und rollt? Machen Sie die Augen auf, und hören Sie genau hin!"

Meure wandte dem Ler-Mädchen den Rücken zu und sah zu den Schirmen hinüber: Die leichte Bewegung, mit der der Sternenhimmel auf den Bildschirmen hin und her, vor und zurück geschwungen war, hatte einem wilden, regellosen Tanz Platz gemacht. Hin und wieder ließen unvorhersehbare Stöße das Schiff erzittern. Nach einem solchen Stoß war das Bild auf dem Schirm für eine Weile verschwommen, es schien, daß die Aufnahmegeräte nicht mehr einwandfrei arbeiteten. Da war noch etwas, das Meure stark beeindruckte: Der Raum selbst war jetzt nicht mehr klar und leer. Trübe Schwaden zogen in zerrissenen Fetzen an den technischen Entsprechungen von Bullaugen vorbei. Gleichzeitig horchte Meure in das Schiff hinein und vernahm die eigentümlichen Laute, die er schon zuvor bemerkt hatte; jetzt allerdings hörte er aus ihnen das heraus, was sie wirklich vermittelten: das protestierende Aufheulen der Spsom-Legierungen. Er wandte sich wieder Flerdistar zu.

Sie sagte: „Im Innern des Schiffs wirkt sich das kaum aus, denn das System, das hier auf dem Schiff die künstliche Schwerkraft schafft, überträgt keine Bewegungen von außen nach innen. Darum spüren wir nichts davon. Aber wir werden es noch spüren. Nach meiner Schätzung wird es heute nacht beginnen. Das System verbraucht sich zunehmend, die wellenähnlichen Bewegungen draußen beanspruchen es zu stark."

Meure lauschte ihren Worten und nahm ihren erschreckenden Inhalt in sich auf. Irgendwie jedoch verursachten sie in seinem Innern keine Gefühlsregung. Sie waren in großer Gefahr, Spielball in einem ungewöhnlichen Sturm, in einer zyklischen Verwandlung der interstellaren Materie. Offensichtlich konnten sie aus eigener Kraft nicht freikommen, und das Schiff wurde langsam in Stücke gerissen und auf Monsalvat zugeschleudert ... Er verstand, daß dies die

Wahrheit war, aber er fürchtete sie nicht. Er sagte: „Dann sind die Spsomi also alle dort drin." Dabei zeigte er auf die Brücke, deren Tür verschlossen war.

„Ja, mehr weiß ich auch nicht. Shchifr wird wegen seiner außerordentlichen Erfahrung als Schiffsführer sehr geschätzt, und die *Ffstretsha* ist für ungewöhnliche Beanspruchungen nach den Normen der Spsom-Raumfahrtbehörde gebaut worden, wenn ihr äußeres Erscheinungsbild Ihnen und mir auch komisch vorkommen mag."

Obwohl keiner von ihnen den geringsten Laut gehört hatte, erschien in diesem Moment Vdhitz in der Tür der Offiziersmesse. Der Spsom hatte sich in ein anderes Wesen verwandelt: Das feine, kurze Fell war von breiten, feuchten Bahnen des Schweißes durchzogen, und die Augen schienen sich nicht mehr auf einen festen Punkt einstellen zu können. Die Ohren hingen entmutigt schlaff herab. Dennoch grüßte er Flerdistar höflich.

Nachdem sie seinen Gruß erwidert hatte, begann Vdhitz sofort hastig in seiner eigenen Sprache auf sie einzureden. Eine scheinbar endlose Kette von klickenden, zischenden und spuckenden Lauten. Ohne eine Antwort abzuwarten, huschte er zur Brücke zurück und war verschwunden.

Flerdistar saß eine Weile ganz still und starrte in den Raum hinaus, in Gedanken versunken. Übersetzte sie? Sie stieß sich mit dem Stuhl vom Tisch ab; der Stuhl lief in einer Führung dicht über dem Boden des Zimmers. Sie erhob sich, und dann sprach sie ohne innere Anteilnahme, als würde sie einen gelernten Text rezitieren: „Wir stehen folgender Situation gegenüber: Die *Ffstretsha* ist am Ende. Alle direkten Kontrollprojektionen sind fort, aufgebraucht, weggerissen. Raum-Anker wurden am Heck ausgeworfen und einer am Bug, dies soll der Stabilisierung dienen. Immerhin haben sich die äußeren Bedingungen nicht weiter verschlechtert; bisher sind wir nicht in Stücke zerbrochen, und vielleicht bleiben wir auch weiterhin heil. Wir nähern uns dem System, zu dem Monsalvat gehört, mit großer Geschwindigkeit. Zum Glück jedoch befindet sich der Planet gerade jenseits des zentralen Doppelsterns, darum ist damit zu rechnen, daß die Turbulenzen innerhalb des Systems den Kräften im Raum entgegenwirken und uns so wieder auf eine annehmbare Anfluggeschwindigkeit bringen werden. Shchifr glaubt, daß er das Schiff einigermaßen in einem Stück herunterbringen wird, aber das ist auch alles. Es scheint, daß das Schiff . . . zerstört ist. Einen großen Teil des Gesagten habe ich nicht verstanden. Wir haben nur einen Landeanflug zur Verfügung. Wenn wir auf Unterlicht gehen, werden wir Luft verlieren. Sie haben ein Notsignal abgesetzt, das von der *Thlecsne* aufgenommen und verstärkt wurde. Beantwortet wurde es von einem Schiff namens *Ilini Visk*. Dieses wird Monsalvat ansteuern, nachdem es seine Fracht abgesetzt hat und für die extremen Beanspruchungen einige Umbauten vorgenommen hat. Die *Ilini Visk* ist ein kleineres Schiff, aber sehr raumtüchtig. Immerhin werden sie einen Versuch unternehmen."

„Wie lange wird es bis zu unserer . . . Rettung dauern?"

„Irgendwann morgen wird Monsalvat in Sicht kommen; bis wir die *Ilini Visk* erblicken, kann leicht ein Jahr vergehen."

„Das verstehe ich nicht. Wenn sie ein Notsignal beantworten, dann können sie doch nicht so weit entfernt sein."

„Die Übertragungssysteme der Spsomi haben eine außerordentliche Reichweite; die *Ilini Visk* ist tatsächlich sehr weit von uns entfernt. Einige andere sind näher dran, aber keines ist für einen Anflug auf Monsalvat geeignet. Nun denn!" Ihr Verhalten veränderte sich ohne Vorwarnung, es wurde sehr bestimmend. „Gehen Sie nach unten, und bereiten Sie sich vor. Suchen Sie alles zusammen, was wir mitnehmen könnten. Wir müssen dort überleben, bis unsere Rettung eingeleitet werden kann."

Sie schickte sich an, die Messe zu verlassen, und Meure hielt sie nicht auf. Nun, da der Tisch nicht mehr zwischen ihnen war, sah er auch jenen Teil ihrer Kleidung, den der Tisch bisher verdeckt hatte. Flerdistar trug die *Dhwef-Meth-Stel**-Kombination, eine besondere Kleidung, die gewöhnlich nicht in Gegenwart von Menschen getra-

* Die Grundformen der Ler-Mode waren kaum Veränderungen unterworfen, ihre Komponenten wurden analog den vier Elemente, Feuer, Luft, Erde, Wasser, aufeinander abgestimmt. Der *Stel* war eine weite, hauchzarte, durchsichtige Bluse. Sie hatte einen weiten Ausschnitt und wurde am Hals von Schleifen gehalten. An den Hüften wurde der *Stel* von einem Band gerafft. Das Dhwef war ein Lendenschurz, der aus zwei vorn und hinten lang herabfallenden Stoffbahnen bestand. Diese beiden Bahnen waren in der Taille durch eine Perlenschnur miteinander verbunden; in seltenen Fällen wurde statt der Perlenschnur auch eine Blumenkette getragen. Der Anlaß, zu dem das *Dhwef* in der Regel angelegt wurde, könnte auf höfliche Art etwa so bezeichnet werden: ‚Situation, in der allgemeine Tendenz zu Handlungen erotischer Art vorherrscht.' Es konnte auch als eine Aufforderung zu ebensolchen Handlungen verstanden werden.

Es bedarf wohl keines besonderen Hinweises darauf, daß das *Dhwef* von den Ler mit dem Element des Wassers in Verbindung gebracht wurde.

gen wurde. Die lang herabfallenden Streifen des *Dhwef* schwangen um die Beine des Mädchens, als es hinauseilte.

Meure verließ langsam die Offiziersmesse, stieg die Leiter hinab und ging durch den Korridor zu ihrem Zimmertrakt. In seinem Kopf war noch der Nachhall der Worte des Mädchens über das Schicksal der *Ffstretsha*, und in seine Ohren drang das Stöhnen und Klagen des Schiffs. Hin und wieder spürte er ein leichtes Schwanken, wie von einem schwachen Erdbeben, tatsächlich, jetzt konnte man es also auch spüren. Tief in seinem Innern beschäftigten ihn auch noch der Traum und die Deutung, die Flerdistar dem gegeben hatte. Besessenheit! Er schüttelte den Kopf. Es sei nicht genau das, hatte sie gesagt, aber doch etwas Ähnliches, vielleicht Versteckteres. Das Schiff wurde plötzlich heftig zur Seite gerissen, Meure mußte sich festhalten, um auf den Beinen zu bleiben.

Niemand war im Gemeinschaftsraum. Offenbar war Flerdistar schon hindurchgegangen und hatte sich nicht aufgehalten. Alle Lichter waren bis auf ein Minimum gedämpft, die Kabinentüren waren sämtlich geschlossen. Meure wandte sich nach rechts und betrat die Kabine der vier Menschen. Alles schien ruhig, zumindest für den Augenblick.

Er stieg die schmale Leiter zu seiner Koje hinauf und schlüpfte hinein. Er fragte sich, ob Flerdistar wohl wollte, daß er sie nun alle sofort aufweckte. Er entschied, daß das nicht ihr Wille war, und lauschte. Hier klangen die Geräusche des Schiffes viel gedämpfter als draußen im Gang. Von der anderen Seite des Schiffes spürte er keine Bewegung und hörte er keinen Laut. Er verfiel in düsteres Nachdenken. Ein so sorgfältig gebautes Schiff wie die *Ffstretsha* verfügte doch sicher über irgendeine Art von Alarmsystem – Signale, Hörner, Summer –, um Passagiere aufzuwecken. Schließlich hatten die Spsomi ja auch ein Gehör. Morgen, hatte sie gesagt. Bis dahin war noch Zeit genug. Meure streifte seine Kleidung ab und drehte die Lichter aus.

Er drehte sich zur Wand und zog die Decken hoch. Ein unruhiger Schlaf wartete auf ihn. Dann erinnerte sich Meure, daß er die Schiebetür zur seiner Koje offengelassen hatte. Das Schiff schwankte wieder. Er wollte die Tür schließen, denn er wünschte nicht, hinaus auf den Boden geschleudert zu werden. Doch als er nach dem Griff suchte, erschien die Silhouette eines Körpers mit abgerundeten

Formen in der Öffnung. Der Besucher schlüpfte zu ihm in die Koje und schob die Tür zu. Meure wollte etwas sagen, aber er spürte, wie sich ein Finger über seine Lippen legte. Er konnte noch ein wenig von seiner Umgebung erkennen, da in einer Nische in der Wand noch ein paar Kontrollämpchen glühten. Es reichte gerade aus, um in dem nächtlichen Besucher Audiart zu erkennen. Er erhob sich auf den Ellenbogen und wollte sich ganz aufrichten, aber sie schob die Decken zurück und schlüpfte zu ihm hinein, bevor er seine Bewegung ausführen konnte. Meure deckte das Mädchen zu und ließ einen Arm auf seinem Körper ruhen. Audiarts Nase berührte leicht die seine, und ihr duftendes Haar streifte sein Gesicht. Sie sagte, leiser noch als ein Flüstern: „Kein Wort, das ist alles, worum ich bitte.“ Meure bedeutete ihr durch ein Nicken, daß er verstanden hatte; er spürte ihre kühle Haut an seinem Körper und die Wärme, die sich darunter verbarg. Er wußte, was er zu tun hatte. Es gab keine Zweifel mehr. Überhaupt keine.

3

ACELDAMA

Die Frage ‚Wer bist du?‘ ist immer die erste, die dem um Aufnahme bittenden Kandidaten gestellt wird. Es ist auch die letzte. Wer jemand ist, was er tat oder erlitt, dies sind nur Lösungshilfen für jene Grundfrage.

A. C.

Es war Nacht. Der Terminator war vor langem schon seine westliche Bahn über die Hochebenen des Landes Ombur gezogen, das in der Vorzeit die zentrale Landmasse des Kontinentes Kepture gebildet hatte. Am westlichen Himmel war die Sichel eines zunehmenden Mondes zu sehen; dämmrig und verschwommen, er gab kaum mehr Licht als das der Sterne.

Nach Osten wurde der Schwung der auf und ab fallenden Wellen des Graslandes heftiger und ging schließlich in eine unregelmäßige Hügelkette über. Diese zerklüftete sich auf ihrer fernen Seite in breite Täler und Schluchten, und dort lag auch das Delta des Yast.

Dieser Fluß war so breit, daß man sein anderes Ufer auch an klaren Tagen nicht sehen konnte. Über der Mündung lag tiefe Dunkelheit, in ihr flimmerte ein glitzerndes Meer unzähliger Lichter. Die Lichter tanzten am Horizont, als ob dunstige Schwaden vor ihnen vorbeizögen; die Sterne am Himmel jedoch standen ruhig und klar.

Die schwache Beleuchtung durch den kleinen Mond und die Sterne reichte nicht aus, um in der Ferne Einzelheiten und Landschaft erkennen zu können. Ein unbefestigter Weg hob sich ein wenig aus der Umgebung ab; in bizarren Kurven wand er sich von West-Südwest nach Osten, wo er zwischen zwei Hügeln verschwand. Der Norden, das war endlose Weite. Dort erstreckte sich die Ebene bis zum Yast, der ihr in einer weiten Biegung nach Westen begegnete. Nach Süden stieg das Land allmählich an, dann verstellten eine Reihe kleinerer Erhebungen den Blick auf das Land dahinter. Dies bot jedoch kaum einen anderen Anblick, als die Gegend ringsumher: Die sanften grasbewachsenen Wellen der Ebene von Ombur erstreckten sich weit nach Westen und nach Süden.

Die Namenverwender führten Omburs Namen gern im Mund, denn es gab eine Zeit, da die Ebene von einem Horizont zum anderen vom Namen eines Herrschers widerhallte. Vielleicht hatte es schon davor einen Herrscher für ganz Ombur gegeben, vielleicht schon viele Male. Omburs Geschichte war lang, genau wie die der anderen Länder, die einen Namen führten. Auch andere Länder auf Kepture hatten ein- oder zweimal einen einzigen Herrn gehabt. Im Westen von Kepture lagen Ombur, Warvard und Seagove. Im Norden lagen Boigne und Yerra und das winzige Urige; diese grenzten direkt an den polaren Teil des Weltozeans. Den Osten bildeten Intance und Nasp. Im Hochland des Zentrums gelegen schließlich waren Incana und Yastian. Der Umriß Keptures glich dem zweier zusammengewachsener Kartoffeln, der westliche Teil bedeckte eine größere Fläche, der östliche lag in Nord-Süd-Richtung ausgestreckt. Am nördlichen Ende befand sich das kalte Urige. Kap Hogue am äußersten Südzipfel lag in einer Zone tropischen Klimas.

Ombur war weder unbelebt noch verlassen, auch lagen die breiten Wellentäler und -kämme nicht völlig ohne nächtliche Besucher da. Eine Gruppe solcher Besucher löste sich gerade aus der Finsternis der Hügel im Osten und bewegte sich hinaus in die Ebene: Zwei riesige menschenähnliche Kreaturen zogen einen ungestrichenen, grau verwitterten Karren mit bedächtiger Gelassenheit. Die grobknochigen, schwer gebauten Gestalten gingen festen Schrittes beständig voran. Der Karren rollte auf zwei mächtigen massiven Rädern; vorn, wo der Fahrer seinen Platz hatte, war er mit einer kleinen, runden Plane überspannt. Das Ganze folgte den unregelmäßigen Windungen der Fahrspur mit einer ausdauernden, fließenden Bewegung und schwenkte von einer Seite zur anderen.

Auf einem Brett, das an der Rückwand des Wagens befestigt war, konnte man eine schwerfällige Gestalt erkennen, die völlig regungslos dasaß und von den Schwankungen des Wagens hin und her geworfen wurde. Sie war in Schlaf oder Bewußtlosigkeit versunken. Unter der Plane saß vorn der Fahrer, der sich gerade rührte; er spähte aufmerksam in die Landschaft hinaus, als würde er eine Wegmarkierung suchen. Den Wesen, die den Karren zogen, schenkte er wenig Beachtung. Der Fahrer war nicht gerade schlank um die Taille herum, wenn man ihn auch noch nicht als fett bezeichnen konnte. Der Kopf zeigte die ersten Anzeichen einer nahenden Glatze, wie das bei Männern in den mittleren Jahren häufig der Fall ist.

Jetzt nickte der Fahrer – sein Name war Seuthe-der-Sackdiener Jemasmy – den Zugtieren zu und ließ ein geflüstertes „Dur, dur" vernehmen. Die Saumer schritten noch ein paar Meter voran und brachten den Karren dann zum Stehen. Dabei tauschten sie unter schweren, dichten Brauen Blicke aus. Das Ächzen und Quietschen des Gefährts hielt noch für einen Moment an, dann verstummte auch dieses Geräusch, und nichts war mehr zu hören als das lastende Schweigen der Nacht. Die Gestalt an der Rückseite des Wagens blickte linkisch über die Schulter zurück, blöde grinsend mit Zähnen, die im Sternenschein blitzten. Jemasmy wandte sich um und beugte sich vor zu einer kleinen Kabine, die sich hinter ihm auf dem Wagen befand. „Morgin, bist du wach?" fragte er mit gedämpfter Stimme.

Ein Grunzen antwortete ihm. Mit steifen, langsamen Bewegungen arbeitete sich ein spindeldürrer Mann aus der Kabine hervor und nahm rechts von ihm auf der Fahrerbank Platz. Alter, Phyle und Septe dieses Mannes waren schwer zu bestimmen. Eisengraues, zerwühltes Haar bedeckte sein Haupt. Immer noch lag Schweigen über der gewellten Ebene von Ombur, es regte sich kaum ein Hauch. Nur das schwere Atmen der Saumer, der finsteren Gestalten, die den Karren zogen, war zu hören.

Jemasmy sprach ihn an: „Dein Wunsch war es, geweckt zu werden, wenn der Sovin-Haufen die Vatz-Spitze verdeckt, dort auf der Ebene, und das ist nun der Fall."

„Wo also sind wir, Seuthe?" fragte Morgin-der-Mittler Balebaster mit rauher Stimmer.

„In der Lambascada-Senke natürlich."

Morgin starrte eine Weile in die leere Grasfläche hinaus, dann erhob er sich und hielt sich an einer Verstrebung der Plane fest. Jetzt hielt er aufmerksam nach allen Seiten Ausschau. Es schien, daß er sich genau über ihren Standort klarwerden wollte. So stand er lange Zeit schweigend da, hin und wieder sog er prüfend die Luft ein oder lauschte in die Nacht hinaus. Schließlich kletterte er steifgliedrig und unbeholfen vom Karren herunter und trat auf den Weg neben die Saumer, deren langbeinige und kurzarmige Gestalten ihn um einiges überragten. Die Saumer verhielten sich still; in einer endlosen, gleichmäßig schwankenden Bewegung verlagerten sie das Gewicht von einem breiten Fuß auf den anderen. Morgin tätschelte dem neben ihm stehenden Tier freundlich den Rücken.

Er sagte:

„Im Moment scheint alles ruhig zu sein. Ausgezeichnet. Benne soll die Saumer füttern und tränken." Bei diesen Worten stießen die Zugtiere so kräftig die Luft aus, daß ihre Backen flatterten. Morgin fuhr fort: „Hier wollen wir rasten. Wir wollen die Zeit nützen und die Zeichen deuten, bevor wir die Senke verlassen und den Westen ansteuern."

Jemasmy fragte verdutzt: „Also geht es nicht nach Lambascade?"

„Nein, nicht auf direktem Wege. Mein Plan war jedoch, daß *sie* daran glauben." Morgin wies mit dem Kopf zurück in die Richtung, aus der sie gekommen waren. „Zuerst", sagte er, „weiter nach Medlicht. Dann wenden wir uns nach Utter Semerend, dann endlich können wir uns südlich halten und Lambascade ansteuern; erst möchte ich gern mit Ruggou sprechen."

Jemasmy kicherte:

„Und die anderen sollen davon nichts wissen, hm? Ach ja, der gute alte Bauchschlitzer! Er beherrscht lange nicht soviel vom guten alten Ombur, wie er möchte – und mag die Heilige Zermille weiter seine Pläne durchkreuzen –, aber man darf ihn auf keinen Fall übergehen. So ist es recht, Meister Morgin. Nach Medlicht also und dann nach Utter Semerend."

Morgin zuckte unwillkürlich zusammen, als Jemasmy den heimlichen Beinamen des Inkantor* Ivak Ruggous gebrauchte, des Führers und Häuptlings der Aurisman-Septe.

Er konnte nur hoffen, daß sich Jemasmy nicht vergaß und den Namen etwa in Hörweite von Ruggou oder einem seiner Gefolgsleute benutzte. Es gab nur wenige, die Ruggou einen Bauchschlitzer genannt hatten und nicht gleich darauf erfahren mußten, wie sich Ruggou seinen Beinamen erworben hatte.

Jemasmy warf die Zügel über einen Pflock und stieg ebenfalls ab. Dann gab er der unförmigen Gestalt am Heck des Wagens ein Zeichen. Benne-der-Klon verließ mit ungelenken Bewegungen seinen Sitzplatz und kletterte so ungeschickt vom Karren hinab, als ob er diese Bewegung zum erstenmal ausführte. Wenig später begann er unter dem rückwärtigen Teil des Karrens zu rumoren und kam mit zwei Wassereimern und einem Ledersack Maische wieder zum Vorschein. Die Länge seiner muskelbepackten Arme stand in einem eigenwilligen Verhältnis zu seinen kurzen, krummen Beinen.

Während Benne seine Last nach vorn zu den Saumern trug, begab sich Jemasmy zur Achse der massiven Räder und untersuchte sie. Er trug einen prallen Sack auf der Schulter, der offenbar ein größeres Gewicht barg. Morgin ging derweil ziellos auf und ab, sein Gesicht war ausdruckslos. Schließlich erhob sich Jemasmy von seiner Untersuchung der Radnabe, umrundete den Karren und schloß sich Morgins Wanderung an.

Jemasmy wartete einen Moment darauf, daß Morgin ihn bemerkte, dann sagte er: „Bei der heiligen Dame! Die Pest soll das Delta und sein Rattenvolk holen! Ich glaube, das Lager ist verschlissen."

Morgin schien seine Bemerkung gar nicht gehört zu haben. Er fragte, während seine Blicke weiter die Umgebung durchstreiften: „Wurden wir verfolgt?"

* Inkantor: Adelsrang mittlerer Höhe innerhalb der phanetischen Adelsreihe, deren Abfolge von oben nach unten so lautet: Phanet, Feodar, Inkantor, Deodaktor und Sfodeik. Ursprünglich konnte man durch Wahl in diesen Stand erhoben werden, heute vererbte der Inkantor seinen Titel in der Regel. Ränge und Titel des phanetischen Systems wurden natürlich nicht in Ländern geführt, deren Adel nach phyagischer Adelsreihe geordnet war, deren Titelfolge lautete: Phyagor, Erchon, Hospod, Pesche und Phreme. Diese beiden Adelsreihen hatten von alters her Geltung, nicht nur auf Kepture, sondern auch auf den anderen Kontinenten. In unsere Begriffe übertragen würde man einen Inkantor etwa als Baron oder auch als Kriegsherrn bezeichnen.

Jemasmy antwortete: „Nein. Vom Delta her jedenfalls nicht. In den Hügeln habe ich nichts bemerkt. Alles war ganz still. Aber seit wir auf der Ebene sind, sind die Saumer irgendwie unruhig geworden. Es kann aber nicht wegen einer Sache in der Nähe gewesen sein. Ich tippe auf ein paar Jäger, die irgendwo in der Ferne nach ein paar Versprengten aus dem Delta suchen."

„Man weiß nie", murmelte Morgin bedeutungsvoll. „Vielleicht hast du recht, wir wollen auf jeden Fall nicht die Hoffnung aufgeben. Andererseits, es könnten schon Haydars oder Meorer sein. Beide würde ich nicht gern im Dunkeln treffen – mit einer kleinen Bande Meorern könnten wir allerdings wahrscheinlich fertig werden."

„Nur wir drei . . . Hm. Wir haben eine Ballista auf dem Wagen, und Benne kann recht gut damit umgehen."

Morgin dachte nach. „Es liegt etwas in der Luft, das ich genauso spüre wie die Saumer; unter anderen Umständen würde ich es wahrscheinlich nicht tun, aber jetzt muß ich wohl doch den Wendel zu Rate ziehen. Ja, er soll sich entkrusten."

Jemasmy hatte einen Einwand: „Morgin, du weißt, daß er sehr schlecht aufgelegt sein wird. Während des ganzen Treffens mußte er sich ständig entkrusten . . ."

„Ja, ja, das stimmt schon, aber ich hatte gar keine andere Wahl. Und jetzt ist es genauso. Ich bin unruhig, fühle mich bedroht. Etwas regt sich um uns, in den nächtlichen Lüften: Da ist Bewegung, Furcht und auch . . . Hoffnung. Das fühle ich, das weiß ich. Aber nicht, woher es kommt. Auf jeden Fall muß ich ein Ortsorakel haben. Ich würde es dem Hospod Alor von den Lagostomes ohne weiteres zutrauen, daß er eine Meorer-Bande angeheuert hat, um uns das Leben schwerzumachen."

„Alor? Womit könnte der schon zahlen?"

Morgin machte eine ärgerliche Geste. „Womit schon?! Das Übliche. Weiber natürlich – oder mit ein paar kastrierten Hammeln." Er zuckte die Achseln. „Das ist ja alles, was sie zu bieten haben."

Jemasmy seufzte resigniert: „Nun, ich sage dir, als ich noch Sackdiener in Thrincule war, lagen die Dinge anders in Cantou." Er griff sehr vorsichtig in seinen Sack, so als ob er eine glühende Kohle darin vermutete. Über eine kühle, harte Schale strich seine Hand, bis er eine kleine Vertiefung fand. Jemasmy legte einen Finger in diese Vertiefung und drückte sanft, bis er spürte, daß die Stelle unter seinem Finger weich wurde und ein wenig einsank. Dann zog er hastig seine Hand zurück und fuhr fort: „In Cantou konnte man immer sicher sein, daß ein Mittler und sein Sackdiener anständig behandelt wurden. Ohne Niedertracht."

Morgin stimmte zu: „Ganz Kepture ist aufgebracht über diese Zustände. Einst zog ich durch das große Chengurune und die Morgenländer des Ostens, dort gab es Mittler im Überfluß. Hier jedoch fehlen sie überall."

„Und in Glordune erst", fügte Jemasmy hinzu.

„Glordune kann warten", sagte Morgin, „das ist nichts für mich."

„Für mich auch nicht", kommentierte Jemasmy, „dort sind sie noch sehr rückständig, so sagt man jedenfalls."

Von seinem Platz bei den Saumern brummelte Benne eine Melodie herüber: „Der Glorduner säuft wie ein Fisch, liegt meist unter dem Tisch. Doch von früh morgens bis spät spricht er der Dame ein Gebet." Benne-der-Klon war einst Seemann gewesen und war auch die Häfen von Glordune angelaufen, dem wildesten der vier Kontinente.

Morgin sagte leicht irritiert: „Ehre sei der Heiligen Zermille, die Mittler aber hat sie nicht geschaffen und auch nicht den Bund* der Stämme; das tat Cretus, der Schriftkundige."

Jemasmy ergänzte murmelnd den rituellen Spruch: „. . . in Zeiten vor Incanas Verrat, der das Reich verwehte wie Sand. So werden die Klesh nun niemals ihre angestammte Heimat in den Sternen wiederfinden."

Morgin sagte mehr zu sich selbst: „Oh, dieser alte, seltsame Traum . . . Hat sich der Wendel schon entkrustet?"

„Noch nicht ganz, Morgin." Jemasmy griff vorsichtig tastend in den Sack. „Aber er ist schon deutlich weicher."

Morgin nickte zustimmend. Er hatte es auch gar nicht anders erwartet, denn unten im Delta hatte er den Wendel sehr stark beansprucht, hatte seine Belastbarkeit bis an ihre Grenzen ausgeschöpft. Aber er hatte ihm niemals die Zusammenarbeit verweigert; das war seltsam.

* Ein Ereignis in der fernen Vergangenheit von Monsalvat. Es hieß, daß Cretus damals zu allen Septen, Stämmen und Phylen sprach und sie dazu bringen wollte, einander zu ergänzen, statt mit wahnsinnigem Eifer in ständigem Wettstreit zu liegen. Daß dieses Ideal scheiterte, ist unerheblich. Man erinnerte sich an Cretus, weil er der erste auf Monsalvat war, der als Klesh einen solchen Versuch ersann und dieses Ideal anstrebte.

Der Wendel war eine der ursprünglichen Lebensformen des Planeten. Er hatte erstaunliche Fähigkeiten, aber er unterlag auch merkwürdigen Beschränkungen. Niemand wußte genau, was ein Wendel wirklich war. Auch hatte nie jemand mitteilen können, wie er sich ernährte, lebte, ausschied oder sich vermehrte. Falls er überhaupt Handlungen ausführte, die man mit diesen Ausdrücken hätte bezeichnen können. Für gewöhnlich war er an seinen Standort gebunden; jedoch konnte der Wendel Scheinfüße bilden und sich auf diesen bewegen. Dies geschah aber nur äußerst selten.

Während der Wendel also kaum Wesensmerkmale mit anderen Lebensformen gemein hatte, besaß er jedoch zwei Eigenschaften, die als außergewöhnlich nützlich allgemein anerkannt waren: Da war zunächst die Sprache – zu den Menschen vermittels Schallwellen und auf unbestimmte Weise zu Wesen seiner Art. Bei der innerartlichen Verständigung schien es keine Entfernungsgrenzen zu geben.*

Seine zweite Fähigkeit war von viel größerem Nutzen und noch weniger zu erklären: Der Wendel besaß die absolute Wahrnehmung. Ohne über erkennbare Sinnesorgane zu verfügen, war der Wendel in der Lage, die Position und den Zustand von allen Dingen in seiner Umgebung zu bestimmen. Dies war seine unnachahmliche Befähigung zum Überleben. Ein wilder Wendel beobachtete ständig seine Umgebung, und beim ersten Anzeichen einer ernstzunehmenden Gefahr krustete er sich ein. Dann war er unverletzbar für alle Waffen, die man bisher auf Monsalvat benutzt hatte. Feuer, Schwerter, Geschosse, sie alle waren einander gleich in ihrer Nutzlosigkeit. Wenn man sie auf Scheiterhaufen legte, verschwanden sie, warf man sie von Felsen, konnte man sie nicht mehr wiederfinden. Nahm man sie mit ins All hinaus, waren die Behälter leer, wenn man sie öffnete.

Es gab keine jungen Wendel. Auch wurden sie nie dabei beobachtet, wie sie sprossen, Knospen bildeten, sich paarten oder irgendeine Handlung ausführten, die man als Akt der Vermehrung hätte bezeichnen können. Die Verständigung der Wendel untereinander, die

* Die Verständigung verlief nicht über elektromagnetische Wellen. Die ersten Entdecker hatten beobachtet, daß ein Wendel auf Informationen reagierte, die nur ein anderer Wendel erhalten hatte. Später, als man mit den Wendeln reden konnte, wurde diese Annahme bestätigt. Es gelang ihnen jedoch nicht zu ermitteln, wie die Verständigung zustande kam. Das elektromagnetische Spektrum wurde erfolglos durchforscht. Als die zivilisierte Gesellschaft den Planeten aufgab, war man in der Wendelfrage noch zu keinem Ergebnis gelangt.

doch offensichtlich keiner Einschränkung in der Entfernung unterlag, war seltsam begrenzt, was die Inhalte betraf. Allgemeine Zustandsbeschreibungen wurden ohne Anstrengung weitergegeben, aber alle komplexeren Gedanken oder abstrakten Erörterungen wurden blockiert.

Wendel waren recht selten; und sie waren der eifersüchtig gehütete Besitz der Mittler* von Monsalvat. Vielleicht waren auch die Mittler der Besitz der Wendel. Die Klesh hielten sich nicht auf mit Unterscheidungen, die keine Auswirkung auf ihr Alltagsleben hatten. Und die Wendel? Sie hatten eben Gefallen an den Mittlern gefunden, oder sie tolerierten sie, oder sie wurden von einem Gefühl geleitet, das eben nur Wendeln bekannt war. Falls sie überhaupt Gefühle kannten. Mittler, die ihre Tätigkeit zu anmaßend ausübten, wurden schnell erniedrigt, denn ihr Wendel verließ sie. Oder er gab sich den Anschein, verlorengegangen zu sein, um sich dann von einem anderen Mischling wiederfinden zu lassen. Man konnte einen Wendel zu nichts zwingen.

Seit zwanzig Monsalvat-Jahren zog Morgin nun durch Kepture, und in der ganzen Zeit hatte er – mit Hilfe mehrerer Sackdiener – seinen Wendel bei sich getragen. Im Verlaufe dieser Verbindung, die durchaus nicht immer angenehm war, hatte Morgin viel gelernt, das er kaum in passende Worte fassen konnte. Aber er hatte ein Gefühl bekommen für die allgemeine Lage und spürte, wann es sinnvoll war, den Wendel zu befragen. Dies tat er nie gedankenlos, denn Wendel waren oft übellaunig und sehr rätselhaft in ihren Äußerungen.

In der sanften Nacht über der Ebene, unter dem Schweigen der Sterne ging Morgin ruhelos umher und warf hastige, scharfe Blicke

* Der Mittler war eine Person meist dunkler Herkunft und fragwürdiger Rasse, dessen Aufgabe es war, für die Verständigung der Stämme und anderer Gesellschaftsformen der Klesh auf Monsalvat zu sorgen. Als Friedensstifter konnte man sie kaum bezeichnen, denn genausooft, wie sie versuchten, Konflikte zu verhindern, stifteten sie sie an. Ihre Funktion war eher die von Hefe, die eines Treibmittels in dem ewig brodelnden Rassengemisch von Monsalvat. Die „Zivilisation", wenn man einen angestrebten Zustand gesellschaftlicher Ordnung so bezeichnen will, wurde eher von der Tätigkeit der Mittler aufrechterhalten als von den mannigfaltigen Ordnungsvorstellungen, die in den verschiedenen Stämmen und Gruppen herrschten. In diesem Zusammenhang sollte vielleicht erwähnt werden, daß der Kontinent Glordune vor allem deswegen als wild bezeichnet wurde, weil es dort keine offen praktizierenden Mittler gab. Die Akte der Barbarei, die auf Glordune vorkamen, waren nicht grausamer oder häufiger als auf den anderen Kontinenten; sie verliefen einfach in noch regelloseren Bahnen.

zum Horizont. Er hoffte kaum, einen deutlichen Hinweis in der Weite des Graslandes zu finden, sondern vielleicht nur die schwache Andeutung, daß etwas nicht ganz in Ordnung war. Das Gefühl der Bedrohung war stärker geworden. Die Häufigkeit und die stärker werdende Kraft, mit der es auf ihn eindrang, sprachen eine deutliche Sprache. Allerdings nicht klar genug! *Haydars*, überlegte er. Eine Meorer-Bande hätte viel eindeutigere Zeichen hinterlassen, sie wäre hinter ihnen hergeschlichen, hätte kleine Vorstöße gemacht und Tage gebraucht, um einen Entschluß zu fassen. Morgin hatte von Reisenden gehört, die zehn Tage von Meorern verfolgt wurden, bevor diese sich zu einem Angriff entschlossen. Haydars jedoch ... die rauschten vorbei, und ein Hauch von Entsetzen hing in der Luft; oder sie waren – ohne Warnung – plötzlich über einem.

Jemasmy brach das Schweigen: „Du befürchtest eine Schurkerei der Lagostomer? Ich kann mir nicht vorstellen, daß die genug Mumm dazu haben."

Morgin löste seinen Blick von den tiefblauen Weiten des Horizontes und blickte Jemasmy erstaunt an, als ob er ihn zum erstenmal sähe. Nach einer Weile antwortete er: „Lagos... wer? Ach so, natürlich. Undenkbar ist es nicht, Seuthe. Man muß ihnen einfach mißtrauen. Sie sind in einer verzweifelten Lage. Von den umgebenden Phylen und Stämmen werden sie ins Delta gedrückt und sitzen nun dort fest. Die Flut, Stürme vom Innenwasser, und nichts, mit dem sie handeln könnten, nicht einmal genug zu essen. Überall sind sie von den raubgierigen Stämmen von Kepture eingeschlossen, die immer noch das altertümliche Orakel anwenden: Stoße eine Lanze in den Boden, und sprudelt kein Wasser hervor, so sind die Lagostomer in der Nähe deine Beute.

Sie haben nichts, aus dem sie Schiffe bauen könnten, und selbst wenn sie es täten, es gibt kein Land im Innen- oder Außenwasser*, das sie aufnähme. Darum versuchen sie ständig, hier und da ein Stückchen Boden zu gewinnen, schleichen sich den Yast hinauf und versuchen, gleichzeitig Ombur und Incana zu täuschen. Diesen Verdacht hat jedenfalls Ruggou. Und das denkt wohl auch Molio Azendarach von den kurbischen Sturmhähnen. Ein heimlicher Pakt

* Die vier Kontinente umlagerten einen kleineren Ozean, „Innenwasser" genannt, sie alle jedoch umfaßte das große Weltmeer, „Außenwasser", das mehr als die Hälfte der Planetenoberfläche bedeckte.

mit den Meorern, das ist es, was sie wirklich ausbrüten. Die Lagostomer wissen, daß wir zu Ruggou nach Ombur zurückkehren müssen. Wenn Ruggou erst über sie Bescheid weiß, dann ist Azendarach auch bald im Bilde. Dann waren alle ihre heimlichen Winkelzüge vergebens. Dann fordert Azandarach weiter seinen Tribut an Sklaven von ihnen, Ruggou macht ihre Westgrenze unsicher und hetzt die Haydars auf sie. Selbst die Meorer werden sich dann wieder von ihnen abwenden."

Jemasmy wagte eine kecke Bemerkung: „Ist es denn nicht die Pflicht des Mittlers, neutral zu bleiben?"

„Doch, das schon, aber Blindheit ist nicht gefordert. Die Lagostomer sind eine Plage. Wenn man sie nicht im Zaume hielte, würden sie ganz Kepture verschlingen. Wie Ruggou und Azendarach wünsche auch ich, daß sie in ihrem Delta bleiben. Das ist übrigens die Meinung aller Mittler." Morgin hielt inne. „Was ist mit dem Wendel?"

Eine dünne, blecherne Stimme erklang aus dem Sack, sehr klar, gleichsam in Ohrnähe, und doch schien sie aus weiter Ferne zu kommen:

„Morgin Halbsack aus der Ruhe zu schrecken, ist dieses Wesen erschienen – so frage denn, o Verstümmelter."

Morgin musterte den Beutel mit finsteren Blicken: „Spare dir dergleichen unverschämte Anreden; erfülle deine Pflicht und kruste dich dann wieder ein, mehr erwarte ich nicht von dir, keinesfalls jedoch diese ständigen Beleidigungen." Morgins häßlicher Beiname bezog sich auf eine Eigenheit seiner Anatomie, die aus seiner waghalsigen Jugend stammte. Er hatte nämlich einst einem Mädchen den Hof gemacht, das schon versprochen war. Diese Geschichte hatte ihm dann die Verletzung eingebracht, auf die der Wendel anspielte. Morgin schätzte es gar nicht, wenn man ihn daran erinnerte. Jemasmy wandte sich ab, um ein hämisches Grinsen zu verbergen, und Benne-der-Klon kicherte in sich hinein, während er die Saumer fütterte.

Schließlich rief er zu Morgin herüber: „Trenne dich doch auch noch von der anderen Hälfte; zu nichts ist sie nütze und macht dich nur hitzig! Tue es deinem treuen Diener und Gefolgsmann gleich und genieße fortan die Vorzüge eines ausgeglichenen Temperaments."

Morgin fluchte in sich hinein: „Während ich einen Kurs steuere, der uns durch Sturm und Brandung führen soll, wird herumgemäkelt, kommt man mir mit Beleidigungen, und schließlich wird auch noch versucht, mir die Kastration schmackhaft zu machen." Er seufzte tief. Er würde sich nie befreien können von den Unverschämtheiten seines Wendels, den Dummheiten Jemasmys und den unmöglichen Ratschlägen Bennes. Er wandte sich mit klarer Stimme an den Wendel: „Gefahr aus Ost-Ombur ist es, was ich spüre. Deute die Lage und sprich!"

Es kam nicht sofort eine Antwort, das erwartete auch niemand. Der Wendel sagte nichts, aber er begann sich in dem Sack zu regen. Jemasmy ließ den Sack von der Schulter gleiten und legte ihn vorsichtig auf den Boden. Die Gestaltveränderung des Wendels war ein Vorgang, der ihn immer aufs neue beunruhigte und an den er sich nie gewöhnen konnte. Er trat von dem Beutel zurück, der von einer ständigen, fließenden Bewegung erfüllt zu sein schien. Schließlich schien sich das Fließen aus dem Sack heraus verlagert zu haben, denn neben ihm war eine dunkle Form zu erkennen.

Eine lange Zeit war verstrichen, die kreisenden Sterne waren ein Stück über den Himmel von Monsalvat gewandert, und die Wolken waren über das dunkle Antlitz der Nacht gezogen, da ließ sich die dünne, tonlose Stimme erneut vernehmen: „Der Verdacht Morgins des Mittlers nimmt Gestalt an in der Sehergabe des Wendels."

Morgin trat nun in einem Bogen näher an den Sack heran. Weder er noch sonst jemand sagte etwas, sie zogen es vor zu schweigen und den Wendel seine traditionelle Einleitungsformel zu Ende sprechen zu lassen.

Der Wendel fuhr fort: „Für den, der Schatten wirft, sind Licht und Finsternis dasselbe. Ombur sprudelt von Leben über. Wilde Wesen, Menschen, Menschengleiche und Nichtmenschen. Korsoren und Eratzenaster*, Haydars, Meorer und Lagostomer. Für die meisten von diesen gibt es unsere kleine Gruppe gar nicht. Für andere ist sie von Interesse, und wieder andere konzentrieren sich auf nichts anderes. Lagostomer beobachten alle unsere Bewegungen von einer Bodenwelle im Osten, sie warten auf eine Meorer-Bande, die den Kamm entlangkommt und bald zu ihnen stoßen wird. Doch was sie

* Ursprüngliche Lebensformen auf Monsalvat, beides Raubtiere. Der Korsor ähnelte dem Bären in Größe und allgemeiner Form, war jedoch flinker und behender. Der Eratzenaster war ein Alptraum, dem nichts auf anderen bekannten Welten glich. Er war ein riesiger Flugräuber, der sich in den höheren Luftregionen aufhielt. Beide Spezies wurden hin und wieder gezähmt und bisweilen zu finsteren Zwecken mißbraucht.

tun sollen, darüber sind alle im Zweifel, denn voraus befinden sich Haydars. Ihre Anwesenheit beunruhigt, verhindert einen Entschluß."

Morgin fragte ruhig: „Wo sind die Haydars? Wie weit sind sie entfernt? Wie viele sind es? Warum sind sie gekommen?"

Der Wendel antwortete: „Sie sehen dich schon jetzt, du wirst sie bald sehen. Kommen sie zu Fuß auf ihre Art, könnten sie in fünf Minuten mit dir sprechen. Einen Augenblick... Ich spüre, es sind fünfzehn ... Zu ihnen gehört ein Mädchen, eine Omendeuterin. Ein Mittler ist auch bei ihnen."

Morgin wartete einen Moment, dann fragte er: „Der Mittler – ist er ihr Gefangener?"

„Verneinung. Sie suchen nach neuem Land. Dies ist eine Vorhut-Mannschaft. Sie ist durch die Luft gekommen, um hier das Omen zu lesen. Der Mittler soll Kontakte herstellen zu den Ländern, die sie berühren."

Morgin dachte blitzschnell über das Gehörte nach. Er versuchte, sich die Folgen vorzustellen, die das Eindringen der Haydars in dieses Land haben konnte, und suchte nach Gründen, die sie hierher getrieben haben könnten. Denn hier im Osten von Ombur waren sie weit von ihren angestammten Jagdgründen entfernt. Sie zogen den Westen und Norden vor ... Ihre Anwesenheit würde die Lage sicher noch unübersichtlicher machen. Ruggou würde wahrscheinlich waghalsiger werden, aber die Meorer würden sich gewiß weiter nach Süden zurückziehen. Er fragte: „Ist ihr Wendel entkrustet, kannst du also Namen lesen?"

Der Wendel gab zur Antwort: „Dort sind ... Talras Em Magaria, Rhardous N'Hodos, Kori D'Indouane, Zermo Lafma der Garrottist, Segedine Dao Timni ..."

Morgin schrie auf: „Halt ein, halt ein! Mag die Dame es verhüten, daß ich dich je danach frage, wer im Delta lebt. Die nächsten zehn Jahre müßten wir dir lauschen, bis du eine komplette Aufzählung aller Lagostomer geliefert hättest, die es gibt, gar nicht zu denken an all die kleinen Spaltlipper, die in der Zwischenzeit hinzugekommen wären! Ich brauche drei Namen und den Clan: Phreme, Mittler, Omendeuter."

Sofort erklang die tonlose Stimme des Wendels: „In dieser Reihenfolge: *S'fou* Ringuid Goam Mallam, *Cland* Joame Afanasy, *Lami* Tenguft Ouarde. Es ist der Dagazaram-Clan."

Morgin streckte sich erleichtert. Von dieser Haydar-Gruppe ging für sie keine Gefahr aus, ihre Anwesenheit konnte sogar eine Art Schutz bedeuten. Es war ja so, daß die Anwesenheit neutraler Haydars in der Regel den bestmöglichen Schutz bot. Wenn sein Wendel Namen lesen konnte, dann mußte ihr Wendel sich also auch entkrustet haben. Er trat zurück, um einen besseren Überblick über seine Umgebung zu haben, und sagte: „Sie sollen ruhig kommen. Wenn sie bis jetzt nicht angegriffen haben, dann haben sie es auch nicht vor."

Der Wendel sagte: „Sie sind schon unterwegs."

Morgin fragte: „Sind die Lagostomer und die Meorer die einzige Gefahr? Wenn du die Lage so deutest, dann magst du dich wieder einkrusten, denn sie werden uns eine Weile nicht behelligen."

Der Wendel antwortete nicht sogleich, doch die fließenden Bewegungen in- und außerhalb des Sackes kamen nicht zur Ruhe. Als sich seine Stimme wieder vernehmen ließ, klang sie sehr entfernt: „Einen Moment noch, Halbsack. Die Sicht ist dunstig und trüb. Für eine tiefere Deutung brauche ich mehr Zeit. Es ist etwas in der Luft . . ."

Der Sack bewegte sich nun heftiger, während sich der Wendel in eine Form brachte, die ihn befähigte, seine Umgebung gründlicher abzusuchen. Morgin wußte, daß jetzt eine längere Pause folgen würde, und erwartete keine weiteren Äußerungen von seinem Wendel. Wahrscheinlich würde er erst einmal seine gewöhnliche, entkrustete Gestalt annehmen. Wendel deuteten die Umstände immer so gründlich, wie sie es vermochten, die Sorge war ihr Beruf. Eine sehr tiefe Deutung jedoch brauchte ihre Zeit. Morgin entfernte sich vom Beutel neben dem Karren und bereitete sich auf die Ankunft der Haydars vor.

Vorn am Wagen wurden die Saumer unruhig. Sie traten mit den Füßen auf und ließen die schweren Schultern von einer Seite zur anderen schwanken, so daß ihr Harnisch vernehmlich gegen die schwere Deichsel schlug. Benne redete leise auf sie ein; er versuchte, die Zugtiere zu beruhigen. Morgin und Jemasmy beobachteten nervös die Umgebung, versuchten etwas zu sehen oder zu hören, aber das, was die Zugtiere erschreckte, bewegte sich so vorsichtig, daß es ihrer Wahrnehmung entging. Die Saumer waren nun offenbar in höchster Erregung, als würden sie um ihr Leben fürchten. Die Minuten vergingen wie Stunden. Dann, ohne einen sichtbaren Grund, erstarrten die Saumer plötzlich, so ruckartig, daß ihr Zaumzeug noch einen Moment lang nachschwang, als sie sich schon nicht mehr bewegten. Morgin und Jemasmy versuchten mit äußerster

Anstrengung die Dunkelheit zu durchdringen. Auf einer kleinen Erhebung, nur ein paar Meter von ihnen entfernt, zeichnete sich eine kleine Gruppe von schwarz verhüllten Gestalten gegen den Nachthimmel ab. Beide Gruppen beobachteten einander nun eine Zeitlang angespannt, niemand von ihnen machte eine Bewegung.

Dann lösten sich vier hochaufragende Schatten aus der dunklen Front der Neuankömmlinge und schritten gemessen auf den Karren zu. Ein Frösteln stillen Schreckens ließ Jemasmy für einen Moment erschaudern, aber Morgin, der dies aus den Augenwinkeln bemerkt hatte, lächelte darüber. Die Haltung der herannahenden Haydars bestätigte seine Hoffnung. Er wußte genug über die Sitten der Haydars, um einschätzen zu können, daß ihre Art der Annäherung Neutralität, wenn nicht gar Friedfertigkeit ausdrückte.

Sie waren schon recht nahe. Jetzt konnte Morgin endlich Unterschiede erkennen in Umriß, Größe, Tracht und Haltung. Er sah noch einmal zu der Stelle hinauf, wo die ganze Gruppe gestanden hatte. Die anderen waren verschwunden. Unter den vier Verbliebenen konnte Morgin nun einen erkennen, der einen großen Sack mit sich führte; das mußte der Sackdiener sein. Ein anderer schritt selbstbewußt aus, so daß der Umhang um seine Beine schlug: Afanasy, der Mittler. Ein weiterer hielt sich ebenfalls sehr stolz, wirkte aber sichernd und zurückhaltend, wahrscheinlich war es Mallam, der Anführer. Auch der vierte bewegte sich mit der leichten, fließenden Grazie, die den Haydars zu eigen war, und auch er verfügte über eine imposante hochaufgerichtete Gestalt, und doch lag etwas Weiches, Gleitendes in seinen Bewegungen. War dies das Mädchen? Vermutlich. Morgin besann sich auf die Gebräuche der Haydars. Nur eine Ungetraute konnte als Omendeuterin mit einer solchen Gruppe das Land durchstreifen – das mußte Tenguft Ouarde sein.

Jetzt standen sie vor ihnen. Benne und die Saumer streiften sie nur mit einem flüchtigen Blick, und Jemasmy ignorierten sie ebenfalls. Seuthe war für diesen Mangel an Beachtung gar nicht undankbar. Vor Morgin bildeten sie einen kleinen Halbkreis, und alle richteten ihren Blick auf ihn. Das Mädchen, falls Morgin recht mit seiner Annahme hatte, beugte sich tief auf den Boden und legte einen Speer vor Morgin ab. Der Speer maß einiges über zwei Meter und war damit nur wenig länger als das Mädchen, dessen Körperhöhe zwei Meter deutlich überschritt. Die anderen waren noch größer.

Morgin griff unter seinen Kaftan und zog ein dolchartiges Messer mit gezackter Schneide hervor, eine recht tückische Waffe; diese legte er zu dem Speer auf den Boden.

Einer aus der Gruppe ergriff nun mit dunkler, tiefer Stimme das Wort: „Ich bin Afanasy, ich bin dir vielleicht als Mittler bekannt?"

Morgin erwiderte: „Ich bin Morgin Balebaster, Mittler in Ombur. Du überraschst mich. Ich sage das, ohne dich beleidigen zu wollen; bist du von echtem Haydar-Blut?" Morgin bezog sich auf Afanasys Aussehen; die Tradition wollte es nämlich, daß ein Mittler immer ein Mischling war.

Afanasy antwortete, ohne den dumpfen Klang seiner Stimme zu verändern: „Ich bin kein Vere-Dagazaram-Haydar wie die anderen hier. Ich stamme von den Techiascos. Offensichtlich war ich Mischling genug, den Wendel von meinem Vorgänger zu übernehmen, wenn es auch äußerlich nicht so scheinen mag. Können wir etwas für dich tun, Meister Mittler von Ombur, um die Ordnung zu bewahren?"

Morgin sagte: „Lagostomer haben unsere Spur vom Delta herauf verfolgt, und unser Wendel sieht Meorer, die sich ihnen anschließen wollen. Sie müssen irgendwo in den Hügeln stecken. Ich trage Berichte bei mir und wünsche nur unbehelligt nach Westen zu den Wassern von Medlicht und dann weiter nach Utter Semerend ziehen zu können."

„Ja, besitzt du denn keine Immunität?"

„Die gilt nur für das Delta selbst."

„Du hast nichts zu befürchten. Am Abend, als wir landeten, sind wir auf eine Meorer-Bande gestoßen. Sie waren es nicht wert, ‚Feinde' genannt zu werden. Die Überlebenden sind nach Osten geflohen. Es war uns zu mühselig, sie alle zu vernichten. Wir sind hier, um neue Länder auszukundschaften. Nach Ost-Ombur ziehen die Haydars nicht. Sehr selten gehen wir dort auf Jagd."

„Wollt ihr euch hier niederlassen?"

„Die Dagazaram werden sich teilen. Die Ullahi bleiben in den Jagdgründen der Väter. Die Iasamed gehen nach Ombur. Wer wird sich dagegenstellen, Mittler?"

Morgin dachte einen Moment nach, dann antwortete er: „Soviel ich weiß, will der Inkantor Ivak Ruggou das Territorium seiner Aurisman-Septe erweitern."

Afanasy erwiderte: „Aurisman-Septe? Wir kennen die Aurisman. Sie leben in ihren kleinen, befestigten Städten und bebauen das Land um sie herum. Solange sie sich mit ihren kleinen Äckern zufriedengeben, haben sie von den Haydars nichts zu befürchten. Wir machen keinem Landmann seinen Boden streitig."

‚*Das stimmt schon*', dachte Morgin, ‚*nichts zu befürchten, jedoch ...? Die Haydars waren die legendären Menschenjäger der Nacht, auf allen Kontinenten. Kein Ort war wirklich vor ihnen sicher, denn nur die Haydars vermochten den schrecklichen Eratzenaster zu brechen und zu zähmen, um auf ihm durch die Luft zu reiten. Und doch war es vielleicht gar kein schlechter Plan, wenn sich ein kleiner Stamm von ihnen in Ombur niederließ. Die Haydars vermehrten sich sehr langsam, und sie würden mit Sicherheit alle Bestrebungen Ruggous vereiteln. Nur ein Narr wagte sich in eine Gegend, die als Jagdgebiet der Haydars bekannt war. Sie aßen Eindringlinge ...*' Laut fügte er hinzu: „Bisher hat Molio Azendarach auf der anderen Seite des großen Flusses verhindert, daß die Lagostomer sich dorthin ausdehnen. Da sie aber nicht auf dem Wasser leben können, beginnen sie sich stärker für Ombur zu interessieren. Und dies um so mehr, als sie die Meorer nicht noch weiter nach Süden zurückdrängen können. Für die Meorer mag ich nicht sprechen, da ich zur Zeit ohnehin nicht in ihrer Gunst stehe; aber ich könnte ihnen mitteilen, daß Ruggou klar zu verstehen gegeben hat, daß er sofort die Hochebene besetzen wird, wenn von den Lagostomern ein Vorstoß nach Westen unternommen wird. Eigentlich ist dies schon seit langem der Stand der Dinge, und er verändert sich auch nicht, solange die Lagostomer im Delta bleiben. Es scheint mir jedoch, daß sie im Begriff sind, sich mit Ruggou anzulegen; er ist weiter entfernt als Molio Azendarach, und wenn er in Ombur intervenieren wollte, hätte er beträchtliche Nachschubprobleme."

Afanasy dachte über das Gesagte nach und gab keine Antwort. Während sich Mallam, der Anführer, weiter im Hintergrund aufhielt, trat jetzt das Mädchen, Tenguft Ouarde, dicht an Morgin heran. So nahe, daß er mehr von ihr erkennen konnte als nur den finsteren Kapuzenumhang, der die Haydars mit der Nacht eins werden ließ. Sie war groß, so groß, daß Morgin aufblicken mußte, wenn er ihr Gesicht sehen wollte. Unter der Kapuze brannten ihre unergründlichen, tiefliegenden Augen; und Morgin sah die gebogene Klinge ihrer Nase, den kleinen Mund. Und doch war sie – auf ihre Art – geschmeidig und jung, ihre Haltung drückte ein Selbstbewußtsein aus, das einem nur die Schönheit verleiht. Doch diese Schönheit fand sich nicht in Äußerlichkeiten ihrer Gestalt, es war eine innere Schönheit, die ihr Wesen durchdrang.

Jetzt sprach sie, und es lag ein Hauch von jugendlichem Wagemut in ihrer rauhen Stimme. Trotz des tiefen, dröhnenden Haydar-Klangs war es die Stimme eines Mädchens: „Die Lagostomer taugen, nur zum Omendeuten; sie sind weich und schwach und es ist kein Saft in ihrer Seele. Ich lese es auf deiner Stirn, du kennst die Haydars nicht! Das *Spiel* ist es, das uns erfüllt, und das kennen jene nicht, die ihr Leben mit der Aufzucht ihrer Brut zubringen. Du magst nun ruhig sein, Meister Morgin, Mittler von Ombur und Incana, und sag es auch Ruggou und seinen Aurisman: Wenn die Sonnen aufsteigen, werde ich den Kamm entlanggehen, in meinem Jagdgewand, in dem ich in die Welt und in die Zeit trat, Speer und Dolch werden meine einzigen Begleiter sein. Niemand wird dann den Fluß überschreiten!"

Mallam brummte: „*Lami* Tenguft hat die Lösung für die Probleme dieses Gebiets."

Höflich versetzte Morgin: „Deine Rede ist wahr, Ringuid Goam Mallam. Und ich werde es Ruggou berichten. Es scheint auch zu seinem Vorteil zu sein. Das Gebiet der Aurisman wird sich nicht ändern, aber auch nicht das der Lagostomer. Was aber wollt ihr hier jagen, wenn mir die Frage erlaubt ist?"

Afanasy sagte: „Gesindel, jene, die in ihrer Heimat Unrecht getan haben, die Banden der Geächteten, Räuber und Mörder. Und natürlich jene, die uns Haydars jagen wollen. Aber die erwarten wohl nichts anderes."

Morgin dachte über alles nach und war zufrieden. Ja, so lösten sich Probleme in der Regel selbst, wenn man nur Geduld hatte und eine Lösung abwarten konnte. Die Haydars würden Kontinuität in die Lage bringen, den Zustand der Dinge stabilisieren. Ruggou würde keine Berührungspunkte mit dem Reich Molio Azendarachs haben, weil dieser sicher auf seiner Seite des Flusses blieb. So hätte die Aurisman-Septe Zeit gewonnen, um darauf zu warten, daß ein gemäßigterer Führer an die Stelle Ruggous trat, einer, der bescheidenere Pläne verfolgte. Ja. Er sagte: „Ich sehe nichts, was eurer Ansiedlung entgegenstünde."

Mallam nickte lächelnd, seine weißen Zähne blitzten. „Ah ja! So ist es gut! So kommt also her!" Er gab dem Rest seiner Gruppe ein Zeichen mit dem Arm. Mehrere dunkle Gestalten lösten sich aus dem Schatten der Nacht, sie schienen förmlich aus dem Boden zu wachsen. „Talras, Segedine!“ rief ihnen Mallam zu. „Gebt den Tieren das Zeichen zum freien Umherstreifen. Wir bleiben hier. Rhardous N'Hodos und Tesselade, auf nach Süden! Einen Meorer für unser Fest. Einer wird für uns genügen, denn der fremde Mittler teilt wohl nicht unseren Geschmack.“ Er wandte sich an Morgin. „Ich habe doch recht mit meiner Vermutung?“

„Es liegt mir jedoch fern, euch zu beleidigen.“

„Handle wie du magst. Es gibt eben nur wenige wie uns in der weiten Welt. Aber willst du nicht mit uns das Feuer teilen? Lafma hat seine Tamgar dabei, um die Lieder zu begleiten, und die *Lami* trägt im Herzen all die gesungenen Visionen unseres Volkes. Sie wird von unseren großen Jagden singen, und wenn unsere jungen Männer am Morgen den Wind spüren, wird vor ihren Augen noch immer das Bild ihres Tanzes beim Feuer stehen. Sie werden eine Frau unseres Stammes in ihrer Vollendung gesehen haben.“

Morgin war um eine diplomatische Antwort bemüht. „Als ich mit der *Lami* Tenguft Ouarde sprach, konnte ich selbst sehen, daß sie es wert ist, Gegenstand all eurer Träume zu sein. Wie wünschte ich doch, all das sehen und hören zu können, das ich unwürdiger Mittler von zweifelhafter Herkunft nur ahnen kann und das euer Volk so voll genießt. Und doch drängen mich meine Geschäfte, die nicht warten können. Ich muß mit Ruggou sprechen, damit er die neue Lage nicht verkennt. Und darum ...“

Er wurde unterbrochen. Einer der Haydars, der zu den Tieren geeilt war, kam herbeigestürmt und sprach flüsternd zu Mallam. „Oh, mein S'fou Mallam“, sagte seine rauhe Stimme, „ich habe die Zeichen auf die richtige Weise gegeben, aber die Fliegenden entfernen sich nicht. Sie ziehen weiter ihre Kreise, und es sind sogar noch wilde ‚Natzer‘ hinzugekommen.“

Mallam rief zur Antwort: „Also formiert euch! Ruft zur Jagd auf! Mittler! Was meldet der Wendel?“

Tenguft, die dies mit angehört hatte, warf den Kopf in den Nacken, so daß ihre Kapuze abfiel, und suchte den Himmel und die Sterne ab. Morgin sah ihre Bewegung und blickte ebenfalls hinauf, konnte aber nichts endtdecken. Und doch meinte er — ganz am Rande seiner Wahrnehmungsfähigkeit — eine Bewegung zu spüren. Etwas war dort oben, das war sicher. Tenguft sagte: „Wenn sie kreisen und die Wilden zu ihnen stoßen, dann wird Blut fließen. Dort oben sind fast fünfzig ‚Natzer‘.“

Morgin wollte sich an Sackdiener Seuthe wenden, aber das war nicht mehr nötig, denn soeben begann sein Wendel zu sprechen. Seine Stimme kam stockend, stoßweise und schwankend: „Die Deutung liegt jetzt vor, für die Ferne und die Nähe. Gefahr! Die Einkrustung hat schon begonnen. Bewegt euch nicht, auf keinen Fall aber nach Norden oder Osten. Es fällt ein Stern, und man kann ihm nicht entfliehen. Bei der Anhöhe im Osten wird er niedergehen. Es ist etwas Brennendes von der anderen Seite der Welt, es kommt aus der Tiefe der Nacht, von fern, von jenseits des Horizonts. Es birgt Energie, stört das örtliche Orakel."

„Ein fallender Stern", fragte Morgin erstaunt, „geht hier nieder?"

Einen Moment noch fuhr der Wendel in seiner Rede fort, aber seine Stimme wurde bereits schwächer: „Es ist nichts aus Stein, Halbsack. Es bewegt sich aus eigener Kraft. Ich fürchte mich."

„Was ist mit deinem?" fragte Morgin Afanasy.

„Hat sich bereits eingekrustet."

Unvermittelt schrie Morgin auf: „Das, was sich aus eigener Kraft bewegt, ist ein Schiff. Die wahren Menschen kehren zurück. Die Menschen kommen!"

Tenguft nahm ihren Speer vom Boden auf. „Oder die Krieger", stieß sie hervor, „die vergehen sollen wie das Gras." Sie berührte die Spitze ihres Speeres kurz mit den Lippen, dann schleuderte sie ihn empor in den Nachthimmel nach Osten. Laut erscholl der alte Ruf: „Laßt die Krieger wiederkehren, sie sollen ihre Geschöpfe treffen!"

Wie alle anderen starrte auch Morgin jetzt nach Osten. Zunächst sahen sie nichts. Nur Nacht und Dunkelheit – die Lichter des Deltas waren von dem Teil der Ebene von Ombur, auf dem sie standen, nicht zu sehen. Oben am Zenit des Himmels standen die Sterne reglos. Sie leuchteten klar, ohne zu flimmern. Dicht am Horizont jedoch flackerten und schwankten sie, so als würde heiße Luft vor ihnen herziehen. All die bekannten Sternbilder waren klar zu erkennen: der Schnitter, die Krone und der Fischer, der sein glitzerndes Netz nach Süden auswarf. Dicht über der Planetenoberfläche schienen Sterne aufzuleuchten und zu verlöschen. Und dort im Osten gab es noch einen Stern, der nicht verlosch, der sich orangerot in die Nacht brannte, am Himmel emporwanderte. Ein unheilvoller Stern, den man nicht aus dem Blick verlieren konnte. Jetzt war er schon ein Stück vom Horizont entfernt, stieg höher und wuchs, während sie ihn anstarrten.

4

„Ich habe einmal die Horoskope einer Anzahl von Mördern untersucht, um herauszufinden, wie die Planetenkonstellationen das Temperament beeinflussen. Zu meinem Erstaunen war es nicht die heimliche, explodierende Energie des Uranus, auch nicht die böswillige, heimtückische Selbstsucht des Saturn oder die unbeherrschte Raserei des Mars; es war der kühl kalkulierende Intellekt des Merkur, auf dessen Hintergrund das Verbrechen gedieh. Dann machte ich eine außergewöhnliche Entdeckung: Die Horoskope der Opfer waren fast identisch mit denen ihrer Mörder. Sie hatten ihr Schicksal selbst gesucht.

A. C.

Lange Zeit war in der warmen Dunkelheit der Koje kein Wort gefallen. Worte schienen nicht notwendig zu sein. Aber nachdem eine unmeßbar lange Zeit verstrichen war, konnte Meure etwas von dem, das in ihm war, nicht länger zurückhalten, und er sagte einfach: „Es gibt Worte, die ich schon zuvor sagen wollte, denn ich will sie nicht vergessen."

Dann war es wieder eine Zeitlang still, zu hören waren nur ihre Atemzüge und ein gelegentliches Rascheln der Decken. Aber schließlich antwortete Audiart, ebenso schlicht: „Ich bin gekommen, um zu vergessen." Und dann: „Um etwas abzuwerfen, wegzuwischen, frei zu werden von . . . Aber ich muß einsehen, daß das Abwischen der Spuren dessen, was geschehen ist, nur neue Spuren schafft; und nichts wird so werden, wie ich es wünschte, nur neue Veränderungen werden entstehen."

„Ich habe mich verändert."

„Ich nicht weniger." Doch sie wandte sich von ihm ab und hüllte sich tiefer in die Decken, so als wolle sie nun schlafen. Meure lag still, lauschte, wartete, erinnerte sich. Er ließ seine Sinne wieder zu seiner Umgebung zurückkehren, brachte sich die *Ffstretsha* wieder ins Bewußtsein. Dämmriges Licht beleuchtete die Koje, wurde von der Decke reflektiert. Es kam von der kleinen Lampe über der Kochstelle. Ihm fiel wieder ein, daß er die Schiebetür hatte schließen wollen, dabei jedoch gestört worden war. Sein Körper war von Schweiß klebrig, und warme nackte Haut berührte die seine. Jetzt spürte er auch die Bewegungen des Schiffes wieder: Es schwankte von einer Seite auf die andere, gedämpft zwar und sacht, aber der nachlassende Schwerkraftsimulator ließ jetzt doch viel davon ahnen, welchen Kräften das Schiff tatsächlich ausgesetzt war. Das Schiff drehte sich um alle Achsen, manchmal nur um die Längsachse, manchmal aber auch um alle gleichzeitig. Die Bewegungen schienen nur vom Zufall gesteuert zu sein, kamen völlig unvorhersehbar. Jetzt wurde das Schiff ruhiger und lag schließlich fast völlig still. Dann setzte, ohne Vorwarnung, eine rasende Vorwärtsbewegung ein. Meures Innerohrsystem ließ ihn spüren, daß das Schiff immer schneller wurde, als ob es von hinten geschoben würde. Gleichzeitig stieg sein Bug immer mehr an, dann folgten ein ohrenbetäubendes Kreischen und mehrere Stöße. Aus der Gegend der Kochstelle kam ein zischendes Geräusch, und die Lichter gingen aus. Nicht plötzlich, sie erloschen vielmehr langsam. Ein rotes Lämpchen beleuchtete die Decke der Koje, und aus einem verborgenen Lautsprecher erklang ein regelmäßig unterbrochener Piepton, der sich fortlaufend mit einer Bandansage in Spsom-Sprache abwechselte. Die Schiebetür setzte sich in Bewegung. Meure richtete sich etwas auf, um sie aufzuhalten. Endlich war er aus seiner Lethargie erwacht und erkannte, was geschah. Er mußte über Audiart hinweggreifen, die ebenfalls versuchte, sich zu bewegen. Er spürte eine prickelnde Taubheit in den Fingerspitzen, und als er der Tür noch näher kam, gab es eine flammende Energieentladung. Er zuckte zurück und rieb seine Finger an der Kojenwand. An mehreren Stellen im Rahmenwerk des Schiffes waren klickend-metallische Laute zu hören, so als ob Schlösser einrasteten. Sie waren eingeschlossen.

Sie preßten sich eng aneinander. Lähmender Druck lastete auf ihren Gliedern, und dann gab es plötzlich überhaupt kein Gefühl mehr, und einen Augenblick später gab es gar nichts mehr. Es gab kein Versinken, kein Hinüberdämmern, wie wenn man in Schlaf oder Bewußtlosigkeit sinkt. Die Zeit war angehalten. Meure war gerade im Begriff zu sagen: „Ich de . . .

STOP

. . . nke, es ist eine Art Schutzfeld." Da setzte die Zeit wieder ein, die Tür sprang auf, und aus Lautsprechern im ganzen Schiff erklang ein Gong, der von einer Spsomstimme unterbrochen wurde, die in regelmäßigen Abständen immer das gleiche Wort wiederholte, etwas, das wie ‚Vv-h't' klang. Die Tür zu ihrer Gemeinschaftskabine flog auf, und von draußen drang verwirrter Lärm zu ihnen herein. Clellendols Stimme drang klar durch die Konfusion. „Hoch! Hoch! Sofort raus aus dem Schiff!“

Mit fliegenden Bewegungen suchten Meure und Audiart ihre Kleidung zusammen, die achtlos verstreut umherlag. Während sie sich noch mühten, sie anzulegen, war überall das Klappen von Schrank- und Kabinentüren zu hören, dann war es still. Jetzt konnten sie hören, welche Geräusche das Schiff machte. Diese Töne wurden kaum durch die Luft, sondern durch das Material des Schiffes selbst übertragen. Ein langanhaltendes Stöhnen erscholl, von gelegentlichem Knacken und Reißen übertönt. Aus der Ferne hörte man hin und wieder das Zischen ausströmenden Gases. Sie verschwendeten keine Zeit mehr darauf, ihre Habseligkeiten zusammenzusuchen, sondern stürzten durch die Küche in den Gemeinschaftsraum, dessen Beleuchtung noch arbeitete, aber schon flackerte. Das Schiff verlagerte sein Gewicht in einer gleitenden, fließenden Bewegung, und dies wurde von erneutem Ächzen und Reißen des Materials begleitet. Sie balancierten vorsichtig über den schwankenden Boden der Kabine hinaus auf den Gang, dessen Beleuchtung bereits erloschen war.

An einer Biegung des Korridors wartete Clellendol auf sie, der nervös nach allen Seiten Ausschau hielt. „Vorwärts! Vorwärts!“ drängte er. „Sie warten schon am Ausstieg auf uns. Wir sind heil auf Monsalvat heruntergekommen und haben wohl unverschämtes Glück gehabt. Aber die *Ffstretsha* bricht zusammen, und wir müssen schnell nach draußen. Dieser Vdhitz wollte es mir erklären, aber ich habe ihn nicht verstanden.“

Die drei hasteten durch den Hauptgang, der sich beständig weiter zur Seite neigte, und gelangten schließlich zum Ausstieg, wo die restlichen Mannschaftsmitglieder und Passagiere auf sie warteten: zwei Ler – Dreve Halander und Ingraine Deffy –, zwei Spsomi – Captain Shchifr und Vdhitz – und der einzige überlebende Sklave, dieses kleine pelzige Wesen vom Planeten Vfzyekhr. Vdhitz sah besorgt nach draußen, sein Körper hing halb aus der Luke. Ohne sich umzusehen, machte er den übrigen ein Zeichen mit seiner freien Hand, dann stieß er sich ab und landete draußen auf dem Boden. Shchifr musterte die Überlebenden mit einem kurzen Blick, deutete auf die Luke und trat dann zur Seite, um sie vorbeizulassen. Meure befand sich am Ende der Reihe und konnte kaum etwas von der Umgebung des Schiffes sehen. Es schien ihm, daß das Schiff etwas nach vorn geneigt lag, so daß die Luke gegen den Boden gerichtet war und nicht geradeaus, wie es eigentlich hätte sein sollen. Draußen war alles in ein eigenartiges rötliches Licht getaucht, dessen Quelle Meure nicht ausmachen konnte, und er fragte Audiart: „Wie spät ist es?“

Sie drehte sich mit ausdruckslosem Gesicht zu ihm um. „Wie spät soll es schon sein? Irgendwann nach Mitternacht. Genau die richtige Zeit für eine Notlandung. Los jetzt! Wir sind da, das ist alles, was zählt.“

Audiart kam nach Clellendol zur Luke und griff ungeschickt nach den Haltegriffen, dann schwang sie sich hinaus. Von Shchifr heftig vorwärts geschoben, folgte ihr Meure auf den Boden von Monsalvat.

Meure fühlte sich benommen und verwirrt. Am liebsten hätte er sich gleich hier niedergelassen, im beruhigenden Schatten des Rumpfes der *Ffstretsha*, unter dem Gewirr des absurden Röhrensystems. Shchifr war inzwischen ebenfalls aus der Luke gesprungen, holte hastig einige Gegenstände unter seiner Weste hervor und warf sie durch den Ausstieg ins Schiff. Im Innern war es völlig finster. Draußen beleuchtete ein verdecktes, schwaches Licht die Szene. Verfilzte, drahtige Vegetation bedeckte den Boden unter seinen Füßen, das Schiff mußte sie bei seiner Landung niedergedrückt haben. Er hörte Stimmen und sah eine Bewegung auf der anderen Seite des Röhrennetzes. Clellendols Stimme drang an sein Ohr und drängte ihn, zu laufen. Er rannte in ihre Richtung. Dabei schlüpfte er unter einer pendelnden Rohrleitung hindurch, deren Farbe völlig verbrannt war und deren geborstene Enden wie lebende Wesen hin und her schwangen. Schließlich sah er die Gruppe vor sich, die vom Schiff wegrannte. Meure folgte ihr, versuchte aufzuholen. Shchifr überholte ihn mühelos in dem hüpfenden, aber kraftvollen Laufstil der Spsomi.

Shchifr trieb sie weiter, und sie legten gemeinsam auf leicht ansteigendem Boden noch eine beträchtliche Entfernung zurück. Niemand sah sich um. Meure spürte, daß sich um sie herum, in der Luft über ihnen, etwas bewegte, aber er konnte nicht anhalten, um sich zu vergewissern.

Schließlich erreichten sie eine kleine felsige Erhebung, wo sie zum Stehen kamen. Meure ging zu Audiart, die auf einem Felsbrocken saß; die Knie hatte sie vor die Brust gezogen und mit den Armen umschlungen; reglos starrte sie zum Schiff zurück. Nein, am Schiff vorbei, in den Morgen.

Er warf sich neben sie auf den Boden und blickte in die gleiche Richtung. Im Osten erhob sich die Sonne Monsalvats zu einem neuen Tag. Das war der Doppelstern namens Btirme.

Die beiden Sterne, die dort am östlichen Himmel standen, hatten beide ziemlich genau die gleiche Größe. Sie standen sehr eng beieinander, vielleicht einen Durchmesser weit voneinander entfernt. Beide leuchteten in einer braun-orangenen Farbe, und sie schienen ihre Position zueinander kaum merklich zu verändern. Die Sonne (oder sollte man sagen, die Sonnen, dachte er) erfüllte den Morgenhimmel mit Farbe, trennte den Tag von der Nacht, deren Farbe sich in ein unglaubliches Indigoblau verwandelt hatte, und färbte die Wolken, die in der unsagbar klaren Luft vorüberzogen, rot und orange. Beide Sonnen umgab ein schimmernd strahlender Hof, der jedoch verging, während sie zusahen und das Tageslicht heller wurde.

Das Schiff lag zur Seite geneigt in einer kleinen Senke in der nach Osten abfallenden Ebene. An manchen Stellen war es noch erleuchtet, aber es schien immer weiter dem Boden entgegenzusinken, so als ob sein inneres Rahmensystem keine Lust mehr hätte, das Ganze aufrechtzuhalten. Ja, das war es: Das Schiff entspannte sich, sank in sich zusammen wie eine überreife, exotische Frucht.

Als Meure sich nach allen Seiten umsah, konnte er etwas von dem entdecken, das ihm dieses allgemeine Gefühl von Bewegung vermittelt hatte, als er vom Schiff fortlief. Durch den Morgenhimmel stürzten und glitten bizarre Wesen. Sie waren von so fremdartiger Gestalt, daß Meure zunächst glaubte, seine Wahrnehmung sei gestört. Von jenseits des Schiffes kamen Menschen gelaufen, die wie irre auf das Schiff zustürmten. Es mußten Menschen sein; auch auf die große Entfernung konnte man ihre Gestalt und Haltung einigermaßen erkennen. Wie Menschen hasteten sie über die verfilzte, grasähnliche Vegetation, die im ersten Tageslicht blau erschien.

Die Fremden umzingelten das Schiff. Meure sah jetzt, daß sie recht klein und schmal gebaut waren; die meisten trugen lange Messer oder kurze Speere. Sie benahmen sich wie Wilde, liefen heftig gestikulierend durcheinander, schlugen mit der Hand gegen die Bordwand oder mühten sich, ein Stück von dem Röhrennetz abzureißen. Die Szene wirkte lächerlich, so als ob Ameisen ein Landfahrzeug angriffen. Meure spürte neben sich eine Bewegung, an seine Nase drang ein Duft wie von warmem Gebäck.

Vdhitz sagte gedämpft: „Etwas Neujes, wirrt die darunten ieberraszchen. Tshchiff'r hat die Mazschine auf Zelbstieberladunck eingestellt, bevor er ginck. Fliegt allesz in die Luft, heh, heh, heh!"

Audiart hatte die Worte des Spsom mitangehört und war schon auf den Füßen, um hinunterzueilen, doch Meure ergriff sie am Arm, und hinter einem Felsen kam Flerdistar hervor und trat ihr in den Weg. Sie sagte ruhig: „Versuche nicht, es zu verhindern. Du wirst sterben und kannst es doch nicht aufhalten. Die Spsomi lassen es nicht zu, daß Fremde ein gestrandetes Schiff erbeuten, und hier auf Monsalvat schon gar nicht. So lauten Shchifrs Befehle, und die muß er ausführen. Das wird seine letzte Handlung als Raumkapitän sein."

Audiart ließ sich wieder nieder, aber sie sagte: „Das da unten sind doch Menschen."

Der Tag zog jetzt schnell herauf, die Morgendämmerung war einem rosigen Schein gewichen. Die Menge unten beim Schiff war ständig angewachsen. Einige schienen zumindest mißtrauisch zu sein und drängten die anderen, sich zurückzuziehen. Diese Vorsicht erwies sich als angebracht, denn ein Stück des Schiffes glühte hell auf und schlug dann schmelzend auf den Boden. Die Menge zog sich weiter zurück, und bis zu Meure herauf erklangen ihre Stimmen, erzürnte, empörte Laute. Sie hielten nun einen respektvollen Abstand zum Schiff, aber sie beobachteten es weiter intensiv, umkreisten es und bedrohten es mit ihren Waffen.

Flerdistar beobachtete dies alles, dann sagte sie: „Wir können ihnen nicht helfen. Wir glauben, daß es Menschen sind, aber wir wissen es nicht. Hier auf Monsalvat hat das Wort ‚Mensch' viele Bedeutungen." Sie wich dem Blick Audiarts aus, die sie unverwandt angestarrt hatte.

Einige in der Menge hatten jetzt wieder Mut gefaßt und wagten kleine Vorstöße gegen das Schiff. Es sah aus, als hielten sie das Schiff für ein lebendes Wesen, das sie mit ihrer Kühnheit erschrecken wollten. Vielleicht wußten sie aber auch, daß die *Ffstretsha* tot war und nicht mehr auf den Wellen des Raumozeans tanzen konnte, vielleicht wollten sie einfach ihre Kameraden beeindrucken, deren Zahl sich ständig erhöhte, da hinter einer Bodenwelle im Osten immer neue Gruppen auftauchten.

Als eine Weile nichts Außergewöhnliches geschehen war, wurden manche noch kühner in ihren Aktionen. Obwohl das eine Ende des Schiffes immer noch rot glühte, wagte sich einer bis zum Einstieg vor, sah sich noch einmal zögernd um und schwang sich dann hinein. Ein zweiter folgte ihm, da er nicht wollte, daß man ihn für weniger mutig oder entschlossen hielt, aber er wartete am Eingang. Die Menge zog ihren Kreis jetzt wieder enger um das Schiff. Felsbrocken prasselten gegen die Bordwand.

Aus dem relativ unbeschädigten Ende des Schiffes erklang jetzt eine Sirene. Die kurzen Töne kamen in regelmäßigen Abständen, in unverändertem Rhythmus. Dann gab es eine kurze Pause, und die Heultöne setzten von neuem ein. Dann brach das Signal wieder ab und begann von vorn. Etwas änderte sich jedoch ... nach jeder Pause gab es einen Heulton weniger. Als er das System erkannt hatte, begann Meure mitzuzählen: sieben, *Pause*, sechs, *Pause*, fünf, *Pause*, vier, *Pause* — *merkten diese Narren denn nicht, was mit dem Schiff geschah*? Dies *war ein Countdown, eine Warnung*. Drei — *endlich schienen einige in der Menge zu spüren, daß etwas faul war, und viele zogen sich zurück*. Zwei. Die Gestalt beim Eingang des Schiffes rief etwas ins Innere hinein. *Pause*. Eins. Der andere tauchte im Gang auf, wild mit den Armen rudernd. Hinter ihm im Gang wurde es taghell, und der Körper, der sich eben noch schwarz gegen dieses Licht abgezeichnet hatte, verwandelte sich in einen formlosen Fleck. Die Menge stürzte nach allen Seiten davon, und die *Ffstretsha* erhob sich noch einmal, wurde zu einer strahlenden Blüte, zu einer Halbkugel aus tausend weißen Lichtstrahlen, die plötzlich am Himmel standen. Dann erst zerriß das Geräusch der Explosion die Luft. Ein Bersten, wie es Monsalvat noch nie zuvor vernommen hatte. Wo eben die Lichtstrahlen gewesen waren, schwebte jetzt Staub, rosig eingefärbt von den Sonnen des Planeten. Ein Hagel von kleinen Splittern prasselte auf die Felsen nieder. Meure sah, daß der größte Teil der Menschenmenge niedergestreckt worden war. Ein riesiger, regelmäßiger Kreis mit einem leeren Zentrum dort, wo die *Ffstretsha* gewesen war. Am äußeren Rand dieses Kreises jedoch begannen viele sich wieder zu regen, sich aufzurappeln und ihre Körper abzutasten, wobei sie laut nacheinander riefen.

Was Explosionen anging, so war diese eigentlich nicht weltbewegend gewesen, und sie hatte sich auch nicht außergewöhnlich zerstörerisch ausgewirkt. Das Schiff allerdings hatte sie völlig ausgelöscht.

Nichts war übriggeblieben als ein kleiner Krater, der übersät war mit einer Fülle unidentifizierbarer Trümmer, von denen manche noch glühten, die Mehrzahl aber bereits erloschen war. Die Detonationswolke hatte sich schon fast völlig aufgelöst.

Während die Menge unten begann, ihre Verwundeten zu versorgen, fielen Meure die fliegenden Wesen wieder ein, und er sah nach oben. Er erinnerte sich, daß er unmittelbar vor der Explosion keine Bewegung mehr von ihnen wahrgenommen hatte. Doch jetzt sah er sie wieder auf schnellen, ungeregelten Bahnen durch den Himmel stürmen, die sie kaum zu kontrollieren schienen. Die Wesen schossen und taumelten durcheinander und konnten einen Zusammenstoß oft erst im letzten Moment durch gewagte Manöver vermeiden. Wegen der enormen Geschwindigkeit, mit der sie ihre verwirrenden Flugbahnen durch sein Gesichtsfeld zogen, hatte Meure Schwierigkeiten, sie genau zu beobachten.

Dann versuchte Meure den Bewegungen eines einzelnen Tieres zu folgen. Er entschied sich für eines, das gerade in einem weiten Bogen wieder der Menge der anderen zustrebte. Erst jetzt, da er dieses eine Tier sorgfältig mit Blicken verfolgte, bekam er einen ersten Eindruck von seiner unglaublichen Gestalt. Die Größe ließ sich schwer ermitteln, da Meure nicht wußte, in welcher Höhe die Wesen kreisten, aber sie waren wahrscheinlich deutlich größer als ein Mensch. Die Kreatur, die er beobachtete, war lang und schmal gebaut und hatte ein Paar schlanker, kleiner Flügel, die sehr nahe am vorderen Ende des Tieres aus dem Körper ragten. Ein gutes Stück von diesen entfernt hatte das Wesen an seinem anderen Ende ein weiteres Flügelpaar, das etwa doppelt so groß war wie das andere. Alle Flügel waren schlank und verjüngten sich zu einer Spitze, auf der jeweils ein horniges Hautbüschel wuchs. Die Flügel schienen teilweise starr zu sein, teilweise waren sie aber auch elastisch. Hier schien eine Haut über ein Knochengerüst gespannt zu sein. Das vordere Paar schlug nach vorn, während das hintere zurückschwang. Dies geschah jedoch nicht genau gleichzeitig, sondern etwas versetzt, wobei die vorderen Flügel ihre Bewegung immer zuerst ausführten. Der Körper zwischen den Flügeln war ebenfalls sehr schmal. An seiner schlanksten Stelle – am Anfang des letzten Rumpfdrittels, unmittelbar vor dem Ansatz des großen Flügelpaares – trug auch der Körper zwei dieser unbestimmbaren Büschel. Am vorderen Ende hatte die Kreatur nichts, das man als Kopf hätte bezeichnen können. Der Rumpf des Tieres verjüngte sich hier einfach zu einer leicht nach unten deutenden Spitze. An diesem spitz zulaufenden Vorderteil waren ein paar Flecken zu sehen, aber Meure konnte nicht erkennen, ob es sich um Sinnesorgane handelte.

Als das Tier seinen großen Bogen vollendet hatte, stoppte es die Bewegung seiner Vorderflügel und faltete sie unter dem Vorderteil, das es gleichzeitig ein wenig anhob. Die hinteren Flügel schlugen jetzt heftiger und mit erhöhter Schlagfrequenz. Das Tier wurde deutlich schneller. Als es auf dem Weg nach Norden genau über Meures Kopf hinwegstrich, sah er, daß die hinteren Flügelkanten in einer parabolischen Kurve nach außen schwangen. Der Schwanz des Wesens war sehr klein. Die äußere Umrißlinie von Körper und Flügeln verlief von der Rumpfspitze zu den Flügelenden in einem glatten, konkaven Bogen. Die Hinterkante der großen Flügel jedoch beschrieb einen schwach konvexen Bogen. Dies alles verlieh der Gestalt des Tieres eine unglaublich bizarre Form. Diese Monstrosität hatte jedoch nichts Humorvolles oder auch nur Dekoratives an sich. Im Gegenteil, das Tier, das mit kraftvollen Flügelschlägen seine Bahn durch die klare Luft von Monsalvat zog, wirkte kraftvoll und entschlossen, gespannt und sehr gefährlich. Es stoppte jetzt kurz seine Flugbewegungen und schwebte leicht schaukelnd am Himmel, wobei es kleinere Kursveränderungen vornahm. Dies tat es mit Hilfe der Vorderflügel, die unter dem Bug zusammengefaltet als Ruder dienten. Während es sich weiter entfernte, verlor es an Höhe; es öffnete die Vorderflügel, um sich abzufangen, und setzte zu einem neuen Halbbogen von einhundertachtzig Grad an. Jetzt schlugen wieder beide Flügelpaare.

Die Fremden, die die Explosion überlebt hatten, schienen nun auch die Kreaturen zu bemerken, die über ihren Köpfen kreisten. Einige der Wesen waren schon recht tief herabgekommen und strichen flach über den Krater, den das Schiff hinterlassen hatte. Meure konnte nicht entscheiden, ob die Furcht vor den Flugwesen oder der Zorn über die Verluste bei der Explosion das Verhalten der Masse bestimmte; jedenfalls schien es, daß sie alle den Verstand verloren hatten; wie irre liefen sie durcheinander, deuteten zum Himmel empor und suchten mit der Energie von Rasenden nach irgend etwas.

Clellendol flüsterte: „Die suchen uns, darauf gehe ich jede Wette ein."

Flerdistar sagte von der Seite: „Es macht mir nichts aus, diesem Mob zu begegnen. Du hast wahrscheinlich recht. Sie wissen, daß das Schiff zunächst kaum beschädigt war, daß es offenstand, und sie fanden dennoch keine Besatzung."

Clellendol fügte hinzu: „Und daß ihnen jemand eine tickende Bombe hinterlassen hat. Nein, die Sache gefällt mir ganz und gar nicht."

Meure bemerkte hoffnungsvoll: „Die Flugwesen lenken sie ab. Vielleicht übersehen sie uns."

Das große Flugungeheuer, das Meure beobachtet hatte, hatte seinen Bogen beendet und flog nun – als ob es Meures Hoffnung bestätigen wollte – tief auf die Senke zu, in der sich die Menge versammelt hatte. Meure und die anderen konnten von ihrem erhöhten Standpunkt aus sehen, wie das Tier heranschwebte; die Wilden in der Senke konnten jedoch nur die Tiere sehen, die direkt über ihnen in der Luft waren. Das Flugwesen strich im äußersten Tiefflug auf die Bodensenke zu; die Gruppe auf dem Hügel sah es jetzt von oben, sah, wie es die Zahl seiner Flügelschläge noch einmal steigerte, nicht um an Höhe, sondern um an Fahrt zu gewinnen. Als es den Rand der Vertiefung erreicht hatte, stellte es den Flügelschlag ein und ging in einen rasenden Gleitflug über. Seine Bahn schien genau vorausberechnet zu sein, und seine Geschwindigkeit war so hoch, daß die Menschen in der Senke keine Zeit mehr für eine sinnvolle Reaktion hatten. Die Beobachter sahen wieder die paarweise gesetzten Flekken an der Vorderseite des Tieres, die vermutlich Augen waren, und eine weitere Öffnung, die tiefrot leuchtend pulsierte. Einen der flüchtenden Menschen schien ein Geräusch, ein Gefühl, vielleicht auch ein sechster Sinn gewarnt zu haben. Ein rascher Blick über seine Schulter sagte ihm, daß er das erwählte Opfer war. Er warf sich nach links, stürzte auf ein paar nahe Felsen zu.

Meure beobachtete hilflos die Szene. Aufrecht davonzulaufen war sicher sinnlos, denn das Flugwesen verringerte den Abstand zu seinem Opfer mit einer Geschwindigkeit, die mindestens zehnmal so hoch war wie die eines rennenden Menschen. Dies schien im letzten Moment auch der Mann zu begreifen, und er warf sich auf den Boden, während die vorderen Flügel schon über ihm waren. Die Kreatur änderte ein letztes Mal geringfügig den Kurs, sackte etwas durch über der Stelle, wo der Mann sich befand. Aus der schmalsten Stelle des Rumpfes schossen so etwas wie Krallen hervor. Dann ging sie in einen steilen Steigflug über, und die Flügel begannen wieder zu schlagen. Die Stelle auf dem Boden war leer.

Audiart unterdrückte ein Würgen und wandte sich ab. Die beiden Spsomi saßen wie versteinert da und schwiegen. Clellendol sagte atemlos: „Ich glaube nicht, daß wir fürchten müssen, daß das Opfer sehr gelitten hat. Allein durch den Anprall dürften die meisten seiner Knochen gebrochen sein. Falls diese Wesen ihrem Opfer nicht noch eine andere Art Schock versetzen."

Meure sagte nichts. Er fragte sich, wie diese Flugwesen gebaut sein mochten, daß sie selbst diesen Anprall ohne jeden Schaden überstanden.

Das Wesen stieg in nördlicher Richtung immer höher. Ein paar andere Exemplare seiner Gattung unternahmen halbherzige Versuche, es zu verfolgen, stellten diese aber bald wieder ein und kreisten weiter über den Köpfen der Menge.

Die Menschen waren nun wachsam und vorsichtig geworden. Ihre wütend eifrige Suche hatten sie jedoch nicht aufgegeben. Sie nutzten jede Deckung, die sich ihnen bot, und schlossen sich zu kleinen Gruppen zusammen, die laut rufend Verbindung miteinander hielten. Diese Gruppen verteilten sich nun in der Umgebung des Schiffes, wobei einige Mitglieder ständig den Himmel beobachteten, die anderen den Boden untersuchten. Keine der Gruppen bewegte sich nach Osten.

Flerdistar bemerkte: „Jetzt suchen sie nach den Schiffsinsassen. Daß wir nicht nach Osten gelaufen sein können, wissen sie bereits, denn von dort sind sie ja selbst gekommen. Sie werden in ihrer Hektik all unsere Spuren in der Umgebung des Schiffes zertrampelt haben, aber weiter draußen werden sie sie bestimmt aufnehmen können."

Zunächst schien die eifrige Suche den kleinen Leuten in der Senke, die zudem ständig vor neuen Angriffen der Flugwesen auf der Hut sein mußten, wenig einzubringen. Manche von ihnen kümmerten sich auch um die Verwundeten, halfen ihnen auf die Füße oder riefen zur Unterstützung Dritte herbei. Allmählich jedoch schienen ihre Bemühungen Erfolg zu haben. Die Senke wurde äußerst sorgfältig durchkämmt, und systematisch wurde ein mögliches Versteck nach dem anderen ausgeschlossen. Laut schallten die rauhen Kontaktrufe der Gruppen durch dieses natürliche Amphitheater; sie stimmten ihre Bemühungen aufeinander ab.

Ein besonders emsiges Wesen hatte etwas auf dem Boden gefunden, das es sehr zu faszinieren schien; andere wurden zur Beratung herbeigerufen. Weitere Menschen schlossen sich an, und es entbrannte eine hitzige Diskussion, die von heftigen Gesten begleitet wurde. Dann machten sie sich vorsichtig auf den Weg in Richtung auf die felsige Erhebung, wo sich die Überlebenden der Notlandung verbargen. Hin und wieder hob einer den Kopf, um die zurückzulegende Entfernung abzuschätzen. Die Menge in der Senke teilte sich auf, ein Teil folgte der vorrückenden Gruppe, die anderen setzten sich zurück nach Osten in Bewegung.

Meure sagte ruhig: „Ich glaube, sie wissen, daß wir hier oben sind."

Halander bemerkte: „Ob wir nun kämpfen oder davonlaufen, ich weiß nicht, wie wir mit einer solchen Menge fertig werden sollen. Außerdem werden sie sicher noch Verstärkung erhalten, sobald sie auf uns gestoßen sind."

Audiart flüsterte: „Wohin sollten wir auch flüchten? Wissen wir überhaupt, auf welchem Kontinent wir gelandet sind?"

Vdhitz wechselte ein paar Worte mit Shchifr, dann sagte er einen längeren Satz in seiner Sprache zu Flerdistar. Das Mädchen dachte einen Moment darüber nach, dann sagte es: „Wir befinden uns auf dem nordwestlichen Kontinent Kepture, und zwar irgendwo in seiner Mitte. Während des Landeanflugs konnten die Spsomi kaum etwas sehen . . . Vdhitz meint aber, daß er eine große Wasserfläche gesehen hat, die sich nach Süden erstreckte und größer als ein Binnensee war. Wenn das stimmt, sind wir im Westen von Kepture . . . Andererseits spielt es ohnehin keine Rolle, wohin wir gehen, denn wir werden wahrscheinlich nirgendwo auf freundliche Eingeborene stoßen. Wenn wir jedoch am Leben bleiben wollen, sollten wir zumindest diesen Ort sofort verlassen, meinen die Spsomi." Sie setzte ihre Worte sofort in die Tat um und begann durch die Felsen nach Westen zu klettern.

Unten hatten scharfe Augen ihre Bewegung bemerkt, und sofort erscholl wildes Geschrei. Clellendol riß das Mädchen zurück, aber es war natürlich zu spät. Meure konnte die Verfolger jetzt recht gut unterscheiden. Die ganze Gruppe bewegte sich nun in ihre Richtung. Als Meure seinen Blick über die Gefährten gleiten ließ, sah er, daß Vdhitz die Lefzen kräuselte und seine nadelspitzen Zähne entblößt waren. In der Hand trug er ein schmales Messer mit matter Klinge. Audiart erwiderte seinen Blick ruhig und ausdruckslos. Meures Hand tastete suchend über das Felsgeröll und entschied sich für einen spitzen Stein mit gezackten Kanten.

Die Vorhut der Meute war schon sehr nahe. Gleichzeitig waren die Wesen viel ruhiger geworden. Sie wechselten keine lauten Rufe mehr, sondern verständigten sich nur hin und wieder durch einen kurzen zornigen Satz. Meure unterschied jetzt deutlich Einzelheiten bei dem vorrückenden Mob. Für ihn war es keine anonyme Masse mehr, sondern eine Ansammlung von unterscheidbaren Einzelwesen. Sie waren von kleiner Gestalt, und ihr Körperbau ähnelte dem der Ler, war jedoch knochiger. Ihre Haut war blaßbraun, jedoch von einer ungesunden Tönung, die im Widerspruch zu der klaren, rosigen Morgenluft zu stehen schien. Das Haar war glatt und strähnig und von brauner bis dunkelblonder Farbe. Ihre Gesichter fesselten seine Aufmerksamkeit am meisten, denn er sah, daß sie alle eine gespaltene Oberlippe hatten; bei einigen war diese Hasenscharte stark ausgeprägt, bei anderen weniger, aber niemand war frei davon. Die gesamte Erscheinung dieser Wesen war so sehr widersprüchlich und zwiespältig: Die gespaltene Oberlippe verlieh ihren Gesichtern etwas von der Harmlosigkeit von Kaninchen, und doch waren diese Gesichter nur von einem Ausdruck bewegt, nämlich von Wut und Haß. Sie kletterten den Hang mit besessenem Eifer empor, stießen kurze Sätze hervor und beobachteten einander ständig. Sie waren ein Volk, das es gewohnt war, gemeinsam vorzugehen, und zwar in großen Massen.

Ihre Kleidung schien aus den erstbesten Fetzen zu bestehen, die sie bei ihrem hastigen Aufbruch gefunden hatten. Manche trugen geflickte, weite Übermäntel, andere kaum mehr als einen großen Lappen, in den sie Löcher für Arme und Kopf geschlitzt hatten, vielleicht hatten sie auch einfach bereits vorhandene Löcher für ihre Zwecke ausgenutzt. Wieder andere trugen lange lederne Röcke, die aus einer weichen, fleckigen Haut geschnitten waren und von Strikken an ihrem Platz gehalten wurden. Sie hatten offensichtlich keine Anführer und auch keine natürliche Kampfordnung. Aber sie kamen immer näher. Jetzt waren sie nur noch ein paar Meter entfernt, und Meure war sich sicher, daß alle sie entdeckt hatten.

Clellendol hatte sich erhoben, war ein paar Schritte den Hang hinaufgestiegen und sah ihnen entgegen. In der Hand hielt er eine dünne Schlinge. Meure war ebenfalls aufgestanden, hielt seinen Felssplitter umklammert und dachte an gar nichts. Die beiden

Spsomi hatten sich zu ihrer vollen Höhe aufgerichtet, beide hatten Messer in der Faust. Niemand bewegte sich. Kein Wort fiel.

Die ersten in der Menge, die sich den Felsabhang heraufarbeitete, hielten nun inne und musterten sorgfältig die Szene, die sich ihnen bot. Meure glaubte fast ihre Gedanken lesen zu können: *Wie viele mögen sich noch in den Felsen versteckt halten? Ist der Ort für einen Angriff nicht zu schlecht geeignet? Über welche unbekannten Kräfte mögen die drei fremden Wesen verfügen?* Wer von ihnen konnte schon wissen, wozu ein Spsom fähig war? Die vorderste Reihe der Menschen rückte vorsichtig langsam weiter vor. Wenn sie auch jetzt völlig still waren, ging von ihnen doch eine fremdartige Wildheit aus. Haßerfüllte Blicke aus vielen Augen trafen ihn. Meure dachte: *Jetzt ist es soweit.*

Im Rücken der Vorhut gab es ein Gedränge, da dort immer neue Wellen der erregten Wesen eintrafen. Diejenigen aber, die ganz vorn standen und abschätzend die Gruppe der Überlebenden einen nach dem anderen gemustert hatten, schienen nun durch diese hindurchzusehen, dann blickten sie einander an. Das wilde Leuchten in ihren Augen verglomm, wich Überraschung und Zweifel, dann unverhüllter Furcht und Entsetzen. Geflüsterte Botschaften huschten durch die Reihen, sehr leise, so als ob die Menschenmasse irgend etwas um keinen Preis aufschrecken wollte. Die Vorwärtsbewegung am Fuß des Hanges war zum Stillstand gekommen, und die Vorhut begann sich zögernd zurückzuziehen, wobei sie die Spitze des Felshügels nicht aus den Augen ließ. Langsam und äußerst vorsichtig setzte sich die ganze Menge rückwärts in Bewegung. Meure sah, daß sich sogar am anderen Ende der Senke die Menschen nach Osten davonmachten. Nicht in Panik oder in großer Hast, aber unter ständigem Umblicken.

Meure entspannte sich und atmete aus. Ihm fiel auf, daß er sich nicht erinnern konnte, wann er zuletzt geatmet hatte. Etwas hatte die Wesen zur Umkehr bewogen, aber er konnte sich nicht vorstellen, daß es der Anblick der Spsomi gewesen war. Sie sahen zwar fremdartig aus, aber es waren ja nur zwei, und sie waren eindeutig nur mit Messern bewaffnet. Er sah den Hang hinunter, der zurückweichenden Menge nach, die sich immer schneller zurückzog. Er warf Audiart einen Blick zu. Sie verhielt sich noch immer völlig reglos, ihr Gesicht war eine ausdruckslose Maske. Dann schien sie seinen Blick zu spüren und drehte den Kopf, um ihm zu begegnen. Beide wollten wissen, was diesen Mob zur Umkehr bewegt hatte, und sie sahen gemeinsam hangaufwärts.

Das Blut in Meures Venen gefror zu Eis. Zwischen den Felsen hinter den Spsomi standen – völlig reglos – drei hochaufragende Gestalten. Sie trugen Kapuzenumhänge, die sie von Kopf bis Fuß einhüllten. Was für Körper sich unter den Gewändern verbergen mochten, konnte Meure nicht sagen, aber von den Gesichtern war immerhin so viel zu erkennen, daß man die Gestalten als Menschen identifizieren konnte. Alle drei hielten lange Speere; die Schneiden der schlanken Spitzen blitzten in der Sonne. Zwar lagen die Gesichter im Schatten der Kapuzen, aber was er davon sah, fand Meure furchterregender als die Gesichter, die er zuvor auf dem Hang erblickt hatte. Alle drei hatten ein schmales, hohlwangiges Antlitz, das von einer großen, scharfrückigen Nase beherrscht wurde. Dichte, haarige Brauen beschatteten tiefliegende Augen, die so dunkel waren wie die Finsternis selbst.

Zwei verharrten in derselben unbewegten Pose und blickten starr nach Osten mit einem ausdruckslosen Fernblick, den nichts in der Nähe zu interessieren schien. Der dritte ignorierte die gemischte Gruppe in den Felsen ebenfalls und glitt in fließenden Bewegungen um sie herum, um zu einer Stelle zu gelangen, von der aus er die Menge besser beobachten konnte, die sich eben anschickte, die Senke zu verlassen. Dann trat dieser dritte Neuankömmling ein paar Schritte auf den Hang hinaus, wo er noch einmal verharrte.

Meure sah genau hin. Nichts an der Gestalt ließ Schlüsse auf ihr Geschlecht zu, aber er stellte fest, daß er unbewußt „sie" dachte. Vielleicht war es etwas in ihrer mühelos gleitenden Bewegung, vielleicht war es ihre Figur, die etwas leichter gebaut zu sein schien. Er konnte es nicht sagen. Die Gestalt hob jetzt ihren freien Arm und schüttelte die Falten des voluminösen Umhangs zurück; so enthüllte sie eine schmale Hand mit langen, schlanken Fingern, und diese führte sie an den Mund. Dann stieß sie einen langen, durchdringenden Schrei aus. Das schrille Heulen erschütterte Meure bis ins Mark und erfüllte ihn mit Furcht.

Unten in der Senke hörte die abrückende Menge den Schrei. Viele blickten über die Schultern zurück, aber niemand drehte sich um. Als der Ruf verhallt war, verfielen die meisten in einen raschen Trab, manche begannen zu rennen. Oben am Hang zuckte die Gestalt kurz mit den Schultern, wand sich kaum merklich, und ihr Umhang fiel zu

Boden. Er enthüllte ein nacktes, schlankes Mädchen mit einem drahtigen, muskulösen Körper, dessen mattschimmernde Haut einen olivbraunen Ton hatte. Sein langes schwarzes Haar war zu einem festen Zopf geflochten und am Hinterkopf zu einer Rolle zusammengesteckt. Das Mädchen warf den Speer in die Luft und fing ihn im Laufen wieder auf. Sie eilte jetzt den Hang hinunter und ließ sich von ihrem eigenen Gewicht vorwärtsreißen. Schwerelos, wie in einem kontrollierten Fall, glitt sie hinab, in langen, genau bemessenen Sprüngen. Unten in der Senke befiel Entsetzen die flüchtende Menge. Haltlos stürmten die kleinen Wesen nun davon, so schnell sie ihre Beine trugen. Das Mädchen hatte jetzt ebenen Boden unter den Füßen und jagte mit raumgreifenden Schritten den Fliehenden nach, die nicht einmal halb so schnell waren wie es und die nur noch die Angst beherrschte. Meure, der alles beobachtete, wußte nicht, was das Mädchen vorhatte, aber es schien ihm, daß es die Kaninchen-Wesen hetzte, daß sie seine Jagdbeute waren.

Er tauschte Blicke mit dem Rest seiner Gruppe. Diese hatten ebenfalls die Szene in der Senke beobachtet, und jetzt wandten sie ihre Blicke ab, um die logische Vollendung nicht mit ansehen zu müssen. Gemeinsam sahen sie zu den Neuankömmlingen empor. Dort standen jetzt fünf Gestalten; es ließ sich nicht sagen, welche der Gestalten neu hinzugekommen waren. Eine lange Zeit maßen sich die beiden Gruppen mit den Blicken. Niemand rührte sich. Dann deutete eins der verhüllten Wesen mit der Hand zunächst auf sich und dann nach Westen, der Richtung, aus der sie offenbar gekommen waren. Die Bedeutung war klar. Man lud sie irgendwohin ein. Die Geste war nicht von einer Bewegung seiner Waffe begleitet, und es hatte sogar den Anschein, als würde sich der Anführer Mühe geben, seinen Speer ihrer Aufmerksamkeit zu entziehen.

Vdhitz zuckte auf fast menschliche Art seine Spsom-Schultern und schob sein Messer in die Scheide zurück. Shchifr tat es ihm gleich. Clellendol rollte seine Schlinge auf und sagte mit gedämpfter Stimme: „Glaubt hier jemand, daß wir eine andere Wahl haben?“ Es gab keine Antwort, und die anderen erhoben sich zögernd. „Ich sehe auch, daß sie recht gefährlich sind, aber ich ziehe sie und den unbekannten Westen denen vor, die von Osten kamen.“

Die Gestalt, die ihnen das Zeichen gegeben hatte, hatte Clellendols Worte offensichtlich nicht verstanden, aber sie schien das Verhalten der Gruppe richtig zu deuten. Ohne ein Wort nickte sie und wandte sich um nach Westen. Mit mühelosen, eleganten Schritten folgte sie einem fast unsichtbaren Pfad. Seine Gefährten traten zur Seite, um die Gruppe vorbeizulassen. Einer nach dem andern folgten sie ihrem finsteren Führer die Felsen hinab und hinaus in die wellige Ebene, die sich vor ihnen endlos nach Westen erstreckte.

5

„Es genügt nicht, den Magus kurz einzutauchen in den Styx; man werfe ihn hinein, und er muß schwimmen oder untergehen.“

A.C.

Es wurde schon Nachmittag. Meure wachte mit einem heftigen Rucken seines Kopfes auf. Er saß im Schatten, den ein eigenartiger zweirädriger Karren warf. Gezogen wurde er von zwei Wesen, die anscheinend zwei außergewöhnlich große und außergewöhnlich stumpfsinnige Menschen waren. Die anderen waren in seiner Nähe und in ähnlichen Positionen. Halander hielt Ingraine Deffy schützend umfangen, beide lagen unter dem Wagen. Es war recht warm. Audiart saß vorn neben dem Wagen, das Sonnenlicht ließ ihr Haar kupferfarben erstrahlen. Sie war wach. Blicklos ruhten ihre Augen auf der Weite des leeren Graslandes, ihre Gedanken weilten anderswo.

Meure schirmte seine Augen gegen die Helligkeit des Himmels ab, der von so tiefem Blau war, daß es ihm unnatürlich schien. Gleichzeitig war er auch eigenartig trüb, nicht so durchscheinend wie der Abendhimmel auf Tankred . . . Da erst wurde ihm wieder klar, daß er sich in einer außergewöhnlichen Lage befand; er war wirklich auf einer neuen Welt, *in* einer neuen Welt, in einem anderen Universum. Im Schiff noch hatten sie sich vormachen können, daß sie die alte Welt mit sich trügen, aber ohne das Schiff hatte sich alles geändert.

Bis in endlose Fernen verliefen die Wellen des Landes, das mit einer drahtigen bläulichen Vegetation bedeckt war, die an Gras erinnerte, aber keines war. Hier und da unterbrachen kleine, bedeutungslose Akzente das öde Bild: ein verkrüppelter, zwergenhafter Baum, ein Steinhaufen. Wolken eines Typus, den er immer mit Sommer und schönem Wetter in Zusammenhang gebracht hatte, zogen über den Himmel, klar begrenzte Bäuschchen, die so massiv schienen, wie das Land unter ihnen. Viele waren an der Unterseite dunkel verfärbt, und eine, weit im Norden, schien einen Regenschleier hinter sich her zu ziehen.

Weit hinter dem Wagen bemerkte er eine der großen Gestalten, die sie begleitet hatten. Teilnahmslos und unbewegt hockte sie im Sonnenlicht, ihr Gesicht lag völlig im Schatten der Kapuze. Meure hielt sie nicht für das Mädchen, das er am Morgen gesehen hatte, aber er hätte nicht sagen können, wieso er das annahm. Er sah weder das Gesicht dieses Wesens noch seine Augen, aber er war sich sicher, daß es sie beobachtete. Wo war Flerdistar? Er sah sich erschrocken um. Wo waren die beiden Spsomi? Wo war der pelzige Sklave?

Meure erhob sich ungelenk. Alle seine Glieder waren steif von dem harten Boden und dem Rad, an das er sich gelehnt hatte. Falls die Wache es bemerkt hatte, so ließ sie es sich jedoch nicht anmerken. Meure suchte die Umgebung mit seinen Blicken ab. Vor dem Wagen war in einiger Entfernung ein luftiges Sonnendach errichtet worden. Es hing zwischen Pfählen, die man in auseinanderstrebenden Winkeln in den Boden getrieben hatte. Vielleicht hatte man die Speere benutzt, die er bei den großen Fremdlingen gesehen hatte. Dort waren die anderen. Er sah sie alle sehr deutlich. Es waren auch einige dabei, die er noch nie zuvor gesehen hatte; sie sahen anders aus als die eindrucksvollen Jäger. Wenn er genau hinhörte, vernahm er auch das ferne Gemurmel ihrer Stimmen, allerdings konnte er keine einzelnen Wörter heraushören. Der Klang ihrer Stimmen beruhigte ihn. Weder redeten sie zornig noch erregt. Einer nach dem anderen schienen sie das Wort zu ergreifen, in gemessenem, bedächtigem Tonfall.

Einen Moment lang schoß der Gedanke an Flucht durch seinen Kopf; er würde einfach so davongehen, dann vielleicht zu rennen beginnen . . . Er wußte nicht, wohin er sich wenden sollte, und er war sich sicher, daß er nicht sehr weit kommen würde, wenn sich einer der Jäger entschließen würde, ihm zu folgen. Meure fiel wieder ein, wie sehr sich die Menschen mit den Hasenscharten vor nur einem einzigen dieser Jäger gefürchtet hatten; wahrscheinlich hatten sie Erfahrungen gemacht, die diese Furcht rechtfertigten. Er entschied, daß er nicht herausfinden wollte, wie stark das unsichtbare Band war, das ihn hielt.

Er sah wieder zu dem Sonnensegel hinüber, und es schien ihm, daß das Treffen allmählich seinem Ende zuging. Die großen Jäger zogen sich zurück, um sich untereinander zu besprechen. Meure bemerkte die auffälligen Konturen der beiden Spsomi, die sich immer noch in einem Gespräch mit dreien der großen Gestalten befanden. Offensichtlich verständigten sie sich im wesentlichen durch Zeichensprache. Einer der Jäger übergab seinen Speer an Shchifr, und der Spsom wog ihn prüfend in der Hand, dann demonstrierte er seine Art, ihn zu werfen. Die Jäger mochten den Stil, in dem er dies tat, für genauso ungewöhnlich halten wie seine fremde Erscheinung, aber gewiß konnten sie an seiner Treffsicherheit nichts auszusetzen haben, denn er hatte den kleinen Busch, auf den er gezielt hatte, genau in der Mitte getroffen, und der Speer steckte nun zitternd im Holz. Nach einer kleinen Pause nahmen sie die Gesten der Zeichensprache wieder auf; das Thema schien nun die Jagd oder eine ähnliche Beschäftigung zu sein. Meure hatte gar nicht gewußt, daß die Spsomi jagten – eigentlich gab es überhaupt sehr wenig, was er von ihnen oder über sie wußte.

Flerdistar und Clellendol kehrten zum Karren zurück. Sie wurden von einem der Jäger und von zwei Fremden begleitet. Der eine von ihnen war untersetzt und hatte ein rosiges Gesicht, der andere war dünn und ernst, sein Kopf war von einem dichten Büschel unordentlichen eisgrauen Haares bedeckt. Beide waren in reichlich abgetragene Gewänder gehüllt, die an schlichte Bademäntel erinnerten: Vorn wurden die Wickelmäntel von einer Schärpe gehalten, deren Enden bis zu den Knien fielen. Sie trugen beide derbe Strümpfe und Sandalen. Anders als bei den Jägern, verbreitete ihr Anblick keine Furcht, Haltung und Gesten der Jäger und der Ler ließen jedoch darauf schließen, daß die beiden Fremden respektiert wurden und – zumindest innerhalb örtlicher Grenzen – einigen Einfluß hatten.

Flerdistar verabschiedete sich von der Gruppe und ging zu denen am Wagen. Sie bemerkte, daß alle nervös waren, darum sagte sie sofort: „Falls von Ihnen jemand zu dunklen Befürchtungen neigt, kann ich Ihnen mitteilen, daß Sie sich zunächst etwas entspannen können. Von den Jägern droht uns im Moment keine unmittelbare Gefahr, zumindest so lange nicht, wie keiner von uns etwas Unbedachtes tut, zum Beispiel einen Fluchtversuch unternimmt. Es sind Nomaden, sie nennen sich selbst Haydars. Ich kann über sie zunächst nur sagen, daß sie einer der ursprünglichen Klesh-Stämme sind und daß sie sehr umfassende und komplizierte Sitten und Gebräuche haben. Sie haben ihre ursprüngliche Lebensart bewahrt; seit ihren Anfängen hier hat es kaum eine Veränderung bei ihnen gegeben. Für mich würde es sich lohnen, den Rest meines Lebens bei ihnen zu verbringen. Sie sind uns nicht feindlich gesinnt, aber als Nomaden können sie uns nicht bei sich behalten – nur die Spsomi wären in der Lage, sie auf der Jagd zu begleiten –, darum werden wir ... nicht hierbleiben."

Audiart fragte: „Wo sind wir?"

„Auf Monsalvat, auf dem Kontinent Kepture, wie wir vermuteten. Wir befinden uns im südwestlichen Teil von Kepture, der Ombur genannt wird. Im Nordosten liegt ein anderes Land, es heißt Incana. Ich denke, dorthin werden wir uns wenden. Die Namen beziehen sich nicht auf Staaten oder Regierungsbezirke oder etwas ähnliches. Die Zeit vergeht hier sehr langsam, und die jeweiligen Grenzen haben auf die Ländernamen keinen Einfluß. Wir warten noch darauf, daß das Mädchen von der Jagd zurückkehrt. Es ist so etwas wie ein Schamane dieser Stammesgruppe. Es kennt alle Haydar-Epen und deutet auch das Omen. Der Anführer möchte, daß wir uns aus dieser Gegend entfernen, aber er muß erst abwarten, bis das Omen gedeutet worden ist – danach wird er seine Entscheidung fällen."

Flerdistar unterbrach sich einen Moment, dann fuhr sie fort: „Es fasziniert sie, daß wir sie nicht fürchten. Wir haben dies mit unserem Unwissen erklärt, aber sie halten uns dennoch für Menschen mit erstaunlicher Selbstbeherrschung. Laßt sie ruhig weiter daran glauben, dann sind wir einigermaßen sicher. Es wird nicht immer leicht sein, denn sie sind ein sehr spontanes Volk, und sie werden vielleicht harte Entscheidungen treffen.

Die beiden anderen", fügte sie hinzu, „gehören zu einer Klasse reisender Sendboten. Offensichtlich ist es ihre Aufgabe, die Verständigung zwischen Stämmen aufrechtzuerhalten, die einander verabscheuen. Der Brauch schreibt vor, daß sie weder verletzt noch beraubt, noch aufgehalten oder als Geiseln genommen werden dürfen, außer in ganz besonderen Fällen, die uns aber nicht zu interessieren brauchen.

Ursprünglich wurde hier in Singlesprache gesprochen, mit der Veränderung der Menschen hat diese sich jedoch ebenfalls stark verändert. Ich rate Ihnen dringend, sie so schnell zu lernen, wie Sie es eben können. Es gibt viele verschiedene Dialekte, und hinzu kommen noch Kult-Varianten, die Gesetzessprache der Stämme und andere, an bestimmte Handlungen gebundene Sprechweisen. Die meisten Menschen hier beherrschen fließend drei oder vier dieser Sprachformen, und diesen reisenden Botschaftern stehen natürlich noch viel mehr Dialekte zur Verfügung."

Meure fragte: „Gibt es Großstädte, überhaupt Städte, oder ist dies ein Planet der Wilden?"

„Es gibt . . . Städte. Ich glaube jedoch, daß Sie sie nicht so nennen würden, wenn Sie einmal eine zu sehen bekämen; es sind einfach Orte, an denen sich Menschen sammeln, Orte, die dem Schutz und der Verteidigung dienen. Kein Land wird von einem einzigen Herrscher regiert, alle sind vielfach zersplittert. Es gibt keine Grenzlinien oder -pfähle, keine Zolleintreiber. Alles verändert sich ständig hier auf Monsalvat, das sie übrigens ‚Aceldama' nennen. Auch der Name Monsalvat ist ihnen geläufig, aber sie ziehen den anderen vor." Sie seufzte tief. „Wir müssen noch viel lernen, aber wir werden auch vieles mit uns nehmen können."

„Wenn wir es überhaupt erleben", sagte Halander dazwischen, „daß die *Ilini Visk* uns in einem Jahr abholt."

Flerdistar wandte sich ab und murmelte: „Auch das kann eine harte Lektion werden. Seien Sie wachsam und flexibel. Es wird für Sie genauso schwer werden wie für uns. Nie zuvor ist mir eine solche Vielfalt begegnet, wie sie sich in ihren Sprachen bereits andeutet: Jeder Stamm unterscheidet sich so sehr von dem anderen, wie wir uns von den Spsomi unterscheiden, und Sie wissen von noch ausgefalleneren Lebensformen in fernen Ländern. Für den Augenblick jedoch können Sie es sich so bequem wie möglich machen. Erholen Sie sich! Heute nacht kann sich die Lage wieder völlig ändern; wir werden sehen . . ."

Meure dachte an nichts Besonderes, er hörte einfach Flerdistars Worten zu; plötzlich jedoch huschte eine Idee durch seinen Sinn, so schnell, daß er es fast selbst nicht wahrgenommen hätte. Er hatte Mühe, sie in Worte zu fassen.

„*Liy* Flerdistar, können Sie uns sagen, was wir tun können, bis die *Ilini Visk* eintrifft?"

Noch während er sprach, wurde es ihm klar, daß er sich zu allgemein ausgedrückt hatte. Darum hatte sie ihn auch wohl nicht verstanden. Was er wirklich sagen wollte, war mehr. Was sein Inneres schrie und was er aus Furcht vor den Jägern doch nicht laut zu sagen wagte, war dies: *Wenn das, was wir hier vor uns sehen, ein typisches Beispiel für das Leben auf Monsalvat-Aceldama ist, dann gibt es hier keinen Platz für uns. Hier gibt es eine Vielzahl von verschiedenen Stämmen, doch keinen, der uns ähnelt. Die Stämme fressen einander auf, bestenfalls hassen sie einander wie die Pest. Wir müssen irgendwie überleben, und wenn wir überleben wollen, müssen wir Stämme finden, die zu uns passen. Vielleicht müssen wir uns dazu in alle Winde zerstreuen. Scheinbar ist Flerdistar jetzt der Anführer unserer Gruppe, und es ist schrecklich, daß sie bis jetzt nicht gemerkt hat, daß es dieses Problem gibt. Sie denkt nur daran, was sie aus diesen Menschen über die Vergangenheit herausholen kann.*

Sie antwortete ruhig: „In Incana gibt es Festungen von alters her. Wir müssen aus dieser offenen Ebene heraus. Diese leeren Grasländer sind immer umstritten. Im Moment haben wir machtvolle Beschützer, und wir müssen zusehen, daß wir sie behalten, bis wir einen Ort erreichen, der uns mehr Sicherheit bietet. Wir müssen Schritt für Schritt vorgehen."

Meure nickte, dann wandte er sich ab. Das war alles ganz einleuchtend, oberflächlich betrachtet. Problem: Wir müssen Ombur verlassen. Lösung: Wir bringen die Eingeborenen dazu, uns an einen anderen Ort zu schaffen. Dann überlegen wir uns, wohin wir von dort aus weiterziehen. Meure konnte es sich nicht vorstellen. Sein Blick wanderte wieder über die endlose Weite der Ebene, die Wellen, die Leere, den Himmel. Er mochte diese Welt nicht. Aber er wollte leben, um jeden Preis. Eine Sache über Monsalvat hatte er sofort erkannt, ohne daß es ihm jemand gesagt hatte: Was auch immer einer von ihnen tat, hier und jetzt, es würde sofort unabsehbare Folgen heraufbeschwören. Er wußte nicht, was im Westen oder Süden lag, er fürchtete die Kaninchen-Menschen im Osten. Doch es war falsch, falsch nach Norden zu gehen, nach Incana. Und noch während er sich darüber klarwurde, wie verhängnisvoll es sein würde, wußte er schon, daß sie dorthin gehen würden.

Flerdistar rief sie alle zusammen bis auf die Spsomi und das kleine Wesen, das ihr Sklave gewesen war, und empfahl sie der Obhut eines dritten Mitglieds der Gruppe der fremden Neuankömmlinge. Dies war ein trollähnliches Wesen mit überlangen Armen und einem breiten, bösen Grinsen. Auf ein Zeichen des grauhaarigen Mannes hin tauchte es von der Rückseite des Wagens auf und brachte einen Korb mit sich, in dem dünne Kekse und einige Scheiben Dörrfleisch lagen; diese verteilte es, wobei es jedesmal die Bezeichnung der

Nahrungsmittel nannte, wenn es sie überreichte. Anscheinend sollte es sie einweisen. Meure wandte ihm seine Aufmerksamkeit zu und lauschte ihm mit wachsendem Interesse. Die Mission der Ler kümmerte ihn wenig, auch nicht die Lage der Spsomi, die das Schiff geflogen und verloren hatten. Hier ging es ums Überleben. Meure sah in diesem Troll nicht einen Krüppel, sondern einen Mischling, einen verwachsenen Mischling, der es geschafft hatte zu überleben. Er war es wert, daß man ihm zuhörte.

Weich ging der Tag in die Abenddämmerung über. Zunächst waren die Schatten länger geworden, aber während sie wuchsen, wurden sie verschwommener und verschwanden schließlich ganz. Ohne zu wissen, warum, hatte Meure das Licht des Sonnenpaares Bitirme gemieden. Er wollte den Zwillingsstern einfach nicht sehen. Sein Gehirn war übervoll mit den Sitten und Gebräuchen von Aceldama. Er dachte noch einmal darüber nach. Offenbar war er der einzige von ihnen, der Benne seine ganze Aufmerksamkeit gewidmet hatte. Die anderen, Audiart, Halander und Ingraine, wurden offenbar von seinem merkwürdigen Verhalten und seiner trollähnlichen Erscheinung abgestoßen. Meure jedoch hatte sich zu ihm gesetzt, zugehört und die fremden Wörter wiederholt, von denen viele einen vertrauten Beiklang hatten. Er versuchte, all das zu verstehen, was Benne ihn lehrte. Er mochte ein Eunuch und eine Mißgeburt sein, aber hinter der fliehenden Stirn besaß er einen scharfen Verstand, und viele Jahre des Überlebens sprachen aus ihm. Außerdem besaß er ein ursprüngliches Talent zum Lehren. Er begann mit dem Naheliegenden und Praktischen und stieg dann auf zu immer komplexeren Ideen. Meure wußte, daß sein neuer Wortschatz keineswegs ausreichte und daß er von der Struktur dieser Sprache nur das Allernotwendigste begriffen hatte, aber er hatte wenigstens eine Basis, auf der er aufbauen konnte; und die anderen . . .?

Meure erhob sich, streckte sich gründlich in der kühlen Abendluft und trat aus dem Schatten des Wagens in das offene Gelände Monsalvats hinaus. Der Haydar, der sie alle beobachtete, verfolgte ihn kurz mit seinem Blick, dann nahm er seine übliche Haltung wieder ein.

Weit drüben im Westen versank gerade Bitirme in einem Schleier hoher Zirruswolken, orangefarben stand ihr Licht vor einem violetten Himmel. Der Doppelstern wirkte jetzt fast eiförmig. Ungehindert drang Meures Blick bis in den fernen Westen vor, nichts als die endlosen Wellen der Ombur-Ebene lag vor ihm. Ruhig und still war das Gelände, auf eine fast übernatürliche Art. Er hörte leiseste Geräusche, die ihm normalerweise entgangen wären. Wenn es Gras gegeben hätte, hätte Meure es wachsen hören können, glaubte er. Die fremden Wesen, die an den Wagen geschirrt waren, hatten regungslos in der Wagenspur gesessen, jetzt jedoch begannen sie sich zu regen. Sie tauschten leise Grunzlaute aus. Von allen Kreaturen, die er bisher auf diesem Planeten gesehen hatte, waren sie die eigenartigsten: wahre Riesen mit einem grobknochigen, schwerfälligen Körperbau, einer bleichen, wächsernen Haut und strähnigem, blondem Haar. Stumpfsinn sprach aus ihren ausdruckslosen Gesichtszügen. *Saumer* hatte Benne sie genannt, als er verschiedene Wesen aufzählte, die in diesem Teil von Kepture heimisch oder hier gezähmt worden waren. Es war sonderbar: Benne hatte sie als Stamm bezeichnet, aber er hatte sie zusammen mit den Tieren aufgezählt. Andererseits hatte er auch die Kaninchenwesen, die Lagostomer, nicht gemeinsam mit den Menschen genannt.

Hinter dem Wagen waren Flerdistar, Clellendol und die beiden Ler-Ältesten noch immer in einer ernsten Unterhaltung mit den Botschaftern begriffen; währenddessen bauten die Spsomi gemeinsam mit den Haydar das Sonnendach ab, das ihnen den Tag über Schutz gewährt hatte. Audiart und die anderen beiden saßen immer noch beim Wagen.

Fern im Südosten hörte er ein Geheul. Erst ein einzelnes Heulen, dann antwortete ihm ein ungeordneter Chor. Die Haydars, die bei dem Wagen zurückgeblieben waren, unterbrachen sofort ihre jeweilige Tätigkeit und sahen in die Richtung, aus der das Heulen kam. Nichts in dem schwachen, fernen Geräusch erinnerte Meure an Worte, aber es klang anders als der erschreckende Ruf, den das Mädchen am Morgen ausgestoßen hatte. Was ihnen das Geheul auch mitteilen mochte, es schien den Jägern zu gefallen, denn sie nahmen fröhlich ihre Beschäftigungen wieder auf; die angespannte Wachsamkeit hatte sich in eine heitere Stimmung verwandelt. Unter ihren Umhängen hervor holten sie Gegenstände, mit denen sich ein Feuer anzünden ließ, und bald hatten sie ein Feuer auf dem Boden entfacht, das sie mit länglichen Klumpen einer dunklen Substanz speisten. Meure suchte den Horizont dort ab, von woher das Geheul gekommen war, konnte aber nichts entdecken. Die Dunkelheit senkte sich jetzt rasch herab, Bitirme war schon hinter dem Horizont verschwunden.

Am Himmel im Osten glaubte er eine Bewegung wahrgenommen zu haben. Dort standen schon die ersten Sterne; aber auch dort war nichts zu entdecken. Alles war ruhig. Das ferne Heulen hatte aufgehört. Er wandte sich wieder dem Wagen zu und ging hinüber, um sich den anderen anzuschließen. Es gab etwas, das er Audiart sagen mußte, etwas, das sie zu brauchen schien, auch wenn sie älter und erfahrener war als er.

Der Abend war so still, daß jedes Geräusch besonders verstärkt zu werden schien. Durch diese Stille drang jetzt von oben ein fernes Rauschen, ein rhythmisches Schlagen. Als er aufblickte, sah er eine Gruppe der eigentümlichen, vierflügeligen Kreaturen, die er am Morgen zum erstenmal erblickt hatte. Es waren ungefähr zehn; in keilförmiger Formation, mit teilweise angelegten Vorderflügeln, flogen sie westwärts. Eine plötzliche Furcht ergriff ihn, aber als er zu den Haydars hinübersah, stellte er fest, daß es diesen offenbar nichts ausmachte. Sie blickten kurz auf und wandten sich dann wieder ihrer Arbeit zu, so als ob sie sie erwartet hätten. *Eratzenaster* hatte Benne sie genannt. Meure sah wieder hin. Die Eratzenaster waren langsamer geworden und gingen tiefer. Die größeren von ihnen schienen etwas auf dem Rücken zu tragen, aber das Licht war inzwischen sehr schwach geworden, und Meure war sich nicht sicher.

Die Kreaturen entfalteten ihre Vorderflügel, schwebten noch tiefer, wandten sich nach Süden und kamen in einem weiten Bogen zurück. Sie näherten sich zögernd dem Boden, die Vorderflügel schlugen heftiger, so richtete sich ihr Rumpf etwas auf, und der Anflugwinkel wurde steiler. Die kleineren waren jetzt schon dicht über dem Boden, und sie erreichten ihn in einem linkischem Manöver, das Fallen, Segeln und Landen in einer Bewegung vereinte. Sie schienen die Vorwärtsbewegung aufzufangen, indem sie auf Gliedmaßen über den Boden rannten, die von den großen Flügeln verborgen waren. Die größeren brauchten einen längeren und flacheren Landeanflug und landeten geschickter. Am behutsamsten kam die allergrößte der Kreaturen auf dem Boden an, so als wolle sie die Last nicht abwerfen, die sie auf dem Rücken trug. Diese Last bewegte sich nun. Sie richtete sich von ihrem Reitsitz in der schmalen Mitte des Eratzenasters auf. Es war zweifellos das Mädchen, das die Lagostomer gejagt hatte, und es war noch genauso nackt wie zu Beginn der Jagd.

Die Eratzenaster versammelten sich in der Umgebung des Lagers, suchten geeignete Plätze, an denen sie sich niederlassen konnten. Zusammengefaltet am Boden liegend, ähnelten sie länglichen Felshaufen. Das große Tier, auf dem Tenguft geritten war, strich weiter auf seinen unsichtbaren Beinen um das Lager herum. Dann kam es näher, und Meure konnte feststellen, wie groß ein großes Exemplar dieser Gattung werden konnte und wie bizarr seine Gestalt tatsächlich war. Es maß fast dreißig Meter, und das hintere Flügelpaar hatte eine Spannweite von fünfzehn Metern, aber es war jetzt nicht – wie beim Flug – voll entfaltet. Sein Rumpf schien teilweise starr und nur an manchen Stellen biegsam zu sein. An den spitzen Enden der Flügel waren hornbüschelige Auswüchse, von deren Funktion Meure sich keine Vorstellung machen konnte. Das spitze Vorderteil des Tieres ragte höher auf als ein Haydar, seine Flügel hingen fast bis auf den Boden herab.

Meure fühlte sich benommen, aber er spürte keine Furcht. Dies war offensichtlich ein zahmes Tier. Er trat näher, während die anderen einen respektvollen Abstand hielten. Ein Haydar brachte der Reiterin des Eratzenasters einen langen Umhang.

Es war inzwischen fast völlig finster; Einzelheiten waren schwer zu erkennen. Meure strengte seine Augen an, um genauer zu sehen: Das Vorderteil des Eratzenasters war wie ein Bug, und er verjüngte sich zu einer knochigen Spitze. Da war kein Maul, keine Nase, nichts. Weiter hinten waren Augen, vier davon konnte er sehen, sie glänzten ölig schwarz. Auf der Mitte dessen, was man als Stirn bezeichnen konnte, saß ein weiteres Auge. Dies war matt und hatte eine insektenähnliche Facettierung. Hoch ragte das Wesen über ihm auf, jetzt drehte es sich in seine Richtung, um ihn besser wahrnehmen zu können. Meure spürte ein leichtes Prickeln auf der Haut, eine Vibration; das Facettenauge begann zu pulsieren, in seinem Inneren glühte ein rotes Licht auf. Meures Gesicht wurde heiß. Das Licht verglomm, und das Wesen hielt in seiner Bewegung inne, als es ihm genau gegenüberstand. Es war jetzt so nahe herangekommen, daß er es atmen hören konnte: ein seufzendes, raschelndes Geräusch, das von irgendwo unterhalb der Flügel kam. Auch seinen Geruch konnte er jetzt ausmachen, ein Gemisch, das zugleich stechend und modrig roch, wie altes Fell. Wieder prickelte es auf seiner Haut, und das Tier ließ sich auf dem Boden mit dem Kopfende zuerst nieder, dem dann umständlich der rückwärtige Teil folgte. Auf dem Boden liegend, faltete es seine Flügel so, wie die anderen es zuvor getan hatten. Nun erst schwang Tenguft ihr langes, schlankes Bein über den Rücken des Tieres und ließ sich auf den Boden gleiten, wo der Jäger sie schon mit dem Umhang erwartete. Mit einer sparsamen Bewegung warf sie ihn über und gesellte sich zu den anderen Haydars.

Neben Meure rührte sich etwas: Clellendol. Der junge Ler sagte leise: „Eine furchterregende Bestie!"

Meure dachte kurz nach, dann fragte er: „Welche?"

„Hm, hm. Gut gegeben . . . Du sollst angeblich so unschuldig sein, aber du fragst mich, welche von beiden . . . nun, ich würde sagen, beide."

Meure sagte: „Ich fürchte sie beide, diesen fliegenden Alptraum mit meinen Instinkten und sie mit meinem Verstand."

„Die erste Furcht kann man überwinden, man kann sie sogar zum Ansporn eines sinnvollen Verhaltens wandeln, aber die zweite . . . Wir haben soviel an Anstrengungen darauf verwandt, unsere instinktive Furcht zu überwinden, daß wir diese andere Angst vernachlässigten."

„Was mir an ihr am meisten Angst macht, ist die Möglichkeit, daß sie vielleicht noch lange nicht das Gefährlichste ist, dem ich hier auf . . . Aceldama begegnen werde."

„Du kennst das Wort?"

„Eigentlich nicht. Ich habe nie Arkanisch studiert, weder das antike noch das neue."

„Es stammt aus sehr alter Zeit. Morgin der Mittler hat es mir übersetzt, es bedeutet: ‚Der Ort, an dem man die Fremden begräbt'. Es ist ein sehr traditionelles Wort, genauso wie die Wörter, die zur Benennung der Menschen beziehungsweise der Wesen menschlicher Herkunft dienen." Es war Meure nicht entgangen, daß Clellendol sich einer anderen Ausdrucksweise als gewöhnlich bediente.

Clellendol fuhr fort: „Alle menschenähnlichen Lebewesen auf dieser Welt bezeichnen sie mit dem alten Wort *Klesh.* Alles, was bei uns als Mensch gilt, nennen sie *Ksenosi,* Fremde. Überdies herrscht hier der alte Konflikt, den weder mein noch dein Volk je gelöst haben; wir sind ihm nur ausgewichen."

„Worum geht es?"

„In der Vorzeit stießen die Menschen, die *Starmanosi,* das alte Volk, in eine ökologische Lücke vor, die auf der alten Heimatwelt bestand. Sie hatten keine ebenbürtigen natürlichen Feinde. So bekämpften sie einander, nachdem eine gewisse Populationsdichte erreicht war. Dies ist ein Grundprinzip der Entwicklungsgeschichte. Auch wir Lermanosi wären eines Tages an diesen Punkt gelangt, aber wir sind unserer Bestimmung einstweilen entgangen, indem wir das Gebiet verließen ..."

Meure unterbrach ihn: „Wodurch ein Aufschub erreicht wurde, aber keine Lösung."

„Genau! Das Problem wurde nur in ein anderes Umfeld verlagert, in einen größeren Maßstab des Raumes und der Zeit. Für uns selbst gingen wir soweit, daß wir aus der Vermeidung innerer Konflikte einen Kult machten, der in unsere Familienstrukturen einging. Wir sind immer auf der Suche nach einem System, das es uns noch besser ermöglicht, den Außenstehenden, den Fremden, den Ler, der uns fernsteht, einzugliedern. Ihr habt einen Teil unserer Lebensgestaltung von uns geborgt und die Gleichrichtung der Bevölkerung zu einem eurer Ziele gemacht. In beiden Fällen haben diese Bemühungen gewisse Früchte getragen. Ganz anders liegt der Fall bei diesen verrückten Klesh hier: Sie sind dem Problem nicht aus dem Weg gegangen, und der interne Konflikt ist nun ihr Lebensinhalt. Selbstgefühl und Selbstbewußtsein sind hier so stark, wie du und ich es noch nie zuvor erlebt haben. Daß die Haydars uns noch nicht als ihre Beute betrachtet haben, hat darin seinen Ursprung. Sie können sich einfach nicht vorstellen, daß Unwissenheit unser Verhalten bestimmt hat. Es ist schon so, wie Flerdistar gesagt hat: Sie glauben, unser Selbstbewußtsein sei so stark, daß wir sie nicht fürchten; und ohne Furcht macht ihnen das Spiel keinen Spaß. Daß sie uns mit einem Raumschiff haben kommen sehen, spielt überhaupt keine Rolle. Sie wissen, daß es im Weltraum Lebewesen gibt, sie denken sich das All als ein Monsalvat im großen Maßstab: Mord, Schlachten und Massaker; und die weniger Selbstbewußten versammeln sich zu Massen."

„Warum erzählst du mir das alles?"

„Ich will offen sprechen, aber fasse es bitte nicht als Beleidigung auf. Du bist ein unschuldiges Wesen. Das ist an sich nichts Schlimmes, aber gleichzeitig bist du sehr unternehmungslustig. Du gehst herum, siehst dir Sachen an, siehst genauer hin. Wie eben." Clellendol zeigte hinter sich auf den Wagen. „Diese zwei, der Junge, der mit dir kam, und das schlanke Mädchen – glaubst du, einer von denen wäre hierhergegangen, um sich einen Eratzenaster aus der Nähe anzusehen? Du spürst einfach, daß er auf dem Boden praktisch hilflos ist, ganz gleich, was er in der Luft zu tun vermag. Du siehst so etwas.

Aber sie warten an derselben Stelle, an der man sie am Morgen zurückgelassen hat. Und diese Frau, mit der du anscheinend eine Verbindung eingegangen bist . . ."

„Anscheinend ist das richtige Wort. Wir haben nicht viel miteinander gemeinsam ge . . ."

„Wie auch immer. Sie steht unter einem Schock, aber sie wird sich erholen und eingewöhnen. Wenn sie fünfzig Jahre hier leben müßte, so würde ihr das nicht gefallen, aber sie käme damit zurecht. Das liegt in ihrer Natur. Auf jeden Fall werden alle drei keine Aufregungen verursachen. Aber du vielleicht. Vor der Landung war Flerdistar die Schlüsselfigur unserer Gruppe. Dies war ihr Projekt, sie hatte eine These zu verifizieren. Jetzt ist diese These unwichtig geworden."

„Das ist mir bewußt geworden."

„Das weiß ich. Du bist der einzige, der es begreift. Und alle Dinge, die du tust, werden entscheidend sein. Früher oder später wirst du etwas aus dem Gleichgewicht bringen. Ich sehe es als meine Aufgabe an, dich so lange daran zu hindern, etwas in Bewegung zu setzen, wie du noch nicht damit fertig werden kannst."

„Wenn du dies alles erkennst, Clellendol, warum beanspruchst du dann nicht meine Position?"

„Weil es nicht die meine sein kann. Dies ist, auch wenn alles dagegen spricht, ein Menschenplanet im alten Sinne des Wortes. Alle alten Dämonen erfreuen sich hier blühender Gesundheit. Ich weiß viel. Mehr wahrscheinlich, als du mir für mein Alter zugestehen würdest, aber was auch zu tun und zu sagen sein wird, ich werde immer bleiben, was ich bin, ein Ler-Dieb. Für diese Aufgabe fehlen mir die Instinkte und das Spezialwissen. Du hast diese Instinkte, und du bist so tatkräftig, daß du bald lernen wirst, sie zu gebrauchen. Diese Leute hier, die Haydars und die Mittler-Mischlinge – auch sie sind auf ihre Art unschuldig. Du und sie, ihr paßt zusammen."

Meure erwiderte nichts, daher ließ Clellendol seine Worte eine Weile wirken, dann fügte er hinzu: „Dann ist da noch die Sache mit Flerdistar. Es sollte jemanden geben, dem es gelingt, sie gegen ihren Willen in seine Vorhaben einzubeziehen. Trotz ihres streitbaren Wesens ähnelt sie dir sehr; auch sie ist ein unschuldiger Aktivist. Sie verfolgt jedoch ein bestimmtes Ziel, und wenn sie nicht gebremst wird, könnte sie hier etwas aufwecken, von dem ich nicht möchte, daß es aufgeweckt wird."

„Das ist verständlich. Bei ihrer Geschichtsforschung wird sie die

Sagen und Legenden von den Kriegern wiedererwecken. Sie sind zwar schon lange tot, aber für einen Klesh macht das wahrscheinlich kaum einen Unterschied."

„Das ist zwar nicht der ganze Grund, aber für den Augenblick mag es reichen. Ich möchte, daß wir uns verbünden und daß du auf mich hörst."

„Damit du mich zurückhalten kannst, bis zu dem Augenblick, da du mich loslassen wirst ..."

Clellendols Stimme klang sehr ernst: „Du bist kein Pfeil, aber du kannst etwas aus dem Gleichgewicht bringen. Mein Wunsch ist es, daß wir hier überleben."

„Bis die *Ilini Visk* kommt?"

„Du weißt nicht viel über die Spsomi?"

„Sehr wenig. Ein bißchen aus der Schule. Ich hatte sie hin und wieder gesehen, habe ein paar Geschichten über sie gehört. Das meiste habe ich auf der Reise gelernt."

„Meure Schasny, ich muß dein Wissen über sie erweitern. Die Spsomi besitzen einen sehr merkwürdigen Sinn für Humor. Wir merken wenig davon. Sie finden viele Sachen komisch, die wir erschreckend oder traurig finden würden. Vielleicht erinnerst du dich noch an die Szene, als wir vom Hügel aus beobachtet haben, wie das Schiff in die Luft flog. Vdhitz fand es sehr spaßig, das Shchifr den Zeitmechanismus für die Selbstzerstörung eingeschaltet hatte. So ähnlich ist es auch mit der Geschichte von der *Ilini Visk.*"

„Inwiefern?"

„Flerdistar kennt die Spsomi eben auch nur aus Büchern. Sie spricht ihre Sprache recht gut, aber *über* sie weiß sie wenig. Deswegen bin ich auch mitgekommen. Ich weiß zum Beispiel, daß die *Ilini Visk* ein Geisterschiff aus der Vergangenheit der Spsomi ist ... Alle Völker kennen diese Sagen, und besonders die Menschen besitzen eine Menge dieser Geschichten: der Ewige Jude, der Fliegende Holländer ... Die *Ilini Visk* ist solch ein legendäres Schiff der Spsomi. Vdhitz hat Flerdistar von ihm erzählt, und sie hat die Neuigkeit an uns weitergegeben. Was Vdhitz eigentlich sagen wollte, war ..."

„... daß uns nur Geister gehört haben."

„... daß nur Geister uns retten werden. Sie haben uns schon gehört, aber sie werden nicht kommen. Die Spsomi werden es sehr spaßig finden, daß Shchifr sein Schiff verloren hat. Er hat es schließlich aufs Spiel gesetzt, nur weil diese Charter-Reise mehr einbrachte, als er sonst mit seinen Flügen hätte verdienen können."

Inzwischen war es gänzlich Nacht geworden, und Meure war sich sicher, daß Clellendol sein Gesicht nicht sehen konnte, und er wußte auch, was darauf abzulesen war: das Bewußtsein, Gefangener auf Monsalvat zu sein.

Clellendol sagte: „Ich glaube, daß wir trotz allem gerettet werden. Die Spsomi mögen einen seltsamen Humor haben, aber ihre Zivilisation ist älter als die der Menschen und der Ler zusammen. Und sie sind keine Barbaren. Ich habe so ein Gefühl, daß das Kriegsschiff hierherkommen wird, nachdem es repariert wurde. In weniger als einem Jahr. Vielleicht schon in einem Vierteljahr. Ich glaube auch, daß Vdhitz dies weiß. So ist nun mal sein Charakter. Er weiß auch, was ich vermute. Es ist eben ein Spaß, den er sich mit Flerdistar erlaubt; sie kann daraus lernen, daß sie nicht soviel weiß, wie sie zu wissen glaubt."

„Hat sie es auch schon erfahren?"

„Nein, noch nicht. Ich warte damit bis zu einem geeigneten Moment. Ich befürchte ohnehin, daß Vdhitz sich noch ein paar Pointen aufgespart hat, mit denen er uns zu gegebener Zeit überraschen wird. Was mich betrifft, so kann ich mit meiner Pointe noch warten. Nun ... wollen wir uns den anderen anschließen."

Clellendol sah zu dem kleinen Feuer hinüber, wo die großen Schatten der Haydars nun geschäftig hin und her eilten, so als ob sie sich auf etwas vorbereiteten. Die Haydars wirkten nervös und ungeduldig, aber keiner sprach ein Wort, und auch ihre Bewegungen verursachten kein Geräusch. Nur eine große Gestalt stand still vor den Flammen. Schlank und elegant ragte ihre Figur auf der anderen Seite des Feuers auf. Sie stand Meure und Clellendol genau gegenüber, doch sie hielt den Kopf so tief gesenkt, daß ihr Gesicht völlig im Schatten der Kapuze lag. Ihre Hände hantierten mit einem kleinen Lederbeutel herum.

Inzwischen hatten sich mehr Haydars versammelt als tagsüber beim Wagen geblieben waren. Wie Erscheinungen lösten sie sich aus dem Schatten. Meure nahm an, daß es diejenigen waren, die den Tag über hinausgezogen waren; zu welcher Unternehmung, vermochte er sich aber nicht vorzustellen. Die Spsomi und ihr Sklave waren schon da, Menschen und Ler gingen jetzt auch auf das Feuer zu. Sie wurden von Flerdistar dazu gedrängt, aber wahrscheinlich hatte ohnehin keiner den Wunsch, in der Nacht auf der Ebene von Ombur allein zu bleiben.

Flerdistar gesellte sich zu Clellendol und Meure und flüsterte aufgeregt: „Wie der Mann, der Morgin genannt wird, mir sagte, war der Tag so ereignisreich, daß sie eine Weissagung von dem Mädchen verlangen werden ... Es ist außerordentlich: Es stört sie nicht, wenn wir dabei zusehen. Das hätte ich von diesen Primitiven gar nicht erwartet."

„Vielleicht sind sie gar nicht primitiv", bemerkte Clellendol.

Die Miene des Mädchens verfinsterte sich, und unglücklich erwiderte es: „Oh doch, sie sind es. Barbaren der übelsten Sorte, Menschenfresser!"

„Die menschliche Gesellschaft auf diesem Planeten ist sehr alt, und sie wurde auf die ursprünglichen Lebensformen aufgepfropft. Man hat den Klesh nur eine geringe Fähigkeit zum Überleben zugetraut, und doch haben sie überlebt; auf ihre Art sind sie sogar aufgeblüht, ohne daß die angeblichen Helfer ihnen wirklich geholfen haben. Es herrscht hier ein Prinzip, das wir noch nicht entdeckt haben, vielleicht gar nicht wahrnehmen können. Es kann auch ein äußerst verfeinertes Ordnungssystem hinter allem stecken. Vielleicht kommen alle Dinge zusammen."

„Ich glaube, du deutest zufällige Zahlen als wissenschaftliche Daten."

Clellendol antwortete im Plauderton: „Dich hat man gelehrt, das Wesen der Vergangenheit aus den Schatten zu lesen, die sie in die Gegenwart wirft, während ich darin ausgebildet wurde, dieser Gegenwart zu mißtrauen, Fallen und Schlingen zu erkennen. Und darum kann ich dir folgendes sagen: Ich *weiß,* daß wir bereits so manchen Alarm ausgelöst und manche Geschichte in Umlauf gebracht haben, seit wir hier gelandet sind. Irgendeine Wesenheit, ein Lebewesen, eine Organisation oder ein Ding hat uns bemerkt und beobachtet uns nun. Ich habe den Verdacht, daß sie oder es schon vorher gewußt hat, daß wir kommen werden. Wenn dies stimmt, liegt hier ein Fall von Risikoanhäufung vor, den ich noch nicht lösen kann."

Flerdistar hatte seine Zurechtweisung ungerührt hingenommen: „Das ist durchaus nicht unwahrscheinlich. Beim Gespräch mit Morgin habe ich gespürt, daß ihre Vergangenheit etwas Unnatürliches verbirgt."

„Ein Ereignis?"

„Nein, eine dauernde Anwesenheit. In der Zeit schwebt der Geruch ihrer Spur, wie wir sagen. Ich konnte bisher nur äußerst wenig davon wahrnehmen, darum sind noch zu viele Irrtümer möglich. Mehr kann ich jetzt nicht darüber sagen."

„Dann bleibe auf der Hut und arbeite mit mir zusammen – das sollten wir ohnehin tun."

„Das werde ich auch. Aber jetzt still, sie beginnen mit ihrem Ritual."

Seit einiger Zeit hatte die hektische Geschäftigkeit der Haydars aufgehört, und jetzt saßen sie in einem lockeren Kreis um das Feuer herum. Nur das Mädchen war stehengeblieben, sein Kopf war noch immer wie gedankenverloren oder in Trance tief gesenkt. Meure bemerkte, daß sich auf der anderen Seite des Feuers einige Nicht-Haydars eingefunden hatten: Morgin und seine Gruppe sowie die Spsomi.

Das Mädchen umrundete langsam das Feuer, wich ihm aus und schien es gleichzeitig kaum zu bemerken. Dann hielt es vor einem Haydar an, der allein saß, durch einen respektvollen Abstand von den anderen getrennt.

Flerdistar wisperte kaum hörbar: „Das Mädchen macht sich jetzt bereit und nähert sich dem Anführer, Ringuid Coam Mallam. Sie spricht für die Welt der Geister. Jetzt wird es für uns riskant, denn er wird alles tun, was sie ihm sagt. Mallam hat eine Weissagung verlangt, und er muß dem Orakel gehorchen."

Das Mädchen sagte etwas zu Mallam, aber Meure verstand seine Worte nicht. Eine Einleitungsformel?

Flerdistar fuhr fort: „Jetzt erfolgt die Anrufung. Sie nennt einige göttliche Wesen, die ihr bekannt sind, und andere, vermutlich Dämonen oder hochgeschätzte Personen der Vergangenheit. Am Ende wird sie die Heilige Zermille anrufen ... Jetzt ergreift sie den Beutel, senkt ihn und legt ihn vor Mallam ab, damit er sich vom Zustand des Inhalts überzeugen kann. Es ist etwas Weißliches."

Meure starrte durch die Dunkelheit, das Feuer lenkte ihn ab. Was da auf dem Boden lag, hatte Ähnlichkeit mit Knochen.

„Jetzt spricht sie wieder. Sie zählt die Grundanordnungen auf, die Mallam genauso gut kennt wie sie. Die Gegenstände sind die Hand- und Fingerknochen eines Opfers, vielleicht von einem der Stämme, die sie jagen ... Nein, jetzt höre ich es. Die Knochen stammen von einem Mitglied ihres Stammes, einem ihrer Vorfahren. Jetzt untersucht sie die Position der Knochen. Sie zeigt etwas, und Mallam stimmt zu, er nickt. Sie werden auf die Jagd gehen ... Heute nacht noch. Die Spsomi werden sie begleiten, sie werden noch eingewiesen. Unter keinen Umständen dürfen sie diese Gruppe verlassen, sonst ... Unglück. Jetzt spricht sie von den anderen, von uns. Sie sagt sehr bestimmt, daß wir sofort abreisen müssen. Wir dürfen nicht verletzt oder gejagt werden. Ein Talisman spielt irgendwie eine Rolle ... Das verstehe ich nicht. Mallam stimmt zu, und jetzt besprechen sie, wie es zu geschehen hat. Dazu hat das Mädchen keine feste Meinung. Das Orakel sagt ihm nur, was zu geschehen hat, aber nicht, wie es geschehen soll. Mallam bedrängt sie. Er will uns irgendwo hinschaffen, an einen Ort, den ich nicht kenne. Sie sieht noch einmal auf die Knochen und sagt nein. Das ist nicht weit genug. Jetzt schlägt er einen anderen Ort vor: Medlicht. Nein. Sie scheint unter Druck zu stehen, jetzt schlägt sie etwas vor ... kenne ich auch nicht. Es hat etwas mit Fliegen zu tun. Mallam ist zornig, aber er beherrscht sich. Es ist entschieden. Sie kniet nieder, um die Knochen wieder aufzusammeln, und die anderen erheben sich. Es wird noch etwas geschehen ... etwas Dunkles."

Meure wollte eigentlich nichts „Dunkles" sehen, aber er konnte die Augen nicht abwenden. Alle Haydars standen jetzt, bildeten noch immer einen lockeren Kreis. Alle starrten intensiv auf das Mädchen, das sorgfältig die Knochen auflas. Jetzt war es fertig und ging erschöpft in die Hocke, den Kopf hatte es zurückgeworfen, die Augen geschlossen. Dann schien es wieder zu sich zu kommen; es erhob sich langsam und vermied dabei sorgfältig, einen aus der Gruppe anzusehen. Alle sahen genau hin und beobachteten, wie sie den Riemen des Lederbeutels zuzog. Die Weissagung war beendet.

Meure entschied, daß er genug gesehen hatte, schlüpfte zwischen Clellendol und Flerdistar hindurch und begab sich zu der Stelle, wo der Wagen stand. Er schaute weder nach dem Feuer noch nach dem Mädchen, noch nach den Jägern, aber er sah aus den Augenwinkeln heraus, daß alle noch immer schweigend und regungslos an der gleichen Stelle standen. Ungesehen bewegte er sich durch die Dunkelheit. Die anderen hatten nur Augen für ihren Kreis.

Über die drahtigen Bodenpflanzen schritt er zu dem Wagen, wo die Saumer entspannt in ihrem Zaumzeug hockten und teilnahmslos dösten. Meure mied die Nähe der Saumer, dieser Tiere, die wie

Menschen aussahen, oder dieser Menschen, die zu Tieren geworden waren. Er konnte das nicht entscheiden. Er begab sich zur Rückseite des Wagens und betrachtete den weiten sternengeschmückten Himmel. Hinter sich hörte er Bruchstücke einer Unterhaltung, spürte Bewegung. Das Licht des Feuers nahm ab, als würde es langsam eingedämmt. Entgegen seinen Vorsätzen lauschte er. Nichts war geschehen. Meure atmete erleichtert auf. Also würden sie sich wieder auf den Weg machen, vielleicht fliegen. Das hatte Flerdistar gesagt. Vielleicht war es nur eine atemberaubend klapprige Fahrt in Morgins Karren? Sehr schnell sah das Gefährt allerdings nicht aus.

Er hörte, daß die Saumer sich heftig bewegten. Sie schnaubten, rasselten mit dem Zaumzeug. Der Wagen erbebte ein wenig, die Handbremse knarrte. Ein leises Geräusch war zu hören. Als er um die Ecke von Morgins Karren spähte, verstellte eine hohe, dunkle Gestalt seinen Blick auf das ersterbende Feuer. Mit einer Hand stützte sie sich am Wagen ab; sie kam auf ihn zu. Prickelnd sträubten sich die Haare in Meures Nacken, wie Eis floß das Blut durch seine Adern. Er erstarrte.

Sie war auf Reichweite herangekommen, da erst schien sie ihn zu bemerken. Die Trance der Weissagung war noch nicht gänzlich von ihr gewichen. Er hatte keine Vorstellung, wozu diese Haydars imstande waren, mit oder ohne Orakel. Außerdem galten vielleicht ihre eigenen Worte nicht für sie, weil für sie ein anderes Orakel zutraf. Eine mythische Gestalt stand da vor ihm, kein Mensch, den er verstehen konnte.

Tenguft war groß, anderthalb Kopf größer als er; und sie hielt sich leicht gebückt, hatte sich nicht einmal zu ihrer vollen Höhe aufgerichtet. Meure konnte ihr Gesicht nicht sehen, denn die Finsternis verbarg es. Er spürte aber, daß sie ihn durchdringend anstarrte. Er wollte sich umdrehen und weglaufen, aber er wußte, daß dies keinen Sinn hatte.

So sah sie ihn sehr lange an, dann sagte sie, heftig atmend, aber leise: „Du, du sollst es sein!" Die Worte klangen fremd in Meures Ohren, aber er glaubte sie verstanden zu haben. Sie fuhr fort: „Komm mit mir. Jetzt. Fliegen. Heute nacht." Mit erschöpfter Stimme sagte sie noch etwas, aber Meure verstand es nicht. Nur: Incana. Wollte sie dorthin mit ihm fliegen?

Tenguft streckte eine Hand aus und ergriff Meure beim Arm, um ihn zu führen. Die Berührung war leicht, und ihre Hand fühlte sich überraschend weich an, aber er spürte den Stahl unter dieser Zartheit und die Spannung, die sie unterdrückte. Er war sich nicht sicher, was sie zurückhielt. Wollte sie ihn jagen, und mußte sie ihren Jagdtrieb jetzt noch im Zaume halten? Sie schob ihn sanft vorwärts, um den Wagen herum. Dabei wiederholte sie das eine Wort: „Komm."

Jetzt sah Meure, daß sich die Stimmung am Versammlungsort geändert hatte. Die Haydars und die beiden Spsomi bildeten eine große Gruppe, und alle starrten das Mädchen und ihn mit harten, verhangenen Blicken an, die Meure ganz und gar nicht gefielen ... An der Seite standen die Ler-Ältesten mutlos bei Morgin und seiner Gruppe. Andere Haydars gingen zwischen den Flugwesen umher, stießen sie mit den Schäften ihrer Speere und gaben scharfe, laute Kommandos.

Aus der Gruppe bei den Eratzenastern löste sich Flerdistar und eilte zu Meure und der Haydar-Edelfrau herüber. Sie sprach hastig, mit fliegendem Atem: „Wir werden aufgeteilt. Morgin schickt die Ältesten mit seinen Dienern weiter. Er tritt seine Aufgabe hier an einen Haydar ab, der das gleiche Amt ausübt, und kommt mit uns. Wir zwei und ihr vier Menschen und auch der Vfzyekhr werden nach Nordosten ... fliegen. In ein anderes Land. Incana. Dort ist eine Festung oder eine Burg, sie nennen sie ‚Cucany'."

Meure fragte: „Fliegen, womit? Winken wir uns ein Flugzeug heran?"

„Nein", sagte sie, „auf diesen Dingern." Ein leichter Ruck an seinem Ellenbogen erinnerte Meure daran, daß er geführt wurde. Andere Haydars zeigten auf die Eratzenaster und drängten Audiart, Ingraine und Halander in ihre Richtung. Es war offensichtlich, daß sie nicht gehen wollten.

Flerdistar und Clellendol wurden unsanft zu den Tieren hingeschoben, die sich taumelnd bewegten. Anscheinend waren sie von den ungeduldigen Haydars zu plötzlich aus dem Schlaf gerissen worden. Flerdistar hatte gerade noch Zeit, einen Satz herüberzurufen, bevor sie getrennt wurden: „Schasny, sehen Sie sich vor, ich glaube, Sie sollen Teil irgendeines Rituals sein ..." Ihre Stimme verklang. Meure und Tenguft standen jetzt neben dem großen Tier, auf dem sie schon vorher geritten hatte.

„Aufsteigen!" bedeutete ihm das Mädchen mit einer Geste. Meure legte seine Hand auf die halbelastische Haut des Tieres, ungefähr an der Wurzel des hinteren Flügelpaares. Sie war mit hauchdünnen

Härchen bedeckt und fühlte sich kühl an. Die Haut verschob sich etwas unter seinem Griff, schien locker über einer harten Struktur zu liegen. Vorsichtig kletterte er auf allen vieren auf den Rücken des Tieres, der völlig kahl war. Hier ließ sich die Haut noch leichter verschieben. Tenguft schwang sich mit einer kraftvollen Bewegung auf den Eratzenaster. Ihr Körper bewegte sich mit der geschmeidigen Eleganz, die eine lange Übung verrät, und doch hatte diese eingeschliffene Bewegung des Aufstiegs auch etwas Linkisches. Sie setzte sich direkt hinter die schmalste Stelle der Kreatur, rutschte ein wenig vor und zurück, um die richtige Position zu finden. Der starre Körper des Tieres übertrug ihre Bewegungen; Meure spürte ein leichtes Vibrieren. Mit einem Ruck des Kopfes warf sie ihre Kapuze zurück und lächelte Meure zu. Bestimmend klopfte sie mit der Hand auf eine Stelle direkt hinter ihr. „Hierher."

Meure krabbelte das Rückgrat des Tieres entlang und setzte sich hinter das Mädchen, ohne es zu berühren. Sie griff mit einem ihrer langen Arme hinter sich und zog ihn zu sich heran; dann nahm sie mit der anderen Hand seine Hände und legte sie vor ihre Schenkel auf die Haut des Eratzenasters. Sie grub seine Finger in die kühle elastische Haut und sagte: „Hier festhalten." Sie wartete gar nicht ab, ob er sie verstanden hatte, sondern schlug das Tier kräftig auf den Rücken.

Der Eratzenaster ruckte nach vorn, und Meure krallte sich instinktiv fest. Das Tier hob seine hängenden Flügelenden vom Boden, dann nutzte es sie, um seine Vorwärtsbewegung zu unterstützen.

Tenguft saß kerzengerade, und sie bewegte den Kopf nach hinten, um zu sehen, ob die anderen ihr folgten. Meure riskierte einen schnellen Blick. Er sah einige seiner Gefährten, die verkrümmt allein auf ihren Reittieren hockten, sie klammerten sich fest, als würde es um ihr Leben gehen. Die Haydars standen dabei, gaben Anweisungen und ermutigten sie durch laute Zurufe. Auf allen größeren Tieren saßen Reiter, aber auch die kleineren setzten sich in Bewegung. Anscheinend flog der ganze Schwarm zusammen.

Das Mädchen spannte alle Muskeln an, grub seine Fersen in die schlaffe Haut, die den Rumpf mit den Flügeln verband, und lehnte sich vor. Meure folgte ihrer Bewegung; er spürte, daß das Wesen unter ihm seine Geschwindigkeit erhöhte. Gleichzeitig schwenkte es etwas herum, in den Wind hinein, um den geeigneten Azimut zu finden. Der Fahrtwind strich kühl über sein Gesicht. Die Wärme des drahtigen Mädchenkörpers, gegen den er sich preßte, wurde ihm deutlich bewußt. Der Umhang war so dünn, daß er fühlte, wie Tengufts Muskeln sich regten. Ein sonnenwarmer, süßer Duft ging von ihr aus.

Tenguft sah über die Schulter zu ihrem Mitreisenden zurück. Ihre Lippen öffneten sich zu einem breiten Lächeln, ihre weißen Zähne blitzten im Sternenlicht. Wieder schlug sie den Eratzenaster, und dessen schaukelndes Vorwärtsstürmen nahm weiter an Schnelligkeit zu. Meure hörte unter sich ein rhythmisch-stampfendes Geräusch, das Tier schien mehr als vier Beine zu haben. Jetzt begann es zu springen, in wilden Sätzen flog es dahin. Der Flügelschlag setzte ein, und der Fahrtwind wurde unangenehm stark. Was vor ihnen lag, konnte Meure kaum sehen, denn der Körper des Mädchens versperrte ihm den Blick, aber es schien, daß sie sich einem flachen Abhang näherten. Der ganze Körper des Eratzenasters war jetzt in Bewegung geraten, er hatte wohl seine äußerste Geschwindigkeit erreicht. Nun war die Bodenwelle, hinter der das Gelände abfiel, unmittelbar vor ihnen. Alle vier Flügel schlugen wie wild, peitschten die Luft. Ein letzter Stoß, ein weiches Zurücksinken. Als Meure nach unten schaute, war der Boden schon einige Meter entfernt.

Man merkte es dem Eratzenaster an, daß er die doppelte Last zu tragen hatte, seine Bewegungen wirkten mühevoll, und er gewann nur langsam an Höhe. Seine Flügel schlugen jetzt wieder in diesem merkwürdigen, leicht versetzten Rhythmus. Meures Wangen brannten im kalten Wind. Es schien ihm, daß sie nach Osten flogen. Tenguft bewegte sich, irritiert spürte Meure das Spiel ihrer Schenkel- und Gesäßmuskeln. In einem langsamen, flachen Bogen – fast ohne Seitenneigung – schwenkten sie jetzt nach Norden. Er fühlte, wie Tenguft das Tier wieder auf den Rücken schlug, es zu größerer Eile trieb. Der Wind wurde schmerzhaft, und er verbarg sein Gesicht am Rücken des Mädchens. Die Bewegungen des Tieres wurden noch heftiger, dann wechselte der Rhythmus schlagartig. Meure riskierte einen Blick nach vorn und sah, daß die Vorderflügel jetzt stillstanden. Um den Aufwind voll auszunutzen, waren sie bis in die Spitzen weit geöffnet und bildeten so eine flache V-Form. Die Hinterflügel schlugen kraftvoll weiter. Tenguft lag jetzt flach auf dem Eratzenaster; Meure schmiegte sich an sie, sie bewegte sich unter ihm, und ihn durchströmte ein triebhaftes Wohlbehagen. Sie drehte den Kopf in seine Richtung und stieß leicht mit den Hüften. Ihre Geste war unmißverständlich und klarer als Worte, die ohnehin vom Fahrtwind fortgerissen worden wären. Dann wandte sie ihre Aufmerksamkeit wieder dem Eratzenaster zu.

Sie flogen durch die Nacht von Monsalvat, nicht sehr hoch, aber mit unverminderter Geschwindigkeit, wie Meure aus der Heftigkeit des Fahrtwindes schloß. Das ständige Auf und Ab der Hinterflügel warf ihn auf seinem Sitz hin und her. Er wagte es nicht, sich umzusehen, um festzustellen, ob die anderen Schritt hielten. Tenguft ließ ihr Flugtier jedoch hin und wieder leicht zur Seite ausschwenken, um sich besser umsehen zu können. Da sie nicht einmal ihr Tempo verlangsamte, nahm Meure an, daß sich die anderen in Sichtweite hielten.

In monotoner Dunkelheit glitt die Grasebene von Ombur unter ihnen entlang, dann ging sie in zerklüftetes Gelände über: Täler und Schluchten zerschnitten das Land. Kalte Feuchtigkeit erfüllte die Luft, und unter ihren Füßen war nur noch völlige Finsternis. Es war der Geruch eines Flusses, eines sehr breiten Flusses, denn der Geruch hielt lange an. Schließlich verging die Feuchtigkeit, und harziger Duft stieg auf. Es war zu dunkel, um Einzelheiten auf dem Boden zu erkennen, er schien jedoch eine vielfältigere Vegetation zu tragen als der von Ombur. Sie stiegen höher und wichen einigen Hügeln in weiten Bögen aus. Das Land stieg langsam an. Jetzt kamen sie über bewohntes Gebiet, denn Meure sah gelegentlich gelben Lichtschein. Es waren nur wenige Lichter, weit verstreut, und sie erloschen sofort, wenn sie über sie hinwegglitten.

Die Größe der Hügel veränderte sich, und vor ihnen lagen niedrige Berge, die durch weite, offene Täler getrennt waren. Tenguft versuchte nicht die Berge zu überfliegen, sondern sie folgte dem Lauf der Täler. Die Berge standen merkwürdig vereinzelt in der Landschaft, viele hatten recht steile Böschungen. Inzwischen hatte Meure sich an das schwache Licht der Sterne gewöhnt, und er konnte mehr von seiner Umgebung erkennen. So sah er, daß viele dieser Hügel und Berge auf ihren Gipfeln seltsame, künstliche Gebilde trugen. Burgen? Festungen? Manchmal waren es nur Steintürme oder Hütten, manchmal umfangreiche Bauten. In den Tälern waren keine Lichter zu sehen.

Meure spürte, daß der Eratzenaster seinen Bug etwas anhob; gleichzeitig wurde er langsamer. Sie stiegen noch höher. Meure riskierte einen raschen Blick über die Schulter des Mädchens, und er sah vor ihnen die steinerne Masse eines mächtigen Berges. Er wurde gekrönt von einem düsteren Bauwerk, aus dem hier und da gelbliches Licht durch schmale Öffnungen nach draußen drang. Sie näherten sich dem Berg von seiner steilsten Seite; dieser hatte die Form einer gewaltigen Woge: Sanft stieg er auf der fernen Seite von der Talsohle an, um dann nach Süden jäh und steil abzufallen.

Das Mädchen rief etwas über die Schulter nach hinten: „Cucany!" Sie waren jetzt etwas unterhalb des Berggipfels, flogen in einer flachen Linkskurve vom Tal aus darauf zu. Meure hatte einen guten Blick auf das Bauwerk, welches das ganze Tal beherrschte. Es war eine klotzige Festung, an der Generationen gebaut haben mußten, und jede hatte ihren eigenen bizarren Stil der Gesamterscheinung hinzugefügt. Da gab es Spitztürmchen, Erker, Galerien und Türme von ganz unterschiedlicher Gestalt. Wie Flechten auf einem Stein waren Wohnungen, Balkone und Dächer Schicht um Schicht übereinandergewachsen. Man sah keine Stadt, die zu der Festung gehört hätte; wenn es hier eine Stadt gab, dann war sie die Festung selbst.

Der Eratzenaster folgte noch immer der langen Linkskurve. Er hielt jetzt ständig die gleiche Höhe, war aber noch langsamer geworden. Jetzt flogen sie an den Mauern der Festung entlang, nun schwenkten sie wieder hinaus ins offene Tal. Offensichtlich wollten sie hier nicht landen. Ihr Reittier hielt die Hinterflügel still und brachte sie in die gleiche starre Stellung wie die Vorderflügel, dann kippte es etwas nach vorn ab und machte wieder mehr Fahrt. Jetzt sah Meure doch einmal nach hinten und stellte fest, daß die anderen in lockerer Reihe links hinter ihnen flogen. Alle folgten ihrer Bahn und gingen einer nach dem anderen in den Gleitflug über. Auf den größeren Tieren konnte man schemenhaft ihre Passagiere sehen. Die kleineren, reiterlosen Eratzenaster stiegen weiter auf, schossen in rasenden, spielerischen Sturzflügen zwischen den beladenen Tieren hindurch und schlossen sich dann wieder dem Schwarm an, der dem Leittier folgte.

Die Geschwindigkeit war jetzt stark gedrosselt, und der Fahrtwind hatte viel von seiner Heftigkeit verloren. Meure spürte, wie Tengufts Muskeln wieder arbeiteten, als sie das Tier in einen Landeanflug manövrierte. Ihr Gefälle war deutlich steiler geworden, aber das Tier stellte die Flügel etwas auf, so daß sich ihre Geschwindigkeit nicht erhöhte. Es gab einen kleinen Moment der Ruhe, als Tenguft das

Tier für die bevorstehende Landung versammelte; auch das Windgeräusch war abgeflaut. Sie drehte sich zu ihm um und rief: „Paß auf, gleich unten!“

Meure brüllte zurück: „Sind Menschen dort unten?“

Sie antwortete: „Menschen nicht. Korsore, Dromoni, vielleicht Selander.“

Meure fragte nicht weiter nach den Lebewesen, die sie genannt hatte. Ihm fiel ein, daß hier auf Monsalvat nicht alle Menschen menschlich aussahen, und er sagte sich, daß es wahrscheinlich noch absonderlichere Wesen als Saumer und Haydars gab.

Nun glitt ihr Reittier, noch immer in Segelstellung, sichernd über den dunklen Boden dahin, schwenkte sacht von einer Seite zur anderen. Dann schlug es ein paarmal energisch mit den Hinterflügeln, erstarrte und sackte heftig durch. Dieses Manöver hätte Meure fast aus seinem Sitz geworfen; er krallte sich fest und preßte sich enger an Tenguft als zuvor. Schräg und schnell kam ihnen der Boden entgegen. Einzelheiten wurden sichtbar und huschten unter ihnen hindurch: Büsche, kleine Bäume, ein Wasserlauf. Der Eratzenaster hob den Bug an und schlug hastig und flach mit den Hinterflügeln. Auch die Vorderflügel setzten wieder ein, sie schlugen einen völlig anderen Takt als beim Start. Die Landung stand unmittelbar bevor, das Tier streifte schon fast den Boden. Im letzten Moment erstarrten die wild flatternden Flügel, der Eratzenaster segelte noch ein paar Meter, dann hatte er Bodenkontakt. Auf unsichtbaren Beinen hastete er dahin.

Erst als er fast zum Stehen gekommen war, löste Tenguft ihren Griff, richtete sich plötzlich auf und schwang ein Bein über den Rücken des Tieres. „Herunter!“ rief sie und sprang leichtfüßig den Hinterflügel entlang und auf den Boden. Meure folgte ihr stolpernd. Überall um sie herum setzten die anderen zu ihren unkontrollierten Landungen an; wie Herbstblätter taumelten die Flugtiere aus dem Himmel herab. Meure beobachtete, wie Morgin der Mittler linkisch von seinem Reittier herunterkrabbelte und halb laufend, halb fallend den festen Boden erreichte. Er wartete nicht länger und rannte zu den anderen Gefährten hinüber, die immer noch auf ihren Tieren hockten. Gemeinsam mit Tenguft drängte er sie abzusteigen. Etwas abseits stand ein Eratzenaster, dessen Reiter noch immer apathisch auf seinem Rücken saß. Meure eilte hinzu: „Los, absteigen! Wir müssen alle runter!“

Der Reiter richtete sich auf, bewegte sich schwerfällig, wie in Trance. An der Figur erkannte Meure, daß es Audiart sein mußte. Die letzten Schritte vom Tier hinab mußte er sie stützen, dann stand sie zitternd neben ihm. Er spürte, wie erhitzt er war. Sein Körper reagierte auf die Kälte des Fahrtwinds.

Inzwischen waren alle abgesessen, und Tenguft lief zwischen den Tieren umher, stieß sie und schlug sie auf die Flügelspitzen; dabei war sie bemüht, so leise wie möglich zu sein. Zögernd und widerwillig setzten die Tiere sich in Bewegung, kletterten linkisch über kleinere Bodenwellen und begannen zu laufen. Dann erhoben sie sich eines nach dem anderen in die Luft. Mit rauschenden Flügelschlägen stiegen sie in den Nachthimmel auf, und Meure sah ihnen nach, wie sie in weitem Bogen nach Südwesten abdrehten. Sie flogen jetzt höher als auf dem Hinflug, bald waren sie nur noch winzige, schweigende Schatten vor dem Hintergrund des Sternenhimmels, dann waren sie ganz verschwunden.

Tenguft führte sie auf eine kleine, unbewachsene Erhebung, von der aus sie einen guten Ausblick auf die Umgebung hatten; sie bedeutete ihnen, daß sie den Rest der Nacht hier verbringen sollten. Morgin nahm Flerdistar zur Seite und wechselte einige ernste Worte mit ihr. Dann ging das Ler-Mädchen zu Meure.

„Ich will zuerst mit Ihnen reden. Morgin sagt, daß wir in dieser Nacht nichts mehr unternehmen werden. Morgen werden wir zu der Stadt hinaufsteigen. Die Haydars nähern sich niemals einer Festung in der Nacht. Hier wird zuerst geschossen und dann gefragt, und Morgin hat mir klargemacht, daß dieses Verfahren hier in Incana durchaus sinnvoll ist. Auch läßt Ihnen Morgin durch mich sagen, daß man alles tun muß, was das Haydar-Mädchen verlangt, so sonderbar es einem auch erscheinen mag ..."

Bei dieser unklaren Andeutung hatte sie Meure bedeutungsvoll angeblickt, mit einem Gesichtsausdruck, der ihm ganz und gar nicht gefiel. Dann war sie zu ihrem Platz bei Clellendol, Morgin und dem Vfzyekhr zurückgekehrt. Meure blieb stehen, wo er war, er fühlte sich verunsichert. Tenguft war offensichtlich sehr zufrieden, daß alle ihren Anordnungen Folge geleistet hatten. Jetzt kam sie den Hügel herab und ging auf Meure zu. Er betrachtete die hochaufragende, schlanke Gestalt, von der eine geheimnisvolle Macht ausging. Und eine Bedrohung, ergänzte er. Aber er erinnerte sich auch an den drahtigen Körper, den er vor dem seinen gespürt hatte, als sie durch die Nacht ritten, und an die eindeutige Bewegung, die sie einmal gemacht hatte. Als sie ihm ein Zeichen machte und ihn einlud, ihr zu folgen, den Hügel zu verlassen, da glaubte er zu wissen, was sie im Sinne hatte; aber um nichts auf der Welt hätte er sagen können, warum das so war.

6

„Natürlich ist es äußerst gefahrvoll, Kontakt mit einem Dämon boshafter oder unintelligenter Natur aufzunehmen. Es muß aber darauf hingewiesen werden, daß nur für den unvollkommen eingeweihten Zauberer solche Dämonen existieren."

A.C.

Zwei Sonnen stiegen über dem Horizont auf und beschienen das Land Incana. Das Zwielicht der Morgendämmerung verging, und harte, lange Schatten fielen über das Land. Mit leerem Magen kraxelte Meure mühsam einen langen, steilen Hang hinauf. Über ihm ragte das eigenartige Bauwerk auf, dessen Erscheinungsbild immer bizarrer wurde, je näher sie ihm kamen. Die Gefährten stiegen ebenfalls die Böschung hinauf, schwungvoll oder mühsam, wie es ihre körperliche Verfassung eben zuließ: Clellendol gemächlich und vorsichtig, Morgin wirkte erschöpft, Halander und Ingraine linkisch und zaudernd.

Flerdistar hatte offensichtlich ihre Leistungsgrenze erreicht, aber sie stapfte finster entschlossen nach oben – sie wollte wissen, was da vor ihnen lag. Der Vfzyekhr eilte schwungvoll hinauf, als sei er auf einem Ausflug. Tenguft . . .

Tenguft nahm den Hang mit äußerster Vorsicht. Immer wieder hielt sie an, spähte, lauschte, machte einen Schritt und sicherte wieder. Aus den Augenwinkeln beobachtete sie auch das Tiefland hinter ihnen. Sie war ihr Führer in einem fremden Land, mit jeder Faser ihres Wesens. Das orangefarbene Morgenlicht ließ sie unscheinbarer wirken als sonst, während es gleichzeitig die Felsen und die spärliche Vegetation unnatürlich erstrahlen ließ. In der Nacht war sie ein anderer Mensch gewesen, als sie ihren Umhang fallen ließ und schweigend in das eisige Wasser des Flusses unten am Talgrund stieg. Schweigend hatte sie Meure eingeladen, ihr zu folgen. Das Wasser ließ ihn erzittern, und das große, wilde Mädchen ängstigte ihn, auch wenn ihr Verhalten jetzt völlig anders war als in der Zeit davor. Seit sie von dem Eratzenaster abgesessen war, hatte sie kein Wort mehr gesprochen, und wortlos war auch ihre Hingabe. Doch aus der Tiefe ihrer Kehle waren Laute gedrungen, die sich für immer in Meures Erinnerung einbrannten.

Als letzte kletterte Audiart den Hang hinauf. Ihr Aufstieg war langsam und mühevoll; sie war nicht dazu geschaffen, weglose Böschungen emporzusteigen, und sie entschuldigte sich nicht für ihr langsames Tempo.

Über ihm war Tenguft stehengeblieben, und sie gab den anderen ein Zeichen, ebenfalls anzuhalten. Dann ließ sie ihren Blick sorgfältig über das gesamte Bauwerk gleiten. Meure trat neben sie auf den Felsvorsprung und nahm sich die Zeit, ebenfalls gründlich Ausschau zu halten.

Er hatte jetzt nicht den Überblick, den ihm der nächtliche Anflug geboten hatte. Nur eine Seite des Gemäuers war gut zu sehen, und das Gebäude wirkte nicht mehr so exzentrisch und spielerisch fremd wie in der Nacht. Der Eindruck war viel finsterer. Zwar waren hier viele Stile zu einem Werk zusammengefügt, doch diese hatten sich zu einer grimmigen Düsternis vermischt. Terrassenförmig wuchsen die Schichten übereinander auf. Einst hatte hier wohl ein flaches, vielekkiges Gebäude gestanden, doch dies war jetzt von den anderen Schichten überwuchert, so wie Moos einen moderigen Baumstumpf bedeckt. Gedeckte Säulengänge gab es, wuchtige Türme, eine Vielzahl von Balkonen, die man teilweise durch überdachte oder offene Steintreppen auch von außen erreichen konnte. An einigen Stellen ragten gewaltige Kuppeln in den Himmel, in deren Gewölbe bisweilen riesige offene Fenster waren. Andere wiederum waren bis auf schmale Schlitze, die der Beleuchtung oder zu Beobachtungszwecken dienen mochten, ganz geschlossen. An der höchsten Stelle der Festung wurden die Türme zierlicher, ähnelten Minaretten und Wachtürmen, und einige waren mit Zinnen und Schießscharten versehen.

Clellendol hatte gerade eine besonders tückische Geröllhalde überwunden und schloß sich nun Meure an. Auch Clellendol konnte seinen Blick kaum von der Festung Cucany lösen.

„Sieh dich einmal um.“ Clellendol deutete zu den aufgehenden Sonnen hinüber. „Überall hier auf den Gipfeln kannst du solche Burgen sehen.“

Meure sah in die Richtung, in die der junge Ler zeigte. Auf der anderen Seite des Tales war tatsächlich auf einer Bergspitze ein weiteres Schloß zu sehen, das Cucany ähnelte, nur schien es sich in noch luftigerer Lage zu befinden. In der dunklen Masse der fernen Festung sah Meure etwas aufblitzen, eine Reflexion. „Was ist das dort für ein Licht?“

Clellendol beschattete seine Augen mit der Hand und beobachtete die andere Festung eine Zeitlang. „Ein Sonnenspiegel. Sie senden eine verschlüsselte Nachricht. Ich kann sie natürlich nicht entziffern, aber ich könnte mir vorstellen, daß von der Sonnenseite Cucanys eine Antwort kommt.“

Meure sah jetzt wieder zu Cucany hinüber, aber dort war nichts zu entdecken. Es gab nicht einmal ein Anzeichen, daß die Burg überhaupt bewohnt war.

Clellendol sagte: „Von hier aus kann man nicht sehen, ob sie überhaupt irgend etwas tun, aber es hat ganz den Anschein, daß sie uns beobachten und über uns reden. Es gibt keinen Zweifel, sie belauern uns, seit wir bei Tagesanbruch am Fuß des Hanges aufgetaucht sind; ich brauche nur das Haydar-Mädchen anzusehen – und ihre Art, wie sie Cucany beobachtet.“

„Heute nacht, unten am Fluß, war sie bei weitem nicht so vorsichtig.“

„Das ist seltsam, nicht wahr. Vielleicht nähert sich das, was sie fürchtet, nicht dem Wasser, aber das kann ich mir eigentlich nicht vorstellen . . . Nun, egal. Hier gibt es viele Dinge, die mein Vorstellungsvermögen übersteigen.“ Er wechselte das Thema. „Du nimmst alles, wie es kommt, hm? Hast du es schon gelernt, mit dem Strom der Ereignisse zu schwimmen?“

„Offen gesagt, bewege ich mich auf sehr unsicherem Gebiet. Mir ist so, als würde mir vieles geboten, doch ich weiß nicht, warum. Als würde ich zu etwas ganz Außergewöhnlichem geleitet, ohne daß ich den Grund dafür erfahren kann.“

„Du weißt ja, daß ich dieses Gefühl schon vor dir hatte, und inzwischen hat es sich noch verstärkt.“ Er sah zu der Stelle hinauf, an der Tenguft hockte; ihr Falkenprofil zeichnete sich scharf gegen das dunkle Gemäuer der Festung ab. „Nimm sie, zum Beispiel. Morgin hat uns gestern abend erzählt, daß die Haydars niemals freiwillig nach Incana gehen. Es gibt natürlich kein Verbot, denn es gibt keine Regierung, die solche Verbote erlassen könnte, außerdem ist das Land zum größten Teil unbewohnt, wie du selbst sehen kannst. Aber dennoch kommen sie nicht hierher, wenn nicht ganz außergewöhnliche Gründe sie dazu zwingen. Sie fürchten diese Menschen, diese kurbischen Windvögel – so nennen sie sich selbst. Vielleicht kennt Morgin den Grund nicht, vielleicht ist er auch nur zurückhaltend, aber es muß in der Vergangenheit etwas geben, das diese Leute getan haben. Flerdistar versucht es herauszubekommen."

„Also bringt sie uns in ein Land, vor dem sie sich fürchtet?!"

„Dich hat sie hergebracht, nicht uns. Wo sollte man uns schon hinschicken – und da sie nun schon einmal unterwegs war ... Außerdem ist bekannt, daß sich die Haydars nur äußerst ungern unter feste Dächer begeben. Sie glauben, daß solche Dinge die Welt der Geister beleidigen. Daher ist für sie ein Haus unrein. Dies gilt natürlich besonders für eine Festung, da diese ja ausdrücklich für die Dauer konstruiert wurde. Dennoch sieht es ganz so aus, als würde sie auch noch das restliche Stück hinaufsteigen und dich ordnungsgemäß abliefern."

„Bei wem?"

„Diese Frage beschäftigt mich stark. Was kann sie so fürchten? Es scheint übrigens, daß sie aus ihrem Schamanentum eine starke Kraft gewinnt, die ihr nun hilft, ihre Urangst zu überwinden."

Tenguft winkte der Gruppe. Es war Zeit zum Aufbruch. Clellendol ging noch ein paar Schritte an Meures Seite und sagte leise zu ihm: „Wie die Dinge liegen, kannst du nur nach vorn gehen, mein Freund, denn du hast hier und jetzt noch kein Hinterland erworben, in das du dich zurückzuziehen vermöchtest, wie wir im Haus der Diebe sagen."

Meure blieb stehen. „Aber mir liegt es nicht, blind vorwärts zu tappen."

„Wir haben aber keine andere Wahl und du am allerwenigsten. Darum geh vertrauensvoll, aber mit offenen Augen voran. Auf hoher See, weißt du, kann man überall hinsegeln, auch wenn der Wind immer nur aus einer Richtung bläst, aber in einer Schlucht kannst du nur dem Fluß auf ihrem Boden folgen. Es gibt jedoch ganz unterschiedliche Flüsse."

„Was willst du damit sagen?"

„Manche Straßen sind breit und ausgefahren, manche Pfade sind kaum merklich abgesteckt durch kleine Zeichen am Wegesrand. Der Weg, auf dem wir gehen, wird unnatürlicher mit jedem Schritt, den wir tun. Es ist so . . ." – Clellendol zögerte einen Moment, dann fuhr er fort – „. . . als ob es gar keinen Unterschied machte, ob wir unser Ziel kennen oder nicht. Es wird dir bald klarwerden, was ich meine. Es mag für dich so klingen, als ob ich dich überreden wollte, ein willfähriges Opferlamm zu sein, aber so ist es nicht. Du wirst eine Chance bekommen. Du mußt sie ergreifen, und dann mußt du handeln mit . . . kindlicher Unschuld. So wird niemand deine Handlung vorausahnen können. Nur da liegt deine Sicherheit – in der Unsicherheit."

Danach schwieg er und konzentrierte sich auf den Anstieg. Meure folgte ihm. Als er nach den anderen Ausschau hielt, stellte er fest, daß er beinahe der letzte in der Reihe war. Seine Augen richteten sich wieder zum Gipfel.

Da sie sich ein wenig erholt hatten, kamen sie zunächst gut voran, aber bald wurden sie wieder langsamer, weil sie jetzt fast ständig auf allen vieren klettern mußten. Steine lösten sich und prasselten ein gutes Stück den Hang hinab, ehe sie zur Ruhe kamen. Überdeutlich wurden ihre Geräusche durch die stille Luft übertragen. Meure sah sich nicht mehr um.

Er schaute nach oben. Die Festung Cucany war jetzt so nahe vor ihnen, daß er glaubte, ihre Mauern berühren zu können. Tatsächlich aber waren ihre Grundmauern immer noch ein paar Meter über ihnen. Immerhin konnte man jetzt die Art des Mauerwerks gut erkennen. Nichts an ihm wirkte modern oder elegant. Schicht um Schicht waren die roh behauenen Steinblöcke aufeinandergetürmt. Die Maurer hatten dazu keinen Mörtel gebraucht; es war recht geschickt gemacht, aber keineswegs verblüffend. Über den Köpfen der Gruppe ragten Mauervorsprünge und die Enden von Tragbalken nach außen. Durch die Verwitterung hatten die Steine einen warmen Braunton angenommen, während das Holz silbergrau ausgebleicht war. Direkt über ihnen zeichnete sich eine lange Balkon-Reihe schwarz gegen den meerblauen Himmel ab.

Tenguft war nirgendwo zu sehen.

Jetzt, da Meure genau am Fuß der Mauer stand, sah er einen kleinen Vorsprung, der an der gesamten Mauer entlanglief und so die Festung umrundete. Links, wo der Felssockel etwas anstieg, folgte der Vorsprung dieser Linie, hier nahm er die Form einer schmalen

Treppe an. Oben auf dieser Treppe wartete Tenguft auf sie, doch sie blickte nicht zu ihnen hinab, sondern ließ ihren Blick in die Ferne schweifen, in die endlose Weite von Incana. Meure folgte ihrem Blick. Im Osten erhoben sich einzelne Berge und Bergkämme wie die erstarrten Wogen einer See. Der Doppelstern tauchte das gigantische steinerne Meer in orangefarbenes Licht. Am Horizont flimmerte die Luft, verschwommene Bilder erschienen und vergingen. Dieser Fernblick hatte eine hypnotische Kraft. Der Horizont war viel weiter entfernt, als es die Krümmung der Oberfläche des relativ kleinen Planeten eigentlich zuließ. Und Meure sah auch die Festungen, die Clellendol erwähnt hatte. Fast jede Erhebung in der Nähe trug ein Gebäude auf ihrem Gipfel. In vielen von ihnen blitzten in regelmäßigen Intervallen Lichtsignale auf. Die kleinen, stechenden Lichtsterne hatten nicht immer die gleiche Helligkeit. Es schien, daß sie von einer unregelmäßigen Oberfläche reflektiert wurden. Vielleicht benutzte man Wasser? Meure fühlte sich unbehaglich; er fragte sich, ob die wachsame Nervosität Tengufts sich auf ihn übertragen hatte oder ob es die aufragenden Massen der Festung waren, die ihn irritierten. Diese Burg, die auf einem kahlen, unbearbeiteten Felsen über einem unbewohnten Tal stand und in deren Innerem man sie beobachtete, über sie sprach und Nachrichten mit Nachbarfestungen über sie austauschte . . . Überall am Horizont flackerten jetzt die Sonnenspiegel auf, wie ein Lauffeuer schien sich die Nachricht von ihrer Ankunft zu verbreiten.

Tenguft wartete, bis alle zu ihr aufgeschlossen hatten, dann wandte sie sich um und folgte dem Mauervorsprung um die nächste Biegung herum. Meure schloß sich an.

Die Treppe führte jetzt in einigen steilen Windungen an der Mauer empor, bis sie in einen winzigen Vorhof mündete, der vor einem schmalen, hohen Bogenportal lag. Türen aus massivem Holz mit schwarzen Eisenbeschlägen versperrten den Weg ins Innere. Neben dem Tor ragte eine steinerne Fratze aus dem Mauerwerk. Aus ihrem grinsenden Maul hing an einem Strick ein metallener Tropfen, offensichtlich eine Türglocke. Ohne zu zögern, ergriff Tenguft den Strick und zog daran. Kein Laut antwortete aus der Festung.

Es dauerte eine Weile, bis das erste Geräusch aus dem Innern drang. Ein dumpfes Rumpeln ertönte, als ein schwerer Riegel zurückgezogen wurde, dann schwangen die hohen Türflügel langsam nach außen, und eine Gestalt wurde sichtbar, deren Anblick noch verwirrender war als der Tengufts und der Haydars.

Das Wesen war groß, schlank, hatte die Figur eines Menschen und trug einen Helm oder Kopfschmuck. Sein Körper war unter einem langen, schwarzen Umhang verborgen, der an die Gewänder der Haydars erinnerte. Mit seinem Kopfschmuck war es etwa so groß wie Tenguft. Soweit Meure dies feststellen konnte, trug es keine Waffen. Es war jedoch der Kopfschmuck, der seine ganze Aufmerksamkeit fesselte: Er war so breit wie die Schultern und sicher zweimal so hoch wie der Kopf, den er verbarg. Seine Form war wahrhaft außergewöhnlich, denn er war aus einer Vielzahl aneinandergefügter Prismen zusammengesetzt. Seine Unterkante lag vorn auf der Brust und seitlich auf den Schultern, die so sein Gewicht tragen halfen. Von dieser Unterkante verliefen die Umrißlinien zunächst nach innen, und hier stießen sie auf eine stumpfe, auf den Kopf gestellte Pyramide, die vorn eine dreieckige Öffnung für das Gesicht freiließ. Auf der oberen, geraden Fläche der Pyramide waren viele kleine Pyramiden mit der Spitze nach unten befestigt. Die Farbgebung des Helmes trug einiges zu seiner Monströsität bei: Die Seitenflächen der großen Pyramide waren leuchtend rot bemalt, die Basis auf den Schultern erstrahlte hellgrün, und mattschwarz waren die kleinen Pyramiden, die den oberen Abschluß bildeten.

Das Gesicht im Innern war kaum zu sehen, denn der Helm stand oben so weit über, daß das Gesicht völlig im Schatten lag. Man konnte jedoch sehen, daß es bärtig war und daß die Augen von Kreisen umgeben waren, die grünweiß leuchteten. Leuchteten? Eindeutig Phosphorfarbe. Meure unterdrückte ein nervöses Kichern. Er unterdrückte es, weil Tengufts Haltung eine deutliche Unterwürfigkeit erkennen ließ.

Morgin verbeugte sich höflich vor der schweigenden Gestalt, dann wandte er sich seinen Gefährten zu. Er sagte feierlich: „Vor euch steht kein Geringerer als der Edle Molio Azendarach, Phanet von Dzoz Cuvany. Ihr seid seine Gäste, und ihr müßt wissen, daß dies etwas Besonderes ist, denn es ziehen nur wenige Reisende durch Incana, und Gastfreundschaft wird längst nicht allen gewährt. Tretet also ein mit dem gebührenden Respekt."

Der Helmträger verbeugte sich leicht, dann bedeutete er ihnen, ihm zu folgen. Darauf wandte er sich um und schritt voran in die dunklen Tiefen des Gewölbes, ohne sich noch einmal zu vergewissern, ob sie ihm tatsächlich folgten. Morgin ging als erster, ihm folgten Tenguft und Meure, dann kamen die anderen.

Ein zweites behelmtes Wesen trat aus dem Schatten hinter der Tür, um diese wieder zu verriegeln, aber sie hatten kaum Zeit, es genau zu betrachten. Sie sahen gerade noch, daß sein Helm mindestens ebenso groß und so bizarr geformt war wie der Azendarachs. Der Phanet ging vor ihnen durch einen gewaltigen Säulengang. Ihre Augen hatten Mühe, sich vom Tageslicht auf das Dämmerlicht umzustellen, das diesen Korridor in so tiefes Dunkel hüllte, daß seine hohe Decke von unten nicht zu sehen war.

Nachdem sie eine Weile dem hohen, breiten Gang gefolgt waren, bog Azendarach in einen schmalen Seitengang ein, danach ging es eine steile Treppe hinauf. Die Wände im Innern machten den gleichen rohen, unbehauenen Eindruck wie die Außenmauern, hin und wieder ragten die Enden von Tragbalken aus der Wand.

Die Treppe mit ihren zahlreichen unregelmäßigen Windungen schien endlos zu sein. Bald konnten sie die Richtung, in die sie sich bewegten, nicht mehr bestimmen. Ab und zu stieß die Treppe auf kleine Plattformen, von denen Türen in die Festung führten. Keine der Türen war offen, und kein Geräusch war hinter ihnen zu hören. Das ganze Gebäude machte einen verlassenen Eindruck. Aber es lag nirgendwo Staub, und es gab keine Anzeichen von Verfall. Offenbar lebten also doch Menschen in Cucany, sie schienen sich nur sehr still zu verhalten.

Die Treppe führte weiter aufwärts. Manchmal wurde sie so steil, daß sie die Bezeichnung „Treppe“ gar nicht mehr verdiente; sie glich dann mehr einer Leiter. Azendarach ging immer im gleichen Tempo, sowohl auf ebenem Boden als auch bei den steilsten Anstiegen. Dabei hielt er sich kerzengerade.

Schließlich gelangten sie zu einer breiten Plattform, wo die Treppe endete. Bis auf den Phaneten rangen nach diesem Anstieg alle nach Luft. Der Edle ging zu einer eisenbeschlagenen Tür und machte sich an ihrem Schloß zu schaffen. Während er konzentriert an dem Schließmechanismus arbeitete, beugte sich Tenguft zu Meure herab und flüsterte: „Hüte dich! Ein Zauberer!“ Dabei durchlief sie ein Frösteln.

Azendarach stieß die Tür auf und lud sie ein, ihm zu folgen. Blendendes Licht ergoß sich aus dem riesigen Raum hinter der Tür ins Treppenhaus.

Der taghelle Raum mußte sehr hoch in der Festung – oder dem Dzoz, wie Morgin sie genannt hatte – liegen. Der kreisrunde Grundriß war von einer Bogen- und Säulenreihe umgeben. Ein Teil dieser Bögen war mit schweren Vorhängen verhängt, die anderen waren völlig offen und ließen Luft und Licht in den Raum, dessen offene Seite nach Süden wies. Alles Mauerwerk trug einen schneeweißen Anstrich. Das Dach war leicht gewölbt und freitragend, keine Säulen stützten es. Eine bemerkenswerte Fensterbank lief außen vor den Fensterbögen entlang: eine breite, steinerne Rinne, die mit Wasser gefüllt war. Bis auf ein paar alte Schränke und Kommoden, die vor den Wandvorhängen standen, waren keine Möbel in dem Zimmer. Einige Sitzkissen lagen verstreut auf dem gefliesten Steinfußboden. Der Wind strich hörbar durch die Bögen, und die Decke reflektierte das Spiel des Lichtes auf den Wasserbecken draußen.

Ein weiterer Helmträger kam hinter dem Vorhang einer Nische hervor und erwies Azendarach seine Ehrerbietung. Sie unterhielten sich einige Zeit lang, ohne die Besucher zu beachten. Als Meure versuchte, ihrem Gespräch zu folgen, stellte er erstaunt fest, daß er ihre Sprache besser verstand als die Tengufts; ihr wiederum wäre die Sprache der Helmträger wahrscheinlich archaisch und dunkel erschienen.

Azendarach flüsterte mit dünner, hoher Stimme: „Wie lauten die Berichte, Erisshauten?"

Der Mann, den er Erisshauten genannt hatte, antwortete: „O Phanet, Dzoz Soltro berichtet – übertragen von Kormendy und Endrode –, daß ein Trupp Lagostomer versucht hat, durch die Enge von Vakiflar vorzustoßen; sie wurden jedoch zurückgeschlagen und bestraft. Dzoz Vezid und Orkeny in der Ostmark melden leere Spiegel, Lisbene desgleichen. Midre Andely und Lachryma berichten – übermittelt von Malange Gather –, daß ein Schwarm Eratzenaster das Reich in Richtung Ombur verlassen hat. Sie wurden beim Abflug über Torskule gesichtet. Bei Atropope gab es einen Zwischenfall mit einem Korsor. Potale Dzoz hat Signale empfangen, kann sie aber nicht aufnehmen, da sie zu unklar sind. Sie fordern einen erfahrenen Reflexionsleser an ... Sollen wir Romulu Bedetdznatsch entsenden?"

„Welcher Art waren die Signale in Potale?"

„Ständig, aber sehr schwach. Sie wollen eine Abendlesung vornehmen."

„Verständlich. ... Aber wir können Bedetdznatsch nicht entbehren. Wir werden selbst lesen, heute abend. Laß Onam Hareschacht von Lisbene dorthin abstellen."

„Wie Ihr es befehlt, Phanet", antwortete der Mann und verschwand in der Nische, aus der er gekommen war.

Der bizarre Helm schwenkte wieder in ihre Richtung, und aus dem Schatten der Gesichtsöffnung leuchteten ihnen die Augenkreise entgegen.

Fast flüsternd fragte Azendarach: „Dies sind also jene, die mit dem Raumschiff kamen?"

Tenguft antwortete ihm. Sie gab sich Mühe, ihre Redeweise der seinen anzupassen: „Jene dort und ein Wesen, für das ich keinen Namen weiß ..."

„Ganz gleich, wir haben es schon bemerkt."

„... waren an Bord. Jene, die das Schiff gesteuert haben, sind bei meinem Stamm in Ombur geblieben."

„Ja, davon kündeten uns die Lesungen, und auch die Vorausdeutungen ließen es ahnen. Wir konnten es nicht glauben, denn vieles, das aus den Spiegeln sprach, überstieg das Verständnis. Ja, es wurde alles verkündet, selbst ihre Begegnung mit dem hitzigen Volk der Spaltlipper auf Ombur. Hierher würden sie kommen, und hier sind sie nun. Wir werden bald mit den Lesungen fortfahren."

Meure glaubte den Worten eines Wahnsinnigen oder einem irren Wahrsager zu lauschen; aber vielleicht war er beides. Auf Monsalvat war alles möglich.

Offenbar hatte Azendarach seine Verunsicherung gespürt, denn er fuhr nun fort: „Man sagt, daß die kurbischen Windvögel von Incana das seltsamste Volk auf ganz Aceldama oder auf Monsalvat, wie du es nennen wirst, sind." Er machte eine Geste in Tengufts Richtung. „Dieses Kind des freien Himmels, der Nacht und des Mordes ist in vielen Künsten erfahren. Sie benutzt für ihre Weissagungen die Knochen der linken Hand ihrer Mutter, die ihr allerdings freiwillig überlassen wurden, wie ich ergänzen muß. Selbst diese Meisterin der schönen Künste fürchtet hier in den Hallen von Cucany um ihren Verstand. Aber seid ruhig, zivilisierte Kreaturen! Ich nenne euch Kreaturen, da nicht alle von euch Menschen sind. Einige ähneln dem alten Feind, der uns zu dem gemacht hat, was wir sind. Fürchtet euch nicht. Wir wissen, wie einst alles endete und daß die Krieger verweht und vergessen sind. Was wir noch an Rachegefühlen hegten, haben wir aneinander gekühlt, im letzten Jahrtausend. Jetzt ist Incana ein leeres Land, und kein Mensch wird mehr hier eindringen, nicht einmal die widerlichen Lagostomer. Wir wollen uns nicht ausdehnen, niemanden versklaven, ja nicht einmal die anderen mit unseren Apparaten in Unruhe versetzen. Wir hausen auf den Berggipfeln, bebauen unsere Dachgärten, treiben Handel und bescheiden uns mit dem, was die Natur uns bietet, wir schränken uns ein ... alles in allem sind wir gute Nachbarn. Aber", und hier erhob er seine Stimme bedeutungsvoll, „wir lesen die Wahrheit aus den Reflexionen des Weltlichtes, wir befragen es, und wir handeln danach. Und wenn die anderen sagen, in Incana wandeln Zauberer hinter den Zinnen, dann mag es so sein wie sie sagen.

Und so haben Bedetdznatsch und ich gelesen, was sein wird. Einer wird kommen in eine einsame Dzoz, in ein ödes Land, und er, der uns gebracht wird, er wird das wagen, was wir nicht vermögen. Er wird von *draußen* kommen! Mittler, rede du!"

Morgin sagte: „Man muß die Geschichte Monsalvats kennen. Ein einziger hat einst versucht, den Planeten zu einen, denn er wußte, daß zuerst dies gelingen mußte, wenn wir je wieder zu unseren Brüdern im Weltraum finden wollten. Er lebte vor langer Zeit, und man gab ihm viele Namen, aber sein wirklicher Name war Cretus, der Schreiber. Er war kein Soldat, auch kein Kämpfer, aber er sah die Dinge in ihrem Zusammenhang. Er hat sein Werk an einem Ort beim großen Fluß von Kepture begonnen – diesen Ort gibt es nun schon lange nicht mehr –, vollenden wollte er es hier, in Incana, auf Cucany. Das große Vorhaben ließ sich gut an; es war sogar gelungen, die Lagostomer von ihrer unsinnigen Vermehrung abzubringen, doch dann kam das Ende. Cretus ging dahin, seine Erben gerieten in Streit, und das Reich zerfiel. Die Windvögel von Zentralincana bleiben seinem Gedenken treu, aber der Rest verstreute sich wie ein Heuschreckenschwarm im Wind. Hier also ist der Platz, wo der Schreiber seine Pläne schmiedete, arbeitete und Beratungen abhielt. Tief in den unteren Gewölben wird seine Asche aufbewahrt, ferner ein Apparat, den er benutzte. Er war der Letzte seiner Klesh-Rasse, wenn er auch nur zu einem Viertel reinen Blutes war. Für ihn gab es keinen Stamm, kein Land und keinen Häuptling, in dessen Gefolgschaft er gestanden hätte. Treu war er nur seiner Vision. Er hatte ein Gerät, in dem er Bilder sah; niemand sonst konnte oder wollte es benutzen. Es wird allgemein gesagt, daß die Wächter dieser Welt ihn niedergestreckt haben, weil er ihnen das Geheimnis der Zukunft stahl ... So lautet seine Geschichte, so ist sie überliefert."

Sie wurden von einem Jungen unterbrochen, der aus der gleichen Nische ins Zimmer trat, aus der zuvor Erisshauten gekommen war. Offenbar war er ein Lehrling; statt eines massiven Helms trug er ein filigranes Rahmengebilde auf seinen Schultern. Ohne sich für die Störung zu entschuldigen, ging er auf Azendarach zu und verbeugte sich vor ihm. Seine Hände waren unter seinem Gewand verborgen. Er sprach mit hoher Stimme: „Mein Herr und Phanet, der untere Kammerherr läßt bestellen, daß alles bereit ist."

Durch ein steifes Nicken mit dem gesamten Oberkörper deutete Azendarach an, daß er verstanden hatte, dann entließ er den Jungen. Nun trat Erisshauten ins Zimmer.

Er meldete: „O Phanet! Dzoz Potale hat den Wunsch nach einer Unterstützung beim Reflexionslesen zurückgezogen. Sie teilen mit, daß ihr Empfang jetzt klar ist und daß sie die Nachricht unverzüglich an den Oberleser weiterleiten werden. Die Nachricht ist bereits eingetroffen, sie lautet: ‚Teilen mit, es wird empfohlen, daß es sofort zu geschehen hat.' "

„Das war alles?"

„Das haben sie gesendet, o Phanet. Sie teilen mit, daß sich ihr Empfang seit ihrer letzten Botschaft sehr schnell gebessert hat."

Durch leichte Drehungen in der Hüfte setzte der Phanet seinen Helm seitlich in Bewegung, eine deutliche Geste der Mißbilligung und der Verunsicherung. Er seufzte vernehmlich, dann sagte er: „Eine klar empfangene Botschaft darf ich nicht anzweifeln, denn sie sind sehr selten, und selbst ein Neuling in der Kunst kann sie sofort verstehen. Dennoch wundere ich mich, daß wir hier keine solche Botschaft empfangen haben ..." Er ging unentschlossen auf und ab.

Erisshauten war seine wachsende Nervosität deutlich anzumerken. Er räusperte sich und sagte hastig: „Vielleicht, o Herr, hat dies mit der Lesart des edlen Bedetdznatsch zu tun. Nach der Dämmerungslesung am Morgen hat er nämlich seine Übungen zur Reinigung und Zerstreuung des Geistes ausgeführt, und nun ruht er in seiner Kammer."

Azendarach kicherte in sich hinein, dann sagte er gedehnt: „So, tut er das? Und das Lesen erledigen dann wohl tagsüber die Lehrlinge?"

„Ich würde es nie wagen, die Lesart des edlen Bedetdznatsch zu kommentieren, aber es spricht sehr viel dafür, daß es sich so verhält."

„Wir wollen den alten Romulu nicht stören, er hat es zweifellos verdient, daß man ihm die Schande erspart. Bereite die Kammer vor, ich werde lesen."

„Ich bitte um Vergebung, o Herr, aber ... in der Gegenwart von Ausländern?"

„Das ‚sofort' muß unbedingt überprüft werden. Wir riskieren viel mit unserem Vorhaben."

„Euer Wunsch geschehe also." Eilfertig begann Erisshauten das Zimmer für das vorzubereiten, was sie eine Lesung nannten. Zunächst verriegelte er alle Türen von innen, dann arrangierte er sorgfältig die Kissen auf dem Boden. Azendarach trat beiseite und beobachtete ihn schweigend. Erisshauten eilte zu den Fensterbögen hinüber und beugte sich akrobatisch nach draußen; er bestimmte den Winkel der Sonnen. Anschließend hastete er zu einer Nische, wo hinter einem Vorhang eine Kurbel mit einer langen Stange verborgen war, die oben im Bogen verschwand. Er begann die Kurbel zu drehen. Lange und sorgfältige Wartung des Mechanismus verhinderte, daß ein Geräusch mit dieser Tätigkeit verbunden war – und was sie bewirkte, wurde jedoch sofort deutlich: Über der Fensterfront begann das Dachgewölbe sich teleskopartig ineinander zu schieben. Das orangefarbene Licht der Doppelsonne ergoß sich ins Zimmer.

Azendarach wirkte zerstreut und teilnahmslos. Gedankenverloren starrte er ins Leere, nach einer Weile murmelte er tonlos: „Wie ist die Konstellation?"

Erisshauten antwortete: „Sie formieren sich zur Breitseite, o Phanet. Wir haben außerordentlich gute Bedingungen: klarer Himmel, kein Wind."

Azendarach ließ sich nicht anmerken, ob er ihn verstanden hatte. Erisshauten betätigte noch immer die Kurbel. Das Licht verstärkte sich weiter. Es war, als ob eine künstliche Beleuchtung das Tageslicht unterstützte. Als Meure zur Decke aufblickte, sah er dort aber nur den Widerschein des Sonnenlichts in den Wasserbecken. Offenbar diente die wassergefüllte Rinne dazu, das Sonnenlicht auf Wände und Decke des Zimmers zu projizieren. Die Helligkeit im Raum war fast unerträglich.

Azendarach ließ sich vorsichtig auf dem Fußboden nieder, dort streckte er sich aus. Dies tat er so würdevoll, wie es seine monströse Tracht eben zuließ. Jetzt konnte man auch den Sinn des bizarren Kopfschmuckes erahnen: Er sollte seinem Träger einen reflexfreien

Empfang der Lichtstrahlung gewährleisten. Die Besucher beobachteten die Szene mit blinzelnd zusammengekniffenen Augen.

Erisshauten bedeutete ihnen, zu schweigen. Azendarach lag flach auf dem Rücken und bewegte sich nicht. Er starrte auf die Lichtreflexe der Sonnen an der Zimmerdecke. Meure fühlte sich unbehaglich. Omen! Diesen verfluchten Klesh reichte der geringste Anlaß, um ein Omen zu lesen! Dies taten sie vor aller Augen, und sie schienen ein solches Benehmen für ausgesprochen normal zu halten. Wahrscheinlich hatte jeder Stamm seine eigene Methode; sicher würden sie bald auf Nekromanten stoßen, auf Geomanten, Handleser, bald würde ihnen jemand aus dem Kaffeesatz weissagen oder irgendeinen anderen Abfall wissenschaftlich deuten. Er sah zu Flerdistar und Clellendol hinüber. Sie beobachteten die Zeremonie in ehrfurchtsvollem Schweigen.

Er betrachtete die Spiegelung an der Decke. Ein Bild der beiden Sonnen war zu sehen, die genau nebeneinander standen. „Breitseite“, hatte Erisshauten es genannt. Die Reflexion war niemals ganz scharf zu sehen, bisweilen verliefen die Konturen, und ständig flackerte das Bild nervös. Ansonsten hatte die Erscheinung nichts Ungewöhnliches, und Meure konnte nichts aus ihr herauslesen. Der frühe Nachmittag war angebrochen.

Azendarach betrachtete die Reflexionen lange Zeit. Er sprach nicht, bewegte sich nicht, gab überhaupt kein Lebenszeichen von sich. Plötzlich winkte er Erisshauten und schickte sich an aufzustehen. Dies schien ihm nicht leichtzufallen, und Audiart lief mit ausgestreckten Armen auf ihn zu, um ihm behilflich zu sein, aber sie erstarrte in der Bewegung. Der halb aufgerichtete Azendarach sah ihr so düster-bedrohlich entgegen, daß sie den Kopf zur Seite wandte und zurücktrat, um den Blick aus diesen leuchtend umringten Augen nicht länger ertragen zu müssen.

Jetzt stand Azendarach wieder auf den Füßen, und Erisshauten machte sich daran, das Dach zu schließen. Als dies geschehen war, sagte der Phanet: „Ja, es stimmt. Es ist genauso! Der Unsicherheitsfaktor ist allerhöchstens bei Purpur einzustufen. Es wird klar geraten, mit unseren Vorhaben fortzufahren.“

„Also werde ich Trochanter, den unteren Kämmerer, anweisen“, sagte darauf Erisshauten.

„Das empfiehlt sich in der Tat, und vergiß bitte nicht, daß unsere Gäste noch versorgt werden müssen.“

„Es soll alles so geschehen, wie Ihr es bereits angeordnet habt."

Erisshauten bedeutete ihnen, ihm zu folgen, und ging – ohne ein weiteres Wort zu verlieren – zur Tür. Die Mitglieder der Gruppe sahen sich einen Moment lang zögernd an, dann folgten sie ihm einer nach dem anderen. Erisshauten geleitete sie aus der Kammer Molio Azendarachs hinaus auf den Treppenabsatz und stieg die steilen Stufen hinunter. Schon beim nächsten Absatz aber verließen sie den Weg, den sie gekommen waren, denn hier schloß Erisshauten eine Tür auf und führte sie zu einem anderen, äußerst verwinkelten Treppenhaus. Bevor sie den Raum des Phaneten verlassen hatten, hatte Meure sich unter dem Türbogen noch einmal nach ihm umgeschaut. Azendarach stand mit dem Rücken zu ihm vor einem der vielen Fenster. Die Hände hatte er hinter sich gefaltet, und er war in tiefes Nachdenken versunken. Worüber mochte er nachdenken? Konnte es eine schwerwiegende Entscheidung sein, welche Speise man den Gästen vorsetzen sollte? Wieso wurden ihretwegen Omen gelesen? Waren denn alle Klesh von dieser Manie besessen?

Er drehte sich um und lief den anderen nach. Bald hatte er den letzten der Reihe eingeholt: der ulkige Vfzyekhr-Sklave hatte offensichtlich Schwierigkeiten, mit seinen kurzen Beinen den viel zu hohen Stufen zu folgen.

Nach kurzer Zeit hätte niemand von ihnen mehr sagen können, an welcher Stelle der Festung sie sich befanden. Sie stiegen Treppen und Leitern hinab, passierten kurze Korridore und gingen durch Eingänge mit eisenbeschlagenen Türen, die sich hinter ihnen vernehmlich schlossen. Beleuchtet wurden die feuchten Gänge durch Öllampen, die ein wenig rußendes Öl verbrannten, oder durch schmale Schlitze, die geschickt in den Wänden ausgespart waren. Es ging ständig abwärts. In der ganzen Zeit stiegen sie nicht eine einzige Stufe hinauf. Niemand begegnete ihnen. Es schien, daß sie alle Bewohner der Festung oben in Azendarachs Kammer gesehen hatten, sonst wurden diese Hallen wohl nur von Geistern bevölkert. Von nirgendwo ertönte ein Geräusch, es gab nicht das geringste Anzeichen, daß irgend jemand hier wohnte. Doch immer wieder überquerten sie Korridore, und der Weg, den sie gingen, verzweigte sich. Wie ein Irrgarten mußte dieses Gemäuer von Gängen ohne Zahl durchbohrt sein.

Die Beschaffenheit und der Geruch der Luft änderten sich kaum merklich, aber beständig. Zunächst war sie trocken und leicht staubig gewesen, aber seit einiger Zeit wurde sie dauernd feuchter und kühler. Meure verglich im Geiste, wie weit sie hinaufgestiegen waren und wie weit sie nun wieder hinuntergegangen waren, und er entschied, daß sie sich unter der Erdoberfläche befanden. Die Seitenwände waren noch immer aus Steinblöcken gefügt und hin und wieder von kräftigen Stützbalken durchzogen. Dann ging es noch eine Leiter hinab, und auf dieser Ebene waren die Wände aus dem Felsstein geschlagen. Hier gab es kaum noch Abzweigungen.

Erisshauten führte sie zu einem Gemach von bescheidenen Ausmaßen. Möbliert war es mit Tischen und Bänken aus rohem Holz. Er wartete, bis sie auf den Bänken Platz genommen hatten, dann verließ er sie schweigend. Kurz darauf betrat ein anderer Mann das Zimmer, der ebenfalls einen dieser Pyramidenhelme von Cucany trug. Auf einem Tablett brachte er Näpfe, in denen ein Eintopf oder Gulasch schwappte. Heißer Dampf stieg aus den Schalen auf, die er vor ihnen auf den Tisch stellte. Der Mann verschwand und kehrte mit einigen Tonkrügen zurück, die ein sehr helles, aber bitteres Bier enthielten. Sie sahen sich unsicher in dem kleinen Raum um, betrachteten den Eintopf und das Bier, dann ergriffen die ersten zögernd ihren hölzernen Löffel.

Der Helmträger sah seine Aufgabe als erfüllt an und verließ endgültig den Raum.

Sie waren alle sehr hungrig, und nachdem sie sich an den Geschmack des Gerichtes gewöhnt hatten, aßen sie schweigend und schnell. Das Bier schmeckte sehr ungewöhnlich, aber es paßte zu dem Eintopf. Offensichtlich war alles in Ordnung, und so aßen sie aus den Näpfen und tranken das Bier in tiefen Zügen. Auch Morgin und das Haydar-Mädchen nahmen am Essen teil, aber sie aßen nur wenig, fast widerwillig. Es war schade, daß niemand von den Gastgebern ihnen Gesellschaft leistete, dachte Meure, aber dann konzentrierte er sich wieder auf sein Essen und sein Bier. Er sagte sich, daß es lange dauern konnte, bis sie wieder eine solche Gelegenheit haben würden.

Ihr Diener schaute noch einmal nach ihnen. Er sammelte die leeren Näpfe und Krüge ein und brachte sie frisch gefüllt zurück. Ja, alles lief bestens. Ihr Diener wirkte durchaus nicht unfreundlich. Mit Schwung machte sich Meure über den Nachschlag her. Das herzhafte Aroma des Eintopfes hatte einen feinen Beigeschmack, der sich nicht näher bestimmen ließ, den Meure aber mit der Zeit immer mehr zu schätzen wußte. Er stellte fest, daß die anderen das Essen mindestens ebenso genossen, und das war auch gut so. Er hatte gar nicht damit gerechnet, daß ihr Besuch in Cucany so angenehm verlaufen würde. Sicher würde man sie bald zu Gemächern geleiten, in denen man ein paar anständige Betten für sie bereithielt. Das wäre keine schlechte Idee. Je länger er darüber nachdachte, desto besser gefiel ihm der Gedanke an ein paar gemütliche Schlafstellen, denn die Abenteuer der letzten Tage hatten ihn doch sehr ermüdet. Er konnte sich nicht daran erinnern, wie viele Tage es eigentlich gewesen waren, aber es war sicher eine lange Zeit. Irgend etwas paßte in seinem Zeitgefühl nicht zusammen. Seit sie hier gelandet waren, war viel mehr Zeit vergangen, als zu der Anzahl Tage paßte, die er im Sinn hatte.

Er sah sich in der Runde um. Der Vfzyekhr hatte sich auf Audiarts Schoß zusammengerollt und war eingeschlafen, wie es schien. Das war gut so. Nach dem, was er über die Spsomi gehört hatte, taten ihre Sklaven gut daran, jede Gelegenheit zum Schlafen zu nutzen, die sich ihnen bot. Er sah, daß Morgin und Tenguft keinen Nachschlag genommen hatten. Jetzt saßen sie abseits und blickten müde umher. Das waren schon seltsame Wesen, die beiden. Wie konnten sie die Vorzüge einer solchen Gastfreundschaft ausschlagen? Alle anderen aßen noch immer, genau wie er. Aber sie bewegten sich in Zeitlupe, als ob sie in einer zähen Flüssigkeit schwämmen. Er ergriff seinen Bierkrug und trank den Rest in einem Zuge. Ihm gegenüber, auf der anderen Seite des Tisches, saß Flerdistar. Es war schon komisch anzusehen, wie sie unentwegt in ihren Napf starrte. Ein erstaunter Ausdruck war auf ihrem schlichten Gesicht. Wieso eigentlich schlicht, fragte sich Meure, der einen versteckten Charme in den Zügen des adligen Ler-Mädchens zu erkennen glaubte. Er sah sich das offene Gesicht, die bleiche Haut, den schlanken, jungenhaften Körper genauer an. Ihre hellen, feuchten Augen. Zwar benahm sie sich sehr sonderbar, aber es gelang ihm dennoch, die Intensität ihrer Persönlichkeit in ihrem Äußeren zu entdecken. Ja, so war es. Bestimmt war sie ungemein gefühlvoll, und bestimmt kannte sie ein paar Techniken, von denen er sich nichts träumen ließ. Jetzt sah er sie in einem anderen Licht. Er konnte sich vorstellen, daß ihr schmaler Mund harte, leidenschaftliche Küsse austeilte und ihm in der Nacht lustvolle Worte zuraunte. Wie hatte er sie nur für schlicht oder reizlos halten können. Clellendol war ein Narr, wenn er sie ignorierte.

Die Ler-Heranreifende stieß ihre Schale zurück und ließ ihren

Kopf auf den Arm sinken, der ausgestreckt auf der Tischplatte lag. Ihre Augen waren noch offen, aber bald schlossen sie sich, erst das eine, dann das andere. Ihr Unterkiefer sank herab, und Meure sah die Zähne hinter der Unterlippe, rosa und weiß. Er war voller Kraft, voller Selbstvertrauen. Ja! Noch heute nacht! Wenn Clellendol nichts davon verstand – er wußte, was zu tun war. Genau! Doch da stellte er fest, daß er sein Vorhaben nicht in die Tat umsetzen konnte. Er wollte hinübergehen und sich zu Flerdistar setzen, aber seine Beine wollten ihm nicht gehorchen. Eigentlich hatte er sogar Mühe, den Kopf aufrecht zu halten. Er sah sich noch einmal um, der Anblick war wirklich zu komisch: Alle waren auf ihrem Platz zusammengesunken, die Köpfe ruhten zum Teil auf der Tischplatte. Die Öllampen waren wirklich unwahrscheinlich hell. Morgin und Tenguft saßen zwar aufrecht, aber sie wirkten abwesend, fast bewußtlos. Allein Clellendol war noch wach, er glitt gerade ausgesprochen mühselig von seiner Bank. Meure mußte lachen. Sollte er ruhig kommen. Wahrscheinlich hatte er mit seiner übernatürlichen Ler-Gabe geahnt, was Meure im Schilde führte, und jetzt wollte er zu ihm kommen und ihm – genau wie der prahlerische Cervitan – sagen, er solle das Mädchen in Ruhe lassen. Puh! Da war gar nicht dran zu denken!

Meure sah Clellendol belustigt zu, wie er auf Händen und Knien um den Tisch herum und auf ihn zukroch. Es sah aus, als habe er noch nie im Leben so schwer gearbeitet. Jeder Schritt nach vorn erinnerte an eine Kletterpartie in einer Steilwand. Faszinierend! Endlich hatte Clellendol Meures Platz erreicht, und er versuchte sich zu ihm hochzuziehen. Aber natürlich, er schaffte es nicht. Gönnerhaft beugte sich Meure zu ihm hinab. Was konnte es schon schaden, wenn er ihn anhörte. Eigentlich konnte er ihm sogar erzählen, was er im Sinn hatte. Zum Teufel! Clellendol konnte ihnen ja zusehen, wenn er Lust dazu hatte. Er beugte sich so tief hinab, daß ihre Köpfe sich fast berührten. Clellendol versuchte ihn anzusehen, aber seine Augen gehorchten ihm nicht mehr. Dann sagte er etwas, etwas ganz anderes als Meure erwartet hatte.

„Man hat uns betäubt . . . sei auf der Hut . . . Hüte dich vor Cretus. Sieh es nicht an, wie es auch aussehen mag!“

Mehr brachte der Ler-Heranreifende nicht heraus. Seine Stimme versagte, und er fiel auf den kalten Boden. Er hatte gerade noch so viel Kraft, um zu verhindern, daß sein Kopf zu hart aufschlug.

Meure ließ sein Kinn auf die Brust sinken und dachte einen Augenblick über das Gehörte nach. *Sieh es nicht an.* Flerdistar? Das ergab keinen Sinn. Cretus? Wieso sollte er sich vor einem Mann hüten, der schon tausend und mehr Jahre tot war? Cretus gab es nicht mehr, mochte Flerdistar sich über ihn den Kopf zerbrechen. Betäubt? Da mochte etwas dran sein. Das war auf keinen Fall sehr gastfreundlich ... Morgen würde er sich darum kümmern – bis dahin hatte es sicher Zeit.

An diesem Abend traf der Sonnenuntergang zusammen mit einer bestimmten Anordnung der beiden Sonnen, der die erwählten Weisen der Windvögel einen Namen in Singlesprache gegeben hatten. Er lautete *Manefranamosi,* und sie glaubten, daß dies in der Sprache ihrer einstigen Herren* „Breitseite" bedeutet hätte. Die Konstellation, die der Begriff bezeichnete, war folgende: Die eine der Zwillingssonnen, die genau auf gleicher Höhe standen, trat hinter der anderen hervor. Die Volumina der beiden Himmelskörper ergänzten sich so zu einem breiten Oval, das durch die Lichtbrechung der Atmosphäre verzerrt und vergrößert wurde, gleichzeitig verwandelte sich das orangefarbene Sonnenlicht in ein tiefes Rot. Diese Erscheinung schien regelmäßig direkt über dem Horizont stillzustehen, um dann unnatürlich schnell hinter ihm zu versinken. Diese Konstellation nun, die eine ganz bestimmte Ovalform haben mußte und sich unmittelbar vor Sonnenuntergang formieren mußte, hatte die Kraft, so glaubte man in Incana, Taten mit einem ungewissen Ausgang und einem hohen Risiko positiv zu beeinflussen. Zweifellos hatte eben jene Konstellation anderswo auf den vier Kontinenten von Monsalvat eine völlig andere, wahrscheinlich gegenteilige Bedeutung.

Nur der flackernde Schein der Öllampen erhellte die dunklen Kellergewölbe der Dzoz Cucany. Ein weiteres Paar solcher Lampen trug ein Mann in schwarzem Gewand an einer eisernen Stange. An seinem Kopfschmuck war zu erkennen, daß es sich um Eddo Eriss-

* Was die Klesh für Singlesprache hielten, war in Wirklichkeit eine degenerierte Abwandlung des Dialektes, der auf Morgenröte gesprochen worden war. Die korrekte Konstruktion des Wortes hätte „Mafranemosi" gelautet. Für den Kundigen schwang in diesem Wort das Wort „Felor" (Stern) mit, ohne daß es aber ausgesprochen wurde.

hauten handelte. Er wurde von weiteren Männern begleitet: Den winkeligsten Dreieckshelm trug Molio Azendarach. Der dritte verbarg eine recht rundliche Figur unter seinem Umhang und hörte auf den Namen Romulu Bedetdznatsch. Der vierte war der Torwächter der Festung.

Die Art, in der sie sich durch den Gang bewegten, ließ zwei Deutungen zu: Entweder handelte es sich um eine zeremonielle Prozession oder um die heimliche Pirsch einer Räuberbande. In einer Reihe traten sie einer nach dem anderen zu den Schläfern, und sie beobachteten sie gespannt, immer befürchtend, daß das Mittel bei einem versagt hätte und er plötzlich erwachte. Morgin saß steif aufrecht an seinem Platz, und seine Augen waren nur halb geschlossen, aber sein Atem ging ruhig und gleichmäßig. Auch Tenguft saß noch immer aufrecht, aber ihre Augen waren geschlossen. So rückte die Prozession zu der Stelle vor, wo Meure seitlich auf die Bank gesunken war. Sie versammelten sich in einem Halbkreis zur Beratung und flüsterten kaum hörbar miteinander.

Azendarach ergriff als erster das Wort: „Die Inhalation wird ihn aufwecken, nicht wahr?“

Der Torwächter antwortete: „Gewiß, das Objekt wird gehfähig sein, aber es wird keinen freien Willen haben und nur so handeln, wie es angewiesen wird. Die Anweisungen sind außerdem leicht zu befolgen. Der Vorgang ist uns ja nicht neu“, ergänzte er ungeduldig, „es geschieht ja keineswegs zum erstenmal.“

Azendarach antwortete nach langem Zögern: „. . . Es ist so, wie du sagst. Aber dieser hier ist ein *Gorgensuchen** von außerhalb. Wer weiß schon, was mit dem Blut durch seine Adern fließen mag.“

„Der Unterdiener berichtete, daß das Objekt widerstandsfähiger als die anderen war“, ergänzte Bedetdznatsch, „aber es ist innerhalb des gewöhnlichen Zeitlimits eingeschlafen. Ich habe nur die Befürchtung, daß unser Vorhaben wieder scheitert.“

„Vielleicht ist er willentlich eingeschlafen. Das Mittel kann ein Grund dafür sein, daß wir in der Vergangenheit so oft gescheitert sind.“

* Für dieses Wort läßt sich keine gängige Übersetzung nennen. Es kann etwa wie folgt umschrieben werden: „Abkömmling von Wesen, die Erbe und Bestimmung der Rasse ihrer Väter haben verkommen lassen und die fortfahren, so zu handeln.“ Das Wort vermittelte kalten Schrecken und Abscheu vor jeder Art von Abweichlertum.

„Das Zusammenwirken des Mittels und der Inhalation schaltet den Willen aus und macht das Objekt so beeinflußbar, wie es unserem Wunsch entspricht. In diesem Zustand vollbringen Menschen wahre Wunder, die nicht anfällig für normale Hypnose sind. Erinnert Euch bitte daran, daß wir das Betäubungsmittel durch die Inhalation abmildern mußten, da die Objekte *es* sonst ja nicht anschauen konnten."

„Ich hoffe, wir sind auch auf die andere Möglichkeit vorbereitet!"

Alle ließen ihre schweren Helme mit einer steifen Körperbewegung vor und zurück schwingen, um so ihre Zustimmung auszudrükken. Erisshauten erinnerte noch einmal: „Gelingt der Übertritt, dann muß der Apparat sofort vernichtet werden, und wir müssen das Objekt augenblicklich überwältigen, damit es uns später für unsere Befragungen zur Verfügung steht."

„Ich fürchte mich davor", murmelte Azendarach, „jedesmal, wenn wir es versuchen. Es behagt mir nicht, auch wenn es schon vor Generationen in den Lesungen angeraten wurde und inzwischen viele Male bestätigt worden ist. Wir sollen also versuchen, die Person Cretus des Schreibers in einem menschlichen Objekt wiederzuerwekken. Und was kommt danach? Nichts wurde uns darüber mitgeteilt! Kein Rat, keine Anweisungen oder Vorschläge, absolut nichts. Die besten Omenleser haben ihre ganze Kraft bemüht und nichts erfahren über Vor- und Nachteil, über Schuld und Unschuld."

Bedetdznatsch berichtigte den Phaneten so höflich wie möglich. „Bitte um Vergebung, o Phanet. Doch die genaue Aussage der Lesung lautete immer so: für Vorteil/Nachteil – keine Verantwortung."

„In meinem Buch wird dieser Satz gleichgesetzt mit Null-Lesung", erwiderte Azendarach eisig.

„Gewiß, gewiß", wisperte Bedetdznatsch, „aber in einem System, in dem Tatenlosigkeit eine Handlungsform ist und auch Unentschlossenheit als Entscheidung gilt, enthält auch eine Null-Lesung Anweisungen, die die gleiche Gültigkeit wie andere haben. Außerdem müssen wir stets bedenken, daß dieses Objekt hier genau beschrieben worden ist. ‚Einer wird von *außerhalb* gebracht werden. Versucht es nun mit ihm!' Das hier muß er sein, so sagte es uns der Mittler."

„Der Mittler hat auch berichtet, daß das Sternenschiff ganz in der Nähe der Lagostomer heruntergekommen ist. Vielleicht war er ihnen zugedacht."

„Was hätten die schon mit ihm anfangen können? Wir besitzen als einzige einen Talisman. Nein, es war vorherbestimmt, daß er hierhergebracht werden würde. Das sagten die Reflexionen, und so ist es auch geschehen. Ich bin sehr zuversichtlich."

„Ich kann deine Zuversicht nicht ganz teilen. Es ängstigt mich, wenn wir so genaue Anweisungen aus den Reflexionen lesen können und nichts erfahren über das, was geschehen wird, nachdem die Tat vollendet ist. Wieso gelingt es uns nicht, etwas über die Quelle der Reflexionen zu erfahren?"

„Wir haben alle von Rapmanchlein, dem Zauberer gehört", murmelte Bedetdznatsch nachdenklich. „Er hat versucht, die Botschaften zu ihrem Ursprung zurückzuverfolgen. Es wird allgemein gelehrt, daß uns die Omen von Gott gesandt werden. Eben dies bestritt Rapmanchlein entschieden; allerdings verfiel er kurz darauf dem Wahnsinn. Den Rest seines kurzen Lebens murmelte er unaufhörlich zwei Sätze. Der eine war: ‚Sie lachen, lachen und lachen über Euch.' Und der andere lautete: ‚Einer in vielen – viele in einem.' Ich für meinen Teil will die Quelle gar nicht wissen. Ich gehe davon aus, daß die Omen nicht von *Ihm* kommen, sondern vielleicht von einem seiner Diener, der gut vertraut mit Aceldama ist."

„Und mit seiner Umgebung", ergänzte Azendarach, „denn er muß sehr weit hinaussehen können. Wir erhielten unsere Anweisungen viele Tage, bevor das Schiff hier eintraf."

Erisshauten stimmte eifrig zu: „Ja, so ist es, vor vielen Tagen schon! Es ist in der Tat erstaunlich."

Azendarach wandte seine Aufmerksamkeit wieder Meure zu, der in tiefer Bewußtlosigkeit auf seiner Bank zusammengesunken war. „Es muß gewährleistet sein, daß wir die völlige Kontrolle über das Objekt haben, wenn der Übertritt wirklich gelingt. Ist der Ort auch gut gewählt?"

„Es scheint gesichert", sagte der Torwächter mit fester Stimme, „daß kein Bannfluch bis in diese Keller herunter wirkt. Alle vorbereitenden Versuche, die wir unternommen haben, erwiesen sich als frei von äußeren Einflüssen. Wir dürfen also davon ausgehen, daß wir uns an einem gesicherten Ort befinden ..."

„Niemand weiß, wieso das Omen verlangt, daß Cretus der Schreiber wiedererweckt werden soll. In den Archiven ist nachzulesen, daß er nicht nur ein Deuter, sondern auch ein Aktivist war. Das legt die Vermutung nahe, daß er die Fähigkeit besaß, Menschen und Geschehnisse nach seinen Wünschen zu beeinflussen. Wenn das so ist, dann können wir mit ihm endlich unseren Traum verwirklichen, zumindest aber werden wir ein Werkzeug besitzen, das uns der Erfüllung ein gutes Stück näher bringen wird. Wir müssen schnell handeln. Er darf uns nicht wieder entwischen! Wir müssen geschickter sein als jene Narren im alten Incana, denen er entkommen ist."

Er schwieg lange Zeit, gedankenverloren ruhte sein Blick auf Meures lebloser Gestalt. Dann schüttelte er den Kopf. „Diese Abenteurer und charismatischen Führer denken, daß die Welt ihnen gehört und daß sie sie wie ein Spielzeug zerstören und aufbauen können. Natürlich ist es gut, sie aufzubauen, aber es sind Menschen mit praktischem Verstand nötig, um die Hand solcher Männer zu lenken, sonst bleibt nichts als Zerstörung zurück. Das haben die Alten einst richtig erkannt: Sie haben es verstanden, ihn mit dem Netz der Alltagsroutine einzufangen. Sie wählten die Aufgaben für ihn so aus, daß sie ihn behutsam in ihre Richtung lenken konnten. In den Archiven ist das alles festgehalten. Aber sie hatten ihm diesen einen Ausweg gelassen. Diesmal wird es für ihn kein Entkommen geben. Wir werden den stolzen Cretus unterwerfen, mit Feuer und Eisen, wenn es sein muß ... Was soll er als erstes in Ordnung bringen, meine Freunde?"

Bedetdznatsch murmelte: „Seit langem schon ist Potale eine Brutstätte der Ketzerei – es wird Zeit, daß ihnen der rechte Weg gewiesen wird."

„Er soll die Welt von den Eratzenastern befreien", sagte der Torwächter eifrig, „und von ihren Reitern! Sie haben meinen Vetter geholt."

Erisshautens Wünsche gingen weiter: „Die Lagostomer sind eine Menschenrasse, die sich nutzen ließe. Wenn sie richtig geführt würden, könnten sie für uns ganz Kepture erobern. Wir können das alles von Cucany aus leiten ..."

„Also laßt uns beginnen."

Erisshauten zog unter seinem Gewand ein Fläschchen hervor, das eine klare Flüssigkeit enthielt. Jemand reichte ihm ein Tuch, und er benetzte es mit dem Inhalt des Fläschchens. Anscheinend war die Flüssigkeit völlig geruchlos. Er ergriff Schasny unsanft bei seinem Haar, zog seinen Kopf zurück und bedeckte sein Gesicht mit dem getränkten Stoff. Es dauerte lange, bis die Inhalation bei Meure eine Wirkung zeigte und er sich benommen auf der Bank aufrichtete.

Erisshauten entfernte das Tuch. Der junge Mann saß sehr steif und mit geschlossenen Beinen auf seinem Platz. Er stellte keine Fragen und sah sich auch nicht um, aber er war offensichtlich wieder bei Bewußtsein.

„Prüfe ihn!" sagte Azendarach scharf.

Erisshauten fragte Meure: „Wie heißt du?"

Er antwortete tonlos: „Meure Wendrin Schasny."

„Wie alt bist du? Wie lautet der Name deines Heimatplaneten?"

„Ich wurde auf Tankred geboren; ich bin zwanzig Tankredjahre alt. Der Ausgleichsfaktor für Tankred beträgt 0,962215."

„Was ist ein Ausgleichsfaktor?"

Der junge Mann antwortete mit unveränderter Stimme: „Das ist der Umrechnungsfaktor zwischen einem Jahr des jeweiligen Planeten und einem Jahr auf dem Planeten, der als Ursprungswelt gilt. Man hat die Jahreslänge dieses sagenhaften Planeten auf biometrische Weise ermittelt, daher ist es nicht nötig, das ursprüngliche Sonnensystem wiederzufinden, um zu überprüfen, ob die errechnete Jahrlänge tatsächlich stimmt. Der Umrechnungsfaktor erleichtert es, die Lebensalter der Bewohner verschiedener Planeten zu vergleichen. Er findet in der Statistik und in der Rechtsprechung Verwendung."

Die Incanaer tauschten untereinander Blicke aus. Azendarach fragte: „Der Gebrauch eines solchen Ausgleichsfaktors läßt mich vermuten, daß du aus einem großen Planetenbund kommst. Wie viele davon werden von Menschen wie uns bewohnt?"

Meure kicherte albern: „Keiner!"

„Auf wie vielen leben Menschen wie du?"

„Ich weiß es nicht."

„Sind es mehr als zwanzig?"

„Ja."

„Mehr als hundert?"

„Ja."

Azendarach sah seine Gefährten an. „Dann muß es eine gewaltige Menge Menschen geben."

„Und wennschon", sagte Erisshauten, „*Gorgensuchen.* Ein Klesh wiegt zehn oder zwanzig von ihnen auf. Sie mußten nicht mit ihren Mitmenschen ums Überleben kämpfen, wie wir es taten. Sie streben nach Gleichheit und Einförmigkeit. Unser Ziel ist das Außerordentliche. Man kann diese Systeme nicht miteinander vergleichen. Wir werden ihnen anfangs um einiges voraus sein. Dann wird eine Zeit des Gleichgewichts folgen. Schließlich aber werden sie schwach werden, und der Sieg wird unser sein. Aber soweit ist es noch nicht. Zunächst muß die erste Aufgabe bewältigt werden!"

Azendarach sagte zu Schasny: „Was ist dein Wunsch?"

„Ich habe keinen Wunsch."

„Dann erhebe dich und folge mir!"

Er richtete sich schwankend auf. Der Torwächter stützte ihn und drehte ihn sanft in die Richtung, in die sie gehen wollten. Sie verließen den Raum und gingen durch eine kleine Küche. Azendarach ging voran, und Bedetdznatsch und Erisshauten bildeten die Nachhut.

Bedetdznatsch flüsterte Erisshauten etwas zu: „Azendarach ist möglicherweise nicht so wachsam, wie es nötig wäre."

„Ich habe bereits Vorsichtsmaßnahmen getroffen."

„Die Morgenlesung hat ganz klar ergeben, daß der Übertritt diesmal gelingt."

„Das hast du für dich behalten, nicht wahr?"

„Seine Kleinlichkeit hat ihm den Phanetenstand eingebracht, soll er doch selber lesen, so gut er es eben kann . . ."

„Man sagt, jeder, der liest, sieht eine andere Wahrheit. Stimmt das?"

„Ja, es ist ein Unterschied zwischen dem, was du siehst, und dem, was es wirklich ausdrückt. Außerdem ändert es sich bisweilen. Ich habe schon mehr als einmal bei den Studenten beobachtet, daß es sich geändert hat."

„Was weißt du noch?"

„Es mag Molio nicht."

„Warum?"

„Dauernd Friede, niemals Krieg. Er ist ein Kanzel-Phanet, ein predigender Politiker. Solchen Leuten folgen höchstens die schmierigen Lagostomer."

„Das alles wird Cretus ändern, soviel weiß ich. Er ist ein Mann der Tat, das kannst du überall nachlesen. Der Rat brauchte damals fast zehn Jahre, um ihn unter Kontrolle zu bringen. Uns wird dazu eine Nacht genügen. Wenn nicht, dann bringen wir diese Legende für immer zum Verstummen."

„Ich werde dir etwas vorhersagen . . ."

„Tu es nicht, das bringt kein Glück!"

„Blödsinn! Auf das Glück wartet man nicht, das macht man selbst! Dann sage ich es dir eben so: Wenn Cretus erscheint, wollen wir ihm am Anfang etwas Raum geben. Wir wollen wachsam sein, aber den ersten Zug, den er vorhat, den soll er ruhig ausführen."

„Er wird Azendarach erledigen?"

„Der Unsicherheitsfaktor ist groß, aber es spricht eine hohe Wahrscheinlichkeit dafür."

„Wie hoch ist der Unsicherheitsfaktor genau?"

„Er liegt bei Orange."

„Dann bist du kein Leser, sondern ein Träumer! Unsicherheitsfaktor Orange, das bedeutet noch immer: kleinstmögliche Ungewißheit."

„Meinetwegen, ich gebe zu, der Faktor war sehr gering, aber er war da."

„Schon gut. Paß jetzt auf, die Stufen sind sehr tückisch."

Sie waren am Ende eines langen Tunnels angelangt und stiegen nun eine steile Treppe hinab. Erisshautens Warnung war durchaus angebracht, denn die Stufen waren tatsächlich dunkel, feucht und schlüpfrig. Dauernd änderte ihre Richtung und ihre Breite. Wenn man nicht genau achtgab, konnte man leicht zu Fall kommen. Schließlich erreichte die Gruppe ein kleines, kahles Vorzimmer, dem sich ein größerer Raum anschloß. Die dunklen Felswände verschluckten das Licht der flackernden Öllampen.

Azendarach erklärte Meure, was er zu tun hatte: „Du sollst diese Laterne halten und in jenen Raum gehen. Dort wirst du ein glänzendes Drahtgebilde finden. Das wirst du hochhalten, und du wirst es im Licht der Laterne betrachen. Während du es dir ansiehst, sollst du dich bemühen, alles im Gedächtnis zu behalten, was du siehst."

„Ist das alles?"

„Das ist alles. Wenn du gar nichts siehst, dann stelle das Objekt wieder an seinen Platz zurück."

„Bin ich vielleicht ein Wahrsager?"

„Es mag sein, daß du die Wahrheit bringst. Jetzt geh!"

Azendarach und der Torwächter nahmen Schasny in die Mitte und geleiteten ihn in den Raum. Dabei vermieden sie es sorgfältig, etwas anzusehen, das sich irgendwo links von ihnen befand. Dabei war ihnen ihr Kopfschmuck von großem Nutzen, ja, es schien fast so, als sei er eigens zu diesem Zweck angefertigt worden. Sein Träger konnte immer sehen, was vor ihm lag, aber er brauchte nichts von dem zu sehen, was er nicht sehen wollte. Die beiden anderen blieben an der Tür zurück.

Sie beobachteten Schasny, der sich wie ein Schlafwandler bewegte: Er suchte nach etwas und fand es schließlich. Dann beugte er sich vor und hob es hoch.

Jetzt wandten auch Bedetdznatsch und Erisshauten den Kopf ab, um das glitzernde und blinkende Gebilde nicht ansehen zu müssen. Der junge Mann hielt in einer Hand die Laterne und in der anderen den Gegenstand, den er lange ausdruckslos anstarrte. Bis dahin unterschied sich der Vorgang in nichts von den früheren Versuchen. Doch dann verlief alles völlig anders.

Ohne Vorwarnung, ohne irgendein Anzeichen zerdrückte Schasnys Hand das Gebilde, das sie hielt. Das glitzernde, filigrane Geflecht verwandelte sich innerhalb einer Sekunde in ein uninteressantes Metallknäuel.

Dann brach die Hölle los.

7

„Eine Bewegung über einen festgesetzten Punkt hinaus ist ein Frevel.' Und: ‚Eine Überdrehung ist ein Frevel.' Ich begriff, daß jede Unruhe, die enthüllt wird, nichts zur Vollendung beiträgt."

A. C.

Es war eine Zeit vergangen, die so lang war, daß Jahre ungeeignet waren, sie zu messen; auch Jahrhunderte reichten nicht hin, denn es hätte ihrer zu viele bedurft. Das Sternenbild, zu dem die Doppelsonne Bitirme gehörte, hatte sich in dieser Zeit so verändert, daß man es von anderen Sonnensystemen aus mit dem bloßen Auge sehen konnte.

Für den Mann, der sich Cretus nannte, gab es keine Zeit, und die Bahnen, auf denen die Sterne durch das All zogen, bedeuteten ihm nichts. Er war einfach da, und jetzt war er ... *hier.*

Cretus betrat die Kammer am Fuß der Treppe und verriegelte die Tür sorgfältig hinter sich. Er gestand sich achselzuckend ein, daß ihm das nicht viel Sicherheit bot, denn sie konnten die Tür in wenigen Minuten aufbrechen. Es war einfach so, daß er eine gewisse Abgeschiedenheit für das benötigte, was er jetzt vorhatte. Er befand sich in einer Vorratskammer, einem Speicher für Zeiten der Belagerung. Die Regale waren leer, ein feuchter, dumpfer Geruch hing in der Luft. Auf dem Steinboden stand eine Kiste. Cretus stellte die Laterne, die er mitgebracht hatte, ins Regal und zog die Kiste zu sich heran. Er setzte sich hin und beobachtete das Flämmchen der Lampe.

Nun werden sie wohl gemerkt haben, daß ich verschwunden bin, dachte er. Er konnte sich gut vorstellen, was sie jetzt tun würden. Sicher würden sie nicht viel Zeit damit verschwenden zu überprüfen, wie er an seinen „Beschützern" – so nannten sie seine Wächter – vorbeikommen konnte. Sie würden vielmehr sofort die Tore der Festung Cucany überprüfen und feststellen, daß niemand hindurchgegangen war. Dennoch schickten sie sicher eine Derques-Patrouille* aus, der sie einen oder zwei Haydars mitgaben. Aber sie würden sich nicht lange zum Narren halten lassen. Es würde ihnen klar werden, daß er sich immer noch in der Festung aufhielt, und sie würden ihn suchen. Sehr gründlich würden sie einen Raum nach dem anderen durchkämmen. Ihre Gründlichkeit war bekannt, doch durch sie würde er etwas Zeit gewinnen. Genug Zeit, hoffte er.

Er griff unter seinen weiten Mantel und zog einen schimmernden, glitzernden Gegenstand hervor. Für den Transport hatte er ihn zu einer flachen Scheibe zusammengelegt. Sorglos betrachtete er ihn. In diesem Zustand war er ungefährlich. Solange man ihn nicht entfaltete, konnte er nichts bewirken.

Nach allem, was er wußte, war dieses Gebilde der letzte *Skazenache,* den es gab, genauso wie er der letzte Zlat war. Genaugenommen war er auch kein reiner Zlat mehr; nur zu einem Viertel war er noch reinen Blutes. Aber er fühlte kein Selbstmitleid. Mit dem Ding, das er nun in seinen Händen hielt, hatte er weit in die Zeit zurückge-

* Derques waren eine Klesh-Rasse, deren Gestalt sich sehr weit von der ursprünglichen menschlichen Figur entfernt hatte. Sie stützten ihr Gewicht auf den stark verlängerten Armen ab, und ihre Hände hatten ein fußähnliches Aussehen angenommen. Die Beine waren stark verkürzt, und die ehemaligen Füße hatten die Funktion der Hände übernommen. Die Derques standen in dem Ruf, gefühlloser als die meisten Tiere zu sein; dies entspricht teilweise der Wahrheit und gehört nicht in das Reich der zahllosen Fabeln, die über die Klesh-Rassen auf Monsalvat erzählt wurden. Ursprünglich hauste die Wildform der Derques in Chengurune. Ein Klesh Radah, Ularid Khoze genannt fing einige dieser Aasfresser ein und richtete sie als Spürhunde ab. Die Haydars dagegen verließen sich bei der Fährtensuche ganz auf ihre scharfen Augen.

schaut, und er wußte, daß der Weg, den die Zlat-Rasse gegangen war, nach den Gesetzen der Wahrscheinlichkeit verlief, denen niemand entrinnen konnte. Das schreckliche Werk der Krieger hatte nicht bis in alle Ewigkeit Bestand, und so mußte der Stamm der Zlat im Schmelztiegel der Rassen eben wieder untergehen. Es war Cretus klar, daß eine Fortpflanzung seine Gene nur weiter verstreuen würde. Würde er einen Sohn oder eine Tochter zeugen, so war dieser Nachkomme nur noch ein „Achtel-Zlat." Niemand kann seine Rasse vor dem Aussterben bewahren, wenn er ganz allein ist.

Cretus seufzte. Er hatte viele Dinge gesehen, aber er hielt sich nicht für einen Philosophen. Ein Lächeln huschte über seine harten Züge, die tiefliegenden Augen, die Falten auf der Stirn und das schlecht rasierte Kinn, das typisch für ihn war. Er dachte: *Ja, so ist es nun: Für meinen Stamm konnte ich nichts mehr tun, denn sie sind dahingegangen, einer nach dem anderen. Aber mir selbst war ich nichts schuldig. Ich konnte den anderen helfen, ihre Identität zu bewahren. Dieser sinnlosen Vermischung der Rassen mußte ein Ende gemacht werden. Es war närrisch! Einen Planeten mit Bastarden zu bevölkern! Sogar der Mischling sucht jemanden, der ihm ähnelt, um mit ihm eine Familie zu gründen, aus der sich später vielleicht ein Stamm bildet. Aber nun bin ich das Opfer meiner eigenen Idee geworden. ‚Cretus!' rufen sie, ‚der uns gerettet hat!' Der ganz Kepture geeint hat, zuerst von Ombur aus, und der jetzt in Incana regiert.*

Er konnte Menschen führen! Aber dann sind jene gekommen und haben seine Kraft ausgehöhlt. Berater, Diener und Schleicher, Politiker und Höflinge, die es verstanden, sich an einen Führer anzuhängen, solange sie sich einen Vorteil davon versprachen.

Sie haben ihn zu ihrem Gefangenen gemacht, sie wollen, daß er ihren schäbigen Weg geht, der nicht der seine ist. Oh, dieser Abschaum. Er hatte ihnen die Sterne geboten, als letztes Ziel. Aber sie wollten etwas, das sie sehen und berühren konnten, und sie wollten es sofort: Weiber, Geld, eine Zimmerflucht im Schloß mit gutem Ausblick. Nicht mal den ersten Schritt hatten sie verstanden: daß zunächst ganz Monsalvat geeint werden mußte, daß man die Rassen so zu einem großen Ganzen zusammenfügen mußte, daß alle einander ergänzten. Wie die Metalle einer Legierung. Er hatte das alles gesehen.

Vieles hatte er in seinem Geschichtenerzähler gesehen, als er erst einmal entdeckt hatte, daß dieser mehr konnte, als Geschichten zu erzählen. Er sah Tote wieder leben und einen Himmel, der übersät war von fremden Welten und ihren Bewohnern. Alte Menschenwesen und neue Menschen und andere, fremde Kreaturen, deren Anblick einem das Blut gerinnen ließ. Um sich ein Bild vom Weltall zu machen, besaß er nur das Wissen der Klesh, und er spürte bald, daß viele Fehler in diesem Wissen steckten.

Auch gab es noch andere. Ihre Anzahl, ihr Platz und ihre Art, all das war schwankend, vage, instabil. Sie sprachen manchmal zu ihm, das war der einzige stabile Faktor in ihrem Verhältnis. Diese nun (oder sollte man sagen: er, sie oder es?) hatten ihm diesen Ausweg gewiesen — in den Geschichtenerzähler sollte er gehen und dort auf eine andere Zeit, einen anderen Körper warten. Immer wieder hatte er dieses Ansinnen zurückgewiesen. Dazu hatten die Zlats das Gerät niemals benutzt, seine Großmutter hatte ihm das erzählt. Nie. Es war ein unreiner Weg. Ihn fröstelte. Viele hatten vor Cretus gezittert, während er seinen Weg machte vom Herumtreiber zum gesetzmäßigen Herrscher des größten Teils von Kepture, und jetzt hatte er Angst bei dem Gedanken an das, was er zu tun beabsichtigte.

Sie würden ihn schützen, bis sie den Richtigen gefunden hatten, hm? Das war es, was sie (er, sie, es) ihm gesagt hatten. Wie lange würde das dauern? Das war der Haken an der Sache. Hoffentlich würden inzwischen wenigstens diese schleicherischen Hofschranzen verschwunden sein. Vermissen würden sie ihn bestimmt, denn er war der beste Wahrsager, den sie jemals hatten. Cretus beherrschte die Feineinstellung seines Skazenache schon bald sehr gut und konnte so die unmittelbare Umgebung und die allernächste Zukunft sehen. Wie sollte jemand eine Schlacht gewinnen gegen einen Gegner, der die Zukunft kannte? Schon auf der Straße hatte er gelernt, den Ort für eine Auseinandersetzung auszuwählen, aber nun kannte er auch den besten Zeitpunkt.

Er entfaltete das Gebilde, und es wurde zu einer filigranen Kugel, zu einem Gespinst aus feinen Drähten, auf die Tausende kleiner Perlen aufgezogen waren. Er veränderte mehrmals die Anordnung der Drähte, dabei war er sehr ernst und konzentriert. Dann wurde sein Gesicht merkwürdig ausdruckslos, und er sah hinein. Sein Blick löste sich wieder von dem Gebilde. Er nickte, als habe er genau das gesehen, was er erwartet hatte.

Es war höchste Zeit. Seine Kammerherren waren nicht mehr fern, gründlich und beständig rückten sie vor. Cretus atmete tief ein und ließ die Luft langsam entweichen. Diesen beweglichen Körper sollte er zurücklassen! Worin würde er wiederkehren? War es ein fetter Politiker? Ein Kind? Eine Frau vielleicht? Ein interessanter Gedanke. Er grinste.

Dann überkam ihn ein letzter seltsamer Wunsch, und er erhob sich, um sich im Speicher umzusehen. Er brauchte einen Spiegel. Er war nicht eitel, aber er wollte sich noch einmal ansehen. Dort lag einer, neben der Tür, auf dem untersten Brett. Er hatte einen Sprung, und der Rahmen war zerbrochen, aber wenn man ihn abwischte, konnte man ihn noch benutzen. Er nahm den Spiegel auf und wischte mit dem Ärmel darüber. Dann stellte er ihn in das Regal, das seinem Platz genau gegenüberstand. Er setzte sich wieder auf die Kiste, schüttelte den Geschichtenerzähler aus und brachte ihn wieder auf Null-Stellung. Jetzt war er auf die Unendlichkeit eingestellt, es gab kein Entrinnen. Er sah in den Spiegel, und sein Bild starrte zurück. Was er erblickte, überraschte ihn nicht: Ein hartes Gesicht mit scharf vorstehenden Backenknochen, ein zynischer Zug um den Mund, etwas müde war der Blick der Augen.

Erschrocken blickte er auf. Ganz deutlich hatte er das Gefühl, beobachtet zu werden ... Das Gefühl verging, dann war es wieder da, wurde schwächer. *Verdammt! Ich suche nur nach Ausflüchten!*

Er hielt das Gebilde auf den Knien, damit es nicht herunterfallen konnte, und sah hinein. Sonst zeigten sich dann sofort Bilder, viel klarer als in einem Traum. Diesmal war die Leere des Raums zwischen den feinen Drähten. Er sah *gar nichts.* Es hatte keinen Sinn, sich anzustrengen, das wußte er; man konnte es nicht zwingen. Er nahm sich vor, sich zu entspannen, ganz gelassen zu sein. Anscheinend ging der Lampe das Öl aus. Unendlichkeit. Er hatte es nie gewagt, darüber nachzudenken, aber es schien, daß nicht viel damit los war. Überhaupt nichts! Verflucht noch mal! Es funktionierte nicht. Er kicherte. Diese alten Märchen und Warnungen der Zlats waren eben nur alte Märchen. Das verdammte Ding tat es nicht, es klappte eben nicht ...

Woran hatte er gleich gedacht? Ah ja, der Geschichtenerzähler. Man sollte es noch einmal versuchen! Irgend etwas stimmte hier nicht. Er stand plötzlich und hielt in einer Hand eine Lampe und den Geschichtenerzähler in der anderen. *Ich muß eingenickt sein,* dachte er, *und jetzt haben sie mich.* Seine Augen brannten, das Licht war viel zu hell. Jemand war mit ihm im Zimmer, stand hinter ihm. Es war nicht nur einer, spürte er. Er hörte sie atmen. Er wagte es nicht, sich umzusehen. Er fühlte sich benommen, halb betäubt. Ihm war schwindlig wie einem Betrunkenen. Konnte es so einfach gewesen sein? Hatte es doch funktioniert? Er war sich nicht sicher und konnte auch nicht danach fragen. Er dachte: *Gleich werde ich es wissen; ich muß ohnehin alles auf eine Karte setzen. Sie werden nicht wollen, daß es einen freien Cretus gibt, ganz gleich, wer sie sind und wann sie leben . . .!*

In der Hand spürte er den Geschichtenerzähler, dessen Drähte in die Haut seiner Finger schnitten, scharf und kalt. Es schmerzte. Er mußte etwas tun, um den Kopf von dem Nebel frei zu bekommen, der ihn lähmend umfing. Er konnte denken, aber er wußte nicht, ob er auch handeln konnte.

Mit wie vielen hatte er es zu tun? Mit ihm im Raum waren . . . zwei. Und draußen? Ein dritter? Nein, auch zwei. Wenn sie nicht zu schnell waren, konnte er es schaffen. Hoffentlich hatte er recht!

Cretus preßte den Geschichtenerzähler zusammen, so hart er konnte. Die Drähte schnitten tief ins Fleisch. Der Schmerz schoß vom Arm in sein Hirn wie eine flackernde Flamme, siedendheiß! Das Ding war nur noch eine formlose Masse, ein nutzloser Klumpen Metall. *Zum Teufel damit! Wenn es nicht funktioniert hat, bleibt mir nur noch die Flucht nach draußen. Und wenn doch, wenn es einen Übertritt gegeben hat, dann hat er eben Pech gehabt, der arme Tropf, der seinen Geist hineingeschickt hat, wir brauchen ihn sowieso nicht mehr. Leb wohl, Trottel!*

Erst mal diese zwei, dann zur Tür! Cretus zog ein Bein an und ließ sich nach vorn sinken. Gleichzeitig faßte er die Kette fester, an der die Lampe hing. Aus den Augenwinkeln spähte er nach den Leuten, die mit ihm im Zimmer waren. *Wer konnte es sein? Asc? Shlar? Osper Udle, der oberste Diener?*

Er sah sie nur verschwommen, doch der Nebel lichtete sich bereits. Es waren Fremde, ihre Köpfe waren unter gewaltigen, unförmigen Helmen verborgen. Die Gesichter mit der albernen Bemalung waren ungeschützt. Sie sahen enttäuscht und angewidert aus; sie glaubten wohl, er würde ohnmächtig werden.

Jetzt! Er straffte sich und warf sich herum. Die schwere Laterne beschrieb einen großen Kreis durch die Luft. Er ließ die Kette los, und die Lampe schlug genau in der Gesichtsöffnung des größeren Mannes ein. Auf diese Entfernung konnte er ihn überhaupt nicht verfehlen, auch nicht mit diesem plumpen, weichlichen Körper, in dem er sich wiederfand. *(Ja, was zum Teufel ...? Bin ich als Frau zurückgekehrt?)* Treffer! Der Wurf hatte gesessen! Das war ein sattes Geräusch, als die flache Bodenplatte der Lampe klatschend aufschlug. Nummer eins, erledigt. Der andere machte einen Schritt in seine Richtung, dann zögerte er, schien an Flucht zu denken. *Wohin, du Trottel? Du glaubst doch nicht, daß du an mir vorbeikommst?!* Cretus machte eine Finte nach links, und der andere folgte seiner Bewegung; einen kurzen Moment war seine Deckung völlig offen. Cretus landete seinen zweiten Wurf: Der Metallklumpen, der einmal ein Geschichtenerzähler gewesen war, fuhr seinem Gegner in die Genitalien. Noch ein Volltreffer, aber kein Niederschlag. Der Mann krümmte sich zusammen, hielt die Hände vor den Unterleib. Sein schwerer Helm kippte nach vorn und gab seinen Nacken frei. Cretus' Rechte traf ihn knapp unter dem Brustbein, der Mann stöhnte auf, dann kam die Linke wie ein Schwert auf sein Genick herab. Er landete geräuschvoll auf dem Steinfußboden; Cretus' Fuß drehte ihn auf den Rücken. Dann trat er ihm kurz auf die Luftröhre, er mußte sichergehen ... Der Helmträger, den die Lampe getroffen hatte, lag reglos verkrümmt in der Ecke. Tot? Wahrscheinlich. *Zwei weniger also.*

Der erste hatte offenbar keine Waffe gehabt, jedenfalls nahm er sich nicht die Zeit, unter seinem Umhang lange nach einer zu suchen. Aber der zweite trug ein kurzes Schwert unter seinem Gewand; der Griff ragte durch einen Schlitz im Tuch hervor. Cretus zog die Waffe aus der Scheide. Jetzt würden die draußen wohl gemerkt haben, daß nicht alles nach Wunsch verlief. Doch jetzt hatte er eine Waffe. Sie sollten nur kommen!

Einer erschien in der Tür, das Schwert in der Faust, doch ein Blick sagte Cretus, daß er es nicht zu benutzen wußte. Außerdem wurde auch dieser durch einen unmöglichen Kopfschmuck behindert. Er schien zu glauben, daß Cretus die Tür von innen schließen wollte, denn er drückte mit der freien Hand dagegen. Gut so! Cretus machte einen Schritt zur Tür, als ob er genau das vorgehabt hätte. Sein Gegner drückte mit Wucht gegen die Tür und lief genau in Cretus' Schwert. Über die Schulter des fallenden Mannes hielt Cretus schon nach dem vierten Gegner Ausschau, doch dessen Gesicht war schon von Panik und Entsetzen gezeichnet. Was war nur aus der Feste geworden? Hatten sie sie zu einer Absteige gemacht für kümmerliche

Penner und reisende Straßenhändler? Der letzte wandte sich zur Flucht. *O nein! Du bleibst hier! An dich habe ich einige Fragen!* Cretus sprang über den leblosen Körper auf der Türschwelle und setzte ihm nach. Der Mann hatte seinen Kopfschmuck weggeworfen, aber sein Umhang hatte sich an einem Treppenpfosten verfangen, und so war er erst ein paar Stufen hinaufgekommen. Er war wohl nicht mehr der jüngste und in keiner guten Verfassung. Mit ein paar Sätzen war Cretus an der Treppe und packte seinen Fuß. Der rundliche Körper zeigte Wirkung, kippte schwerfällig vornüber, erst zögernd, doch dann rasch, wie alle schweren Dinge, die aus dem Gleichgewicht geraten. Ungraziös polterte die plumpe Masse die Stufen herab.

Cretus rollte den Mann auf den Rücken und hockte sich auf seine Brust. Die Schneide seines Schwerts drückte gegen die blasse, weiche Haut unter dem Kinn.

Cretus blickte grinsend auf den alten Mann hinab und ließ das Schwert drohend über seinen Hals gleiten.

„Ich gebe zu, daß es ziemlich stumpf ist, aber jeder Trottel kann mit einem stumpfen Schwert schneiden, wenn er nur fest genug drückt."

Der Alte schüttelte den Kopf; er hatte ihn offenbar nicht verstanden. Auch ihm selbst waren seine Worte als unverständliches Gemurmel erschienen.

Zitternd sagte der Alte: „Wer bist du?"

„Cretus natürlich. Wer du bist, will ich gar nicht wissen, aber du kannst mir sagen, welche Zeit wir haben."

„Welche Zeit?"

„Ja, welche Zeit! Dieser Ort heißt doch Cucany und liegt in Incana?"

Der alte Mann nickte.

„Welches Jahr haben wir? Es müssen viele Jahre vergangen sein, denn zu meiner Zeit trug niemand so komische Hüte."

„Wir leben im Jahr des Korsors*."

„Zählt denn niemand mehr die Jahre eines nach dem anderen?"

* Der Kalender war in Fünfzehn-Jahre-Zyklen aufgeteilt, jedes Jahr hatte fünfzehn Monate. Aceldamas winziger Mond wurde nicht zur Kenntnis genommen, und die Kalendereinteilung wurde mit Hilfe der Sonnenbahn und der Konstellation der Sternbilder in dieser Bahn vorgenommen.

„Es werden Listen geführt, und man zählt die Jahre, die nach einem besonderen Ereignis vergangen sind, nach dem Amtsantritt eines neuen Phaneten zum Beispiel oder nach einer außergewöhnlichen Naturerscheinung."

„Ich bin Cretus, und ich weiß nicht, was ein Phanet ist. Also ist dieses Amt erst in späterer Zeit eingeführt worden."

„Das ist viele Jahre her. Wie viele weiß ich nicht. Es sind viele Jahrhunderte, bestimmt mehr als zweitausend Jahre."

„Du kennst Cretus, aber du weißt nicht, wie lange ihr auf ihn gewartet habt?"

„Alles, was ich weiß, habe ich gelesen, gehört und gesehen. In ganz Aceldama hat man von Cretus gehört. Jeder Mensch kennt ihn."

„Wie ist es möglich, daß sich der *Skazenache* in all den Jahren nicht verändert hat?"

„Der Apparat? Das weiß ich nicht. Ich weiß nur, daß niemand ihn berührt hat, außer bei den Übertrittsversuchen. Außerdem verwittert und rostet er überhaupt nicht. Wir wußten nicht, wie man damit umgeht, darum haben wir ihn immer sehr vorsichtig gehandhabt."

„Das habt ihr brav gemacht. Jetzt ist es ein für allemal vorbei mit ihm. Wenn du irgendwann einmal die Gelegenheit dazu hast, dann schmelze ihn ein. Er ist aus sehr kostbarem Metall, edler als Gold, aber viel härter. Du brauchst das Feuer der Hölle, um ihn zum Schmelzen zu bringen."

Cretus entspannte sich, erhob sich von der Brust des Mannes und sagte: „Jetzt führe mich hinaus! Hier unten waren vier von euch Helmköpfen – wo sind die anderen?"

Der alte Mann richtete sich mühsam auf einen Ellenbogen auf. „Welche anderen?"

„Der Rest eben! Die Wachen, die Diener – Leute wie ihr können ohne Bedienstete doch gar nicht leben. Wenn ihr tatsächlich Jahrtausende auf einen Mann aus der Vergangenheit gewartet habt, dann müßt ihr doch etwas Besonderes sein, darauf wette ich. Wo also sind sie?"

Während sich der Alte umständlich auf die Füße erhob, hatte Cretus Zeit zum Nachdenken: *Ja, soweit ist wohl alles in Ordnung. Ich bin tatsächlich zurückgekehrt, wenn auch in eine seltsame Zeit. Statt stahlharter Männer der Macht sehe ich nur senile Priester und unfähige Trottel. O verdammt. Sie brauchen mich nötiger denn je. Viel nötiger als vor einer Stunde. Eine Stunde, die zweitausend Jahre lang war, das hatte er doch gesagt? Nun gut. Der Körper kommt mir recht jung vor, ein bißchen verweichlicht, aber männlich, wie ich merke. Ich werde ihn abhärten müssen, ihn umschmieden, damit er besser zu mir paßt. Und danach, ja, dann werden wir es noch einmal versuchen! Diesmal aber machen wir keine Fehler, nicht wahr, mein Kleiner? Wir gehen ihnen nicht wieder ins Netz, o nein. Diesmal bekommen sie Stiefel und Peitsche zu schmecken. Sie alle möchten gern eine Villa auf dem Lande und schöne Frauen als Gespielinnen – wir werden den Riemen auf ihrer Haut spielen lassen.*

Der alte Mann stand jetzt vor ihm und sagte: „Oben ist noch ein Diener, beim Gästeraum. Dort sind auch einige Außenweltler, zu denen hast auch du vorher gehört. Sie schlafen wahrscheinlich noch. Wir haben ihnen ein Mittel gegeben. Was hast du mit mir vor?“

Cretus deutete mit der Schwertspitze nach der Treppe. „Du kannst meine Zuneigung gewinnen, wenn du mich aus Cucany hinausführst. Ich wollte ohnehin hinaus, aber man hat mich dabei gestört.“

„Mein Herr will Cucany verlassen?“

„Ombur ist einfach nicht in der Lage, einen großen Gedanken zu begreifen. Nutzlose Nomaden! Incana hat kein Durchhaltevermögen. Wie nennt man jetzt das Land, das im Osten am inneren Meer liegt?“

„Intance.“

„Nie gehört.“ Cretus' Stimme war unverändert, aber Bedetdznatsch sah den Haß, der in seinen Augen loderte. Er dachte: *Warum nur haben wir diesen Dämon wieder zum Leben erweckt? Ich begreife es nicht. Wir müssen ihn unter Kontrolle bekommen. Vielleicht wäre es das sicherste, ihn sobald wie möglich umzubringen. Es gibt diesmal nichts auf der ganzen Welt, das ihn aufhalten kann, nichts, das ihn zähmen kann. Falls es so etwas überhaupt je gegeben hat. Er wird aufbauen, was er schon immer aufbauen wollte, und er wird die ganze Welt niederreißen, um dies zu tun. Wenn er vorhat, hier herauszugehen und sich mit der ganzen Welt anzulegen, dann ist er entweder ein Held oder ein Verrückter. Doch er hatte es ja schon einmal fast geschafft, so lautet die Fabel ...* Tiefe Furcht ergriff Bedetdznatsch, und nur ein Gedanke tröstete ihn: *Wir müssen ihn töten. Er läßt sich nicht beherrschen. Und diesmal hat er sich selbst den Fluchtweg abgeschnitten, als er den Apparat zerdrückte. Diesmal ist Cretus sterblich, und wir können die Welt ein für allemal von ihm befreien. Die alten Helden gehören in die Vergangenheit. Wir brauchen keine Retter und Weltverbesserer.*

Cretus war jetzt ganz ruhig. Eigentlich wurde der Alte nicht mehr gebraucht. *Er zittert vor Angst und ist außerdem unbeweglich wie ein Klotz. Es ist schon fast zu einfach.*

Doch dann geschah etwas Seltsames. Der Arm, der das Schwert hielt, gehorchte ihm nicht. Mit aller Kraft versuchte er, ihn anzuheben, aber er rührte sich nicht. Seine Kontrolle über alle Teile des Körpers schwand zusehends. Er strauchelte, versuchte aber gleichzeitig den alten Mann im Auge zu behalten, der gemerkt hatte, daß etwas Außergewöhnliches geschah. Cretus fiel mit dem Rücken gegen die Wand. Schweiß trat ihm in dicken Tropfen auf die Stirn. Aus weiter Ferne, tief in seinem Innern, hörte er plötzlich eine Stimme, fremde Erinnerungsbilder tauchten auf, etwas drängte an die Oberfläche, wuchs, breitete sich aus . . .

Meure Schasny lehnte sich gegen eine feuchte Kellerwand, er fand ein Schwert in seiner Hand, und ihm gegenüber stand ein zitternder Mann, den er noch nie gesehen hatte. Der Fremde starrte ihn an, äußerster Schrecken entstellte seine Züge. Schasny versuchte zu sprechen. „Wie . . . wie bin ich hierhergekommen?“ stammelte er, „wo sind die anderen?“

Statt einer Antwort warf sich der dicke Mann herum und hetzte wie ein Wahnsinniger die Treppe herauf. Sein Gewand flatterte wie eine Fahne hinter ihm her.

Schasny blieb stehen, wo er war, und betrachtete das Schwert, als habe er noch nie im Leben ein Schwert gesehen. Und er hatte tatsächlich noch nie ein echtes Schwert aus der Nähe gesehen. An diesem klebte Blut. Er fühlte sich verwirrt, unwirklich und benommen. Während er noch versuchte, sich zu fassen, erhob sich in ihm eine drängende Stimme. Er hatte Mühe, ihre Worte zu verstehen. Die Wand schien nachzugeben. Er wollte dieses Phänomen genauer untersuchen, aber die Stimme behinderte ihn. Er tastete über den Fels, aber da war nur festes Gestein. Das beruhigte ihn, und er entspannte sich. Und dann kamen sie über ihn: Gedanken, die jemand in Worte gekleidet hatte, wie Erinnerungen in einem Traum.

HÖR AUF, DICH GEGEN MICH ZU WEHREN, DU IDIOT! GIB MIR DIE KONTROLLE ZURÜCK! ICH/WIR MÜSSEN DEN ALTEN EINFANGEN. ER MUSS UNS HIER RAUSBRINGEN!

Meure fröstelte. Er wußte, daß er im Begriff war, verrückt zu werden. Furchtsam versuchte er eine Frage zu stellen: *Wer bist du? Was bist du? Bist du ich?*

Diesmal war der Ansturm der Gedanken nicht so heftig, er bewegte sich auf die Treppe zu, gegen – oder besser: ohne – seinen Willen.

So ist es richtig. Entspanne dich. Ich werde dir beim Laufen helfen. Die Stimme klang gebieterisch, und es lag Wahrheit in dem, was sie sagte, darum tat Meure, wozu sie ihn drängte. Die Stimme löste in ihm Gefühle aus, die er nie zuvor verspürt hatte. Da war eine getrennte Einheit mit dem fremden Sprecher, dessen Worte Meures Klang und Betonung hatten. Es war wie in einem schlecht synchronisierten Film in einer Nachrichtensendung. Ein Redner formte machtvolle Sätze in einer fremden Sprache, und nach einer kleinen Denkpause ertönte die Stimme des Übersetzers, dessen schlichte, vertraute Worte nicht zu den Mundbewegungen und den heftigen Gesten des Redners paßten. Meure stellte fest, daß er rannte, aber er hatte nichts damit zu tun.

Gut so. Ich muß dir eine Menge sagen, aber zunächst müssen wir aus diesem Steinhaufen raus. Sie wollen dich umbringen, hast du das gewußt? Ich nehme an, du möchtest lieber noch eine Weile am Leben bleiben, mein Lieber. Ich für meinen Teil habe ein außerordentliches Interesse daran, diese Verkörperung funktionstüchtig zu erhalten. Jetzt hast du mir genug Kontrolle überlassen; es dürfte reichen, dich wieder für eine Weile schlafen zu schicken. Wir werden uns schon aneinander gewöhnen. Es wird dir nicht gefallen, aber mir geht es ebenso, und beide können wir nichts daran ändern. Meure wurde sehr ruhig, er fühlte sich beinahe behaglich. In dieser verzögerten Dolmetscherstimme schwang eine unbekannte Entschlossenheit mit, die Bereitschaft zu großen Taten. Mit dieser Erkenntnis schwanden Meure die Sinne.

Cretus spannte alle Muskeln an und wischte sich fahrig mit der Hand über die Augen, als wolle er Spinnenweben entfernen. *Es sieht so aus, als hätte doch nicht ganz alles nach Wunsch geklappt. Nun, daran kann man nichts ändern. Zunächst muß ich mich um das Wichtigste kümmern. Der alte Fettwanst hat sicher schon die ganze Festung aufgescheucht, während ich meine Zeit mit Erklärungen für dieses Mondkalb verplempert habe. Ich werde ihm einmal ein paar Sprünge zeigen, die seinen Mädchenkörper strapazieren werden.*

Cretus flog die Treppe empor, mit jedem Schritt nahm er zwei Stufen. Oben hielt er kurz an, um sich zu vergewissern, ob alles unverändert geblieben war oder ob sie inzwischen neue Tunnels in die Felsen geschlagen hatten. Es waren viele Jahre vergangen, seit sein Fuß zum letztenmal diese Steine berührt hatte. Er tastete das Gedächtnis des jungen Mannes ab, aber er fand nichts. Der erinnerte sich nicht daran, diese Treppe hinuntergestiegen zu sein. Cretus eilte den Gang entlang. Rechts war eine kleine Küche. Hier befand sich früher ein Verlies. Dann stieß er auf einen größeren Raum. Er hielt inne und sah sich um. Hier hatte sich viel verändert. Der Raum war nicht mehr wiederzuerkennen. Es waren ein paar Fremde in ihm. Er musterte sie sorgfältig . . . da war ein Hochklesh, ein Haydarmädchen offenbar. Und da . . . Cretus' Augen blitzten haßerfüllt: Erstvolk. Die Schöpfer. Alte Verwünschungen jagten durch seinen Sinn wie ein Sommergewitter: *Des Teufels erlesene Diener! Vakiflar, der Meineidige! Sammar, der Lügenhafte, der in der Unterwelt die Fliesen scheuert!* Was taten sie hier?

Nichts stimmte in diesem Zimmer. Alle schliefen sie, aber in merkwürdigen Stellungen, so als habe sie der Schlaf überrascht . . . Wahrscheinlich hatte man sie betäubt . . . Ja, darum erinnerte sich der Bursche auch nicht daran, daß er die Treppe hinuntergestiegen war. Warum wurden sie betäubt? Ein Zusammenhang blitzte auf. Aber jetzt war keine Zeit, weiter darüber nachzudenken. Er mußte mit einem von ihnen sprechen. Da war ein älterer Grauhaariger von zweifelhafter Herkunft, wie es schien. Cretus zögerte, dachte nach. Mischlingen traute er nicht, aber Haydars noch weniger; und die Ler-Leute waren sicher nutzlos. Dieser Alte sah aus, als hätte er einen klaren Kopf.

Cretus ging um den Tisch herum. Dabei bemerkte er einen jungen, männlichen Ler, der auf dem Fußboden ausgestreckt lag. Auf der Bank schlief ein kleines Wesen mit einem dichten weißen Pelz; dergleichen hatte er noch nie gesehen. Dann blieb er stehen. *Nein, nicht den Mischling. Ich weiß nicht, wie er ist, darum kann ich auch nicht absehen, wie er reagieren wird. Aber ich weiß, was das Haydar-Mädchen tun wird. Das ist das Gute daran, wenn man einem bekannten Typ gegenübersteht: Man bewegt sich von Anfang an auf vertrautem Terrain.*

Also trat Cretus zu ihm und berührte es leicht an der Schulter. Die junge Frau hatte den festen, drahtigen Körper, den er bei einem Haydar erwartete. Sie schien nur aus Sehnen und Muskeln zu bestehen. Offenbar war ihre Betäubung nicht sehr tief. Ihre Augenlider flatterten und öffneten sich. Sie fuhr sich mit der Hand über das Gesicht, sah sich hastig im Zimmer um und blickte zu Cretus auf. Zunächst glätteten sich ihre Züge erleichtert, doch dann nahmen sie sofort den Ausdruck furchtsamer Verunsicherung an. Etwas Außerordentliches war geschehen, die feinen Sinne eines Jägers nahmen auch hauchfeine Veränderungen wahr.

Sie kennt diesen Burschen offensichtlich recht gut. Sie weiß, daß etwas Fremdes aus seinen Augen schaut, seine Gesichtsmuskeln bewegt. Gut, dann weißt du es. Und ich weiß, daß ihr Haydars alle Lebewesen in Fleisch und Jagdgefährten einteilt. In der Jagdgesellschaft aber gibt es Führer und Geführte. Ihr seid sehr leicht kalkulierbar.

Er ergriff zuerst das Wort: „Wir sind gefangen und müssen diesen Mauern entrinnen, wenn wir die Jagd wiederaufnehmen wollen. Ich sehe, daß du ein Haydar bist und zu den alten Hochklesh gehörst, die ihr Blut niemals vermischen. Auch weiß ich, daß du eine Edelfrau von hoher Herkunft bist, darum bitte ich um dein Auge und deinen Arm, auf daß unsere Feinde den Blitzstrahl spüren mögen. Willst du mir folgen?!“ Um seinen Worten Nachdruck zu verleihen, richtete er die Schwertspitze gegen ihre Kehle.

Tenguft schluckte und sagte zögernd: „Wie kann ich jemanden zurückweisen, der alte Bande beschwört in der Sprache der Väter, die in dieser traurigen Welt nicht mehr verwendet wird, es sei denn von den Edlen und den Eingeweihten. Bist du ein Dämon? Man sagt . . .“

„Ich bin kein Dämon, auch wenn viele mich so nennen würden. So komm denn. Es werden bereits viele Helmträger auf uns warten.“

„Diese anderen hier müssen mit uns ziehen.“

„Eile ist geboten. Eine große Gruppe ist hinderlich, besonders wenn einige von ihnen nicht kämpfen wollen oder können.“

Sie schüttelte den Kopf. Die Antwort fiel ihr schwer: „Nein, sie müssen uns begleiten. Ich habe einen heiligen Eid auf ihre Sicherheit geleistet. Ich bin für sie verantwortlich.“

„Dann also will ich dir von Geheimnissen sprechen, die die Zauberinnen der Haydars des Nachts beim Feuer in den Handknochen ihrer Mütter sehen: Ich bin Cretus, und ich bin zurückgekehrt, um mir die Welt zu eigen zu machen. Ich kann in deinem Gesicht lesen, daß ihr den alten Brauch noch immer pflegt. Vier begleiteten diesen Körper hinab in eine Kammer, sie wollten mich fesseln oder mich töten. Es ist ihnen nicht gelungen, aber auch ich habe einen Fehler gemacht. Einer konnte mir entkommen, und sicher hat er inzwischen die Wachen alarmiert. Es gibt nur einen Weg hier hinaus, den nach oben. Dort werden sie schon auf uns warten. Können diese Leute kämpfen?"

„Ich weiß es nicht. Sie sind Außenweltler, Erstvolk ist auch darunter. Der mit den grauen Haaren ist ein Mittler – niemand darf ihn angreifen."

„Ich glaube nicht, daß sie viel taugen, wir können sie nicht brauchen."

„Du hast in mir eine Kraft erweckt, der ich gehorchen muß. Aber ich kann diese hier nicht allein lassen. So muß denn der Tod mein ehrenvoller Ausweg sein."

So liegt es also! Ich brauche gar nicht weiter in sie zu dringen. Ein Haydar, der die Reiferiten hinter sich hat, kennt keine Furcht vor dem Tod. Ich muß mich damit abfinden.

„Ob ich nun Cretus oder ein Dämon bin, ich akzeptiere deinen Einwand. Aber du mußt wissen, daß ich ein Hierarch der Ludi bin, daß ich Sara Damassou mit eigenen Augen gesehen habe und den Falaise entlanggeschritten bin."

„Wenn du Cretus bist, von dem die Sage erzählt, dann bist du nicht aus dieser Welt, sondern aus der Vergangenheit. Sage mir, wer dein Meister bei der Wahrheitsprobe gewesen ist."

„Tarso Emi Koussi."

Sie hatte ihn auf die Probe gestellt, und aus seiner Antwort tönte die sagenhafte Vorzeit. Er hatte Menschen erwähnt, die in den Sagen hoch geehrt wurden, und zu ihr von Sara Damassou gesprochen, der einzigen Stadt, die je von Haydars erbaut wurde. Den heiligen Ort, die verbotene Stadt. Es gab sie schon lange nicht mehr, und niemand wußte, wo sie gestanden hatte.

„Also wollen wir diese Leute aufwecken und den Ort verlassen. Was mir vorausgesagt wurde, ist geschehen; ich möchte mich mit meinem Volk über die Ereignisse beraten. Es heißt, daß in alter Zeit die Haydars bei Cretus in hohem Ansehen standen; soll das noch immer gelten?"

„So soll es sein!"

Gemeinsam machten sie sich daran, die anderen aufzuwecken. Dies gelang schnell bei einigen, bei anderen machte es ziemliche Mühe, doch nach kurzer Zeit waren alle wieder bei Bewußtsein, und

Tenguft erklärte ihnen die Situation. Längere Zeit hatte Cretus nichts mehr von seinem unfreiwilligen Gastgeber gespürt. Er straffte sich und hoffte, daß er ruhig blieb, bis sie aus der Festung heraus waren. Danach würde man sich zweifellos arrangieren müssen. Wie das geschehen sollte, konnte er sich nicht vorstellen; für diese Situation gab es in seinem Gedächtnis keinen Präzedenzfall.

8

„Wer nicht in der Gegenwart lebt, lebt gar nicht."

A. C.

Als alle wach und aufnahmefähig waren, erklärte Cretus ihnen noch einmal die Lage. Die Sätze und Worte dazu suchte er sich in Meures Gedächtnis zusammen. Er sprach mit verhaltener Autorität und einem feinen Sinn für Ironie; beides ließ sie ahnen, wozu er imstande war. Außerdem war die Lage genauso, wie er sie beschrieben; niemand konnte etwas dagegen einwenden, daß sie die Burg sofort verlassen mußten.

Clellendol besann sich auf seine Diebesausbildung und gab seine Situationsanalyse: „Wir sind tief unten im Felsgestein. Wir werden den gleichen engen Weg zurückgehen müssen, auf dem wir gekommen sind. Den können sie leicht versperren."

Cretus-Meure zögerte einen Moment nachdenklich, bevor er antwortete: „Das können sie zweifellos. In dieser Tiefe kenne ich keinen Geheimweg, den wir benutzen könnten. Es kann natürlich sein, daß sie inzwischen weitere Tunnels gegraben haben, genausogut können alte Wege inzwischen eingestürzt sein. Nein, einen heimlichen Ausweg gibt es nicht. Aber vielleicht kann der enge Aufstieg auch für uns von Nutzen sein. Es mag auch sein, daß sie die direkte Konfrontation scheuen; sie wissen nicht, was ich tun kann ... und was ich nicht tun kann."

„Du kannst nicht mehr in die Zukunft blicken, so ist es doch?" meinte Tenguft.

„Das habe ich auch früher nicht oft getan. Meine Kraft liegt in der Entscheidung und der Überzeugung, in der Risikobereitschaft und in der Verlustminderung. Meine Gegner waren immer Dogmatiker und ängstliche Sicherheitsfanatiker. Wenn ich die Macht hatte, sie zu zerschmettern, dann tat ich es, und wenn sie mächtiger waren, dann nutzte ich ihre Schwächen. So manövrierte ich sie aus und setzte sie schließlich für mich ein. Es hat außerdem auch Nachteile, die Zukunft zu lesen. Wenn man nicht alle Voraussetzungen kennt, die sie herbeiführen, kann es tödlich sein. Darum habe ich damals schon damit aufgehört. Es gab noch einen zweiten Grund: Wenn man die Zukunft kennt, dann errichtet man selbst ein System der Sicherheit, genau wie jene es taten. Darum kehrte ich zu den Mitteln zurück, die ich am besten beherrschte. Was ich hier bis jetzt erlebte, läßt mich übrigens hoffen, daß uns die Flucht ohne allzu ernste Schwierigkeiten gelingen kann."

Dann gab er ihnen das Zeichen, sich auf den Weg zu machen. So begannen sie also den langen Aufstieg über die Treppen und durch die Gänge der Festung Cucany. Cretus-Meure ging voran, und Tenguft bildete die Nachhut. Dicht hinter Cretus gingen Flerdistar und Clellendol. Der Vfzyekhr war zunächst neben Tenguft hergelaufen, aber dann huschte er unauffällig nach vorn und hielt sich dicht an Cretus. Still und ohne ein Anzeichen der Erregung lief er neben ihm her durch den Irrgarten der Tunnels und Stufen.

Lange Zeit folgten sie genau dem Weg, den sie gekommen waren. Clellendol erinnerte sich genau an jede Einzelheit. Aber dann bog Cretus in einen dunklen Gang ein, der flach anstieg. Dieser Tunnel wirkte unbenutzt, überall lagen Steinbrocken und Gerümpel herum. Beleuchtet wurde er nur von der Laterne, die Flerdistar trug.

Clellendol flüsterte: „Die Luft ist nicht ruhig, es zieht. Der Gang muß ein offenes Ende haben, auch wenn es so aussieht, als sei er versperrt und unbenutzt."

Cretus-Meure erwiderte, halb zu sich selbst: „Ich habe sein Gedächtnis durchforscht und festgestellt, daß der Weg, der euch zur Durance-Tiefe hinabgeführt hat, den Großen Gang nicht berührte. Hier drüben aber befindet sich der alte Wachweg, der genau am Haupttor endet. Sie werden uns erst weiter oben erwarten."

„Wieso? Wenn ich sie wäre, würde ich versuchen, eine Gruppe wie die unsere so weit unten wie möglich abzufangen."

„Sie erwarten, daß ich ihnen nachstelle, um ganz Cucany in Besitz zu nehmen. Den größten Teil der oberen Stockwerke haben sie selbst erbaut, das ist ihr Gebiet, und dort werden sie mir entgegentreten. Der Gedanke, daß ich aus Cucany herauswill und Incana so schnell wie möglich verlassen werde, kommt ihnen nicht. Bis sie das begriffen haben, werden wir am Tor sein ... Die Feste ist so gebaut, daß Eindringlinge leicht abzuwehren sind, aber sie taugt nicht dazu, Flüchtlinge aufzuhalten, wenn diese es bis zum Haupttor geschafft haben."

„Warum bist du dann nicht schon zu deiner Zeit geflohen?"

„Für sie war ich mehr als nur ein Führer, ich war ihr Talisman, der ihnen das Überleben sicherte. Darum haben sie zugesehen, daß ich immer beschäftigt war, haben mich mit Anträgen überhäuft und schickten mir Speichellecker und Höflinge, sogenannte Ratgeber des Reiches Incana. So geht es nun mal mit der Macht: Man setzt Kräfte frei, die sich verselbständigen. Statt zu führen, wird man von ihnen geführt, wird man zum Gefangenen des eigenen Systems ... Eines Tages stellte ich fest, daß ich Kepture nicht mehr verlassen konnte; das hatten sie so beschlossen. Die anderen Kontinente konnten warten, mochten ihre Nachfahren sich damit befassen, wenn sie es für sinnvoll hielten. Sie zogen ihr Netz immer enger; als letzter Ausweg blieb mir schließlich der in eine andere Zeit. Ich hoffe, daß ich diesmal eine Welt vorfinde, in der sich mein Ziel leichter verwirklichen läßt."

Vom Ende ihrer Reihe kam die geflüsterte Warnung des Haydar-Mädchens. Sofort schwieg alles.

Tenguft eilte nach vorn zu Cretus-Meure und Clellendol. Im Schein der Laterne huschte ihr Falkenprofil über die Felswände. Jetzt war ihr Loyalitätsproblem zunächst gelöst, und nichts hinderte sie mehr, mit ihrer ganzen Persönlichkeit in den Anforderungen des Augenblicks aufzugehen. Sie flüsterte, und es war ein Flüstern, wie Cretus es noch nie vernommen hatte; völlig stimmlos war es, aber es trug weit, und kein Wort war unverständlich: „Über uns liefen Männer, eine größere Anzahl, im Gleichschritt. Sie kamen von hinten, waren über uns. Jetzt sind sie nicht mehr zu hören."

Cretus sah zur niedrigen Decke hinauf, als wolle er sie mit seinen Blicken durchdringen. Vor seinem inneren Auge erschien die Struktur der Feste Cucany. Nach einer Pause antwortete er: „Es ist unwahrscheinlich, daß sie jetzt schon die Torwachen verstärken, aber es könnte möglich sein ... Ich hätte dem Alten nicht zugetraut, daß sein Verstand so schnell arbeitet."

„Vielleicht hat er den Befehl einem Untergebenen übertragen, der schneller reagieren kann?" gab Clellendol zu bedenken.

„Ja, vielleicht. Wie dem auch sei, der Weg, den wir nehmen, endet bei der Eingangshalle; und von dort sind es nur ein paar Schritte bis zum Tor."

„Wenn sich in mehr als tausend Jahren nicht auch dort viel geändert hat", murmelte Morgin, doch darauf gab Cretus keine Antwort.

Ihr Weg war noch lang. Es ging hinauf und hinab durch die engen Tunnels, die die Baumeister der Festung geschlagen hatten. Immer wieder stießen sie auf Schutt und Trümmer. Einmal schien der Gang endgültig versperrt zu sein, und sie mußten mächtige Felsbrocken beiseite räumen, die sich aus der Decke gelöst hatten. Aus den Trümmern errichtete Tenguft einen Steinhaufen, der so labil aufeinandergetürmt war, daß er bei der leisesten Berührung zusammenstürzen würde.

Jetzt führte ihr Weg durch ein steiles Treppengewölbe, das mit Steinschutt übersät war, nach oben. Sie folgten den engen Windungen des halsbrecherischen Anstiegs und gelangten in eine kleine Kammer mit ebenem Boden. An der gegenüberliegenden Wand befand sich eine Steinplatte, die in Führungsrillen an Decke und Boden der Kammer eingesetzt war. Die Platte hatte keinen Griff oder etwas Vergleichbares auf ihrer Seite, und aus der dicken Staubschicht in der Bodenrille konnte man schließen, daß sie seit Jahrhunderten nicht mehr bewegt worden war.

Cretus flüsterte: „Das ist erst nach meiner Zeit eingebaut worden."

„Es ist offenbar nicht als Ausgang gedacht", ergänzte Morgin.

„Pst!" zischte Clellendol. „Laßt es mich einmal untersuchen. Wenn wir versuchen, es zu öffnen, müssen wir sehr schnell sein. Die Steinscheibe wird einen Höllenlärm verursachen."

Sie wurden in ihrer Erörterung unterbrochen, denn in diesem Moment ertönte aus dem Gang hinter ihnen das rumpelnde Fallen von Steinen. Tenguft flog herum, ihr Mund war halb geöffnet, ihre Zähne blitzten. Unter den Falten ihres Umhangs zog sie ein langes Messer hervor. Mit einer Geste des linken Arms gebot sie ihnen zu schweigen. Aus der Ferne waren ein paar unbestimmbare Geräusche zu hören, dann wurde es wieder still.

Cretus fragte: „Vielleicht sind nur einige Steine aus der Decke gefallen?"

Tenguft schüttelte den Kopf. „Nein, es kommt etwas näher. Soldaten sind es nicht; deren Ausrüstung klappert beim Gehen, und sie treten schwer auf. Es waren keine Metallgeräusche zu hören, aber etwas Lebendiges hat sich bewegt, nachdem der Steinhaufen einstürzte, das habe ich deutlich gespürt."

Cretus sagte: „Tenguft, du hast doch Schritte über uns gehört; sie kamen von hinten, zogen über unsere Köpfe, aber gingen nicht weit voraus, stimmt das?"

„Etwas vor uns hielten sie an. Dann war ein schabendes Geräusch zu hören, so als würde Stein über Stein geschoben, fast wie in einer Mühle. Schweigt jetzt!"

Alle erstarrten in der Bewegung und wagten kaum zu atmen. Tenguft beugte sich vor und lauschte ins Treppenhaus hinunter. Als sie sich ihnen wieder zuwandte, hatten sich ihre Pupillen zu schwarzen Scheiben erweitert. Angst beherrschte ihre Gesichtszüge.

Cretus ergriff sie bei den Schultern und schüttelte sie, dann flüsterte er scharf: „Was hast du gehört, Frau der Jagd?"

„Dort unten im Dunkeln bewegt sich etwas . . . es schnüffelt. Ich höre das Stapfen seiner Sohlen und wie das Fell über die Felswände streift, *O bi leberim, ao Dehir sherda!*" Ihre Erregung war so groß, daß sie in die geheime Jagdsprache der Haydars verfallen war.

Cretus wandte sich an Morgin: „Rede, Mittler, was faselt die Verrückte?"

Morgin zog sein Messer. „Sie sagt, daß ein Korsor im Tunnel ist. Wenn ihr Waffen habt, haltet sie bereit, denn wenn wir ihn nicht töten, wird er uns töten."

„Aiih!" rief Cretus aus. „Jetzt wissen wir, woran wir sind. Sie haben irgendwo einen Käfig geöffnet und diesen Höllenhund auf unsere Fährte gehetzt. Darum hat dieser Gang hier auch keine Öffnung. Jetzt gilt es – kämpft um euer Leben!"

Am Fuß der Treppe bewegte sich die Finsternis und nahm Gestalt an: Das mächtige, kohlschwarze Untier war so riesig, daß sein hinteres Ende noch in der Finsternis steckte, während sich sein Kopf nur noch ein paar Stufen von ihnen entfernt befand. Es zögerte nicht und machte keine Drohgebärden, sondern stapfte ruhig und entschlossen die Treppe hinauf wie das Verhängnis selbst. Einen Herzschlag später war es zwischen ihnen. Alle preßten sich mit dem Rücken flach an die Wand; jeder konnte nur Teile der massigen Gestalt sehen: Muskelberge unter dichtem schwarzem Pelz, kleine Augen und dolchförmige Zähne, riesige Klauen. Es suchte Cretus, und es fand ihn sofort. Es folgte einfach seiner Nase. Cretus hob das Schwert, obwohl er wußte, daß es sinnlos war. Mit dieser Klinge konnte er es nur kitzeln. Da trat der Vfzyekhr zwischen die Klauen des Untiers und legte dem Korsor die kleine Hand auf die Kehle. Die Bestie stand still.

Alle konnten die winzige, weiße Gestalt des Vfzyekhr vor diesem Berg aus Finsternis sehen. Der Körper des Korsors erinnerte an einen Bären, aber er hatte nicht dessen gemütliche Plumpheit. Er wirkte elastisch wie ein Panther und schien nirgendwo ein Gramm Fett zu tragen. Das Fell war mattschwarz, ohne jeden Glanz, und der Schnauze fehlten die stumpfen Rundungen einer Bärenschnauze; sie war lang und spitz zulaufend. Die niedrige Stirn des flachen Kopfes dehnte sich hinter den Brauen weit nach hinten aus. Unter tiefen Knochenwülsten funkelten die kleinen Augen. Offensichtlich waren sie von einem dünnen Film überzogen; sie schimmerten im Lampenlicht wie Öl auf einer Wasserlache. Sein Körper und Geruch füllten die ganze Kammer aus. Sein Fell strömte den beißenden Gestank aller Raubtiere aus, und aus der Schnauze drang der ekelerregende Modergeruch faulen Fleisches.

Ohne die Hand von dem Korsor zu nehmen, drehte sich der Vfzyekhr langsam um und machte einen Schritt auf die Steinplatte zu. Dann legte er ihm die Hand auf den Bauch, und die Bestie erhob sich zögernd auf die Hinterbeine, ergriff mit den vorderen Pranken den Rand der Platte. Der schwere Stein bewegte sich langsam zur Seite, und bald hatte sich ein Spalt geöffnet, der gerade groß genug war, daß ein Mensch hindurchschlüpfen konnte. Dann führte das kleine Wesen den Korsor zur Treppe zurück.

Cretus hatte sich als erster wieder gefaßt: „Schnell hindurch, ihr Träumer, gleich wird er den Korsor wieder loslassen."

Auf unsicheren Beinen schlüpften sie einer nach dem anderen durch den Spalt, gelangten in einen kleinen Vorraum und von dort in die große Eingangshalle, die menschenleer war. Zu ihrer Rechten befand sich der Wachraum, von dem eine kleine Tür ins Freie führte. Auch hier war niemand. Sie warfen den einfachen Querbalken, mit dem die Tür verriegelt war, achtlos zur Seite und stürmten in die Nacht hinaus. Cretus trieb sie zu äußerster Eile an. Es wehte ein leichter Wind, die Luft war kalt und trocken.

Tenguft kam als letzte durch die Tür und lief zu Cretus. „Der Pelzige ist noch drinnen beim Korsor."

„Was ist das für ein Wesen, daß es einen Korsor mit der bloßen Hand zum Stillstand bringt?"

„Ich weiß es nicht. Die Spsomi haben es von jenseits der Sterne mitgebracht; für sie ist es eine Art Haustier oder Sklave, vielleicht auch etwas anderes, das wir nicht begreifen.“

„Was sind Spsomi?“

„Es kam ein Raumschiff. Das war ihres. Sie bereisen die Sterne, aber sie verstehen auch etwas von der Jagd. Sie sind in Ombur geblieben. Mir wurde gesagt, ich solle das kleine Wesen behandeln, als ob es ein Mensch wäre. Es spricht nicht.“

„Sollten wir es nicht zurücklassen? Ich fürchte den Korsor genau wie du, aber mehr fürchte ich mich vor etwas, das einen Korsor aufhalten kann.“

„Das kann ich nicht tun. Auch weiß ich nicht, ob es gut wäre, ihn hierzulassen.“

Der Vfzyekhr erschien in der Türöffnung, sah sich noch einmal kurz um und lief dann zu ihnen hinüber. Er stellte sich neben Cretus-Meure und ergriff ihn bei der Hand wie ein Kind. Cretus hob ihn mühelos hoch, setzte ihn auf seiner Hüfte seitlich ab und stützte ihn mit dem Arm. Er sah zu ihm hinab und sagte: „Wir verdanken dir viel, kleines Ding.“ Der Vfzyekhr sagte nichts und klammerte sich fest. Cretus schloß die Festungspforte von außen.

„Ich frage mich, was er mit dem Korsor angestellt hat“, murmelte er.

Tenguft antwortete:

„Es war nichts zu hören, kein Laut, kein Schmerzensschrei. Vielleicht jagt der Korsor nun eine andere Beute, denn wenn er einmal auf Jagd geht, dann bringt er sie immer zu einem Ende. Wie sie ihn einfangen konnten, übersteigt meine Vorstellungskraft, aber ich ...“ Sie unterbrach sich mitten im Satz und sah Cretus irritiert an. Etwas stimmte nicht mit ihm.

Cretus-Meure war die letzten Stufen hinuntergestolpert und sah sich erstaunt und benommen nach allen Seiten um. Der Vfzyekhr begann zu strampeln, befreite sich aus dem Griff, der ihn hielt, und sprang auf den Boden. Dann lief er ein paar Schritte zur Seite in die Dunkelheit. Er interessierte sich offensichtlich nicht mehr für die Person, die Cretus der Schreiber gewesen und die nun wieder Meure Schasny war.

Die anderen gingen weiter hinaus in das Dunkel, das von einer erleuchteten Veranda der Dzoz Cucany ein wenig erhellt wurde. Tenguft ergriff Meure beim Ellenbogen, beugte sich hinab und sah ihm in die Augen, die ausdruckslos ins Leere starrten. Leise sagte sie: „Wer bist du . . .?“

„Meure, glaube ich“, stammelte er unsicher, „ich habe geschlafen, oder ich war nicht bei mir . . . oder irgendwo. Ich weiß es nicht. Wie kommt es, daß wir draußen sind?“

Sie erzählte ihm alles von Anfang an: „Es war etwas im Essen, das uns betäubt hat. Ich schlief ein, und als ich erwachte, gehorchte mein Körper meinem Willen nicht. Dann bist du zurückgekehrt, aber du warst es doch nicht. Ein anderer blickte aus deinen Augen, und er nannte sich Cretus, jener, den sie ins Leben zurückholen wollten. Er hat zu mir von Dingen gesprochen, von denen ich wußte, daß du sie nicht kennen konntest. Da hatte ich Gewißheit, daß du es nicht warst, mit dem ich sprach. Wir haben dann die anderen aufgeweckt, und er führte uns durch den Fels zu einer Pforte. So konnten wir entkommen. Jetzt müssen wir schnell von hier fort, bevor sie bemerkt haben, was geschehen ist, und den Korsor wieder auf uns ansetzen.“

„Was ist ein Korsor?“

„Ja, erinnerst du dich denn nicht daran? Auch nicht daran, wie der Spsom-Sklave ihn aufgehalten hat?“

„Nein. Das heißt, da ist etwas, aber ich bekomme es nicht zu fassen. Es ist wie ein Traum, an den ich mich nicht erinnern kann.“

„Du mußt dich daran erinnern. Du mußt es versuchen. Cretus konnte deinem Gedächtnis Erfahrungen entnehmen. Es stimmt, es fiel ihm offensichtlich nicht leicht, aber er las in deiner Erinnerung, wie wir durch die Festung in die Gästekammer hinabgestiegen sind.“

„Ich fühle wirklich etwas, aber ich dringe nicht bis dahin durch. Ich habe sogar einmal mit ihm gesprochen, daran erinnere ich mich. Aber jetzt fühle ich ihn nicht so wie damals, als ich mit ihm sprach. Es ist als würde . . . etwas mit ihm nicht stimmen. Ich spüre seine Gegenwart, aber davor liegen dichte Schleier, durch die ich nicht hindurchsehen kann.“

Tenguft trug noch immer das Messer in der Faust. Jetzt ergriff sie es bei der Klinge und gab es Meure. „Hier, du sollst es tragen.“

„Warum?“

„Als wir noch bei meinem Stamm waren, habe ich das Orakel befragt. Ich hatte eine sehr deutliche Vision, der ich folgen muß. Alles, was ich zu tun hatte, wohin mein Weg mich führen würde, wurde mir gezeigt. So habe ich es gesehen, und so muß ich handeln.“

„Kannst du dich einer Vision nicht widersetzen?“

„Du bist ein Außenweltler und gehörst nicht zu meinem Volk; darum verstehe ich deine Frage nicht als Beleidigung. In meinem Hirn würde sich nicht einmal der Schatten eines solchen Gedankens bilden . . . den gewiesenen Weg zu verlassen! Du mußt verstehen: Ich habe meinen Weg gesehen, und ich bin ihn gegangen, und jetzt bin ich frei. Ich wußte nicht, wann es sein würde, aber ich wußte, es würde kommen. Ich bin frei, aber du mußt deinen Weg noch gehen."

„Wie ist dieser Weg?"

„Du sollst Cretus dem Schreiber begegnen. Ich habe getan, was die Vorhersehung von mir gefordert hat, Schritt um Schritt. So habe ich es gesehen, und so habe ich es ausgeführt. Vielleicht aber kann ich dir mehr sein als ein Wind, der dich zu einem fremden Haus geweht hat, in dem kein wärmendes Feuer flackert – das vielleicht dem Bösen gehört. Darum möchte ich, daß du dieses Messer von mir nimmst. Aus den lebenden Zungen des Feuers habe ich es gezogen und mit meinen Händen umfangen. Als die Glut vergangen war, habe ich auf dieses Messer und meinen Speer die tiefsten Geheimnisse gelegt, die ich kenne, nur ich. Darum wird es dir helfen." Sie atmete schwer. Hoch aufgerichtet zeichnete sich ihre Silhouette gegen die Lichter der Festung ab. Ihre Augen waren dunkler als die Nacht.

Meure faßte das dargebotene Messer am Griff. Er bestand aus vielen schmalen Lederstreifen, die um die Verlängerung der Klinge gewickelt waren. Eine grausame Waffe, die vermutlich schon oft benutzt worden war. Er ließ seinen Blick lange darauf ruhen, als hoffte er, daß das, was Tenguft hineingelegt hatte, zu ihm sprechen würde. Doch die Geister schwiegen. Meure blickte auf. Ein kühler Wind strich über sein Gesicht.

Er sagte: „Ich habe viel von dem verstanden, was du mir erzählt hast, aber ich habe auch noch einige Fragen. Du sagtest, ich sollte Cretus begegnen. Nun denn, ich habe ihn getroffen, aber von ihm erhalte ich keine Antworten. Ich weiß nicht, was er vorhat."

„Ich weiß es auch nicht. Nur daß er aus Cucany herauswollte."

„Willst du nach Ombur zurückkehren?"

„Ja, wir ziehen diesen Weg, und was geschehen soll, wird geschehen."

„Was soll mit den anderen geschehen?"

„Meine Weisung lautete, euch hierherzubringen und euch dann in den Bereich meiner Macht zurückzuführen. Das werde ich auch tun."

„Und was geschieht mit mir?"

„Du gehörst nicht mehr zu ihnen, und ich kann dich nicht beschützen. Du bist nun selbst ein Jäger und mußt deinen Weg finden."

Meure spürte eine Gänsehaut; er lachte nervös. „Na schön, dann will ich meinen ersten eigenen Schritt tun. Ich werde mich fürs erste euch und eurer kleinen Reisegesellschaft anschließen. Wenn wir nur wegkommen von Cucany und heraus aus diesem öden Land mit seinen dunklen Türmen. Ich habe das Gefühl, daß dieser Geist aus der Vergangenheit gern Leute aus der Gegenwart treffen möchte." Mit diesen Worten ging er zu den anderen hinüber, die bereits auf sie warteten.

Tenguft folgte ihm, doch im Gehen sagte sie noch etwas: „Es heißt, daß Cretus in der alten Zeit kein Prophet in der Wüste gewesen ist, sondern daß er den Lärm und das Gedränge der Menschenmenge suchte."

„Sind die Haydars eine Menschenmenge?" fragte er über die Schulter.

Ihre Antwort klang überraschend demütig: „Wir sind nur einige Rudel von Jägern auf dem weiten Angesicht der Welt."

„Gibt es Städte auf dieser Welt?"

„In Groß-Chengurune und in Cantou soll es welche geben ... Aber ich kenne nur Kepture. Und auf diesem Kontinent gibt es nur besiedelte Flecken, Häfen, Handelsstützpunkte, Burgen und Festungen."

„Wie ist es mit Glordune, dem vierten Kontinent?"

„Auf Glordune gibt es keine Städte, aber auch hier auf Kepture gibt es einen Ort, wo sich viele versammelt haben."

„Wo?"

„An der Mündung des Yast liegt das Land der Lagostomer; dort am Ufer sind sie in riesiger Zahl zusammengekommen, die Ausgestoßenen und der Abschaum aller Völker."

„Können wir dorthin ziehen?"

„Du kannst es, wenn du es wünschst, aber ich werde dich nicht dorthin führen. Es ist ein übles Gemisch. Wir machen Jagd auf sie, und alle aufrechten Menschen auf Kepture achten darauf, daß sie in ihrem Pferch im Tiefland bleiben."

„Aber sie haben eine Stadt?"

„Ihr ganzes Land ist eine Stadt. Sie hat nirgends ihresgleichen. Frag den Mittler, er geht dort ein und aus."

Zuletzt hatte ihre Stimme einen beleidigten Klang; sie schien sein Interesse nicht zu billigen. Und sie hatte ihm Morgin mit der Verachtung empfohlen, die man für jemanden empfindet, der ein Handwerk ausübt, dessen Sinn man versteht, aber für das man dennoch Abscheu empfindet. Sie waren jedoch noch eine weite Strecke von der Mündung des Yast entfernt und hatten für den Augenblick dringendere Probleme. Meure spürte einen Drang in sich, den er nicht beruhigen konnte. Es trieb ihn stark zu dieser Mündung, und er fragte sich, ob er wirklich dorthin gehen würde, ob er es willentlich tun würde oder gegen seinen Willen.

9

„Das Wort des Magus ist zunächst immer eine Lüge. Denn es ist ein schöpferisches Wort. Was für ein Sinn bestünde darin, es auszusprechen, wenn es nur ein tatsächlich existierendes Faktum beschriebe? Die Aufgabe des Magus besteht darin, dieses Wort, den Ausdruck seines Willens, wahr werden zu lassen. Dies ist die außerordentlichste Arbeit, die der Geist zu leisten vermag."

A.C.

Seine Reise zum Meer im Westen begann der *Große Fluß*, der Yast, im Osten des Kontinents; in einer Hügelkette, die das Land Incana von seinem östlichen Nachbarn Intance trennte. Diese Hügelkette war Incanas natürliche östliche Grenze.

Alle anderen Grenzen wurden von dem Fluß gebildet, denn er umströmte das Land in einem weiten Bogen: Von der Quelle zielte sein Lauf zunächst nach Westen, schwenkte dann nach Süden, kehrte zurück nach Osten, bevor er dann endgültig seinem Delta im Süden entgegeneilte. Sein Bett trennte die Landmasse des Kontinents Kepture in zwei Teile. Wenn man die Daten von Monsalvat mit denen anderer bekannter Planeten verglich, dann war die Gesamtoberfläche der Kontinente keineswegs bemerkenswert. Kepture bildete da keine Ausnahme, und auch der Yast stellte keine Rekorde auf. Aber er war der größte Fluß des Planeten, und die Wechsel in seiner Wasserführung erfüllten die Klesh, die an seinen Ufern wohnten, mit Schrecken.

Meure erinnerte sich noch dunkel daran, wie sie den Fluß überquert hatten. Eine weite schwarze Fläche war unter ihnen zu sehen gewesen; erst als sie über die zerklüfteten Hänge von Incana flogen, hatte sich ein Blick nach unten wieder gelohnt, bot sich dem Auge wieder ein anderer Anblick als diese endlose Leere.

Jetzt befanden sie sich auf einem Boot in der Mitte des Stroms, und bei Tag war der Fluß dem Auge des Betrachters kaum angenehmer als in der Nacht. Die flachen Ufer konnte man hinter dichten Dunstwolken nur erahnen, und voraus erstreckte sich die Oberfläche des Flusses scheinbar endlos, bis sie eins wurde mit dem Horizont. Die Bootsleute, Mischlinge unbestimmbarer Herkunft, ließen das niedrige Boot mit der Strömung treiben; so glitt es still dahin über die glatte Wasseroberfläche, die von keiner Welle gekräuselt wurde. Das Wasser war dunkel, trüb und für das Auge undurchdringlich. Hin und wieder stiegen kleine Blasen auf; flache Strudel bildeten sich und vergingen wieder, ohne erkennbare Ursache. Süßlicher Leichenduft hing über dem Fluß, und niemals blinkte das Wasser unter einem Sonnenstrahl auf. Es war ein Fluß des Totenreiches.

Niemand hatte sie an ihrer Flucht aus Incana gehindert. Fünf Tage lang waren sie durch die leeren, unbewohnten Täler gezogen, an Hügeln und Bergen vorbei, von denen jeder eine größere oder kleinere Dzoz auf seinem Gipfel trug. In allen flackerte das Spiel der Spiegeltelegraphen wie wahnsinnig, aber niemand verfolgte sie oder versuchte, sie aufzuhalten. In Sichtweite einer großen Festung hatten sie schließlich den Fluß erreicht, aber das Volk, welches das Flußufer bewohnte, beachtete die Festung kaum; ihr Einfluß schien sich nicht bis hierher zu erstrecken.

Es kostete unverschämt viel, den großen Fluß zu überqueren, weil, wie die Bootsleute sagten, die ganze Strecke hindurch gerudert werden müsse. Selten ging ein Wind, den man zum Segeln nutzen konnte. Flußabwärts könne man sie umsonst mitnehmen, hieß es, und man würde sie auch an einer geeigneten Stelle am Ufer Omburs an Land setzen. Eine Barke war zum Ablegen bereit, und sie beeilten sich, sie zu besteigen, nachdem Clellendol und Flerdistar der Mannschaft ein paar Schmuckstücke überreicht hatten, die sie unter ihrem Gewand hervorzauberten. Es gelang Morgin, den Männern einige Laibe altbackenes Brot abzuschwatzen; ohne Sackdiener und Wendel war sein Einfluß als Mittler nicht sehr groß.

Tenguft gegenüber hielten die Bootsleute respektvollen Abstand, ansonsten hielt sich ihre Furcht vor einem einzelnen Haydar in Grenzen. Vor einer Gruppe wären sie wahrscheinlich heulend ins Wasser geflohen, aber einer allein? Sollte sie ruhig mitfahren, solange sie sie in Ruhe ließ. Auf dem Großen Fluß war den Bootsleuten schon mancherlei begegnet.

Die Doppelsonne schien dunstverhangen; wahrscheinlich würde es bald regnen, meinte Tenguft. Meure saß auf einem Holzstapel und starrte in das träge Wasser des Stroms. Auf der anderen Seite der Barke hockte das Haydar-Mädchen, hatte die Hände um ein Knie gefaltet, das Kinn darauf gestützt und blickte in die Ferne. Seit den Ereignissen in der Festung mieden die anderen Meures Nähe, auch wenn Cretus sich nicht mehr gerührt hatte.

Flerdistar und Clellendol nahmen neben ihm auf dem Stapel Platz. Das Ler-Mädchen brach zuerst das Schweigen: „Hast du noch einmal Kontakt zu ihm gehabt?“ (Seit einiger Zeit redeten alle Mitglieder der Gruppe sich mit der vertraulicheren Du-Form an. Die gemeinsamen Erlebnisse hatten alle Standesunterschiede dahinschmelzen lassen.)

Meure musterte sie eine Weile nachdenklich, bevor er antwortete: „Nein, ich habe nichts mehr von ihm gehört. Er ist noch da, das spüre ich, aber er hält sich zurück. Es scheint sehr anstrengend für ihn zu sein, die Kontrolle über mich zu übernehmen.“

Sie nickte verständnisvoll: „Ich denke, dies ist ein Erlebnis, das sich nicht in Worte fassen läßt.“

Ein Lächeln huschte über Meures Gesicht. Ihre unermüdliche Ernsthaftigkeit amüsierte ihn. „Ja, das kann man wohl sagen. Dafür reicht der normale Wortschatz nicht aus ... Es ist sonderbar; da er von außen zu mir kam, ist er für mich unsichtbar ... das heißt, ich fühle wohl, daß er da ist, aber seine Gedanken und seine Erinnerungen sind mir verschlossen. Er kann in mir lesen wie in einem Buch. Ich weiß genau, was er zuletzt durchforscht hat, wo er gewesen ist, denn diese Erinnerungen sind irgendwie verändert, als ob sie jemand neu geordnet hätte. Ich glaube, nach einiger Zeit könnte er sich ganz in mich verwandeln, aber das ist sicher nicht seine Absicht.“

Clellendol griff diese Überlegung auf und ergänzte sie: „Das würde aber bedeuten, daß Cretus dich so genau nachahmen könnte, daß wir den Unterschied nicht bemerken würden.“

„Das stimmt. Aber das liegt nicht in seinem Wesen. Wie ich schon sagte: Er will sich gar nicht in mich verwandeln."

Clellendol sagte: „Könntest du dich in ihn verwandeln?"

„Auch das ist nicht möglich. Dann würde ich ihn völlig unterdrükken; das befürchtet er, und deshalb hält er sich vor mir verborgen. Er forscht unaufhörlich."

„Wonach forscht er?"

„Nach allem, was wir über das Universum wissen. Davon hatte er bisher keine Vorstellung. Er will auch herausbekommen, wie lange sein . . . Exil gedauert hat."

„Weiß er es? Weißt du es?"

„Zweimal nein. Ich weiß nur, daß es eine sehr lange Zeit war und daß sich das Wesen der Klesh inzwischen kaum geändert hat."

Sie nickte zustimmend: „Ja, das stimmt. Es hätte mir schon früher auffallen müssen, aber es ist so offensichtlich, daß man es leicht übersieht. Dies ist ein sehr statisches Volk. Es hat weder technische noch politische Fortschritte gemacht."

„Dazu kommt diese auffällige Häufung von Omen und Wahrsagern", ergänzte Clellendol. „Überall stößt man auf sie, und sie scheinen besser zu funktionieren, als ich es sonst erlebt habe. . . .

Morgin hat mir erzählt, daß es überall so zugeht. Es gibt viele verschiedene Methoden, aber das Prinzip ist immer das gleiche: Es wird ein Orakel befragt, und tatsächlich erfolgt immer eine Antwort. Mit den Wendeln ist das allerdings anders, sie dienen den Mittlern als Mittel der Wahrnehmung und der Verständigung."

Flerdistar sagte: „Mir scheint, daß wir auf zwei neue Phänomene gestoßen sind, die unsere Aufmerksamkeit verdienen. Dabei dürfen wir natürlich nicht unsere beiden Hauptanliegen vernachlässigen: eine Antwort auf die alte Frage zu finden und den Planeten gesund wieder zu verlassen."

Meure starrte sie ungläubig an: „Du hast tatsächlich beides noch nicht aufgegeben?"

„Wie könnte ich es vergessen. Clellendol hat allerdings das Benehmen der Spsomi nicht gefallen."

„Die Spsomi sind von Natur aus Fleischfresser", erklärte Clellendol, „und darum gehen sie auch auf Jagd. In ihrer natürlichen Umgebung jedoch stellen sie nur kleinen Beutetieren nach. Schon von ihrem Körperbau her können sie es mit größeren Beutetieren nicht aufnehmen. Hinzu kommt, daß sie außerordentlich neugierig sind —

stärker als die Menschen – und daß sie besondere Erlebnisse suchen. Darum ergibt es keinen Sinn, daß sie bei den Haydars zurückgeblieben sind, während wir in eine Welt aufregender Abenteuer hinauszogen. Außerdem haben sie den Vfzyekhr mit uns ziehen lassen . . . Wir wissen nicht genau, welche Beziehung zwischen diesen beiden Rassen besteht, aber wir wissen, daß ein Spsom einen Vfzyekhr einfach nicht allein ziehen läßt. Flerdistar versteht es, die Vergangenheit zu lesen, und sie riecht, daß hier etwas nicht stimmt; ich verstehe mich besser auf die Gegenwart, doch ich habe das gleiche Gefühl. Die Spsomi wollen unbedingt in der Nähe der Absturzstelle bleiben."

Flerdistar fuhr fort: „Das kann nur bedeuten, daß früher oder später ein Spsom-Schiff hierherkommen wird. Und was die andere Frage betrifft, deren Antwort wir hier finden wollten . . . Nun, ich habe sie keineswegs vergessen."

Meure starrte das Mädchen mit aufgerissenen Augen an: „Nach allem, was wir hier gesehen haben? Wie kannst du da noch auf eine Antwort hoffen?"

„Auch Geheimnisse lassen eine Spur zurück. Es ist uns schon lange klar, daß die Geschehnisse nicht wirklich so waren, wie sie die Geschichte für uns, die heute Lebenden, aufbereitet hat. Wie sich die Dinge in Wirklichkeit abgespielt haben, wissen wir nicht. Ich habe schon auf dem Schiff zu dir gesagt, daß sich die Wurzeln des Problems bis hierher verfolgen lassen. Wir wissen, daß die *wahre* Antwort einmal hier zu finden war, und wir wissen ferner, daß historische Wahrheiten wie diese ihre Spuren zurücklassen. Die Spuren dieser Wahrheit lassen sich aus der Sprache und den Gesten eben jener Menschen herauslesen, die sie zu verbergen trachten; ganz gleich, ob sie es bewußt oder unbewußt tun. Ich kann dir versichern, daß ich als Deuterin der Vergangenheit die Nähe dieser Antwort ebenso deutlich spüren kann, wie du die Gegenwart Cretus' spürst. Sie ist einfach da!" Sie unterstrich ihre Worte, indem sie mit einer weiten Geste über das Boot und die trägen, bleiernen Wasser des breiten Stromes wies. „Sie ist ganz nahe, wenn ich sie doch nur sehen könnte!"

Meure fragte: „Welches unserer Probleme wird sich deiner Meinung nach als erstes lösen?"

Clellendol antwortete: „Etwas auf dieser Welt scheint alle Veränderungen zu unterdrücken. Die Veränderung der Menschen unterliegt gewissen Gesetzmäßigkeiten; das gilt für alle bewohnten Welten, die wir kennen. Wenn diese Veränderungen nicht eintreten, dann muß man nach den Ursachen suchen, die dies verhindern. Diese Sache beunruhigt mich sehr, denn alles deutet darauf hin, daß hier eine Kraft am Werke ist, die den ganzen Planeten beeinflußt. Es könnte eine Naturgegebenheit sein; in diesem Fall sollten wir uns auf keinen Fall einmischen. Aber es kann auch einem bewußten Willen unterliegen, dann hätten wir es mit einer äußerst fremden Wesenheit zu tun. Einiges spricht für die letzte Möglichkeit: das Fehlen von Veränderungen, der Erfolg der Orakel, die Isolation des Planeten durch die schwierigen Raumbedingungen, die den Kontakt mit anderen Welten verhindern. Aber es geht mir wie dir und der *Liy* Flerdistar: Ich habe mein Problem erkannt, doch ich bin weit davon entfernt, es zu lösen."

Meure hatte einen Einwand: „Bei den Menschen meiner Heimat habe ich auch keine Veränderungen bemerkt; und ihr müßt bedenken, daß ich von einem Kolonialplaneten stamme, der durch das Neuland-Programm allerlei Veränderungen ausgesetzt war."

Clellendol erwiderte: „Tankred ist ein Pionierplanet. Er wurde erst vor ein paar Generationen urbar gemacht und wird zur Zeit immer noch erschlossen, das weiß ich. Aber was sagst du zu der Tatsache, daß die Menschen für jede Welt, die sie neu besiedeln, drei alte Planeten verlassen? Dort siedeln sich dann Ler an oder fremde Rassen, und manchmal — das ist gar nicht so selten — veröden sie wieder. Das heißt doch, daß es Veränderungen gibt, und zwar in einem gewaltigen Ausmaß. Ihr Menschen versucht, alles besonders gut zu machen, aber es zahlt sich für euch nicht aus."

Meure lachte: „So ist es richtig — aber benehmen wir uns, wie ihr es tut, ist es euch auch wieder nicht recht. Vielleicht sollten wir doch alles anders machen?!"

„Jetzt kommen wir zu einer Diskussion über das Wesen der Vernunft!" rief Flerdistar aus.

Meure gab keine Antwort, sein Körper verkrampfte sich, und er starrte mit schief gelegtem Kopf in die Landschaft hinaus. Sein durchdringender Blick stand in einem befremdlichen Gegensatz zu dem freundlichen, lockeren Benehmen, das ihm sonst zu eigen war. Dann schüttelte er sich und nahm seine gewohnte Haltung wieder ein. Doch er schwieg noch eine Weile, und es schien, daß er auf etwas lauschte.

Endlich sagte er: „Ja, ihr habt schon recht. Das alles ist ja längst kein Geheimnis mehr. Wir haben das Zweite Volk und seine Lebensart lange beneidet. Euer Fortschritt ist beständiger und unterliegt nicht den erschreckenden Schwankungen, die lange Zeit die Geschichte der Menschen bestimmt haben. Auch war uns die ganze Zeit bewußt, daß ihr auf die Menschen herabblicktet, daß ihr uns für rüde, primitiv, unbeherrscht und verschwenderisch hieltet. Also sind wir nach und nach zur Ruhe gekommen, sind beständiger geworden und haben es gelernt, uns mit den kleinen Dingen in unserer Nähe zufriedenzugeben. Ich dachte immer, es sei der beste Weg ..."

Clellendol sagte: „Die interplanetare Zivilisation ist ganz allgemein bedroht. Der Drang nach fernen Welten ist verschwunden. Darum wurde ja auch das Kolonialisierungsprogramm eingerichtet ... Aber es hat den Verfall nicht aufgehalten, sondern ihn nur verlangsamt. Was getan wurde, war eben noch nicht genug."

Flerdistar unterbrach ihn: „War das eben Cretus?"

„Ja, er hat uns zugehört. Er hat mir eine Botschaft vermittelt, die ich an euch weitergeben soll. Ihr könnt sie den Problemen, die uns Sorge bereiten, noch hinzufügen: Clellendol, du hast von einer Wesenheit geredet, die Veränderungen auf dieser Welt unterdrückt und sie gleichzeitig isoliert. Denk einmal darüber nach, daß uns eine Kette von Ereignissen aus dem Weltraum direkt zu Cretus geführt hat ..."

„Hat Cretus das gesagt?"

„Ja, und auch er hat seine Befürchtungen. Deswegen hält er sich verborgen. Er sagt, ich schirme ihn ab. Wovor, will er mir nicht verraten. Er teilte mir auch mit, daß seine Schwierigkeiten in seinem ersten Leben begannen, als er die wahre Natur dessen, was Monsalvat beherbergt, zu erkennen begann." Meure hielt einen Moment inne, dann fuhr er fort: „Seine Vermutungen gefallen mir gar nicht; wenn sie zutreffen, dann ist hier bisher nichts aus Zufall geschehen. Was aber der Grund für alles sein mag, weiß keiner, er ebenfalls nicht."

Flerdistar fragte: „Was soll das sein, ‚das Monsalvat beherbergt'."

„Ich weiß es nicht. *Er* weiß es auch nicht, aber ich fühle, daß er mehr darüber erfahren hat, als wir womöglich wissen möchten. Auf Morgenröte war dieses Unbekannte nicht, als die Klesh vor Urzeiten erschaffen wurden, und es ist nicht mit ihnen hierhergekommen. Es scheint, daß sie es hier erweckt haben; von Morgenröte stammt es jedenfalls nicht."

„Wie kann Cretus Morgenröte gesehen haben? Das ist ganz unmöglich. Er ist schließlich kein *Original.* Morgin hat mir von ihm erzählt, und es ist eine historische Tatsache, daß er erst nach der Namensgebung der Länder in Erscheinung getreten ist."

„Er hat diese Welt gesehen! Dieses Ding, mit dem er den Übertritt in mich bewerkstelligte – mit ihm kann er ferne Orte und andere Zeiten sehen . . . Damit hat er bis zur Erstehung der Klesh zurückgeschaut."

„Dann kann er auch die Frage beantworten, wegen der wir gekommen sind." Der Triumph in Flerdistars Stimme war unüberhörbar.

Meure lächelte: „Vielleicht, aber solange gewisse andere Probleme nicht gelöst sind, wird er dir genauso mißtrauisch gegenübertreten wie Monsalvat."

Flerdistar nahm eine stolze Haltung ein. „Cretus und du, ihr könnt euch beide nicht vorstellen, mit welcher Ausdauer wir auf die Beantwortung jener Frage warten können."

Meure erhob sich und sah auf Flerdistar und Clellendol hinab. Sie waren sich nicht sicher, wer nun zu ihnen sprach, denn dies waren seine Worte: „Und ihr könnt euch nicht vorstellen, welche Taten Cretus bereits vollbracht hat. Herr über Incana war er und über ganz Kepture, aufgestiegen aus dem Staub der Straße. Er wird euch zu begegnen wissen. Fordert nichts von ihm, auf daß er nicht mehr von euch fordere, als Gegengabe. Laßt Cretus in Frieden, er kann Kräfte freisetzen, von denen wir keine Vorstellung haben und die wir nie beherrschen könnten!"

Hitzig rief Clellendol aus: „Er ist ein Sterblicher. Schneide ihn, und er wird bluten, schlage ihn, und er wird Schmerzen fühlen. Und wenn es zum Schlimmsten kommt, dann kann er auch getötet werden."

Meures Stimme war von eisiger Sicherheit: „Es wäre ein schlimmer Fehler, wenn einer von euch glaubte, das könnte ihm gelingen." Dann entspannte er sich und sagte fast entschuldigend: „Versucht nicht, ihn zu etwas zu zwingen, zu dem er noch nicht bereit ist. Laßt ihn in Ruhe. Er weiß genau, wie er zu handeln hat."

Meure wandte sich ab, kletterte den Stapel hinunter und ging zur Bordwand an der rechten Seite. Dort blieb er schweigend stehen und blickte hinaus über die bleierne Wasserfläche.

„Jetzt ist mir klar, worauf es dieser Cretus abgesehen hat", flüsterte Flerdistar Clellendol zu. „Ahnst du es auch?"

Ebenso leise antwortete ihr Clellendol: „Dies alles scheint nur den einen Sinn zu haben, Cretus den Weg ins All zu ebnen. Wer oder was dahintersteckt, kann ich noch nicht sagen, aber es darf auf keinen Fall geschehen. Er ist ein einzigartiges Phänomen: ein Meister der Ströme der Geschichte."

„Genauso ist es. Und alles spricht dafür, daß er es nicht nur versteht, auf diesen Strömen zu schwimmen, sondern daß er sie lenken und vielleicht sogar erschaffen kann. Das Barbarentum der Klesh war seine Schule. Die Menschen würden ihm durch Blut und Eisen folgen."

„Es wäre eine Lösung für ihr Problem."

„Vielleicht, aber es würde neue Probleme schaffen. Dieser Cretus ist ein Umstürzler, und wir brauchen keine Umstürzler. Wir haben gelernt, ohne sie auszukommen. Ich stimme dir zu: Cretus darf diese Welt nicht verlassen. Aber bevor es soweit kommt, müssen wir ihm noch seine Geheimnisse entreißen. So soll es sein!"

Clellendol wandte sein Gesicht ab, und weder in seiner Gestik* noch in seiner Miene spiegelten sich seine Worte wider, als er sagte: „Zha' armeshero!" Dies drückte eine Zustimmung aus, an der es nichts zu deuteln gab**. Clellendol würde alles gegen Cretus ins Feld führen, was er im Neunten Haus der Diebe erworben hatte.

Wie eine schwere Last legte sich Cretus' Gegenwart auf Meures Schultern, seine Augen schmerzten, dann wurde es dunkel vor ihnen. Dies spürte auch Cretus, denn er nahm alle Dinge durch die Augen und Nerven Meures wahr, und er fühlte tief in seinem Innern eine Zuneigung, ein warmes Gefühl für diesen Menschen, der eine Last zu tragen hatte, die er nicht erwartet und um die er nicht gebeten hatte. Eine Last, die er dennoch so tapfer auf sich nahm, wie seine Fähigkeiten das eben zuließen. Der körperlose Eindringling suchte nach einer neuen Form der Verständigung mit seinem Gastgeber, so, als ob sie unabhängige Einzelwesen wären.

Diese Sprache (falls man sie überhaupt als Sprache bezeichnen konnte) ließ sich schneller übermitteln als eine Sprache, die sich in Worte kleiden muß, denn sie bestand aus reinen Gedanken. So wie einst nur Gedanken in den Köpfen der Menschen waren, bevor sie

* Ler-Gesten waren meist nur schwach angedeutet, meist wurde ganz auf sie verzichtet.

** Singlesprache, etwa: Dem wird (höchst) eindeutig zugestimmt! Eine Passiv-Konstruktion. Das „zha'" dient der weiteren Verstärkung.

die Wörter erfanden, die die Gedanken symbolisieren und übermitteln sollten. Aber gleichzeitig gab es auch eine Ähnlichkeit mit der gesprochenen Sprache, denn die Gedanken waren gerichtet und in eine Form gebracht, sie begnügten sich nicht mit der gefühlsbetonten Bildhaftigkeit des Unbewußten. Vieles behielt Cretus allerdings für sich.

Zunächst sprach er von den Nöten der Klesh, aber er hielt sich nicht lange damit auf, auch nicht mit der Geschichte der Klesh und der brutalen Ausmerzung der Schwachen, die ein Bestandteil der Zucht war, die einst die reinen Rassen hervorbrachte. Er erzählte ihm auch, was die Klesh über die Zeit davor sagten, über jene Tage, in denen ihre Vorfahren noch gewöhnliche Menschen, Männer und Frauen waren: „Das ist alles vergessen und unbekannt, denn es führt kein Weg zurück in die Zeit vor dem Anfang. Davon wissen wir nichts, darum kümmert es uns nicht."

Als man sie von den Kriegern befreit hatte und sie auf die großen Schiffe warteten, die sie vom Planeten Morgenröte zu ihrem fernen Heim bringen sollten, da kamen sie alle zusammen, in ihren mannigfaltigen Körperfarben und Erscheinungsformen, und sie redeten miteinander und sagten: „Wir waren Sklaven ohne Hoffnung auf Erlösung, denn *wir waren Sklaven um der Sklaverei willen,* nicht etwa wegen unserer Arbeitskraft oder aus einem anderen Grund. Von Freiheit wagten wir nicht mehr zu träumen. Jetzt sind wir frei. Und wir sind reinblütig. Wenn es auch stimmt, daß es nicht unserem freien Willen entsprang, daß wir nun reinblütig sind, so wollen wir doch alles daransetzen, daß wir reinblütig bleiben, denn es waren unsere gemischtblütigen Vorfahren, die schwach waren und sich von den verbrecherischen Kriegern versklaven ließen. Und sie waren Wachs in ihren Händen. So ließen sie sich in Ketten legen. Darum soll sich ein jeder von uns nur mit seiner eigenen Art vermischen. So soll es sein, bis zum Ende aller Tage!" Darauf schworen alle einen machtvollen Eid, und sie schworen ferner, sie wollten es nie wieder zulassen, daß ein Klesh, und sei es der geringste unter ihnen, eine solche Schmach erleide, wie sie ihnen von den Kriegern zugefügt worden war.

Dann brachte man sie zu dem Planeten, den die Menschen Monsalvat nannten. Bald hatten sie es gelernt, ihn Aceldama zu nennen – den Ort, wo man die Fremden begräbt; diesen Ausdruck hatten sie den erschreckten und verunsicherten Verwaltern abgelauscht. Diese kamen, um sie anzuleiten; sie meinten es gut mit ihnen, aber sie scheiterten und brachten nicht mehr Gutes, als wenn sie böse Verwalter gewesen wären.

Manche Klesh-Linien blühten dort auf, während andere verkümmerten und vergingen. Am wichtigsten wären für sie gute Lehrer gewesen; aber die Ler hatten Angst vor ihnen, sie fürchteten, daß sie sich an ihnen für die Untaten der Krieger rächen würden. Aber auch die Menschen, die von den Sternen kamen, fürchteten sich vor ihnen, wurden von ihrem barbarischen Verhalten abgestoßen. Der Graben der Verständnislosigkeit wurde immer breiter zwischen ihnen, schließlich gab es überhaupt keine Kontakte mehr. So waren die Klesh ganz auf sich selbst gestellt, und sie sahen der langen Nacht entgegen.

Doch in dieser Nacht waren sie nicht allein, so vermuteten sie von Anfang an. Monsalvat war eine alte Welt, dafür gab es eine Vielzahl von geologischen Beweisen. Die Sternenmenschen hatten sie entdeckt, und die Klesh hatten keinen Grund, an ihren Worten zu zweifeln, denn sie beherrschten ja schließlich sogar den Weltraum; wie konnten sie sich irren? Doch nirgendwo fand man bearbeitete Gegenstände, nirgendwo Ruinen oder irgendein Anzeichen, daß je denkende Wesen ihren Fuß auf diesen Planeten gesetzt hatten. Die ewig dahinfließende Zeit war auch hier zu einem schweigenden Stillstand gekommen.

Ursprüngliche Lebensformen gab es nur wenige, und nichts an ihnen deutete auf eine gemeinsame Entwicklungsgeschichte hin. Diese Welt war so alt, daß die ersten Forscher behaupteten, es müsse hier schon blühende Pflanzen gegeben haben, bevor das irdische Sonnensystem entstand. Und sie fanden niemanden.

Aber in der Luft war etwas, da war eine Bewegung, die man nur manchmal aus den Augenwinkeln erhaschen konnte, die sich der bewußten Wahrnehmung entzog. Irrlichter huschten durch den nächtlichen Wald. Wahrsager und Omendeuter hatten unbestreitbare Erfolge. Die Welt war erfüllt von der dumpfen, brütenden Anwesenheit von etwas Unbestimmbarem, das fühlte jeder, der hier lebte, auch wenn niemand sagen konnte, welche Gestalt es hatte. Es war älter als der Mensch, älter als die Dunkelheit, vielleicht älter als die Zeit ... Es schien die Klesh nicht zu bemerken, und sie gaben vor, es nicht zu bemerken. Und man konnte es auch für eine Weile vergessen, aber man verlor nie ganz das Gefühl, daß es einen beobachtete. In Augenblicken höchster Erregung verstärkte sich diese Ahnung. So kam es, daß vor jeder großen Schlacht, wenn die Hörner erschollen und die blanken Klingen in der Sonne blitzten, die Männer ihre Schwerter gegen den Himmel hoben und den unsichtbaren Namenlosen grüßten, bevor die Kampfeslust sie übermannte und sie sich ihrem tödlichen Tun hingaben.

Die Klesh hatten sehr früh erkannt, daß die Zlat von ihnen allen am weitesten vorausschauen konnten, so räumten sie ihnen einen besonderen Platz in ihrer Gesellschaft ein. Sie wurden die Begleiter und Berater der Häuptlinge und Prinzen. Dadurch wurde diese Rasse jedoch vielfach zersplittert, und ihre jeweiligen Dienstherren hatten immer nur das Wohl ihres eigenen Stammes im Sinn. Da es für jeden Zlat eine weite und gefahrvolle Reise bedeutete, wenn er sich einen Ehegemahl suchen wollte, nahm ihre Zahl ständig ab. Viele hatten keine Nachkommen, und andere vermischten sich mit fremden Klesh-Rassen, so daß sie immer seltener wurden. Es soll nicht verschwiegen werden, daß einige Zlat schlechten Rat erteilten und üble Taten ersonnen, zu jener Zeit, als es mit ihrer Rasse zu Ende ging. Wie dem auch sei, sie verschwanden jedenfalls von dieser Welt, und mit ihnen gerieten ihre Geheimnisse in Vergessenheit. Bis auf einige wenige an vergessenen Orten gab es den Rada Zlat nicht mehr.

An diesen entlegenen Plätzen hielten sie sich nur wenig länger. Auch diese letzten Zlats wurden zu einsamen Wanderern, die als Wahrsager und Omendeuter umherzogen. Sie vermischten sich mit Mischlingen und Ausgestoßenen, und das war das endgültige Ende ihrer Rasse.

Eine Generation nach diesem angenommenen Ende wurde ein Junge geboren, der allem Anschein nach ein reinblütiger Zlat war. Ein grausames Schicksal prägte seine ersten Jahre: Sehr bald machte ihn einer der zahllosen Stammeskriege zu einem Waisen. Eine alte Frau nahm sich seiner an; sie behauptete, ebenfalls ein Zlat zu sein, und sie besaß einen dieser Apparate, der ihnen ihre Weitsicht verlieh: den *Skazenach**, ein Drahtgespinst, durch das sein Benutzer ferne Länder und Zeiten sehen konnte. Die Anleitung hierzu konnte

* Vereinfachte Singlesprache, die Bedeutung ist etwa: „Hcre diese Dinge." Die ursprüngliche Wortform lautet: „maskazemoni nakhon" (j ne Dinge, von denen die Sagen sprechen.)

er aus den alten Epen und Sagen lesen, die zum Stammesgut der Zlats gehörten.

Die Alte ließ sich mit dem Jungen in den Yast-Sümpfen beim Mündungsdelta nieder; eine Fleischräucherei sicherte ihnen ein bescheidenes Auskommen, und gelegentlich verdiente die alte Frau etwas hinzu, indem sie vorüberziehenden Nomaden aus dem Ombur-Hochland die Zukunft vorhersagte. In der frühen Jugend war der Junge schwach und kränklich, und es gab wenig, wozu man ihn im Zeltlager der Nomaden anstellen konnte. Hin und wieder betätigte er sich als Wasserträger; nach dieser Tätigkeit erhielt er seinen Namen: Sano Hanzlator. Der regionale Dialekt jener Gegend war eigentlich verstümmelte Singlesprache, und die Bedeutung seines Namens war etwa folgende: „Wasserjunge Letzter Zlat."*

Nach einer Weile legte sich die alte Frau zum Sterben nieder, und sie unterwies den Jungen in der Benutzung des *Skazenachs.* Nur ihm vertraute sie diese Geheimnisse an, und er mußte schwören, daß er sie bewahren würde, denn der Geschichtenerzähler war von allen Orakeln das mächtigste, und seinem Besitzer wurde von jedermann nachgestellt, damit er ihm die Zukunft deute.

Als der Junge zum Mann herangereift war, hatte er seine Schwächlichkeit abgestreift. Als kräftiger, drahtiger Bursche verließ er die Lager der Nomaden und machte sich auf nach Norden, nach Yastian, der riesigen Stadt. Sie war ein gewaltiger Schmelztiegel, in dem sich alle Rassen vermischten. Haß und Abscheu schwebten in der Luft, und ihr Geruch war stärker als der Gestank der Sümpfe. Straßenräuber und Dirnen lungerten ebenso in den Gassen herum wie zerlumpte Bettler und Edelleute, Weise und Narren, Reiche und Gebildete, Arme und Dumme. Prinzen sah man und fette Höflinge. Verbrechen wurden in der Nacht und am hellen Tag verübt; ein Leben zählte weniger als nichts.

Doch Sano war bei den Nomaden durch eine harte Schule gegangen, er verstand es, sein Orakel zu nutzen, und die alte Frau hatte ihn Lesen und Schreiben gelehrt. Darum hielt er sich recht gut in der Stadt; er verdiente sein Brot als Schreiber an der Palastmauer, wo er für andere Bittbriefe abfaßte.

* Hanzlator = „letzter Zlat" ist eine unveränderte Wortform, aber Sano mit Wasserjunge zu übersetzen, bedeutet eine starke umgangssprachliche Verzerrung. Die wörtliche Übertragung lautet nämlich „wie das fließende Wasser", ist also eine adverbiale Form.

Der Junge Sano überlebte nicht nur, er brachte es sogar zu einem gewissen Wohlstand, denn er verstand es, das wenige, das er besaß, zusammenzuhalten. Während er älter wurde, gewann er eine tiefe Einsicht in das Leben der Stadt und ihrer Bewohner. Er stellte fest, daß es ein einziges Geheimnis gab, das zu wissen sich wirklich lohnte: Die Gesellschaft bestand nicht aus Besitzenden und Besitzlosen, sondern aus Erkennenden und Handelnden. Und es war so, daß die Handelnden unfähig zur Erkenntnis waren und die Erkennenden unfähig zur Handlung. Dies war das große Geheimnis, diese Trennung galt für Menschen und Klesh. Ihm wurde noch eine zweite Erkenntnis zuteil: Die Klesh würden nie Fortschritte machen, wenn sie nicht begriffen, daß sie zusammenarbeiten mußten. Sie mußten lernen, einander zu ergänzen, anstatt ewig danach zu trachten, den anderen zu übertreffen. Der Stolz auf seinen Rada, den ein jeder empfand, war nur ein weiterer Schritt in diese Sackgasse, denn so kulminierten die Rachegefühle, weil jeder jedes Verbrechen, das an einem Mitglied seines Stammes verübt wurde, rächen wollte, auch wenn die Tat in dunkler Vergangenheit verübt wurde.

Dies alles hatte Sano erkannt, und er widmete sein ganzes Leben seinen Studien und Träumen. Bald beherrschte er seinen *Skazenach* meisterlich, und er betrachtete durch ihn ferne Länder und vergangene Zeiten. Aus dem Volk der Klesh wollte er ein großes Volk machen, dies war sein Ziel. Und das konnte nicht geschehen, indem man all ihre Stämme vermischte — das hätten sie ohnehin nicht zugelassen. Es ging vielmehr darum, ein System zu ersinnen, in dem sich alle Stämme zu einem ineinandergreifenden Gefüge ergänzten.

Unterhalb der Palastmauer der Stadt Yastian gab es einen Platz, den die Redner aufsuchten, wenn sie zum Volk sprechen wollten. Dorthin begab sich Sano, um seine Botschaft vorzutragen. Doch als er seine Rede beendet hatte, machten sich viele seiner Zuhörer über ihn lustig. Sie riefen: „Hört, hört! Sano der Schreiber will uns von uns selbst befreien. Das wollen wir erleben!“ Da verließ er die Plattform und sagte: „Das werdet ihr! Und ich werde dann nicht mehr Wasserjunge Letzter Zlat heißen, sondern ich werde vor euch treten als Inkarnation des Cretus, des schrecklichen Kriegers der alten Zeit*, aber ein Schreiber werde ich bleiben bis zum Ende meiner Tage.“ Der Mob buhte und warf mit Steinen nach ihm.

* „Cretus“ ist eine Zusammenziehung des Namens Koror Trethus („Fürchte die Lanze!“)

Sano, der sich nun Cretus nannte, verließ die Stadt am Delta und zog nach Westen in das Land Ombur, wo seine Worte mehr Zustimmung fanden. Aber auch hier gelang es ihm nicht, die Menschen zum Handeln zu bewegen. So machte er sich über den Großen Fluß gen Norden auf, nach Incana. Hier endlich hörte man ihm nicht nur zu, sondern war auch bereit, seine Worte in Taten umzusetzen. Sein großer Plan begann Gestalt anzunehmen. Dies ging nicht ohne Kämpfe und Kriege ab, aber sein Reich wuchs ständig, und bald erzitterten alle Länder vor dieser neuerstandenen Macht, deren Stärke nur durch Zauberei zu erklären war. Doch diese Macht bedurfte keiner Hexerei; zum erstenmal in der Geschichte Monsalvats wurden hier unterschiedliche Veranlagungen zu einem schlagkräftigen Ganzen zusammengefaßt. Schließlich befehligte Cretus eine gewaltige, buntgemischte Armee, und er begann den langen Marsch durch Kepture.

Doch jetzt muß von etwas die Rede sein, das auch zur Geschichte von Cretus dem Schreiber gehört. (Bei diesem Teil der Geschichte hatte Meure das deutliche Gefühl, daß Cretus ihm nicht alles sagte, sondern etwas zurückhielt; nicht damit es um jeden Preis ein Geheimnis bleibe, sondern um Meure vor etwas zu schützen, dem sich auch Cretus nicht offen zu stellen wagte.) Zwanzig Monsalvat-Jahre hatte Cretus bereits daran gearbeitet, sein gewaltiges Vorhaben zu verwirklichen. Während dieser Zeit hatte er ständig sein Orakel befragt, und immer hatte es ihm gute Dienste geleistet. Aber als Kepture schon fast ganz geeint war, der Krieg seinem Ende entgegenging und sogar Yastian am Delta die Waffen streckte, wurde Cretus allmählich klar, daß das Orakel sich zu verändern begann.

Auch in seiner Umgebung änderte sich manches. Berater, Schönredner und Höflinge umschwärmten ihn. Er wußte, daß dies ganz natürlich war, stellte sich darauf ein und sah zu, daß er nicht von seinem eingeschlagenen Kurs abgebracht wurde. Die Vereinigung des großen Imperiums schritt neuerdings ein wenig langsamer voran. Manchmal schien es ihm, als würden all die Männer, die ihn umgaben, von jemandem gesteuert, der hinter der Bühne verborgen blieb. Mit der Zeit wurde dieses Gefühl immer deutlicher, gleichzeitig machte er eine weitere, bittere Erfahrung: Jetzt, da er Herr des vereinigten Kepture war, waren die anderen Kontinente in weite Ferne gerückt, wurden sogar ständig unerreichbarer. Die Landung in Chengurune war immer wieder aufgeschoben worden. Jetzt würde man sie bereits am Ufer erwarten, um die erste Übersee-Invasion in der Geschichte des Planeten zurückzuschlagen.

Etwas anderes beunruhigte ihn noch mehr. Sein eigenes Orakel war unzuverlässig geworden. Oft war es kaum zu entziffern, so als werde es von außen gestört. Es zeigte Bilder, die verschwommen und undeutlich waren, und er begann ihnen zu mißtrauen, denn der Weg, den sie ihm wiesen, führte immer nur zu Kampf, Krieg und Blutvergießen. Darum befragte er es auf eine andere, geheime Art, die sein Stamm selten anwendete, und es sagte ihm, er solle in es hineingehen – der Weg war ihm bekannt –, um dort Ruhe zu finden, bis man ihn wieder rief.

„Ist das die ganze Geschichte?"

„Nein, nicht die ganze; nichts ist jemals vollständig. Aber es ist fast alles. Als ich zurückkam, hatte meine Welt sich sehr verändert. Wie ein anderer Planet erschien sie mir, aber ich erkannte sie doch wieder, mein Monsalvat/Aceldama. Eine lange Zeit mußte vergangen sein; das Imperium war untergegangen, und fast nichts war von ihm geblieben. Zwischen den Stämmen herrschte ein seltsames Gleichgewicht, eine Ruhe, so, als sei mein Krieg der letzte große Kampf gewesen, den diese Welt erlebt hatte. Was mochte in all diesen Jahrhunderten geschehen sein? Für mich waren sie nur ein Augenzwinkern, dann wurde ich zu dir."

„Glaubst du, daß man vorher schon mal versucht hat, den Übertritt herbeizuführen?"

„Ja. Aber wie wir Klesh uns abzuschirmen vermögen, das weiß niemand, der selbst kein Klesh ist. Der Übertritt konnte einfach nicht gelingen, da wir einander zu stark hassen. Alle unsere Gefühle sind zu stark. Darum hat *es* einen Menschen von einer anderen Welt zu mir gebracht, damit ..."

„... du wieder alles in Unruhe versetzt."

„Laß mich mit den alten Worten antworten: *Tasi mapravemo zha'.* Mit höchstmöglicher Wahrscheinlichkeit. Damit ich versuche, das Imperium von neuem zu errichten, damit wieder Kampf ist, wo jetzt Ruhe herrscht. Deshalb verberge ich mich vor ihm. Es hat mir die Rückkehr ermöglicht, dabei hat es mir gleichzeitig ein Versteck geboten, das ich einst nicht hatte. Du allerdings kannst dich nicht verstecken, darum werde ich dir helfen, so gut es geht." (An dieser Stelle brach der Gedankenstrom einen Moment lang ab. Er schien über etwas nachzudenken, von dem Meure nichts wußte.) „... Ja, es will den Kampf, das ist gewiß. Dieses eine weiß ich, denn ich habe zurückgeschaut durch den *Skazenach,* bis zum Anfang und darüber hinaus. Ha! Bis hinter den Anfang! Ich kenne das Geheimnis der Ler und weiß, wie albern es ist. Narren waren sie. Die Heilige Zermille, unsere heilige Frau von Monsalvat, die Beschützerin der Schwachen, die Helferin der Waffenlosen – auf einem Planeten, dessen Volk Gerechtigkeit mit Rache verwechselte und den Unterschied zwischen beiden vergaß. Und doch kannten wir immer die Wahrheit, und sie gingen in die Irre. Wenn wir aber in dieser Frage recht haben, dann frage ich mich, ob es nicht noch viele Dinge auf diesem Planeten gibt, über die nur wir die Wahrheit wissen. So wie über dieses Etwas. Es ist nah, und ich weiß doch, daß es fern ist ..." (Sein Gedanke verblaßte, es war, als würde er zu sich selber sprechen.) „... Wenn es Kampf will, dann soll es diesen selber spüren; doch ich muß es finden, bevor es mich gefunden hat."

„Was ist es, dieses ‚es'?"

„Ich glaube, es kann uns fast genauso schlecht wahrnehmen, wie wir es wahrnehmen können. Aber es kann weittragende Ereignisse bewirken, Strömungen unter den Leuten verursachen. Seine Reichweite ist fast unendlich, aber Feinarbeit fällt ihm schwer, die läßt es andere ausführen. Es beeinflußt sie durch die Orakel."

„Das klingt, als würdest du von einem Gott sprechen."

„Wir reden hier nicht über Religion ... Ich weiß nicht einmal, ob es lebt, jedenfalls nicht in dem Sinne, in dem wir etwas als Lebewesen bezeichnen – wie ein menschliches Wesen, ein Tier oder eine Pflanze."

„Aber du sagtest, daß es über eine Wahrnehmung verfügt: das heißt doch, daß es lebt? Und außerdem bewirkt es Geschehnisse ..."

„Viele Dinge können etwas wahrnehmen, und auch das Unbelebte kann etwas verursachen. Manche eurer Maschinen haben einen bewußten Willen, aber sie sind dennoch Maschinen. Als ich sie zum letztenmal betrachtet habe, waren sie jedenfalls keine Lebewesen ... Einmal habe ich durch Raum und Zeit hinausgesehen, und ich beobachtete einen jungen Mann, der in der Nacht in einem Turm saß und Verse verfaßte. Es spielt keine Rolle, wo und wann das war, wie also sein Verhältnis zu dir und mir und dem verfluchten Monsalvat war. Einiges sprach er laut vor sich hin und arbeitete daran, bis es den richtigen Klang hatte. Seine Worte waren fremd und ungewöhnlich, aber ich habe sie verstanden und nicht vergessen: ‚Die Sprache, ein Phänomen der Chemie, mit Atomen, Molekülen und komplexen Verbindungen, kann in einer geeigneten Umgebung und unter Zusatz der nötigen Reizstoffe zu einer schöpferischen Struktur werden, die aus eigener Kraft Lebensformen hervorbringt. Laute werden zu Wörtern, zu Ideen, die Gestalt annehmen. Wir denkenden Wesen leben zu einer Zeit, die man nur als Vorstufe des eigentlichen Lebens bezeichnen kann; unvorstellbar sind uns die Lebensformen der Zukunft, deren Nährboden wir sind. Es wird eine Zeit kommen, in der wunderschöne, brennende Tiger durch die nächtlichen Wälder unseres Geistes schleichen werden.‘ Was denkst du darüber? Hm? Daß unsere Gedanken eine lebende Gestalt annehmen können? Darum sollst du nicht vorschnell eine Linie zwischen dem Belebten und dem Unbelebten ziehen ... Das Leben kann viele Formen annehmen. Körpergröße, Zeitgefühl und Wahrnehmung, alles ist veränderlich. Ich bin Cretus, und du hältst mich für einen Barbaren, aber ich weiß, daß für ein Wesen, das nur Radiowellen wahrnimmt, die Menschen unsichtbar sind, Geister, die es bekanntlich gar nicht gibt. So ist es doch?“

„Du bist ein Barbar. Wo hast du dies alles gelernt?“

„Ich bin vielleicht ein Barbar, mein Junge, aber ich war ein Kaiser. Ein Kaiser kann alles tun, wozu er Lust hat. Er kann sich mit Drogen betäuben, er kann sich in den Betten der Edelhuren herumtreiben ...“

„Er kann sich der Völlerei hingeben, um keine Sünde auszulassen.“

„Gut erkannt. Fahre fort, wie du begonnen hast. Alle wichtigen Gedanken sind endlose Ketten, aber man muß sie so weit verfolgen, wie es geht. Darin liegt die Meisterschaft.“

„Drogen, Frauen, Trinken, Essen: all dies sind sinnliche Genüsse, alles nur Variationen eines Themas.“

„Mach weiter!“

„Wer an der Macht ist, sucht andere als nur sinnliche Genüsse. ... Aber das Prinzip bleibt immer das gleiche: Einige hätscheln ihr Amt, und andere genießen die Aufgaben, die mit ihm verbunden sind. Wieder andere konzentrieren sich auf die Manipulation der Macht, auf Strategien und Intrigen ...“

„... erfreuen sich am Besitz, an Unterwürfigkeit und Schmeichelei. So kann man endlos fortfahren und redet doch ständig über die gleiche Sache. Die anderen erwarten von dir, daß du so bist, und sie treiben dich diesen Genüssen förmlich in die Arme. Es fiel mir nie leicht, diese Schlingen zu umgehen, denn die Verlockungen wirken ganz selbstverständlich und natürlich. Und als es mir gelang, mich diesem Schicksal zu entziehen, wurde der Druck, den meine Umgebung auf mich ausübte, unerträglich, so stark, daß mir klar wurde, daß ... etwas von ... außerhalb die Menschen in meiner Umgebung steuerte. Nicht so direkt wie ein Marionettenspieler seine Puppen, sondern sehr locker – es ließ sie einfach ihren natürlichen Anlagen folgen, aber nur in eine ganz bestimmte Richtung. Beinahe hätte es sich dabei zu erkennen gegeben, aber als es merkte, daß ich seinen Spuren folgte und ihm sehr nahe gekommen war, verbarg es sich wieder geschickt. Bald danach mußte ich feststellen, daß mir, in jener Zeit, kein Ausweg mehr blieb. Ich war am Ende. Da willigte ich in eine Art Waffenstillstand ein. Was konnte ich sonst tun ..."

Plötzlich schwieg die innere Stimme, als habe sie mehr gesagt als sie wollte, dann fuhr sie fort: „Einiges weiß ich gewiß: Es ist kein Gott, denn seine Wahrnehmung ist beschränkt, und es macht Fehler. Es ist eine Lebensform und keine Maschine, wie seltsam es für uns auch aussehen mag. Und es ist ein Einzelwesen, es gibt keine weiteren Exemplare seiner Art. Es ist beständig, aber es vermehrt sich nicht, das läßt auf einen Groß-Organismus schließen. Aber das ist alles nicht so wichtig. Was zählt ist, daß es ein Einzelwesen und daß es unbeweglich ist, an seinen Standort gebunden."

Aus den letzten Worten hatte Meure eine gewisse Schadenfreude herausgehört, und dies blieb Cretus nicht verborgen.

„Es stimmt schon! Es ist sehr groß, gewaltig, aber es ist auch äußerst verwundbar. Ich weiß, daß ich es töten kann, wenn ich es aufspüre, und genau das habe ich vor."

„Und mich willst du als Köder benutzen?"

„Das stimmt nicht ganz. Denn wir sind ja jetzt eins. Du brauchst nicht zu befürchten, daß ich unsere gemeinsame Heimat einer unnötigen Gefahr aussetze. Du mußt immer bedenken: Es ist schwer aufzuspüren, aber ich weiß, daß es sich nicht bewegen kann. Wenn es das könnte, hätte es diese Welt schon lange verlassen. Ein Kampf ließe sich woanders viel leichter anzetteln. Es ist *hier* angebunden."

„Kam es hierher und sitzt es nun genauso in der Falle wie ihr Klesh?"

„Nein, warte, laß mich nachdenken. Wenn es von anderswo kam, dann ist das schon sehr lange her. Nein, es ist von Anfang an hier gewesen. Nach allem, was ich weiß, ist es hier entstanden."

„Aber es kann andere hierherholen. Es hat mich geholt."

„Und die Ler, unter Umständen, die ... Ja, so ist es. Du bist die Vorhut. Dann sollen die verschiedenen Parteien folgen, die gemischtblütigen Menschen, die die Sterne bereisen, die Ler und diese fremde Rasse, mit deren Schiff ihr gekommen seid."

„Und du/ich, wir sollen diese Mischung zur Explosion bringen?"

„Ja, und es soll *hier* geschehen. Aber das muß ich verhindern. Es ist mir zwar gleichgültig, wenn die Außenweltler einander bekämpfen, aber ein solcher Krieg würde auch für die Klesh das sichere Ende bedeuten."

„Auch bliebe der Kampf nicht auf Monsalvat begrenzt. Deshalb muß auch ich ihn verhindern!"

„Ja, das mußt du auch, wenn dir an deiner Heimat etwas liegt. Was anderswo geschieht, interessiert es nur insoweit, als es Monsalvat betrifft."

„In der ganzen Geschichte hat es noch keinen großen interstellaren Krieg gegeben. Ein paar kleine Konflikte zwar, aber nichts, was das Leben eines ganzen Planeten oder einer Rasse bedroht hätte."

„Dann haben wir ja ein gemeinsames Interesse, und du wirst mir helfen, dieses Ding zu erledigen?"

„Uns bleibt ohnehin keine andere Wahl, denn es wird nicht zulassen, daß du Monsalvat verläßt, und auch die Ler werden es verhindern. Ich fürchte mich selbst vor dem, das du tun könntest, dort draußen, wenn es dir gelänge, von Monsalvat zu entkommen."

„Du willst mich also hier gefangenhalten? Aus diesem Grunde willst du freiwillig auf dieser tödlichen Welt bleiben? Dann wirst du meine Hilfe aber bitter nötig haben, um hier zu überleben. Bis jetzt standest du unter dem Schutz dieser fremden Macht, aber was sie anstrebte, ist nun erreicht, und ich glaube kaum, daß sie dich weiter so beschützen wird, wie sie es bisher getan hat. Seit wir aus Cucany heraus sind, ist alles sehr glattgelaufen. Laß dich davon nicht täuschen."

„Du hast mir nicht gesagt, welches für dich die größte Verlockung war, als du noch über diesen Kontinent herrschtest!"

„Wozu mußt du wissen, ob es eine solche gab? ... Und was damals noch alles geschah? Ich werde es dir nicht sagen. Diese Zeiten sind endgültig vorbei."

Cretus zog sich überraschend zurück, ohne seinen Gedankengang zu beenden. Seine Gegenwart verblaßte, bald war er nicht mehr zu spüren. Seit sie aus der Festung geflohen waren, hatte sich Meure nicht mehr so frei gefühlt. Vielleicht schirmte sich Cretus so gut ab, weil er nachdenken wollte; Meure jedenfalls empfand eine tiefe Erleichterung. Aber es war ihm auch klar, daß er sich nie mehr von Cretus würde befreien können. Wie sollte man den Vorgang umkehren, der sie verbunden hatte? Würden sie es je lernen, miteinander auszukommen? Er sah keinen Ausweg.

10

„Es ist schwer zu erklären und noch schwerer zu verstehen, daß die Wahrheit in der innersten Kammer der Seele wohnt und nicht ausgesprochen werden darf, weder durch Worte noch durch Schweigen. Auch alle Versuche, sie zu umschreiben, entstellen sie, da unsere Sprache durch subjektive Erfahrung geprägt ist. So gerät die Wahrheit zur Karikatur, wenn wir ihr mit unseren Ausdrucksmitteln beizukommen versuchen. Nun wird aber der Wirklichkeitsgrad aller Dinge durch die ihnen innewohnende Wahrheit bestimmt, und es ist kein philosophisches Paradoxon, sondern eine Lehre der Erfahrung, wenn wir erkennen, daß wir der äußeren Erscheinung gerade dann besonders mißtrauen müssen, wenn diese uns besonders ‚wahr' erscheint."

A. C.

Während des langen inneren Dialoges mit Cretus hatte Meure kaum darauf geachtet, was um ihn herum geschah. Es war ohnehin nicht der Mühe wert. Die Zeit auf dem Fluß verstrich in schleppender Einförmigkeit, und die Beziehungen der Gruppenmitglieder zueinander waren endgültig festgelegt.

Aber inzwischen war jemand still und unauffällig neben ihn an die Bordwand der Barke getreten: Ingraine Deffy, das Mädchen, das ebenfalls mit der *Ffstretsha* gekommen war.

Meure hatte Spaß an Mädchen, ohne daß er sie besitzen wollte. Aber er konnte sich leicht vorstellen, daß die schlanke Ingraine sehr leicht Besitzansprüche erwecken konnte. Aus der Ferne betrachtet war sie einfach ein hübsches Mädchen, nicht einmal besonders auffällig. Wenn man ihr jedoch dicht gegenüberstand, war sie von einer atemberaubenden, fast übermenschlichen Schönheit. Die Eleganz ihres schmalgliedrigen Körpers wirkte zerbrechlich kostbar, und ihre Haut war durchscheinend zart. Die ebenmäßigen Gesichtszüge waren wie von der Hand eines Meisters gestaltet. Sie waren vollendet. Die Ereignisse seit der Notlandung hatten in der fast kindlichen Feinheit dieses Gesichts kaum Spuren hinterlassen.

Meure war kein schneller Straßen-Casanova (so schätzte er Cretus ein), aber auch kein unerfahrener Dorfjunge. Er war gewitzt genug, um aus eigenen Erfahrungen beurteilen zu können, daß Ingraine nicht so jung war, wie sie wirkte; und die Schrecken, denen sie entrinnen mußten, hatten sie kaum in Panik versetzt. Aber – ganz gleich, ob sie das wollte oder nicht – es ging von ihr ein Schutzbedürfnis aus, dem sich niemand entziehen konnte. Sie hatte es gelernt, ihr Verhalten ihrem Äußeren anzupassen. Ein feines Gespür verriet ihr die Gefühle, die ihr die anderen entgegenbrachten, und sie verstand es, sie zu ihrem Vorteil auszunutzen. Es fragte sich nun, was sie wohl als ihren Vorteil erkannt haben mochte.

Die Situation bereitete ihm Unbehagen. Meure und Halander waren nur zufällige Gefährten, keine echten Freunde, und Halander hatte sie schon an Bord des Schiffes für sich beansprucht.

Ingraines Verhalten beunruhigte Meure. Es beschwor nur neue Probleme herauf, und er war der Meinung, daß die Lage bereits kompliziert genug war.

Bisher schien sie ihn kaum wahrgenommen zu haben, doch jetzt stand sie neben ihm, strich sich ihr glänzendes braunes Haar aus der Stirn und starrte traumverloren über das Wasser. Ihre vollen Lippen verzogen sich nachdenklich.

Was hatte Cretus gesagt? *Gedanken sind eine endlose Kette, aber man muß ihr so weit folgen, wie man kann.* Er zweifelte nicht daran, daß er von Cretus viel lernen konnte, und er wandte Cretus' Satz auf ihre Situation an: Ingraine hatte gespürt, daß Cretus eine starke Persönlichkeit war, und jetzt wollte sie sich diesem neuen Partner anschließen ... Ingraine konnte sie in ärgere Verwicklungen stürzen als alles, was sie bisher auf Monsalvat erlebt hatten. Die Lage spitzte sich bereits zu. Er brauchte sich gar nicht umzudrehen, um Halanders aufsteigende Wut wahrzunehmen. Was würden die anderen denken? Tenguft? Audiart? Ja, und wie war es mit Cretus? Er sah sich nach innen und nach außen um, aber alle hatten sich zurückgezogen. Er war auf sich selbst angewiesen.

Sie fragte so leise, als sei es nur für seine Ohren bestimmt: „Woran denkst du gerade?"

„Wer, ich? Ja, ich dachte ... äh ... wieso? Ich hätte nicht geahnt, daß ich einmal solche Abenteuer erleben würde, als ich auf Tankred auf der *Ffstretsha* angeheuert habe."

„Ja, schreckliche Dinge sind geschehen. Glaubst du, daß wir je von diesem ... Monsalvat gerettet werden?"

„Ich hatte schon alle Hoffnung aufgegeben, aber die Ler glauben, daß irgendwann ein Spsom-Schiff hierherkommen wird. Wenn wir dann noch leben, wird es uns sicher mitnehmen." Er fragte sich, warum sie bei dem Wort Monsalvat gezögert hatte.

„Aber die Spsomi haben uns doch verlassen und sind bei den Jägern geblieben ..."

„Ich glaube, daß sie einfach dicht bei der Absturzstelle bleiben wollten. Vielleicht hoffen sie auch, daß die Haydars es mit ihren hochempfindlichen Sinnesorganen lange vorher spüren werden, wenn ein Schiff kommt. In der Zwischenzeit können sie sich mit etwas Sport die Zeit vertreiben."

„Und wir müssen in jeder Minute um unser Leben bangen. Ich dachte, die Jäger wollten uns auffressen. Warum taten sie es eigentlich nicht?"

„Soviel ich weiß, folgen sie bei allen ihren Taten einem System von Orakeln und Prophezeiungen. Man kann auch sagen: Ihre Geister befahlen ihnen, uns zu dieser Festung zu verfrachten. Außerdem ... glaube ich nicht, daß sie uns tatsächlich verspeist hätten. Sie betrachten uns nicht als *Wild.* Sie hätten uns wahrscheinlich eher als lästiges Gepäck irgendwo abgeworfen oder uns an einen anderen Stamm verkauft. Wer weiß? Wir stellen für sie keine Bedrohung dar, und das hatten sie sicher schnell erkannt. Von allen Klesh, die wir bisher gesehen haben, scheinen sie am meisten zu taugen. Zumindest sind sie sehr aufrichtig, auch wenn sie ein wildes Leben führen. Ich wünschte, ein paar von ihnen würden uns dorthin begleiten, wohin wir jetzt ziehen."

„Ich dachte, wir würden über diesen langweiligen Fluß fahren, damit wir von der Festung wegkommen. Wohin reisen wir denn?"

Meure war durchaus auf der Hut, auch wenn er es sich nicht anmerken ließ. Er wußte, daß Ingraine eigentlich zu Cretus sprach und nicht zu ihm, Meure Schasny. Cretus hatte sie zum Fluß und zu diesem Boot geführt; Cretus wußte, was dort liegen mochte, wo dieser stinkende Fluß sich in den stürmischen Golf zwischen den beiden südlichen Halbinseln von Kepture ergoß. Das wußte er besser als sie alle, Tenguft eingeschlossen. Wenn er also dahin unterwegs war – welchen Grund hatte er dafür? Ingraine spürte, daß das Land nichts Neues zu bieten hatte, aber eine Stadt, das bedeutete Veränderung, das war eine Brücke, die ins Ungewisse führte. Er sagte schlicht: „Zu einer Stadt."

„Gibt es denn tatsächlich Städte auf diesem Planeten?"

„Ja, das hat man mir erzählt. Aber sie sehen sicher nicht so aus wie die Städte, die ich kenne, eher wie etwas aus der tiefsten Vergangenheit." Er versuchte, sie abzulenken: „Kommst du auch von Tankred?"

Ingraine schüttelte heftig den Kopf, ihre braunen Locken wirbelten durch die Luft. „Nein. Hast du das nicht gewußt? Nun, offenbar hast du es nicht mitbekommen. Ich bin in Flordeluna an Bord gekommen."

Meure blickte zur Seite, um seine Überraschung zu verbergen. „Das ist ja . . ."

„. . . ganz schön weit weg", beendete sie seinen Satz. „Ich weiß."

„Woher ist Audiart gekommen, auch von Flordeluna?"

„Hat sie es dir nicht erzählt?"

„Nein, ich habe sie nicht danach gefragt."

„Sie war schon an Bord, als ich kam. Mir hat sie es auch nicht erzählt. Manches in ihrer Art deutet darauf hin, daß sie von einer ähnlichen Welt wie Tankred kommt, aus einer abgelegenen Gegend . . ."

Meure sah darin keine Beleidigung. Er wußte, daß Tankred ein ziemlich entlegener Fleck war. Flordeluna lag auf der anderen Seite der zentralen Sonnensysteme. Wenn Audiart schon vor Ingraine an Bord war und von einem Kolonieplaneten stammte, dann mußte dieser sehr weit draußen auf der anderen Seite liegen, fast schon im Spsom-Gebiet. Er fragte: „Haben euch die Ler genauso angeheuert wie uns?"

„Sie haben uns angeheuert, aber nicht so wie euch. Audiart und ich, wir waren schon an Bord, als das Ler-Mädchen das Schiff gechartert hat. Wir konnten entweder das Schiff verlassen oder einen Job bei der Ler-Gruppe annehmen. Wir waren damals gerade auf einem Ler-Planeten, und da wollte ich auf keinen Fall hängenbleiben!" Ihre letzten Worte klangen sehr hitzig; der Gedanke, daß eine ganze Welt ausschließlich von Ler bewohnt würde, schien ihr unerträglich zu sein.

„Haben sie denn dort keine Transi*?"

„Auf Lickrepent? Doch, natürlich. Aber man muß ganz schön schuften, bis man da wieder rauskommt. Dazu hatte ich keine Lust." Sie sah selbstbewußt von der Seite zu ihm auf. „Ich ziehe es vor, nicht härter zu arbeiten, als es unbedingt nötig ist; und da gebe ich schon lieber das Dienstmädchen für ein paar Ler-Aristokraten ab, als daß ich mich in einer Transi abrackere. Aber eigentlich hätte ja alles noch viel schlimmer kommen können. So habe ich wenigstens später eine interessante Geschichte zu erzählen." Sie ließ ihre Locken noch einmal fliegen und blickte lächelnd zum Himmel hinauf.

Da steht sie nun, dachte Meure, *ein schlankes Mädchen, das aussieht, als ob es noch in die Schule gehen würde.* Und doch war diese Ingraine erfahren genug, um allein durch das Weltall zu trampen. Mut hatte sie also, und sie war auch . . . gefährlich. Audiart hatte sich ihm hingegeben, ohne etwas zu fordern, ohne an morgen zu denken. Tenguft hatte ihn zu etwas benutzt, dessen Zweck ihm dunkel geblieben war, aber sie hatte etwas mit ihm geteilt. Doch Ingraine hatte ihren Preis, und er war sich nicht sicher, ob er ihn zahlen konnte – oder wollte. Wollte sie, daß er Cretus ganz die Herrschaft über seine Person überließ? Er wußte nicht, ob Cretus bereit war, einen Preis zu zahlen, ganz gleich, wie hoch er sein mochte. Cretus haßte alle Einschränkungen und Verpflichtungen . . . Doch wenn Meure sie länger betrachtete, die glatte Haut ihres schlanken Halses, den zarten Körper unter dem geborgten Ler-Oberkleid, dann spürte er, wie das Begehren in ihm wuchs. Meure sah sich schuldbewußt um. Ihm war nicht wohl in seiner Haut, und Cretus hielt sich natürlich zurück und ließ ihn mit dieser wichtigen Entscheidung allein. Wahrscheinlich wollte er ihm auch noch gemütlich dabei zusehen . . .

Halander starrte vom Bug aus finster zu ihnen herüber, hin und wieder bewegte er sich unentschlossen auf der Stelle. Tenguft schien den ganzen Vorgang zu ignorieren. Audiart wich Meures Blicken aus. Sie wirkte traurig. Offensichtlich machte sie sich Sorgen um ihn

* Umgangssprachlich für „Transit-Stadt." Eine solche Siedlung gab es bei den meisten größeren Raumhäfen.

und war nicht eifersüchtig auf das Mädchen. Er mußte eine Entscheidung treffen; dieser Gedanke lastete schwer auf Meures Schultern. Doch ganz gleich, wie er sich entschied, irgend jemanden würde er sich zum Feind machen, und er konnte sich keine neuen Feinde leisten. Auch Cretus konnte zu seinem Feind werden, und er war ein schrecklicherer Feind, als ihn je ein Mann hatte.

Einer der Bootsleute rief plötzlich seinen Gefährten etwas zu und begann aufgeregt zu zittern. Sofort versammelten sich die anderen bei ihm am Heck der Barke. Alle spähten nach Westen, flußaufwärts. Irgend etwas mußte dort im Wasser verborgen sein. Die Mischlinge der Besatzung schwatzten wild durcheinander, doch Meure konnte nicht entdecken, was sie so aus der Fassung brachte.

Die Aufregung der Bootsleute schlug in Panik um. Einer kletterte auf die Reling und schrie den Passagieren etwas zu. Meure beobachtete angestrengt die Wasseroberfläche, aber da gab es keine auffällige Veränderung. Er fragte sich, was in die Männer gefahren war ... Doch, in weiter Ferne war die Wasseroberfläche etwas bewegt, der unregelmäßige Fleck bewegte sich vage in ihre Richtung. Irgendein Tierkörper war allerdings nicht zu erkennen, und erst recht konnte man keine Einzelheiten ausmachen.

Der Mann auf der Reling stieß einen langen, klagenden Schrekkensruf aus. Seine Stimme überschlug sich, während der Schrei über das Wasser schallte. Es lag ein Entsetzen in diesem Laut, das sich nicht in Worte fassen ließ. Dann schwang sich der Mischling über das Geländer, sprang ins Wasser und schwamm auf das südliche Ufer zu, das nicht allzuweit vom Schiff entfernt war. Die verbliebenen Bootsleute zögerten; sie tauschten fragende Blicke untereinander aus, schauten dann auf ihren Gefährten im Wasser, auf das Boot und wieder auf den Fluß. Einer nach dem anderen kletterten sie über die Reling und sprangen ins Wasser. Der Fluß war noch ruhiger geworden, seine Oberfläche war starr wie geschmolzenes Glas. Die kräftigen Schwimmstöße der Bootsleute verursachten nicht die kleinste Welle.

Die Passagiere sahen sich unsicher an. Die Bootsleute hatten ihr Schiff aufgegeben! Morgin hatte nachdenklich vor sich hin gedöst, aber jetzt hastete er zum Heck der Barke. Meure und Ingraine schlossen sich ihm an. Sie liefen an Tenguft vorbei, die sich nicht von ihrem Platz gerührt hatte, aber auch sie starrte unter ihren dichten Brauen hervor gebannt flußaufwärts.

Im Südwesten hinter sich sahen sie jetzt die Köpfe der Bootsleute im Wasser, die weiter verzweifelt auf das Ufer von Ombur zuschwammen. Mit einem schmatzenden Geräusch stieg zwischen ihnen eine kleine Wassersäule auf, und dann gab es einen Kopf weniger. Meure spürte, wie sich seine Nackenhaare sträubten. Was war das für eine Kreatur, vor der die erfahrenen Bootsleute flohen wie aufgescheuchtes Wild?

Die Passagiere standen nebeneinander an der Heckreling und schauten auf den Fluß. Etwas kam näher, schwamm auf die Barke zu. Es hatte keine erkennbare Form und schwebte dicht unter der Wasseroberfläche, wie von einer unsichtbaren Kraft getragen. Meure blickte Morgin fragend an, doch dessen Gesicht war ausdruckslos. Hier hatten sie es mit einem Phänomen Monsalvats zu tun, das dem Mittler noch nicht untergekommen war.

Tenguft glitt in einer katzenhaften Bewegung von dem Stapel, auf dem sie gesessen hatte, und trat dicht hinter Meure. Sie ließ ihre Augen nicht von der Erscheinung im Wasser. Meure blickte sich zu ihr um, aber sie beachtete ihn nicht.

Er wandte sich wieder dem rätselhaften Objekt zu. Es war jetzt nahe am Boot und schwebte weiter auf sie zu. Man konnte nicht erkennen, wie es sich eigentlich im Wasser bewegte, und es gelang Meure nicht, die Erscheinung genau zu fixieren, so sehr er sich auch bemühte. Das Ding entzog sich der Wahrnehmung durch die gewöhnlichen menschlichen Sinne. Es war von bräunlicher Farbe, aber es hatte keine klare Kontur. Seine Gestalt änderte sich dauernd: Manchmal wirkte es klein und weit entfernt und Augenblicke später riesig und in unmittelbarer Nähe. Meure kannte kein Lebewesen, mit dem er es annähernd hätte vergleichen können.

Er sah Tenguft an. Das Mädchen hatte die Lippen zusammengepreßt und konzentrierte seine ganze Aufmerksamkeit auf das unbekannte Wesen. „Was ist das?“ fragte Meure. „Warum fürchten sie sich so davor?“

Sie antwortete ihm, ohne ihn anzusehen: „Es gibt sehr alte Geschichten, die davon berichten.“ Sie sprach sehr leise, so als ob sie etwas nicht aus dem Schlaf aufschrecken wollte. „Aber ich selbst habe es noch nie gesehen; ich kenne auch niemanden, der es je gesehen hätte. Unsere Riten dienen dazu, das Erscheinen solcher Dämonen zu verhindern. Es ist schlimm, daß uns dieser Dämon erscheint. Das kann Schreckliches bedeuten.“

Meure wiederholte seine Frage: „Was ist das?“

Sie fuhr fort: „Die *Lami* Sari Au Aderbe ist einst ganz allein einem entgegengetreten, um ihren Stamm, die Tahiret, zu retten. Gambir ’Am-sekeb, der heilige Mann, hat eines herbeigerufen, um den großen Krieg von N’Guil-Ellem zu beenden. Man sagt, daß Imrem Galtaru sich mit einem verbündete und daraufhin von den Haydars ausgestoßen wurde. Man erklärte ihn zur Jagdbeute, und die Größten meines Volkes machten sich auf, um ihn zu verfolgen, aber sie hatten keinen Erfolg und kehrten ohne Trophäe zurück. Und manch ein tapferer Haydar-Krieger war unfähig, darüber ehrenhaft zu berichten ...“

„Soll das heißen, daß sie es gesehen hatten, aber nicht darüber sprechen konnten?“

Morgin unterbrach sie taktvoll: „Sie versucht anzudeuten, daß die großen Krieger auf eine Art verschwunden sind, die nicht dazu angetan war, ihnen ihr ehrenhaftes Andenken zu sichern ...“

Tenguft nahm ihren Bericht wieder auf. „... Ebdallan Yamsa kehrte ohne seinen Speer nach Illili zurück; vor Furcht kroch er auf allen vieren. Da gaben sie die Jagd nach dem elenden Imrem auf. Er sei verflucht in Ewigkeit. Das Namenlose aber haben wir nicht vergessen, und wir hüten uns vor ihm. Ich weiß nicht, warum es jetzt gekommen ist, und Morgin, der einen Wendel sein eigen nennt, weiß es auch nicht.“

Die Erscheinung hatte sich inzwischen weiter genähert. Sie war höchstens noch einen Steinwurf von der Barke entfernt. Doch sie bewegte sich nicht weiter auf sie zu, sondern trieb in etwa gleichbleibendem Abstand hinter ihnen. Auch jetzt gelang es Meure nicht, das Ding genau zu erkennen. Sein Umriß blieb verschwommen, und seine Form und innere Struktur änderten sich so schnell, daß man keine Einzelheiten ausmachen konnte. Meure kniff die Augen zu schmalen Schlitzen zusammen und versuchte sich ganz auf das Wesen zu konzentrieren, aber es half nichts. Es gelang seinen Sinnen nicht, die rasenden Veränderungen, die er wahrnahm, zu einem beständigen Bild zusammenzufassen. Kein Geräusch begleitete die Erscheinung. Meure war davon überzeugt, daß es sich um ein lebendes Wesen handelte, aber da war nichts, worauf er diese Vermutung stützen konnte. Es konnte sich sogar nur um eine außergewöhnliche Turbulenz des Wassers handeln.

Dann sprach das Ding plötzlich, mit einer Stimme, die aus großer

Ferne kam und gleichzeitig direkt neben dem Ohr zu schweben schien: „Wo ist Cretus?“

Tenguft hob ihren Speer. „Cretus ist nicht hier. Entferne dich! Wir sind Pilger, die dem Orakel von Dossolem folgen müssen. Ich habe es gelegt, und ich habe es gedeutet. Ich weiß, daß für dich kein Platz darin ist.“

Es erwiderte: „So nicht, Haydar! Ich gebe die Deutung: Cretus wirft einen Schatten, der mir nicht verborgen bleibt. Lange Zeit war er an einem Ort, zu dem ich keinen Zutritt habe. Doch jetzt ist sein Schatten hervorgekommen. Ich habe von Cucany gehört, die Spiegeldeuter haben mir alles erzählt. Dort hat man große Furcht vor mir. Doch dort ist Cretus jetzt nicht mehr. Ich sehe seinen Schatten, doch ich suche sein Ich.“

„Hier ist kein Cretus!“ rief Meure. „Hier gibt es keinen solchen Mann!“

Das Wesen schien sich neu zu orientieren und seine Aufmerksamkeit auf Meure zu richten. Dazu benötigte es einige Zeit, doch dann spürte Meure geradezu körperlich die ganze Wucht der Konzentration dieser namenlosen Masse. Ein Druck legte sich auf seine Brust, der ihn zurückweichen ließ. Es sagte: „Ich erkenne dich. Du bist von Monsalvat gekommen. Aber der Schatten, den du wirfst, ist Cretus' Schatten.“

„Cretus hat versucht, mich in Besitz zu nehmen, aber ich habe ihn abgewiesen. Du mußt ihn woanders suchen.“

„Ich soll mich irren? Das ist nicht möglich. Ich folge Cretus' Weg, und ich sehe seinen Schatten. Etwas ist falsch, das stimmt, aber der Fehler ist irgendwo hier zu suchen. Er kann seinen Schatten an andere Personen heften. Er ist nur noch ein Schatten. Ja, so muß es sein!“ Das Wesen setzte sich in Bewegung, kam näher an die Barke heran. Es wollte Cretus und Meure.

Meure wünschte verzweifelt, er könne sich von Cretus befreien. Seine Angst vor Cretus war nicht so groß wie die vor dieser schrekkenerregenden Erscheinung. Was würde mit ihm geschehen, wenn sie versuchte, Cretus von ihm zu trennen? Ohne darüber nachzudenken, hielt er plötzlich das Messer in der Hand, das Tenguft ihm geschenkt hatte. Er riß den Arm hoch, und das Messer flog, mit der Spitze voran, genau auf das Zentrum des Wesens zu. Die Waffe traf auf, flog dann jedoch zurück, auf genau dem gleichen Wege, wie sie gekommen war. Sie schnellte ihm in die geöffnete Hand zurück, und

Meure wiederholte alle seine Wurfbewegungen in umgekehrter Reihenfolge. Er zielte kurz und warf noch einmal. Diesmal traf er etwas seitwärts von der ersten Stelle, und die Klinge flatterte leicht auf ihrer Flugbahn.

Wieder prallte sie von dem Objekt zurück, doch diesmal tauchte sie mit einem lauten Klatschen ins Wasser ein. Eine Gischtfontäne stieg auf. An der Stelle, wo das Messer den Flußdämon berührt hatte, quoll eine Dampfwolke aus dem Wasser. Schnell wuchs sie zu einer mächtigen Säule, und unter einem zischenden Pfeifen verbreiterte sie sich ständig. Bald war ein großer Teil des Flusses von weißem Dunst bedeckt. Da verebbte das Zischen plötzlich, so als ob es sich sehr schnell entfernte. Als der Dunst verweht war, war die Erscheinung verschwunden.

Meure fragte sich, was seine Tat mit dem Vorgang zu tun haben konnte. Vielleicht hatte er das Objekt an einer sehr empfindlichen Stelle getroffen, und es mußte sich zurückziehen. Wahrscheinlich würde es bald zurückkehren. Er sah hinüber zu der Stelle, wo das Messer verschwunden war. Es war unwiederbringlich verloren. Er hoffte, daß Tenguft ihm zugestand, daß er es einem guten Zweck geopfert hatte. Kleine Wellenringe liefen dort über die Wasserfläche, aber bald waren auch die vergangen.

Es war Nachmittag, aber die Sonnen waren unter einer hohen Dunstschicht verborgen. Durch die trübe Atmosphäre und die Reflexionen der Wasseroberfläche hatte das Licht einen fettigen Beigeton angenommen, bei dessen Anblick Meure Ekel empfand. Eine bedrohliche Stimmung beherrschte die ganze Umgebung. Seit ihnen die Wasserkreatur erschienen war, waren alle in tiefes Schweigen versunken. Niemand ließ den Fluß längere Zeit aus den Augen, da alle fürchteten, daß sie jeden Moment wieder auftauchen konnte.

Das Licht ließ weiter nach, die Wolken verfärbten sich giftig graugrün. Die fernen Uferlinien waren immer schlechter auszumachen, bald waren sie völlig unsichtbar. Morgin und Tenguft verteilten harte Brotscheiben, und jeder erhielt seine Wasserration. Als die Nacht hereinbrach, suchten sie Schutz vor der Feuchtigkeit, die in der Luft hing. Nach einer Weile waren alle in einen erfrischenden Schlaf versunken.

Der Tag war noch nicht angebrochen, als Meure erwachte. Er dachte, er hätte ein Geräusch gehört, doch als alles stillblieb, wollte er sich wieder zum Schlafen zusammenrollen. In seiner Nähe bewegte sich etwas, ein warmer Körper schmiegte sich an den seinen. Es war eines der Mädchen, aber er wußte nicht, welches, denn es hatte sich in eine der rauhen Decken gewickelt, die sie auf dem Boot gefunden hatten. Tenguft war es wohl kaum, denn die Eckigkeit ihres Körperbaus wäre ihm auch unter der Decke nicht verborgen geblieben. Schläfrig öffnete er die Augen und versuchte etwas zu erkennen.

Dichter Nebel stand über dem Fluß, der nicht von diesem aufgestiegen war, sondern von oben auf ihn niederdrückte. Es regte sich kein Lüftchen. Dicke Tautropfen bedeckten das Holz des Bootes. In der Luft war ein neuer Geruch. Es drang nicht mehr allein der gewohnte Gestank des fauligen Wassers an seine Nase, wenngleich dieser das andere Aroma fast völlig überlagerte. Es roch nach Rauch und nach Geröstetem, ein schaler, abgestandener Geruch. Sie näherten sich irgendeiner Ansiedlung. Meure hielt nach Lichtern Ausschau, aber er sah nur völlige Finsternis. Nein, ganz in der Ferne schimmerte es etwas heller.

Er lauschte. Das Mädchen atmete regelmäßig, aber es schlief nicht. Es wartete. Aus der Ferne, getragen von dem dichten Nebel, drang ein schwaches Geräusch an sein Ohr, ein rhythmisches Klopfen, das eine Weile anhielt und dann verstummte. Etwas leiser noch hörte er den Atem des Mädchens. Die angenehme Wärme ihres Körpers war wie eine Aufforderung. Das Klopfen setzte wieder ein und wurde allmählich lauter. Diesmal hörte es nicht wieder auf.

Meure atmete tief ein und schmiegte sich enger an das warme Bündel zu seiner Linken. Er spürte, wie sich sein Pulsschlag erhöhte. Wer mochte es sein? An welcher Stelle der Barke befand sich Halander? Das Klopfen kam nun in unregelmäßigen Abständen. Jetzt wurde es schneller. Er ergriff das Mädchen bei der Schulter, tastete nach seinem Gesicht. Da bewegte sich die Unbekannte plötzlich und warf sich über ihn. Die Decke hatte sie kurz geöffnet und sie mit einer geschickten Bewegung so über sie beide geworfen, daß sie nun völlig darunter verborgen waren. Es beruhigte ihn, daß sie darauf achtete, daß sie unentdeckt blieben. Allerdings hatte er so keine Chance, seinen nächtlichen Besucher zu erkennen. Im Nacken spürte er eine warme, feuchte Berührung, einen liebevollen Kuß auf dem Schlüsselbein und dann einen kleinen, schmerzhaften Biß in der Schulter. Seine Hände glitten über warme, trockene Haut. Die unförmigen langen Schöße des Oberkleides wanderten wie von selbst an ihrem Körper hinauf. Zu diesem Zweck also sind sie so geschnitten, dachte er lächelnd.

Sie sagte kein Wort, überhaupt kein Laut drang von ihren Lippen. Auch er schwieg, denn er spürte, daß Worte den Zauber des Ereignisses nur zerstören konnten. Er suchte sie mit seinem Mund, und er fand ihr Ohr und ihre schmale Schulter, die er mit zarten Küssen bedeckte. Ihre Beine waren kühl, doch ihr Atem traf ihn heiß. Ihre Körper fanden mit natürlicher Selbstverständlichkeit zueinander, ein paar leichte Bewegungen, ein gelegentlicher sanfter Druck genügten. Sie war leicht wie eine Feder. Er fühlte kein Gewicht auf seinem Körper. So gab er sich ganz der Erregung hin, die in ihm wuchs. Es gab nur noch Gefühle, keine Gedanken. Mit jäher Plötzlichkeit kam die heiße Erlösung für ihn, und einen Moment später versteifte sich ihr Körper, und sie hielt den Atem an. Er hob horchend den Kopf; er konnte sich nicht erinnern, wann das Klopfen aufgehört hatte.

Lange Zeit verharrten sie bewegungslos und spürten, wie Puls und Atem wieder zu ihrem gewohnten Takt zurückfanden. Meure versuchte, die Körpergefühle zu bewahren, die ihm geblieben waren: Die warmen Stellen, wo sie sich am längsten berührt hatten, und die abgekühlte Haut, die nicht von der Decke geschützt gewesen war, ihr Duft, in den sich süßliches Blütenaroma mischte, die Art, wie ihre Hände seinen Körper berührten; eine lag noch immer unter ihm, und die andere massierte zärtlich seine Schulter . . . Etwas war ungewöhnlich an der Berührung dieser Hand, besonders jetzt, da sie sich auf seiner Schulter abstützte, weil das Mädchen sich von ihm lösen wollte. Der Druck ihrer Hand verteilte sich auf drei Stellen, anders als bei einem Menschen, der Daumen und Finger einander gegenüberstellt und dessen Hand so auf zwei Stellen drückt. Insgeheim versuchte er, ihre Handstellung mit seiner rechten Hand nachzuahmen, die auf ihrem Oberschenkel ruhte. Es gelang ihm nicht, da er seinen kleinen Finger nicht soweit zurückbiegen konnte. Ein plötzlicher Verdacht befiel ihn, und mit der anderen Hand griff er nach dem Haar des Mädchens. Das Haar war kurz, glatt und seidenweich. Flerdistar.

Meure wühlte sich aus der schweren Decke, und das erste Licht des Morgens traf ihre Gesichter. Es war noch sehr schwach und hatte eine zarte bläuliche Färbung, wie er sie noch nie zuvor gesehen hatte. Er blickte in ein aufmerksames, schmales Gesicht, dessen Lippen sich zu einem feinen Lächeln geöffnet hatten, das nicht eine Spur von Gemütsbewegung zeigte.

11

„Die Überlegenheit eines Menschen zeigt sich an dem unsichtbaren Einfluß, den er auf Generationen von Menschen gehabt hat."

A. C.

Meure wagte kaum, sich zu bewegen. Er vermied jedes Geräusch. Er schaute nicht einmal umher, lauschend versuchte er den bläulichen Dunst zu durchdringen. Überall um sie herum waren ferne, schwache Laute zu hören, die sich zu einem zarten Geflecht verwoben, das in nichts dem Schweigen oder dem Lied des Windes in der Wildnis glich. Auch das Klopfen, das ihm schon früher aufgefallen war, drang wieder an sein Ohr. Jetzt war es viel schwächer geworden und hob sich kaum noch von den anderen Geräuschen ab. Wie das Klatschen kleiner Hände trafen Wellen in unregelmäßigen Abständen die Bordwand. Er hatte das deutliche Gefühl, daß sie sich inmitten einer großen Ansiedlung befanden, von der sie nur die weite Wasserfläche des Flusses trennte. An Bord der Barke war es völlig still. Das beruhigte ihn kaum. Er vermutete, daß Clellendol sich völlig geräuschlos in der Dunkelheit bewegen konnte, wenn er es darauf anlegte. Aber andererseits hatte er schon auf dem Schiff wenig Interesse für Flerdistar gezeigt, und auch später hatte er sie kaum beachtet.

Flerdistar schien seine Gedanken gelesen zu haben. Sie rückte ganz dicht an ihn heran und wisperte direkt in sein Ohr: „Keiner hat etwas gesehen. Das weiß ich ganz sicher. Ich kann mich nachts fast genauso leise bewegen wie Clellendol. Wir haben eine Zeitlang gemeinsam trainiert, und ich habe ihm viel abgeschaut."

„Hat er auch etwas von dir gelernt?" fragte Meure ebenso leise.

„Das eine oder andere. Aber wie man es anstellt, aus den Geräuschen der Gegenwart den Ton der Vergangenheit herauszuhören, das hat er nicht gelernt. Dazu gehört mehr als die Fähigkeit zu nächtlichem Stehlen und Herumschleichen."

„Wie ist es mit Cretus?"
„Auch Cretus hat diese Fähigkeit jetzt nicht mehr. Er kann nur noch seine eigene Vergangenheit sehen. Aber ich werde aus ihm die Wahrheit herauslesen, nach der wir so lange gesucht haben ... Und was unser kleines ... äh ... Abenteuer betrifft, so brauchst du dir wirklich keine Sorgen zu machen." Sie stieß ihn leicht mit der Hüfte an. „In dem Alterszyklus, in dem Clellendol und ich uns befinden, gibt es so etwas wie Eifersucht noch nicht. Und was Clellendols Verhältnis zu mir betrifft ..." Sie unterbrach sich, vielleicht fand sie nicht das passende Wort, vielleicht mochte sie es auch nicht aussprechen. Dann straffte sie sich, und ihre Stimme nahm wieder den sachlichen Klang an, den Meure von ihr gewohnt war: „Es interessiert ihn nicht, was ich tue und mit wem ich es tue. Das wirst du wahrscheinlich längst selbst gemerkt haben."
„Ja, das habe ich."
„Bedenke bitte, daß Morgin seine Blüte lange hinter sich gelassen hat und daß Halander ein Mondkalb ist ..."
Meure unterbrach sie: „... und daß ich Cretus habe."
„Das ist wahr. Aber du darfst nicht denken, daß das der einzige Grund war. Wenn du es willst, kann ich dich von Cretus befreien – hast du das gewußt?"
„Wie willst du das fertigbringen?"
„Es gibt Methoden, die sich auf solche Existenzzustände anwenden lassen. Das gehört zu meiner Ausbildung. Wir hatten schon vorher die Theorie aufgestellt, daß es hier ein Wesen wie ihn geben müsse, darum haben wir versucht, seine Person aus dem zu rekonstruieren, was wir über diese Welt wußten, sowie aus den Gerüchten, die von hier durch das Weltall zu uns gedrungen sind ... Danach haben wir dann ein Verfahren erdacht, mit dem man seine Person isolieren und aufbewahren könnte."
Ihre Theorien erheiterten Meure. Er kicherte. „Jetzt habt ihr euch wegen Cretus all die Arbeit gemacht ... und du kommst nicht an ihn ran. Und er nicht an dich."
Flerdistar brachte ihren Mund wieder dicht an sein Ohr und sagte kalt: „Wir haben einen Fehler gemacht. Es ist uns nicht gelungen, seine Person als Gesamtheit, als ungespaltene Identität in die Hände zu bekommen. Wir kannten Cretus eben nicht wirklich. Aber mir kann es immer noch gelingen."
Meure schüttelte den Kopf. „Euer Irrtum ist viel schwerwiegen-

der. Cretus ist machtlos. Er ist in seiner Zeit ein Machtfaktor gewesen, aber jetzt ist er nur ein Mann aus der Vergangenheit. Ich bin das Opfer eines einzigartigen, schrecklichen Vorgangs geworden, aber so habe ich erfahren, daß Cretus nicht die elementare Kraft ist, für die ihr ihn haltet. Es gibt da eine andere Wesenheit, die seit Tausenden von Jahren über diesen Planeten herrscht ..."

Sie schnitt ihm das Wort ab: „Das weiß ich. Ich habe das Ding über dem Wasser gesehen, und ich glaube nicht, daß es dir in der gleichen Gestalt erschienen ist wie mir. Ich sehe vieles besser als du, und ich kann Cretus in dir spüren, so gut er sich auch verbergen mag. Du bist von seinen Vibrationen umgeben.

Viele Geschehnisse der Vergangenheit versinken sofort in Vergessenheit. Wenn du nur begreifen könntest, wie unbedeutend die meisten Menschenleben sind. Millionen von ihnen erstehen und vergehen und sind doch zusammen nichts weiter als ein schwaches Geräusch im Hintergrund. Aber einige sind darunter, die ragen aus dem Strom der Zeit heraus. Einen Teil dieser Personen können wir identifizieren, wir können sie den Namen zuordnen, die uns aus der Geschichte bekannt sind. Oft aber haben sie den Gang der Geschichte auf eine völlig andere Weise beeinflußt, als es uns aus den Geschichtsbüchern bekannt ist. Es gibt auch andere ... von denen haben wir keine Spur, keinen Namen, keine Berichte; wir wissen nur, daß es sie gegeben hat und daß sie den Lauf der Zeit beeinflußt haben. Zum Beispiel hat es – kurz vor der Erschaffung der Ler – einen Menschen gegeben, der den gesamten Verlauf der Menschheitsgeschichte in eine andere Bahn gelenkt hat. Dies war eine wichtige Wende der Zeiten. Wir wissen, daß er existiert hat. Ich selbst habe seinem Einfluß nachgespürt. Ihn zu identifizieren, ist eine der wichtigsten Aufgaben, die wir uns gestellt haben. Auf eine gewisse Art besitzt er einen höheren Wirklichkeitsgrad als du in diesem Moment. Und dennoch ist es auch unseren Besten nie gelungen herauszubekommen, wer er wirklich war, wie er hieß, wo er lebte, ob er Nachkommen hatte ... Er besaß die große Mana, die Kraft ... aber wir wissen nicht einmal, ob ihm das bewußt war, ob es ihn überhaupt interessierte ... Er ist eine der stärksten Persönlichkeiten in der gesamten Prä-Raumfahrtära, wenn es auch in noch früherer Zeit andere starke Persönlichkeiten gegeben hat, deren Spuren für uns aber nicht so leicht zu lesen sind. Dieser eine nun hielt sich schon zu seinen Lebzeiten verborgen und war seinen Mitmenschen unbekannt. Cretus dagegen brennt sich in meine Sinne ein wie ein flammender Komet. Ich muß meine Sinne gegen dieses Leuchten abschirmen, wenn ich ihn überhaupt genau wahrnehmen will!"

„Was ist mit diesem Cretus, das ihn so ... sichtbar für dich macht?"

„Das ist nicht leicht zu erklären. Dazu müßtest du den Fachwortschatz unserer Disziplin beherrschen, und wir haben wirklich nicht genug Zeit, daß ich dich all diese Wörter und Bedeutungen lehren könnte. Versuchen wir es so: Um überhaupt handeln beziehungsweise existieren zu können, ist jedes Lebewesen darauf angewiesen, Informationen zu speichern. Vielen Lebewesen sind die nötigen Informationen schon von Geburt an mitgegeben; ihr Verhalten wird ganz vom Instinkt geprägt. Das Verhalten anderer Tiere wird nur zum Teil durch die Instinkte bestimmt, zu einem anderen Teil verarbeiten sie Erfahrungen, die sie in der Umwelt gemacht haben. Lebewesen einer höheren Stufe haben es gelernt, Erfahrungen, die Einzelindividuen gemacht haben, untereinander auszutauschen, dazu hat die jeweilige Art einfache Formen einer Kommunikation entwikkelt. Dies war ein wichtiger Schritt in der Entwicklungsgeschichte. Auf der höchsten Stufe schließlich tragen die Individuen alle Informationen so zu einem übergeordneten Ganzen zusammen, daß dies zu einem für alle zugänglichen Informationsspeicher wird. Diesen Speicher nennen wir Wissen oder Kultur. Jedes Gesellschaftssystem baut auf Informationen, deren Speicherung und Abrufung auf. Wenn man das gesamte Verhalten einer Gesellschaft verändern will, muß man den Informationsspeicher verändern. Die Entwicklungsbahn einer Gesellschaft zu verändern, ist eine sehr schwierige Aufgabe. Ihr Kurs folgt inneren Gesetzmäßigkeiten, die sich übrigens in den jeweils geltenden Gesetzen widerspiegeln.

Im Kurs der Menschheitsgeschichte treten immer wieder Schwankungen auf; manchmal wird sie völlig aus der Bahn geworfen. Es ist so, als würde man die Bahn eines Sternes im All beobachten, und dieser Stern würde plötzlich, ohne sichtbaren Grund, von seiner Bahn abweichen. Bei einem Stern geht man dann davon aus, daß ein bis dahin unsichtbares Objekt ihn von seinem Kurs abgebracht hat; in der Kulturgeschichte ist es die Kultur selbst, die diese Störungen bewirkt."

Meure rückte ein wenig von ihr ab. „Mir scheint, daß eure Theorie nicht ganz vollständig ist. Wäre nicht eine Theorie wünschenswerter, die diese Veränderungen nicht nur erklären, sondern auch vorhersagen könnte?"

„Wir haben unsere Forschungen auch in dieser Richtung vorangetrieben, aber wir sind zu keinen Ergebnissen gekommen. Genauer gesagt – es entstanden so viele logische Widersprüche, daß sich keine sinnvolle Aussage ergab. Wir sind aber auf die Erkenntnis gestoßen, daß in unregelmäßigen Abständen Individuen auftreten, die die Gabe haben, dem Lauf der Geschichte eine neue Wendung zu geben. Wieso es dazu kommen kann, ist uns weiterhin unerklärlich."

„Ist diese Gabe angeboren, oder ist es eine Fähigkeit, die sich erlernen läßt?"

„Unsere Erkenntnisse lassen beide Möglichkeiten zu. Es ist eine angeborene Begabung, doch die Fähigkeit, sie bewußt oder unbewußt zu gebrauchen, ist erlernbar. Die Umstände, unter denen diese Individuen auftreten, sind von unserer Forschung ebenfalls noch nicht aufgehellt worden. Wenn die menschliche Kultur auf eine Krise zutreibt, bedeutet das nicht, daß automatisch auch ein ‚Retter' auftritt."

„Du kennst ja die Frühgeschichte der Menschheit; war Hitler eine solche Gestalt?"

„Nein. Bei ihm wird ein Phänomen deutlich, das noch vielschichtiger ist . . . In der Bahn der Geschichtsentwicklung treten manchmal Lücken, Leerstellen auf, die bestimmte Individuen anziehen. Gleichzeitig bestimmt die Art dieser Leerstelle weitgehend das Verhalten der Person, die die Stelle einnimmt. Wenn wir in der Zeit zurückgehen könnten und Hitler einfach entfernen würden, noch bevor er irgendeine einflußreiche Position einnehmen konnte, würden wir beobachten können, wie einfach irgendein anderer an seine Stelle tritt. Es wäre allerdings höchst gefährlich, einen solchen Versuch zu unternehmen, denn sein Stellvertreter würde die Position vielleicht viel besser ausfüllen als er. Hitler war ein Werkzeug der Geschichte und nicht ihr Beherrscher, wie er glaubte. Man kann sagen, daß viele Politiker nur Lückenbüßer im Sinne unseres Beispiels sind. Sie sind keine Veränderer, sie haben nicht die geheime Kraft . . . Es gibt allerdings Ausnahmen."

„Cretus zum Beispiel?"

„Es scheint so, nach allem, was wir wissen."

„Wie ist es mit dem Ler-Volk? Wie siehst du eure eigene Geschichte?"

„Der Bau unserer Kultur ist komplexer als der der menschlichen Kultur und setzt sich aus einer größeren Vielfalt von Einzelheiten zusammen. Das legt die Vermutung nahe, daß die Bahn unserer Geschichte schwerer zu verändern ist; und tatsächlich sind zufällige Schwankungen weitgehend ausgeschlossen. Wille und Gedanke bestimmen bei uns alles. Darum könnte jeder Ler jederzeit bewußt verändernd auf die kulturelle Basis einwirken. Daraus ergibt sich, daß . . ."

„Ihr euch ständig verändert."

„Ganz im Gegenteil! Daß wir mit aller Macht verhindern, daß jemand den Kurs zu ändern versucht. Der Gedanke an eine solche Veränderung erschreckt uns zutiefst, da wir nicht vorhersehen können, wohin sie uns führen würde. Erst ein einziges Mal in unserer Geschichte hat jemand einen solchen Eingriff gewagt, und die Folgen waren unabsehbar. Noch heute wirkt der Schrecken in uns nach.

Dieses Ereignis birgt übrigens einen Widerspruch, zu dessen Lösung ich hierhergekommen bin." Sie lag seitlich neben Meure, und ihr nackter Oberschenkel ruhte auf seinen Knien. Jetzt glitt ihr Bein zart an seinen Schenkeln hinauf. „Ich soll mit meiner Reise hierher, nach Monsalvat, die Arbeit von Generationen zu einem Ende führen . . ."

„Und du sollst Cretus hervorholen, um jeden Preis . . . Es tut mir leid. Ich wollte dich nicht betrügen, aber bisher hast du nur Meure Schasny bekommen, nicht mehr und nicht weniger. Was wir zusammen erlebt haben war . . . wundervoll. Aber ich bin dein Liebhaber gewesen, nicht Cretus."

„Ich habe meinen Körper nicht mit deinem verflochten, um Cretus hervorzulocken. Das wäre sowieso ungeschickt, denn es ist das Versprechen eines Vergnügens, nicht das Vergnügen selbst, das ihn in Versuchung führen würde. Zu einem Teil habe ich gehofft, daß du ihn mir wegen dieser Nacht übergeben würdest, aber ich hatte auch meine eigenen, privaten Gründe." Nach einem Atemzug fuhr sie fort: „Nimm es an und stelle keine Fragen."

„Ich will etwas wissen. Ich bin es leid, im Nebel herumzutappen und von anderen für ihre Zwecke benutzt zu werden."

„Du besitzt eine seltene Eigenschaft, die man in meiner Sprache *Wurwan* nennt. Am besten könnte man es mit ‚Unschuld' übersetzen . . . Du nimmst alles an, so wie es dir geboten wird."

Flerdistar unterbrach sich, als wolle sie ihre folgenden Worte noch einmal überdenken, aber sie kam nicht dazu. Ganz aus der Nähe ertönte vom Deck der Barke eine leise Stimme: „Eine andere Erklärung böte sich ebenfalls an. Sie mag ein wenig unhöflich klingen, aber dafür hat sie einen hohen Wahrheitsgehalt: Wenn der Prinzessin Gefolgsleute in der geeigneten Zahl und Art nicht zur Verfügung stehen, dann muß diese eben an Orten nach ihnen Ausschau halten, die den unbefangenen Beobachter überraschen."

Meure drehte sich auf die andere Seite und sah sich um. Wie er es erwartet hatte, sah er Clellendol auf der Reling sitzen, in dichte Nebelschwaden gehüllt. Inzwischen war es heller geworden, aber es herrschte noch lange kein Tageslicht. Dicht über der Wasseroberfläche war die Sicht jetzt besser, wurde aber immer noch durch ziehende Nebel behindert. Über ihnen jedoch war der Dunst eher noch dichter geworden. Seine Farbe war bläulich, nach Osten sah man einen orangefarbenen Schimmer.

Clellendol blickte über das Wasser. Das Lautgemisch hatte sich weiter verstärkt. Die feuchte Atmosphäre trug vielfältige Geräusche über das Wasser zum Schiff: Tiergeschrei, Maschinengeklapper, Gesprächsfetzen und Rufe. Irgendwo sang eine fremde Stimme ein Lied, dessen Worte Meure nicht verstand. Clellendol formulierte seine Sätze sehr allgemein, als wolle er niemanden persönlich ansprechen. „Niemand braucht sich um mich Gedanken zu machen. Ich verspüre vielmehr eine gewisse Dankbarkeit, da ich nun einer Verpflichtung enthoben bin, der ich mich nie so recht unterziehen wollte."

Meure schaute Flerdistar an, dann wandte er sich wieder zu Clellendol. Doch dessen Platz war leer.

Flerdistar sagte: „Das ist doch gar kein Geheimnis. Clellendol mag mich nicht, er hat mich noch nie gemocht . . . so kann man es jedenfalls nett umschreiben . . ."

„Es kommt mir unwahrscheinlich vor, daß ein Auftrag von solcher Wichtigkeit von einem schlecht zusammengestellten Team ausgeführt werden soll. Ich weiß allerdings, daß eure Ältesten häufig rigorose Entscheidungen treffen . . ."

„Die Erkenntnisse, die über Monsalvat und seine Lebensbedingungen vorlagen, verlangten ausgerechnet nach Clellendol und mir . . .

Ich muß dir noch etwas erzählen: Die Vergangenheit hat noch eine zweite Spur auf diesem Planeten zurückgelassen. Es muß einmal ein Ler eine sehr wichtige Rolle auf dieser Welt gespielt haben, im

Zusammenhang mit einem ungewöhnlichen Ereignis. Diese Fährte ist allerdings sehr schwach, ich weiß nicht, wie ich sie aufnehmen soll. Bei Cretus war das leicht. Wir kannten zwar seinen Namen nicht, aber es ließ sich leicht vorausbestimmen, daß wir seinen Namen schon kurz nach der Landung erfahren würden. Hier lag schließlich eine Ausnahmesituation vor: Wir suchten eine politische Gestalt, die gleichzeitig Veränderungskraft besaß."

Sie sah ihn an: „Wenn du die Tarot-Regeln kennen würdest, könnte ich dir manches leichter erklären . . ."

„Ich weiß wenig über das Spiel . . ."

„Es ist ein sehr altes Spiel. Seine Karten haben drei Stärken: die einfachen Zahlenkarten, die Bilder und die Trümpfe. Wir wenden dieses Stufensystem gern auf die Gesellschaft an. Die einfachen Leute werden dann den Zahlen zugeordnet. Die besonderen Persönlichkeiten vergleichen wir mit den Bildern, dem Hofstaat. Es gibt da auch eine Beziehung zu den alten irdischen Tierkreiszeichen. Jene aber, die die Kraft zur Veränderung besitzen, sind die Trümpfe. Es gibt nicht viele von ihnen. Am seltensten aber ist eine Persönlichkeit, die zwei Trumpfqualitäten in sich vereint. Cretus ist eine solche Person."

„Was ist Besonderes an der Person Cretus'?"

„Nach meinen Erkenntnissen besteht Cretus aus zwei Komponenten: dem Magus und dem Gehenkten . . . darin liegt eine ungeheure Spannung, denn der Magus beherrscht die vier Elemente, während der Gehenkte sich freiwillig opfern kann."

Meure dachte einen Moment nach, dann sagte er: „Wenn jeder Ler den Lauf der Dinge verändern kann, dann müssen nach diesem System alle Ler Trümpfe sein."

„Das ist richtig, aber wir erreichen keine Mehrfach-Trumpf-Eigenschaften."

Meure sagte: „Laß mich raten, wenn ich das System auch noch nicht ganz verstanden habe . . ."

„Ich will es dir sagen, obwohl es eigentlich geheim ist: Ich bin Trumpf neun, der Einsiedler. Clellendol ist Trumpf vierzehn, die Kunst. Seit meiner Ankunft hier habe ich etwas entdeckt, das mir vorher unbekannt war. Außer Cretus gibt es auf diesem Planeten noch einen zweiten Doppeltrumpf, und er gewinnt ständig an Einfluß. Ich habe mich gefragt, ob es das Ding war, dem wir auf dem Fluß begegnet sind, aber das war es nicht."

„Was für ein Trumpf ist dieses Wesen?"

„Cretus ist gleichzeitig Trumpf eins und Trumpf zwölf, das bedeutet, daß er alle Stiche machen kann bis auf zwei ... Das ... äh ... Wesen ist Trumpf null, der Narr, und Trumpf zwei, die Priesterin, kann also alle Stiche machen, auch diese zwei ... Ich würde sagen, daß der Narr seine dominierende Eigenschaft ist, und die Priesterin sein sichtbarer Teil. Die Dualitäten auf dieser Welt verunsichern und verwirren mich ... Alles scheint einer Vollendung zuzustreben, aber ich kann sie nicht sehen."

„Vielleicht bist du zu sehr daran gewöhnt, die Dinge aus einem gewissen Abstand zu betrachten, herausgelöst aus dem Lärm der Gegenwart. Jetzt bist du zu dicht am Geschehen."

„Du magst recht haben, mit dem, was du sagst ... Wenn du wüßtest, wie sehr mich das alles verwirrt. Aus der Ferne schien alles für eine Identität zu sprechen, in der ich leicht Cretus zu erkennen glaubte, aber jetzt ist da diese andere, die vermutlich stärker als Cretus ist und ihn überwältigen könnte. Die andere Identität war aus der Ferne nicht zu sehen, aber ich weiß, daß es sie gibt. Sie hat uns bemerkt, ich spüre ein suchendes Auge, es ist halb geöffnet, und noch hat es uns nicht völlig erfaßt."

„Vielleicht war es doch diese Kreatur vorhin im Wasser?"

„Die Kreatur, wie du sie nennst, hat überhaupt keine Identität. Wenn Cretus seinen eigenen Körper noch besäße, könnte er ihre Existenz auslöschen. Er fürchtet sich vor ihr, weil er die Methode zu ihrer Vernichtung nicht kennt."

„Du kennst sie."

Flerdistar wandte sich ruckartig ab. Meure ergriff sie an der Schulter. „Wie ist sie?"

„Woher weißt du, daß ich sie kenne?"

„Ich habe es aus dem geschlossen, was du gesagt hast. Wie kannst du wissen, daß Cretus die Methode nicht kennt, wenn du sie nicht selber weißt?"

„Ich weiß, wie es geht, aber ich kann es nicht tun. Dies ist ein Planet der Menschen, und daher herrschen hier menschliche Gesetzmäßigkeiten. Ich besitze wie alle Ler die Macht eines Trumpfes, aber ich habe diese Macht nur innerhalb meiner eigenen Gesellschaft."

„Dann könntest du aber Cretus sagen, wie ..."

„Ja, wenn Meure Schasny ihm erlaubt, es zu tun ..."

„Ich glaube, wir können zu einer Einigung kommen, Flerdistar. Ich kann zusagen, daß Cretus dir alles über dein Volk erzählen wird, was er weiß ... Doch, ich denke, das wird er tun, wenn du ihm dabei hilfst, seinen Feind zu vernichten. Vielleicht wird dies für uns alle die beste Lösung sein."

Flerdistar sah Meure mißtrauisch an. „Und was willst *du?*"

Meure schüttelte traurig den Kopf. „Ich will nur nach Hause und in Ruhe gelassen werden."

„Das wollen wir alle. Aber die Ströme, in denen wir schwimmen, lassen es nicht zu ... Ich kann es hören, der Wind flüstert mir davon, und die Nachtdämonen singen darüber in ihren Liedern. Etwas kommt hierher, auf diese Welt ... Ja, so ist es, Meure. Cretus' Wiedererscheinen hat es aufgeweckt."

„Das Wesen im Wasser?"

„Etwas, das wahrscheinlich schlimmer und bestimmt stärker ist." Sie löste sich endgültig von Meure und arbeitete sich unter der schweren Decke hervor. Dann richtete sie sich auf, streifte das Oberkleid über ihre blassen Beine und sah hinaus in das blaue Licht der Dämmerung.

Sie sagte: „Etwas beunruhigt mich, und daher muß ich dich jetzt verlassen. Ich will mich zurückziehen und über alles nachdenken." Mit einem Ruck drehte sie sich um und trat an die Reling auf der Steuerbordseite. Gedankenverloren starrte sie über die Wasserfläche. Zu Meure sah sie sich nicht mehr um.

Meure spürte, wie ihn die Müdigkeit erfaßte, aber er wußte, daß er keinen Schlaf finden würde. Es regte sich etwas in ihm, ein Gefühl, das er nicht bestimmen konnte. Er glaubte nicht, daß es Cretus war, denn Cretus' Auftreten wurde von einem Beiklang begleitet, der diesmal fehlte. Das Gefühl wurde stärker. Meure hatte das starke Bedürfnis, mit jemandem zu sprechen.

Er befreite sich von der schweren Decke, stand auf und begab sich in den Bug des Schiffes. Vielleicht würde er jemanden finden, der ebenfalls schon aufgewacht war. Auf seinem Weg kam er an Tenguft vorbei. Sie saß zusammengekauert neben einer großen Kiste in verkrümmter Haltung. Aber sie schlief ganz offensichtlich noch. Außerdem sagte ihm sein Gefühl, daß sie es nicht war, mit der er sprechen wollte; er würde nur von einem Rätsel zum nächsten gelangen. Sie würde ihm schreckliche Geschichten von den Heldentaten der Haydars erzählen oder, schlimmer noch, die zahllosen Dämonen im Götterhimmel ihres Volkes beschreiben. Nein, danke.

Jetzt war er beim Bug angekommen. Dort stieß er auf Clellendol, der zwar wach war, aber in sich gekehrt und abweisend wirkte. Nicht weit davon sah Meure Halander. Er war allein. Allein? Er sah sich nach den beiden Mädchen um, Audiart und Ingraine. Sie waren nirgendwo zu entdecken. Jetzt begann Meure systematisch die gesamte Barke abzusuchen. Er schaute in jeden geeigneten Winkel. In einer Werkzeugkiste zusammengerollt fand er den Vfzyekhr.

Meure kehrte zum Bug zurück. Ein unwirkliches Gefühl hatte ihn ergriffen. Die Mädchen waren verschwunden, ohne eine Spur, ohne einen Laut. Als er sich wieder Halander näherte, sah er, daß dieser ihn mit ausdruckslosen, blutunterlaufenen Augen anstarrte. Ein rötlicher Schein durchdrang die vorbeiziehenden Nebelschwaden. Der Tag war angebrochen. Ein großer Teil der Wasseroberfläche war zu sehen. Der Dunst hatte sich fast ganz aufgelöst.

Meure wollte Halander ansprechen, aber etwas hielt ihn davon ab. Er war nicht mehr der junge Mann, den Meure gekannt hatte. Etwas in ihm war zerbrochen. Es war eine endgültige Veränderung. Der da vor ihm stand, war nicht mehr Dreve Halander.

Seine Stimme hatte eine krächzende Schärfe, die Meure das Blut in den Adern gerinnen ließ. Morgin und Clellendol blickten überrascht auf. Meure spürte, wie hinter ihm Tenguft erwachte.

Halander sagte: „Du! Du hast mich auf dieses Schiff gelockt, und jetzt sitze ich hier auf diesem verfluchten Planeten! Du wolltest sie beide ganz für dich allein haben, schon damals, als du sie auf dem Schiff zum erstenmal gesehen hast. Audiart hast du ja schnell gekriegt, aber dann bist du auch um Ingraine herumgeschlichen. Und nachdem du mit beiden deinen Spaß hattest, warst du ihrer überdrüssig. Dann hast du dich von der da verwöhnen lassen, mit der keiner etwas zu tun haben will. Und die Mädchen, die hast du einfach über Bord geworfen, du perverses Ungeheuer!“ Halander duckte sich zum Sprung, seine Hände ballten sich zu Fäusten.

Aus den Augenwinkeln heraus sah Meure eine Bewegung: Clellendol zog ein Messer und bot es ihm an. Ohne zu zögern, machte ihm Meure ein Zeichen, daß er das Messer nicht wollte. In diesem Moment sprang Halander.

Meure konnte ihm ausweichen. Dann umschlang er Halanders Oberkörper mit den Armen und rief: „Hör mir zu, du Narr! Ich bin um niemanden herumgeschlichen, und ich habe auch niemanden über Bord geworfen. Du weißt ja nicht, was du sagst.“

Halander biß die Zähne zusammen, seine Stimme war ein gepreßtes Zischen: „Du hast sie umgebracht, du perverses Schwein. Und du hast einen Dämonen dieser Welt angerufen, damit er dich in Besitz nimmt und dir dreckige Tricks beibringt, die er von früher kennt. Alle haben dagesessen und nichts dagegen unternommen. Sie haben es sich angesehen und Spaß dabei gehabt. All diese Ungeheuer hier: diese Hexe, die zu einem Barbarenstamm gehört, der sich von Menschenfleisch ernährt, dieses Ler-Gesindel und dieser alte Intrigant. Aber ich spiele nicht mehr mit!"

Halander schlug Meures Arme mit einem Ruck nach oben, ergriff ihn an der Gurgel und drückte erbarmungslos zu. Meure wurde von dem gleichen Gefühl beherrscht, das er zum erstenmal gespürt hatte, als er feststellte, daß die Mädchen verschwunden waren: Eine unnatürliche Ruhe ergriff ihn, ein fast sachliches Interesse an der Situation. Er spürte weder Furcht noch Panik. Man wollte ihn also erwürgen. Nun gut, dagegen gab es Mittel. Er trat ganz dicht an Halander heran und warf sich mit einem Ruck nach hinten. Er knickte in den Knien ein und ließ sich fallen. Halander wollte seinen Griff nicht lösen und mußte Meures Bewegung folgen.

Beide fielen den Planken entgegen. Im Fallen zog Meure die Knie an. Sie trafen Halander genau in der Magengrube. Er mußte Meures Hals loslassen, und der Schwung des Falles trieb ihn vorwärts, auf die niedrige Reling zu. Meure warf sich herum, um auf Halanders nächsten Angriff vorbereitet zu sein. Doch es gab keinen zweiten Angriff mehr. Halander drehte sich um die eigene Achse, bevor er die Reling erreichte. Wahrscheinlich wollte er sich sofort wieder von ihr abstoßen. Aber er hatte seinen Schwung unterschätzt. Sein Oberkörper wurde weit über das niedrige Geländer hinausgetrieben, und seine Füße verloren ihren Halt auf den Planken. Einen Moment schwebte Halanders Körper wie der schwingende Balken einer Waage in der Luft, dann kippte er hintenüber in den Fluß.

Meure stürzte zur Reling, um Halander sofort wieder an Bord zu ziehen. Er erinnerte sich nur zu gut an das Schicksal der Bootsleute. Clellendol und Morgin wollten ihm helfen, aber Tenguft machte keine Anstalten. Sie rief: „Nein! Rettet ihn nicht. Er untersteht jetzt der Macht des Verwandlers! Sein Weg ist ihm vorherbestimmt."

Zu dritt blickten sie über die ölig-glatte Wasserfläche. Halanders Kopf war zu sehen. Er machte nur leichte Bewegungen, um sich über Wasser zu halten, und versuchte nicht, das Boot zu erreichen. Er war schon jetzt außer Reichweite und trieb schnell weiter ab. Er starrte zu ihnen zurück mit den Augen eines Wahnsinnigen. Ein Strom zusammenhangloser Verwünschungen quoll aus seinem Mund. Es waren wirre, unverständliche Rufe. Jetzt wurden seine Bewegungen heftiger, Schaum trat in seine Mundwinkel. Meure fühlte sich elend. Was war mit Halander geschehen? Plötzlich wurden Halanders Gesichtszüge ganz ruhig. Ein erstaunter, neugieriger Ausdruck trat in seine Augen. Interessiert betrachtete er die Wasseroberfläche. Dann war sein Kopf verschwunden, ein paar Ringe kräuselten sich an der Stelle, wo er vor einem Augenblick gewesen war. Im Wasser sah man eine kurze, verschwommene Bewegung, dann war alles still.

Meure atmete schwer vor Entsetzen. Ein Gefährte wurde zum Feind und verschwand – und das alles geschah in ein paar Minuten und ohne einen erkennbaren Grund . . .

Seine Hände schmerzten von dem Griff, mit dem er das Geländer umklammert hatte. Er trat von der Reling zurück, und sein Blick traf Flerdistar, die ihn anstarrte, als sähe sie ihn zum erstenmal. Tenguft hockte noch immer auf ihrem Platz, doch jetzt deutete sie mit einer ausgreifenden Geste auf ihre Umgebung und rief: „Seht, ein Omen. Das Trübe hat die Farbe des Blutes!"

Es war so, wie sie sagte. Meure beobachtete, wie das Licht der aufgehenden Sonnen die Nebelbänke über dem Fluß rostrot einfärbte. In waagerechten Dunststreifen hob sich der Nebel von der Wasseroberfläche ab, stieg empor und verwehte. Klares Tageslicht umfing sie. Erstaunt betrachtete Meure die Umgebung, die sich nun ihren Blicken bot: Das treibende Boot glitt an einer Stadt vorüber, die sich erstreckte, so weit das Auge reichte. Niedrige Reihen aus roh zusammengezimmerten Hütten wurden von engen, schmutzigen Gassen durchzogen. Träger Rauch stieg aus unzähligen Kaminen auf und sammelte sich über den Hütten zu einer schmutzig-schweren Dunstglocke. Wohin sie auch schauten, der Anblick war immer der gleiche. Bis zum Horizont erstreckte sich dieses armselige Gewirr. Es war wie ein Alptraum in einem schrecklichen Drogenrausch. Hier war eine riesige Stadt aus einer Armut gewachsen, die bedrückender war als alles, was Meure bis dahin in seinem Leben erblickt hatte.

Tengufts Stimme erklang wie die eines Ausrufers: „Hier seht ihr Yastian, die Stadt der Lagostomer. Seht sie euch an, dann werdet ihr verstehen, warum die Haydars das weite Land vorziehen."

Meure spürte die Anwesenheit Cretus', aber es war nur eine leichte

Berührung. Er schaute sich um, durch Meures Augen. Cretus' Empfindung war bestürzender als seine eigene. Cretus war völlig fassungslos, abgestoßen von der riesigen, stinkenden Stadt, die da vor ihnen lag. Er war zutiefst angewidert. Zum erstenmal erlebte es Meure, daß Cretus so verwirrt war und nicht wußte, was weiter geschehen sollte. Cretus zog sich in das Dunkel zurück.

Meure spürte, wie Cretus versank. Er fühlte sich unbeobachtet und hatte keine Scheu, seinen eigenen Gedanken nachzuhängen: *Wie lächerlich ist es doch, von einem Geist besessen zu sein, der es nicht erträgt, der Wirklichkeit ins Auge zu sehen. Der uns zu einem Ziel führt, dessen Anblick er nicht erträgt.* Noch nie in seinem Leben hatte Meure eine Enttäuschung gespürt, die so tief und so bitter war. Daß in der schrecklichen Erkenntnis, die er im Anblick Yastians hatte, zugleich eine Lösung verborgen war, konnte zu diesem Zeitpunkt noch niemand wissen.

12

„Vitriol: Schwefelsäure, H_2SO_4."

„VITRIOL: Visita interiora terrae, rectificando invenies occultum lapidem: Suche die innersten Orte der Erde auf, tue es recht, und du wirst den verborgenen Stein finden. Der Lapis oder Stein der Weisen ist das wahre Selbst, das nur gefunden werden kann, wenn der Sucher seine Einstellung ändert und in seinem Inneren sucht."

A. C.

Zur Zeit trieb die Barke weiter auf dem Hauptarm des Flusses. Doch offenbar hatte sich das Flußbett in der Zwischenzeit zu einem Netz von Nebenarmen und Kanälen verzweigt, denn Meure sah immer wieder Masten und zusammengebundene Segel hinter den Häuserreihen am Ufer. Überall waren Gestalten zu sehen, die ihren Tätigkeiten nachgingen, allerdings lag keine Eile in ihren Bewegungen. Lastenträger schritten müde an den Uferbefestigungen entlang, und in einiger Entfernung zogen ein paar kleine Ruderboote gemächlich ihre Bahn. Niemand nahm von der treibenden Barke Notiz, aber Meure hatte dennoch das Gefühl, daß sie beobachtet wurden.

Meure erzählte Morgin von diesem Gefühl. Er hatte inzwischen erfahren, daß Morgin weit in Monsalvat herumgekommen war und auch Yastian schon oft aufgesucht hatte. Morgin stand an der Reling und beobachtete aufmerksam die Stadt. Er verstand sofort, was Meure sagen wollte; er antwortete ihm, ohne das Flußufer aus den Augen zu lassen.

„Natürlich beobachten sie uns, aber ich glaube nicht, daß sie sich besonders für uns interessieren. Ich glaube, ich muß euch und unserer Haydar-Prinzessin einiges über die Lagostomer erzählen. Ich hoffe, daß Tenguft ihre Abscheu für ein Weilchen unterdrücken kann, um mir zuzuhören ... Schön, ich sehe, ihr hört mir zu. Unter bestimmten Umständen sind die Lagostomer sehr nervös und reizbar. Ich möchte sie als unbeständig und aufbrausend bezeichnen. Sie sind irrational und äußerst anfällig für alle Formen der Massenhysterie. Andererseits werden sie auch häufig von den genau entgegengesetzten Eigenschaften bestimmt. Dann zeigen sie eine erstaunliche Schicksalsergebenheit und Gelassenheit. In dieser Stimmung ist es fast unmöglich, sie zu provozieren. Dann sind sie völlig selbstgenügsam und gegen jeden Einfluß von außen abgeschlossen."

„Wie kommt bei ihnen ein Stimmungswandel zustande?"

„Wir sollten zunächst Sankt Zermille danken, daß sie nur diese beiden Gemütszustände kennen. Wie sie sich verändern ...? Ich kenne keine Regel dafür, die ich euch beschreiben könnte. Ihre Stimmung ist von den Umweltgegebenheiten abhängig, und sie passen sie instinktiv den jeweiligen Umständen an. Wann es zu einem Umschwung kommt, können vielleicht nicht einmal sie selbst genau voraussagen. Ich kenne ihre Gemütsverfassung so gut, wie ein Ausländer sie eben kennen kann, aber ich konnte sie noch nie völlig nachempfinden ... Ich glaube, man muß ihr Wesen auf ihre Lebensbedingungen zurückführen. Es herrscht hier eine ungeheure Überbevölkerung bei gleichzeitiger Verknappung der Nahrungsquellen. Diese Lage können sie nur meistern, indem sie allen Mitgliedern ihrer Gesellschaft eine außerordentliche Disziplin auferlegen, die das Leben jedes einzelnen Lagostomers bis ins einzelne regelt. Dadurch kommt es aber immer wieder zu aufgestauten Gefühlen, da das Alltagsleben keine Möglichkeiten bietet, diese Gefühle abzureagieren. Wenn die Spannung zu groß wird, schlägt die Volksstimmung um, und es kommt zu einer Entladung. Der Anlaß zu einer solchen Entladung ist schnell gefunden. An dieser Stelle muß ich euch eindringlich warnen. Wenn eine Person eine ... äh, ... auslösende

Handlung begeht, dann kann diese Tat eine religiöse Versammlung von ehrenwerten Greisen im Handumdrehen in einen rasenden Mob verwandeln, der dazu noch ständig neuen Zulauf erhält. Dann hat man nur noch die Chance, daß man in der allgemeinen Aufregung übersehen wird. Der auslösende Grund gerät nämlich meistens schnell in Vergessenheit, und die allgemeine Raserei verselbständigt sich. Wenn die Beteiligten eine Zeitlang Gelegenheit hatten, ihren Gefühlen freien Lauf zu lassen, kehrt allmählich wieder Ruhe ein."

Morgin fuhr sich mit der Hand durch das buschige Haargestrüpp auf seinem Schädel und fuhr fort: „Wenn der Reiz nicht so stark ist, daß es zu einer Entladung kommt, dann nehmen sie ihn zwar auf, treten aber nicht in Aktion. Dieser Reiz geht allerdings in das Massenbewußtsein der Lagostomer ein. Beobachtungen einzelner durchlaufen mit rasender Geschwindigkeit ihr Gemeinwesen, so daß alle auch über ferne Ereignisse ständig informiert sind. Zu den auslösenden Handlungen ist übrigens auch das zu zählen, was normalerweise als ganz gewöhnliche sexuelle Handlung betrachtet wird. Darum muß ich euch bitten, allen geschlechtlichen Verlockungen aus dem Wege zu gehen und keinerlei erotisch gefärbte Einladungen anzunehmen. Verstöße auf diesem Gebiet können Folgen haben, die euch bis an das Ende eurer Tage in Erstaunen versetzen würden."

Meure fragte: „Du sagtest, sie seien auch über ferne Ereignisse informiert. Ist dabei Telepathie im Spiel?"

„Nein, es handelt sich vielmehr um Masseninstinkt und um eine hohe Empfindlichkeit für jede Art von auffälligem Verhalten. Mein Rat, was das sexuelle Verhalten angeht, bezieht sich auch auf sexuelle Verbindungen, die ihr vielleicht bereits untereinander eingegangen seid. Jede sexuelle Handlung kann Auslösecharakter haben."

Clellendol hatte aufmerksam zugehört. Jetzt hatte er eine Frage: „Wie ist es möglich, daß die Lagostomer sich unter diesen Umständen überhaupt vermehren? Wie kann man eine Familie gründen?"

Morgin sah ihn verdutzt an. „Wie viele andere auch haben sie einen Weg gefunden, diese Beschränkungen zu umgehen. Nach allem, was ich weiß, haben sie sehr komplizierte Verhaltensmuster entwickelt, und die notwendigen Handlungen selbst werden an geheimen, vollständig abgeschirmten Orten ausgeführt.

Ich hoffe auf jeden Fall, daß es euch erspart bleibt, sie im Zustand der Raserei zu erleben. Es ist so schon schwierig genug, mit ihnen zurechtzukommen. Als ich zum letztenmal hier war, hatte ich den Vorsitz bei einer Unterredung, außerdem sollte ich meinen Wendel zur Verfügung halten. Man hat mir mehrfach nach dem Leben getrachtet. Den Lagostomern ist nichts heilig. Nicht einmal einen Mittler halten sie in Ehren. Sie lassen ihn gewähren, wenn er Glück hat. Das ärgste aber ist, daß sie keinerlei Orakel befragen, ein unglaublicher Zustand." Morgin schüttelte den Kopf, und sein Gesichtsausdruck verriet, was er von diesem Abgrund an Unzivilisiertheit hielt.

Meure folgte einer plötzlichen Eingebung und fragte: „Warum befragen sie kein Orakel?"

„Sie sagen, daß sie einst einem Orakel folgten, das sie nach Yastian in die Falle führte."

Meure sagte: „Wenn das stimmt, dann scheint es fast so, als würde jemand sie mit Absicht dort festhalten. Wer lebte vor den Lagostomern in diesem Land?"

Morgin antwortete ihm: „Yastian trägt seinen Namen nach dem Fluß Yast. Viele Stämme haben für eine Weile hier gelebt. Schon immer haben sich in Yastian die Verlorenen und die Ausgestoßenen aller vier Kontinente versammelt. Hier haben sie sich noch einige Zeit halten können, bevor sie endgültig in Vergessenheit gesunken sind . . . Bei den großen Docks gibt es immer noch ein Ausländerviertel, Klesh aus vielen Stämmen haben dort ein Exil gefunden. Aber die Zahl dieser Ausländer ist nicht mehr so hoch, wie sie es einmal war. Trotzdem findet ihr dort alles, was diese Welt zu bieten hat: Kurben aus dem Hinterland von Incana, Aurisleute, Meoren aus Ombur, vielleicht sogar einige Seagover, Maosts aus Boigne, Garlinder aus Intance und aus Hinternasp, das östlich des Deltas liegt. Klone aus Chengurune sind auch darunter, meist Seeleute, und noch viele andere Rassen. Ich glaube, daß man gelegentlich sogar einen Haydar sieht."

Tenguft fragte: „Glaubst du, daß sie mich angreifen werden? Ihrer Vielzahl ist auch mein Kampfesmut nicht gewachsen."

„Nein, das ist sehr unwahrscheinlich. Auf keinen Fall, solange du dich in der Stadt selbst aufhältst. Ein Übergriff auf dich würde schnell in eine allgemeine Raserei übergehen. Eine Unzahl von Lagostomern würde bei diesem Anlaß ihren Rachegefühlen freien Lauf lassen. So käme es zu einem gewaltigen Blutbad, bei dem viele Lagostomer den Tod fänden. Andererseits wäre die Bedrohung durch die Haydars nur um ein Mitglied dieser Rasse verringert worden. Einen so hohen Preis zahlen sie nicht. Da sie immer damit rechnen müssen, daß du die Eratzenaster vom Himmel rufst, werden sie wahrscheinlich auch uns, deine Gefährten, verschonen. Darauf können wir uns allerdings nicht verlassen."

Meure stand jetzt schon lange Zeit an der Reling und betrachtete den lärmerfüllten Stadtstaat Yastian. Schließlich sagte er nachdenklich: „Cretus hatte den starken Wunsch, an diesen Ort zu gelangen oder vielmehr hierher zurückzukehren, denn er ist im Delta aufgewachsen. Aber es hat sich vieles geändert, und Cretus ist von dieser Gegenwart beziehungsweise Zukunft zurückgewichen. Ich weiß auch nicht, was wir mit diesen Leuten anfangen sollen, außer, daß wir uns ihnen gegenüber vorsichtig verhalten und uns nicht in Meinungsverschiedenheiten einlassen. Ich mag sie ebensowenig, wie Tenguft sie mag. Aber ich will auch um keinen Preis nach Incana zurückkehren, und auch Ombur scheint mir kein einladendes Land zu sein."

Flerdistar sagte leise: „Wir brauchen Kepture nicht zu verlassen, denn wir wissen, daß das, was wir suchen, hier ist."

Meure sah sie lange von der Seite her an. Dann sagte er fast unhörbar: „Was du suchst, ist immer da, wo ich bin, wohin ich auch gehen mag: nach Chengurune, Cantou oder Glordune, selbst wenn ich zu denen gehe, die ihre Heimat auf der weiten See haben." Fast ohne zu denken, hatte er seinen letzten Satz gesprochen, doch als die Worte heraus waren, waren sie ihm selber fremd. Dann sagte er zu Morgin: „Du weißt besser über diesen Ort Bescheid als jeder von uns. Wo sollen wir anlegen?"

Morgin dachte eine Weile nach, bevor er antwortete: „Es würde sicher nicht viel bringen, hier irgendwo an Land zu gehen. Wir sollten die Ruder in die Hand nehmen und zusehen, daß wir den richtigen Kanal finden, der uns zum Ausländerviertel führt."

„Das hört sich gut an", sagte Clellendol mit frischer Stimme. „Ich würde gern mal wieder etwas Seeluft schnuppern!"

Morgin erwiderte: „Darauf brauchst du einstweilen nicht zu hoffen. Die großen Docks liegen meilenweit vom Meer entfernt. Yastian ist viel größer, als ihr denkt. Das blaue Meer sieht man nur, wenn man Kepture verläßt."

„Kepture will ich auf keinen Fall verlassen", antwortete Clellendol. „Ich habe die Hoffnung auf die Spsomi und eine mögliche Rettungsaktion noch nicht aufgegeben. Daher will ich dort bleiben, wo sie mich auch finden können, wenn sie kommen. Es kann ja sein, daß sie keine Lust haben, ganz Monsalvat nach mir abzusuchen."

„Auch ich will einstweilen hierbleiben", sagte Meure unentschlossen. „Wo mögen die Ruder sein?"

Morgin suchte das Deck ab und fand bald einen länglichen Stauraum, in dem das Segelzeug, grobes, geflicktes Tuch, ein paar primitive Navigationsgeräte und einige Ruder aufbewahrt wurden. Es waren genug für alle, und so verteilten sie sich mit den schweren Rudern an der Bordwand. Nur der Vfzyekhr blieb an seinem Platz, denn er war zu klein, um an dieser Arbeit teilnehmen zu können. Morgin übernahm die Rolle des Steuermannes, und er leitete sie recht geschickt durch das Gewirr der Wasserstraßen.

Den Rest des Tages folgten sie seinen Kommandos. Zunächst hatte er einige Schwierigkeiten, sich zurechtzufinden, aber nach einiger Zeit gelang es ihm immer besser, sich zu orientieren. Er schien jedoch nicht auf ein ganz konkretes Ziel zuzusteuern, sondern versuchte vielmehr, den geeigneten Wasserströmungen zu folgen. Zwischendurch gab er eine kurze Erklärung ab: „Dies ist Ober-Yastian. Hier sind die Wasserverhältnisse ziemlich konstant. Man kann ohne große Schwierigkeiten der Strömung folgen. Weiter unten wird die Sache schwieriger. Da fließt das Wasser in jedem Seitenarm, wie es Lust hat, und man weiß kaum noch, in welche Himmelsrichtung man fährt. Diese Gegend will ich nach Möglichkeit vermeiden; ich hoffe, daß wir vorher zumindest an den Rand des Ausländerviertels kommen. Es ist nämlich ohnehin nicht sehr empfehlenswert, durch Viertel mit einer reinen Lagostomer-Bevölkerung zu rudern."

Flerdistar hantierte ungeschickt mit ihrem Ruder, das für ihren zarten Körperbau viel zu unhandlich war. Sie sagte zu Morgin: „Manchmal verstehe ich deine Einstellung nicht. Du scheinst die Stämme zu verachten, denen du deine Dienste anbietest. Das ist doch ein Widerspruch."

Morgins Antwort klang sehr gelassen: „Der Brauch verlangt, daß ein Mittler immer gemischten Blutes ist. Dadurch haben auch Mischlinge eine Chance zum Überleben, die sie sonst nicht hätten. Auf unseren Wanderungen nun lernen wir viele Stämme kennen . . . Alle Völker dieser Welt glauben, daß sie den anderen überlegen sind; tatsächlich aber kultivieren und fördern sie nur bestimmte Eigenschaften und unterdrücken andere, die der Nachbarstamm für äußerst wichtig hält, und umgekehrt ... Manche leben in einer einfachen, überschaubaren Gesellschaft, andere in einem streng geregelten, komplizierten System. Kein Stamm aber hat die letzte Wahrheit gefunden. Ich bin von Chengurune nach Kepture gekommen; vielleicht betrachte ich daher die Stämme dieses Kontinents besonders kritisch. Manche Völker sind mir lieber als andere, das muß ich zugeben. Ihr Außenweltler und Kleshschöpfer werdet sie alle für streitsüchtig und primitiv halten, aber sie sind nun einmal die Bewohner meiner Welt. Mit den Haydars habe ich noch nie Schwierigkeiten gehabt. Sie sind ein tapferes Volk und stehen zu ihrem Wort. Wenn es darum geht, Gebietsstreitigkeiten beizulegen, machen sie manchmal Schwierigkeiten; da sie ein Nomadenleben führen, haben sie zu Grenzen kein rechtes Verhältnis. Sie sind leider auch über alle Maßen gewalttätig."

Nach einer kleinen Pause, in der er sich kurz einen Überblick über ihre Position verschaffte, fuhr er fort: „Ich wäre nicht gern ein Aurismann und möchte nicht so leben wie sie, aber ich muß sagen, daß sie die Mittler sehr aufmerksam behandeln. Kurben halte ich für überzivilisiert, auch sind sie extrem streitsüchtig. Aber ich schätze sie wegen ihrer Beständigkeit. Sie sagen in diesem Jahr das gleiche wie im vergangenen. Garlinder verbreiten nur Chaos ... Ich könnte so fortfahren – worauf ich hinauswill ist, daß alle diese Stämme mindestens eine Tugend haben ... Nur die Lagostomer nicht. Alles, was sie anfassen, verderben sie für immer. Sie ruinieren das Land, das sie bewohnen, für ewige Zeit. Darum sind sich auch alle darin einig, daß sie das Delta nicht verlassen dürfen ..."

Morgin fuhr noch eine Weile fort, die negativen Eigenschaften der Lagostomer aufzuzählen. Unterdessen betrachtete Meure das Panorama des Stadtstaates, das langsam an ihnen vorüberglitt. Hin und wieder kamen sie dem Ufer so nahe, daß man die Einwohner genau beobachten konnte.

Seine Erwartung sank, während er dies tat. Wie Cretus und Morgin konnte auch er nichts in diesem Volk entdecken, das irgendeine Hoffnung rechtfertigte. Er wollte nicht hierher verschlagen werden, und dies war auch nicht das Volk, aus dem man die Gesellschaft von morgen schmieden konnte ... Dies war ein seltsamer Gedanke. Er hätte von Cretus kommen können. Meure horchte in sich hinein, aber von Cretus war nichts zu spüren. Er hatte sich völlig zurückgezogen.

Wie war es mit den anderen Stämmen? Natürlich, die Haydars stellten etwas dar, und Morgin hatte sie als tapferes Volk bezeichnet. Doch andererseits ... Nein. Nicht einmal die Haydars waren geeignet. Er sah es plötzlich. Die Erkenntnis kam unerwartet und ohne daß er nach ihr gesucht hatte. Er ließ in Gedanken alle Stämme, die er auf Monsalvat kennengelernt hatte, an sich vorüberziehen: die Lagostomer, die Haydars, die Kurben, die Leute vom Fluß und wieder die Lagostomer, er dachte an die Erfahrungen, die er mit ihnen gemacht hatte. Und dann fielen ihm Flerdistars Worte wieder ein. Cretus *war* ein großer Veränderer der Geschichte, denn sein Einfluß und sein Geist hatten einen ganzen Planeten geprägt. Ja! Unter Cretus hatten sie es einst fast erreicht. Meure sah ganz genau vor sich, was geschehen wäre, wenn Cretus weitergelebt und sein Werk fortgesetzt hätte. Er hätte die vielen unterschiedlichen Faktoren Monsalvats zu einer menschlichen Gesellschaft verschmolzen, wie es sie noch nie zuvor gegeben hatte.

Aber er sah auch etwas anderes: Der Fortschritt der Entwicklung dieser neuen Gesellschaft war auf halbem Wege steckengeblieben. Der Virus der Veränderung hatte einst alle Stämme ergriffen, doch als die Entwicklung stockte, *wurden die Stämme immun gegen diesen Virus.* Dies war die niederschmetternde Erkenntnis, darum war die Veränderbarkeit so weit abgesunken, daß sie sich jederzeit in völlige Starre verwandeln konnte.

Darum also hatte sich Cretus zurückgezogen. Sie waren gegen ihn immun. Das hatte er nicht voraussehen können. Er nicht und auch nicht diese andere Wesenheit, die ihm geholfen hatte, ins Leben zurückzukehren. Was hatte Flerdistar noch gesagt? Eine andere Identität ... Doppeltrumpf ... alles strebt seiner Vollendung entgegen?

Seine Überlegungen wurden unklar, verschwammen. Meure drängte sich das Gefühl auf, daß er etwas Wichtiges übersehen hatte. Es war ganz nahe. Aber der Zugang war versperrt.

Er sah hinüber zu den hölzernen Uferbefestigungen. Bedrückende Armut zog vorbei, wie in einem endlosen Film. Es war eine ehrlose Armut, ohne Hoffnung auf Veränderung. Das bräunliche Wasser schwappte träge gegen die verrottenden Balken der Landungsstege. Die Yastianer am Ufer gingen mit gebeugten Rücken ihren mühseligen Tätigkeiten nach, viele saßen einfach da und starrten bewegungslos ins Wasser. Wenn zwei sich begegneten, wichen sie einander mit übertriebener Sorgfalt aus. Sie fürchteten so sehr, den anderen zu reizen, daß sie darüber ihre Lebensbedingungen vergaßen. Meure sah das alles sehr deutlich. Sie hatten sich selbst zu Gefangenen des Deltas gemacht. Ihr Lebenssystem war ihr Gefängnis geworden. Die Beschränkungen, die sie sich selbst auferlegt hatten, machten sie den anderen Stämmen nur noch verhaßter.

Meure konnte seinen Blick kaum von dem elenden Panorama lösen, den baufälligen Hütten, dem Abfall, der in stinkenden Haufen überall herumlag, und den zerlumpten Kindern, die zwischen diesen Haufen spielten. Sie bewegten sich bereits genauso vorsichtig wie die Erwachsenen. Es fiel ihm auf, wie ähnlich sie sich waren, und er überlegte, ob es daran liegen konnte, daß sie an besonderen Plätzen gezeugt wurden. Nein, er kannte die Ursache: Die Lagostomer hatten die breiteste genetische Basis unter allen Bewohnern dieses Planeten.

„Cretus!“ Seine Gedanken formten diesen Ruf. Schweigen und Leere antworteten ihm. Er versuchte es noch einmal, diesmal legte er alle Kraft in den Ruf: *„Cretus! Cretus der Schreiber, komm hervor. Du hörst mit meinen Ohren, darum weißt du so gut wie ich, was getan werden kann.“*

Die Antwort ließ lange auf sich warten, aber schließlich kam sie:

„Ich höre dich.“ Die *Stimme* klang erschöpft.

„Der Magus und der Gehenkte, hat sie gesagt. Und was bin ich?“ fragte Meure.

„Eine tödliche Kombination, nicht wahr? Ich habe schon von dieser alten Theorie gehört, du weißt ja, daß ich mit meinem ... Apparat in die Vergangenheit sehen konnte. Inzwischen ist mir auch klargeworden, warum der Übertritt vorher nie geglückt ist. Er ist nämlich nur zwischen Persönlichkeiten des gleichen Rangs möglich. Das heißt, daß ein Doppeltrumpf eben nur in einen anderen Doppeltrumpf übergehen kann. Da hat diese Wesenheit nun ausgerechnet dich quer durch den Raum hierhergeholt, um mich aufzunehmen. Es ist so absurd, daß man darüber lachen sollte. Du wirst Monsalvat stärker verändern, als ich es je vermocht hätte, ja, es wird dir sogar gelingen, dieses *Etwas* auszulöschen. Das Ler-Mädchen hat schon viel erkannt. Ich bin, wie sie gesagt hat, der Magus und der Gehenkte. Nummer eins und zwölf. Ihre Summe ist mein Symbol: die Dreizehn, die Einheit.“

„Was aber sind meine Symbole?“

„Du weißt es bereits, sonst würdest du nicht fragen. Der Narr und die Priesterin. Null und zwei, Summe zwei. Die Unschuld der Gedanken und die Unschuld der Handlung. Nackte, ungelenkte Energie. Aber Monsalvat ist erstarrt."

„Nicht mehr!"

„Du wirst es nicht wagen, dieses Lagostomergesindel zu entfesseln!"

„Ich werde sie entfesseln, aber du wirst sie leiten."

„Es gibt einen Ausweg für dich, du mußt nur Geduld haben und noch etwas warten."

„Ich suche keinen Ausweg. Ich bin hierhergekommen, um für immer hierzubleiben. Du glaubst doch selber keinen Moment daran, daß das Ding ein Schiff landen lassen wird, solange wir beide auf diesem Planeten sind. Unser einziger Weg ist der nach vorn."

„Sobald es deine Pläne erfährt, schickt es dich vielleicht direkt zurück. Dazu ist kein Schiff nötig. Eine solche Aktion würde allerdings vielen hier den Tod bringen. Vielleicht wird es mit uns auch nicht fertig, auch das ist möglich. Ich weiß, daß es kein Gott ist, auch nichts Ähnliches. Es hat seine Grenzen, wenn diese auch schwer zu finden sind."

„Es hat uns eine Erscheinung, ein Abbild von sich selbst, geschickt, und es konnte dich doch nicht aufspüren . . ."

„Ich glaube, daß es dich auch nicht direkt wahrnehmen kann. Es bemerkt allerdings die Spuren, die du hinterläßt. Es weiß nur, daß etwas da ist. Vielleicht tarnen wir uns gegenseitig, und so gewinnt es von keinem von uns ein klares Bild."

„Das mag auch für andere gelten."

„Ah, ich verstehe, was du meinst. Das kleine geile Biest — sie wußte nicht genau, mit wem sie es trieb, nicht einmal, warum sie eigentlich gekommen war. . . . Das Licht einer Doppelsonne blendet alle, die nicht einmal im Licht einer Sonne sehen können."

„Was sie auch getrieben haben mag: Du bist es, von dem sie etwas will, deswegen ist sie durch den Weltraum hierhergekommen. Ich *habe keine Ahnung von dieser Ler-Geschichte, die ihnen allen keine Ruhe läßt."*

„Ich dachte gleich, daß sie für ihre . . . nette Geste etwas haben will."

„Was ist es denn, was sie haben will? Wieso will sie es von dir? Was hast du gesehen?"

„Einmal haben alle Klesh etwas darüber gewußt . . . Es ist eine sehr alte Geschichte ... Sie wurde immer nur im geheimen weitergegeben.

„Stammt sie von Morgenröte?“

„Dort haben sie die Klesh gehört. Wer sie ihnen erzählt hat, kann ich nicht sagen. Die Krieger jedenfalls wollten sie für immer geheimhalten. Aber ein solches Geheimnis läßt sich nicht völlig verbergen. Die Krieger hatten nämlich ein Verbrechen begangen, das sie immer vor sich selbst zu rechtfertigen versuchten. Es mag sein, daß die Sklaven Fetzen dieser Gespräche mitangehört haben, und nachher trugen sie die Teile zu einem Ganzen zusammen. So wurde das Geheimnis der Krieger ein Bestandteil des Geschichtenschatzes der Sklaven.

Wenn du die Kraft hättest, Meure-Schasny, durch ein Fenster in Raum und Zeit zu blicken, wonach würdest du Ausschau halten? Nach den Dingen doch, die das Schicksal deiner Welt bestimmen, nach den wichtigsten Voraussetzungen für ihre Existenz. Genau das habe ich getan. Viele Male habe ich durch den *Skazenach* gesehen, viele Male. Weiter und weiter zurück mußte ich gehen. Ich habe den Exodus von Morgenröte mit angesehen, die großen Schiffe, die Krieger in Ketten, wie wilde Tiere schnaubend. Ich sah die verängstigten Klesh. Ich sah auch, wie die ersten Klesh-Rassen gezüchtet wurden und wie immer mehr hinzukamen. Manchen Rassen war ein Nutzen zugedacht, bei anderen bestimmten ästhetische Gesichtspunkte die Zucht, wieder andere entstanden aus einer Laune der Züchter heraus. Das kam besonders am Ende sehr häufig vor. Ich habe beobachtet, wie die Krieger ihre ersten Gefangenen machten, wie sie Morgenröte fanden ...“

„Ihr Verbrechen geschah noch vor den Ereignissen auf Morgenröte?“

„Ja, vorher noch. In einem Zeitraum, in dem sie als Verbannte durch das Weltall streiften. Sie waren Verlorene und vor sich selbst auf der Flucht. Sie landeten auf vielen Planeten, immer auf der Suche nach einer Welt, die zu ihrem Temperament paßte.“

„Sag mir, was für ein Verbrechen es war!“

„Mein Leben hängt an einem Faden, und mein Wissen ist dieser Faden. Sobald du es weißt, wirst du mich ihnen ausliefern ... Doch, das wirst du. Bei mir laufen die Linien aus der Vergangenheit zusammen, denen Flerdistar folgt. Ich habe die alte Geschichte wieder zum Leben erweckt. Wir benötigten etwas, an das wir glauben konnten, auch wenn es in Wahrheit ein makabrer Scherz war: unsere heilige Frau von Monsalvat."

„Die Heilige Zermille? Ich hörte, wie sie angerufen wurde."

„Ich habe die Heilige Zermille erfunden. Ich, Cretus. Ich kann dir davon erzählen, wenn du es dir nicht selbst zusammenreimen willst."

„Ich würde vorziehen, daß du mir davon erzählst. Du könntest mir auch sagen, was mit den Mädchen geschehen ist. Wieso hat sich niemand darüber aufgeregt? Ich wollte danach fragen, aber alle außer mir schienen Bescheid zu wissen."

„Ich hatte gedacht, dich hätte es ebenfalls nicht überrascht. Sie waren also plötzlich verschwunden. Das geschieht hier sehr oft. Es ist nicht gerade alltäglich, aber es passiert oft genug. Das kam schon häufig vor, als ich noch ein kleiner Junge war und von nichts eine Ahnung hatte.

Natürlich kann man auch ein gewöhnliches Verbrechen vermuten, daran hast du vielleicht gedacht. Wir wollen die Verdächtigen durchgehen: Morgin, Tenguft und ich scheiden aus, denn wir sind Eingeborene und hatten kein Motiv. Flerdistar und du, ihr wart anderweitig beschäftigt. Da bleiben nur noch dieser unglückliche Bursche, den wir nicht mehr verhören können, und Clellendol übrig. Clellendol ist so verwirrt, daß er nichts dazu sagen kann. Er ist ein ausgebildeter Verbrecher, und unter seinen Augen wird ein Verbrechen verübt, ohne daß er es bemerkt . . . Für mich ist das alles sehr klar, denn ich habe meine Erfahrungen. Du kannst gar nicht darauf kommen, denn du weißt ja nicht, worauf du achten mußt. Nimm zum Beispiel das Mädchen mit den kastanienbraunen Haaren: ganz eindeutig eine Medge aus Urige. Und die andere? Eine Ellar aus Holastri, das ist eine kleine Insel an der Südspitze von Glordune."

„Das ist doch keine klare Antwort. Ich verstehe allmählich nichts mehr."

„Du kennst eben Aceldama nicht."

„Waren die Mädchen Erscheinungen, die von der unbekannten Wesenheit produziert wurden?"

„Nein, es kann keine dreidimensionale Sinnestäuschung schaffen, die über eine längere Zeit Bestand hat. Nein, die beiden sind, waren oder werden Menschen aus Fleisch und Blut sein. Nein, es übernimmt einfach für einige Zeit die Kontrolle über sie. Das kostet dieses Ding einige Anstrengung. Wenn es sich nun entspannt, dann verliert es diese Kontrolle, und im gleichen Augenblick sind die ... äh ... Kontrollierten wieder genau an der Stelle, wo sie waren, als sie unter den Einfluß gerieten."

„Das ist doch alles sehr unlogisch! Wenn es so etwas vermag, dann kann es doch einfach jedermann von jedem Ort hierherholen, quer durch den Raum."

„Nein, das stimmt nicht. Über eine weite Entfernung kann es seine Fähigkeiten nicht so gezielt einsetzen. Außerdem könntest du es spüren, wenn es das bei dir versuchte, und auf diese Distanz könntest du dich ihm erfolgreich zur Wehr setzen."

„Was ist mit Flerdistar, Clellendol und den Spsomi? Wie hat es die dazu gebracht, das zu tun, was es wollte?"

„Es hat sie hierhergelockt, auf eine sehr geschickte, indirekte Weise. Es hat nämlich dafür gesorgt, daß das Interesse an einem gewissen Problem nie erlahmte. Ohne dieses Problem gäbe es die Flerdistar, die wir kennen, gar nicht. Und ohne sie und ihre Sippe hätte es auch keine Expedition nach Monsalvat gegeben ..."

„Was für einen Sinn aber hatte der Raumsturm, durch den wir geflogen sind?"

„Ihr seid doch unversehrt gelandet, nicht wahr? Aber das Schiff, das euch brachte, ist ein für allemal zerstört.

Wir müssen sehr vorsichtig sein. Es will, daß es wieder große Kämpfe gibt. Die kleinen Streitigkeiten, die heutzutage hin und wieder aufflackern, befriedigen es nicht. In meinem ersten Leben gelang es mir, die Fundamente für eine Ordnung zu errichten, die bis heute Bestand hat. Es hat mich damals viel zu früh aufgehalten, aber meine ersten Schritte konnte es nicht verhindern, und die waren richtig. Für uns Klesh jedenfalls. Dir mag Monsalvat höchst chaotisch erscheinen, aber ich stelle fest, daß hier eine Stabilität erreicht ist, die es in der alten Zeit nicht gegeben hat. Das habe ich wenigstens erreicht. Aber für es ist diese Welt langweilig, genauso öde wie in den Tagen, bevor die Klesh hier angesiedelt wurden. Ich bin mir ganz sicher: Es stellt dir eine Falle. Du darfst die Lagostomer nicht in Aufruhr versetzen. Ich sehe eine Zukunft vor uns, die der blutigen Vergangenheit ähnelt wie ein Echo. Es versucht, dich zu reizen, auch wenn es dich nicht direkt wahrnehmen kann. Daran siehst du übrigens, wie begierig es ist. Es nimmt sogar ernste Folgen für sich selbst in Kauf. Es hat dich hierhergeholt, damit du die finsterste Vergangenheit heraufbeschwörst. Das darf auf keinen Fall geschehen."

„Du fühlst dich also immer noch als Gehenkter?"

„Ich bin der, der ich bin; und auch du mußt zu dir selber stehen. Der Narr kann alles im Gefolge haben, und die Priesterin besitzt die umfassende, ursprüngliche Weisheit. Flerdistar ist zwar ein Vergangenheitsleser, doch sogar sie spürt bereits den Einfluß, den du auf die Gegenwart dieser Welt hast; manchmal sieht sie bereits in der Gegenwart die Spuren der Zukunft . . ."

„Ich könnte einfach auf jede Handlung verzichten."

„Du Narr, denkst du, das wäre keine Handlung? Du wirst von einer Situation in eine andere geführt werden, und irgendwann wirst du genau das tun, was es will. Wenn du nicht mehr aus eigener Kraft handelst, dann kann es deinen Weg genau vorherbestimmen. Du darfst übrigens nicht glauben, daß es dich verschonen wird, nachdem du die gewünschte Veränderung einmal in Gang gebracht hast. Du wirst nur als Katalysator gebraucht, und wenn du deine Rolle gespielt hast, hast du deinen Wert verloren. Es interessiert sich nicht dafür, was danach aus dir wird."

„Wie ist es mit dir?"

„Es hat bereits erkannt, daß ich nichts mehr tun kann. So ist es mit allen Gestalten der Vergangenheit. Wir haben alle nur Kraft in unserer Zeit und in keiner anderen . . .

Du mußt das alles mal aus der Sicht dieser Wesenheit sehen: Es bringt mich zurück, und ich bin nutzlos für diese Welt in der Jetzt-Zeit. Dann stellt sich heraus, daß der Träger stärker ist als die Last. Und dann verliert es uns beide aus den Augen, weil wir uns gegenseitig verbergen. Jetzt stochert es blindlings in dieser Welt herum und versucht, irgend etwas in Gang zu bringen, auch wenn es sich dabei selbst in Gefahr begibt.

Du kannst alle Rollen spielen, die du willst: Du kannst Monsalvats Befreier sein oder der Fürst der Hölle, für eine kurze Zeit."

„In der Welt, aus der ich komme, betrachten sich alle Menschen schon lange als Brüder, und doch gehen wir einem langsamen Untergang entgegen."

„Kain erschlug Abel, das steht ganz am Anfang der ältesten Geschichte. Auch sie waren Brüder. Die allerersten Menschen waren den Klesh sehr ähnlich. Doch wenn sie ein Ziel haben, können alle Menschen – oder alle Klesh – zusammenarbeiten. Sei du unser Anführer. Führe das zu einem Ende, was ich begonnen habe. Danach werden wir hinausziehen zu den Menschen und unsere Erkenntnisse weitergeben. Sie werden sich entwickeln, jeder auf seine Weise, und sie werden wunderbar verschieden werden. Unsere Vielfalt und unsere Veränderbarkeit, sie sind unser höchstes Gut. Es ist Unsinn, Idealvorstellungen vom Menschen nachzujagen. Jedermann muß sich zu sich selbst bekennen. Unsere Körper mögen vielerlei Gestalt haben, aber unsere Träume sind sich gleich. So wird es immer bleiben, ganz gleich, welche Gestalt jemand haben mag, selbst wenn er sich zum Derque entwickelt."

„*Ich habe schon von den Derques gehört, aber ich habe noch nie einen gesehen.*"

„Tatsächlich?"

„*Nein, warte. Ich erinnere mich an sie. Ich habe sie doch schon gesehen, ich weiß nur nicht mehr, wo ... Ja, ich sehe sie genau vor mir: bizarre Wesen, die kaum noch Ähnlichkeit mit Menschen haben. Sie laufen auf den Händen und schwingen Körper und Beine zwischen ihren langen Armen hindurch. Ihre Füße haben sich so verändert, daß sie als Hände benutzt werden können. Ursprünglich kamen sie auf Kepture nicht vor, sie wurden hierhergebracht von ... äh ... Chengurune. Ich habe ganz deutlich ein Bild vor Augen: Männer mit langen Kapuzenmänteln, die auf einem Hügel stehen. Es ist sehr windig. Eine ganze Meute von diesen Derques läuft wild durcheinander. Die Männer werfen ihnen einen Stoffetzen hin. Sie packen ihn mit diesen Greiffüßen und halten ihn sich gegenseitig unter die Nase. Häßliche Bestien sind es, sie verzerren die Gesichter und knurren, sind ständig in Bewegung. Ihre Schultern gehen ansatzlos in den Hals über, und ihre Gesichter sind lang und häßlich, abstoßend häßlich. Jetzt haben sie die Fährte aufgenommen und folgen ihr aufgeregt. Sie werfen beide Arme gleichzeitig nach vorn, dann ziehen sie den Körper durch und setzen das Gesäß auf. Sie benutzen es als dritten Fuß. Sie jagen jemanden. Einen Flüchtling. Er ist mir entkommen, und darum habe ich die Derques auf ihn gehetzt ... Das alles stammt doch gar nicht aus* meinem *Gedächtnis!*"

Von Cretus kam keine Antwort.

„*Versteckst du dich wieder, ja? Es ist mir gleichgültig. Wenn ich mich an die Derques erinnern kann, dann kann ich mich auch an alles andere erinnern. Bald werde ich auch das wissen, mit dem ich mich freikaufen kann ...*"

Zum Teil war es so, als würde einem etwas wieder einfallen, was man lange vergessen hatte. Zum Teil war aber auch bewußte Anstrengung nötig; so als ob man versuchte, sich eine schwierige Konstruktionszeichnung ins Gedächtnis zu rufen. Aber eigentlich war es ein Erlebnis, das sich mit nichts vergleichen ließ. Zuerst blitzten Bilder auf, völlig willkürlich. Meure hatte keinen Einfluß darauf. Er erinnerte sich an Dinge, die für Cretus eine wichtige Rolle gespielt hatten, so wie uns vieles einfällt, ohne daß wir uns darauf konzentrieren müssen. Meure sah eine Stuckwand im Licht der Nachmittagssonnen; es war ein schöner Anblick, doch er erfüllte ihn mit Ungeduld, denn er wartete auf die Nacht, die besser geeignet war, um einige wichtige Pläne zu verwirklichen. Dann waren da Nomaden. Eingemummt in lange Umhänge, führten sie ein erregtes Gespräch in einem unverständlichen Dialekt. Sie saßen um ein Lagerfeuer im Herzen der Sümpfe. Er erinnerte sich an eine Schlacht und an ihr Ende. Männer ergaben sich, andere zählten die Gefallenen. Währenddessen stand er auf einem Hügel und schaute über den See, dessen Wasser dunkelrot war. Einer seiner Hauptleute hastete den Hang hinauf und meldete ihm, daß alles genauso verlaufen war, wie er es vorhergesagt hatte. Er dankte dem Mann, der voll Erstaunen zu ihm aufsah, dann wandte er sich wieder dem Anblick des karminroten Sees zu. Dahinter lag der unergründliche Nordozean, und über allem hing das tiefe Blau des Himmels.

Er fand kein Mittel, diese Ketten von Bildern und Gedanken zu steuern. Geschehnisse und Gesichter tanzten in einem irren Reigen, Nachbilder des gerade Erinnerten vermengten sich mit neu aufblühenden Visionen. Je mehr er sich bemühte, diesen Fluß zu steuern, desto regelloser trieben die Bilder vorbei, desto unterschiedlicher war ihre Dauer. Manche währten nur einen Augenblick, andere schienen minutenlang vor seinem inneren Auge zu stehen. Das meiste war so ungeordnet und wirr, daß es für ihn keinen Sinn ergab.

Da war eine Szene, die auffällig lange anhielt. Sie mußte einen tiefen Eindruck auf Cretus gemacht haben, denn er hatte sie bis ins kleinste Detail bei sich aufbewahrt. Zunächst erschienen Meure die Bilder bedeutungslos. Er sah eine Stadt, durch ein offenes Fenster betrachtet. Doch etwas an diesem Anblick verunsicherte ihn. Meure konzentrierte sich mit aller Kraft, und es gelang ihm, den ständigen Fluß der Erinnerungen einen Moment lang anzuhalten. Das Bild blieb stehen, und Meure fragte sich noch immer, was daran nicht stimmte. Was mochte es sein, das Cretus bei diesem Anblick so beschäftigte?

Die Architektur der Stadt war ausgesprochen unkonventionell, aber das war es nicht. *Das* interessierte Cretus überhaupt nicht. Meure jedoch fand die Architektur sehr interessant. Das Aussehen der Stadt wurde von ihren Türmen bestimmt. Sie ragten in außergewöhnlicher Vielzahl aus dem Häusermeer. Die Türme waren unterschiedlich hoch und hatten verschiedene Durchmesser, aber alle waren sie sehr schlank, und alle trugen sie an ihrer Spitze eine reichverzierte Kuppel. In luftiger Höhe waren an vielen Stellen Laufstege zu sehen, die einzelne Häuser miteinander verbanden. Für diese steinernen Bänder schienen die Gesetze der Schwerkraft nicht zu gelten, sie benötigten keine sichtbaren Stützen. Gestalten gingen auf diesen Stegen umher, aber sie waren so weit entfernt, daß Meure sie nicht genau erkennen konnte. Eigentlich konnte man ihre Art der Fortbewegung kaum als Gehen bezeichnen, es glich mehr einem Tanz auf dem Eis. Alle ihre Bewegungen waren von körperloser Leichtigkeit. Es war nicht zu entscheiden, ob es sich um Menschen handelte. Der Körperbau deutete auf menschliche Wesen hin, aber ihre Bewegungsweise sprach dagegen. Cretus schien dieser Widerspruch überhaupt nichts auszumachen.

Es war heller Tag in der Stadt. Es mußte gegen Mittag sein, denn die Sonne stand sehr hoch am Himmel über den Häusern. Man konnte sie von dem Fenster aus sehen. . . . Es war eine Einzelsonne. Das war es also, was Cretus so ungeheuer fremdartig an dieser Szene erschien. Vermutlich war dies eine der ersten Visionen, die er durch seinen *Skazenach* hatte: eine andere Welt, vermutlich auch eine andere Zeit. Zukunft, Vergangenheit? Wer mochte das entscheiden? Nun verstand Meure besser, wie Cretus alle seine Erinnerungen in seinem Gedächtnis geordnet hatte.

Sehr leise ließ sich jetzt auch wieder Cretus' Stimme in seinem Inneren vernehmen: „Dies ist die Welt Erspa, ein Planet, der zu dem großen Magellan-Nebel gehört. Die Szene spielt vor ungefähr einhundert Millionen Jahren. Es war das erste Mal, daß es mir gelang, eine Welt zu sehen, die von denkenden Wesen bewohnt wurde, die weder Ler noch Menschen waren. Aber am meisten hat mich diese Sonne beeindruckt. Sie sah so unvollständig aus, so verloren . . . Seither habe ich viele Lebensformen gesehen, und einige waren wirklich verblüffend anzuschauen, aber nie mehr hat mich etwas so erregt wie der Anblick dieser Sonne."

Die Stimme erlosch wieder. Meure hatte den Eindruck, mit einemmal einen viel besseren Zugang zu Cretus' Erinnerungsschatz zu haben. Die einzelnen Bilder waren viel klarer, und sie hielten sich länger. Doch oft waren sie beinahe unerträglich fremdartig. Meure sah leere Welten im Schein von riesigen dunkelroten Sonnen, schon dem Untergang geweiht, bevor sie noch vollständig abgekühlt waren ... Er sah Dinge, die flogen, und solche, die schwammen. Wesen, die sich rennend, in gewaltigen Sprüngen, kleinen Hüpfern oder überhaupt nicht fortbewegten. Nachdem er eine Unzahl solcher Szenen betrachtet hatte, erschien ihm der erste Klesh, beschienen vom Licht einer einzelnen Sonne. Nach einer solchen Erinnerung hatte er die ganze Zeit gesucht. Jetzt konzentrierte er sich darauf, dieser neuen Linie zu folgen.

Eine leise Stimme, die nicht Cretus gehörte, erzählte eine Geschichte. Meure verstand beim ersten Wort, worum es ging, und was er hörte, brachte ihn so sehr aus der Fassung, daß er um ein Haar die ganze Szene aus seinen Augen verloren hätte. Als er den Faden wieder aufnehmen konnte, war die Geschichte schon an einer anderen Stelle angelangt. Wegen der Dinge, die Meure nun hörte, war Flerdistar quer durch das Weltall gekommen; ihr ganzes Leben lang war sie den Spuren dieses Berichtes gefolgt. Die Szene war sehr klar und einfach. Sie rollte vor Meure genauso ab, wie Cretus sie zum erstenmal erlebt hatte. Alles wurde gesagt, keine Einzelheit verschwiegen. Besonders eigentümlich war die Handlungsform der Bilderfolge. Meure erlebte eine Person, die einer Zuhörerschaft eine wahre Geschichte erzählte. Zuerst dachte er, Cretus würde dieses Erlebnis in seiner Erinnerung so aufbereiten, daß es fast wie ein Lehrfilm wirkte. Aber so war es nicht. Auch Cretus war die Geschichte genauso erzählt worden, wie Meure sie jetzt seinem Gedächtnis entlockte. Nun kannte Meure das Geheimnis der Ler, und er verstand, wie es zu den Taten der Krieger und zu den Leiden der Klesh kommen konnte.

Er war so überrascht (denn es war, trotz einiger überraschender Einzelheiten, eine sehr einfache Geschichte), daß er laut sagte: „Das ist es also, um das sich alles dreht."

Flerdistars Kopf ruckte hoch, fast wäre ihr das schwere Ruder über Bord gefallen. Sie fragte: „Was hast du gesagt?"

In Meures Kopf klangen noch die Echos der überraschenden Worte, flackerten die Nachbilder aus Cretus des Schreibers Gedächtnis. Ihm war, als habe das Ler-Mädchen ihn aus einem tiefen Schlaf aufgeweckt.

„Ach, es war nichts", antwortete er, „überhaupt nichts."

Und das war die Wahrheit. Es war wirklich fast nichts, wenn man es mit all den Taten, Plänen und Vorbereitungen verglich. Fast nichts! Aber die Folgen dieser einen Tat liefen noch immer durch die Zeit, wie Wellen über einen See. Meure fühlte sich zutiefst verunsichert. Aus den Erinnerungen von Cretus hatte er etwas erfahren, dem nichts von alledem standhielt, was er bisher im Leben über Ursache und Wirkung und die Bewertung von Taten gelernt hatte. Das ganze ihm vertraute Weltall drehte sich um eine neue Achse. Durch die neuen Informationen, die er gewonnen hatte, wurde Meures Weltbild in seinen Grundfesten in Frage gestellt; sein gesamtes Wissen mußte sich neu orientieren, um sich diesen Erkenntnissen anzupassen. Er gab jede Gegenwehr gegen das, was da auf ihn einstürmte, auf. Er erkannte, daß er sich der Wahrheit stellen mußte, auch wenn nichts in seinem Universum seine Geltung behielt. Der Grundgedanke, der ihn durchdrang, war sehr einfach, doch in seinen Auswirkungen unabsehbar:

Alle denkenden Wesen sind unvollkommen und mit einem unvollständigen Wahrnehmungsapparat ausgerüstet. Ihre Sinne befähigen sie nicht, die Folgen ihrer Taten wirklich objektiv einzuschätzen. Sie bewerten ihre Taten nach Maßstäben, die sie für objektiv halten, die aber in Wirklichkeit fast nichts über die Wirkungen dieser Taten aussagen. So glauben sie, sie hätten eine ungeheuer wichtige Entscheidung getroffen, aber die Veränderungen, die diese Entscheidung in der Wirklichkeit bewirkt, ist beinahe gleich Null. Eine vergleichsweise unbedeutende Handlung dagegen kann Auswirkungen haben, die Zeit und Raum erschüttern. Im Grunde war die Theorie von Ursache und Wirkung durchaus zutreffend. Alles Geschehen ließ sich auf bestimmte Ursachen zurückführen, daran gab es keinen Zweifel. Es war jedoch so, daß alle denkenden Wesen dazu neigten, die Ursachen falsch zu bewerten, so daß es ihnen nur selten gelang, die tatsächlichen Auswirkungen ihrer Taten zu erkennen. Es gab Geschichten, in denen die Alten sich dieser Wahrheit sehr weit angenähert hatten: Der Tod eines einzigen Schmetterlings konnte in letzter Folge tatsächlich den Ausgang einer Wahl beeinflussen und so die Regierungsform verändern. Daß er auch das Aussterben von Millionen weiterer Schmetterlinge im Gefolge haben konnte, war in diesem Zusammenhang fast nur ein Nebeneffekt. Daß der Wind an einem Tage aus einer bestimmten Richtung blies, konnte den Lauf eines Weltreiches bestimmen. Ein gigantischer Wirtschaftskonzern, dessen Einfluß sich über mehrere Planetensysteme erstreckte, konnte über Nacht verlöschen wie eine Öllampe; Gläubiger und Konkurrenten konnten ihn verschlingen, nur weil ein kleiner Angestellter bei einer unbedeutenden Transaktion seine Zunge nicht im Zaume halten konnte.

Das alles hatte Cretus in seinem *Skazenach* gesehen. Diese Beispiele waren der Grund dafür, warum er sein Werk nicht vollendet hatte, kurz bevor das Ziel erreicht war. Was seine Gefolgsleute ihm rieten, war ihm gleich, und das Urteil der Historiker aller Planeten und aller Zeiten interessierte ihn nicht. Sie bewirkten gar nichts. Was für ihn zählte, waren Dinge, die im Augenblick unbedeutend erschienen: die Art, wie eine Dienerin ihren Besen ausschüttelte, die Art, wie sich ein Staatssekretär aus dem Fenster beugte, und Begebenheiten, die so unscheinbar waren, daß er sie nicht sehen, sondern nur erahnen konnte. Diese Beobachtungen in ihrer Gesamtheit waren es, die ihn bewogen, sich zurückzuziehen, um überhaupt etwas von seiner Idee zu retten. Er wußte, daß nicht nur diese Idee scheitern würde, wenn er weitermachte, sondern daß die Gegenseite sich mit erneuerter Kraft erheben würde. *Wenn Cretus um jeden Preis an seinem Imperium festgehalten hätte, bis zu dessen bitterem Ende, dann wäre Monsalvat in einem solchen Maße von Stolz, Wut und Entfremdung ergriffen worden, daß am Ende keine Gesellschaftsform mehr möglich gewesen wäre. Es wäre das Ende der Klesh auf Monsalvat gewesen!* Aber dadurch, daß er in jenem Moment freiwillig von der Bühne abtrat, konnte er die Lage in dem Zustand erhalten, in dem sie sich befand. So fror er seinen Traum ein, um ihn nach Tausenden von Jahren wieder aufzunehmen. *Er konnte nur noch gewinnen, wenn er sich ergab. Das war es, was das Gesetz von Ursache und Wirkung ihn lehrte.*

Jetzt endlich verstand Meure Cretus wirklich. Er begriff, warum er so gehandelt hatte, seinem Instinkt gefolgt war. Er verstand das Wesen der Dinge, denn ihm war ein eindringliches Beispiel gezeigt worden. Das Geheimnis der Klesh war ihm enthüllt worden, und er hatte es in seiner ganzen Tragweite begriffen. Er hatte miterlebt, wie Cretus sein Wissen dazu benutzt hatte, sich einen ungefähren Eindruck von der Macht und den Fähigkeiten seines großen Feindes, der unbekannten Wesenheit, zu verschaffen. Meure spürte, wie sich eine Last auf seine Schultern senkte, schwerer als Cretus sie hatte tragen müssen: Er kannte jetzt das Geheimnis, dessentwegen Flerdistar Lichtjahre weit gereist war, aber er konnte nicht beurteilen, was es für Folgen haben würde, wenn er sein Wissen an sie weitergäbe. Und was würde geschehen, wenn er es nicht täte?

Er fühlte, wie sich das Gewicht seiner Entscheidung vervielfältigte. Die Auswirkungen auf Raum und Zeit konnten unendlich sein. Was er ihr sagte und wann er es ihr sagte, würde Folgen haben. Soviel stand fest. Aber das war noch die geringste Entscheidung, die er zu fällen hatte.

13

„Die Geschichte als solche gibt es nicht. Wenn einmal alle wichtigen Tatsachen zur Verfügung stehen, dann sind sie zu zahlreich, um alle registriert zu werden. Es muß eine Auswahl getroffen werden, und die ist zwangsläufig immer subjektiv, denn der Forscher lebt immer in dem gleichen Raum-Zeit-Gefüge wie das Objekt, das er untersucht."

A. C.

Monsalvats Doppelsonne war hinter den westlichen Hügeln versunken, die die Grenze Omburs bezeichneten, als Morgin ankündigte, daß sie gleich den Rand des Ausländerviertels erreichen würden. Woher er das wußte, konnte man nicht erkennen, denn die Stadt, die an ihnen vorbeizog, hatte ihr Aussehen nicht verändert. Vielleicht war die Bebauung ein wenig dichter geworden. Anstelle der hölzernen Hütten und Schuppen, die vielerlei Läden und Werkstätten beherbergten, konnte man nun hin und wieder flache Lehmgebäude sehen, deren lethargische Bewohner sich aus den rahmenlosen Fenstern lehnten, um blicklos ins Leere zu starren. Anscheinend gab es hier auch kleinere Fabriken, auffällig war jedoch die Anzahl der Schrottplätze und Müllhalden. Straßenhändler drängten sich über das Pflaster und boten Nahrungsmittel und kleinere Gebrauchsgegenstände feil. Ihr Marktgeschrei hatte einen fremden Rhythmus; mit seiner traurigen Melodie klang es bisweilen wie ein Aufruf zum Gebet. Der Anblick war tragisch und komisch zugleich. Hoffnungslosigkeit war das alles beherrschende Gefühl. Seitdem sich der Fluß in eine Vielzahl von Nebenarmen und kleinen Kanälen aufgefächert hatte, waren die einzelnen Wasserstraßen immer schmaler geworden. Daher fuhren sie jetzt dichter am Ufer entlang und konnten die Einwohner besser betrachten. Die Lagostomer hier in der Stadt sahen keineswegs wohlhabender aus als jene, die sie an der Absturzstelle der *Ffstretsha* gesehen hatten. Sie trugen nur Lumpen und Fetzen am Leib, die Reste von Kleidungsstücken, deren ursprüngliches Aussehen man nicht einmal mehr erahnen konnte. Hin und wieder war jemand zu sehen, der etwas besser gekleidet war, aber dieser Anblick bot sich ihnen nur äußerst selten. Die Luft war erfüllt von dem durchdringenden Geruch zu vieler Menschen, die sich zu lange nicht gewaschen hatten. Hinzu mischte sich das Aroma der zahlreichen Substanzen, die das Wasser des Flusses mit sich führte: menschliche und tierische Fäkalien, Chemierückstände und noch einiges andere, das nicht so leicht zu identifizieren war.

Meure fragte sich, wie die anderen diesen Anblick aufnehmen mochten; ihn selbst erschütterte er von Grund auf. In seinem ganzen Leben hatte er nichts gesehen, was sich mit dieser Stadt vergleichen ließ. Die Menschheit hatte lange darum gekämpft, Lebensweisen, die diesen hier glichen, vergessen zu können. Er teilte seine Gedanken Morgin mit; dieser war ganz in seiner Nähe, da Meure sich mit dem grauhaarigen Mittler ein Ruder teilte.

Morgin dachte über seine Antwort lange nach. Er schien viele Gedanken im Geiste gegeneinander abzuwägen. Schließlich sagte er: „Ich kenne Kepture und Chengurune aus eigener Erfahrung. Glordune ist mir nur vom Hörensagen bekannt, aber für meine Antwort mag das genug sein. Nach Cantou habe ich mich immer gesehnt, aber ich rechne nicht mehr damit, daß ich es einmal selbst sehen werde. Kepture ist irgendwie . . . rauher, um es einmal so auszudrücken, als Chengurune, aber nicht so unberechenbar und mitleidlos wie Glordune. Aber dies sind alles keine grundlegenden Unterschiede. Alle Klesh, denen ich begegnet bin, leben ein Leben, das mehr oder weniger einfach ist. Aber sie alle verstehen es, etwas aus ihrer Umwelt zu gewinnen, das für sie das Leben lebenswert macht. Ich habe nun euch Außenweltler von euren Welten sprechen hören, und es scheint mir, daß es auf euren Planeten bedeutend friedfertiger zugeht. Das verwundert mich, denn selbst in Cantou gibt es Kampf, Haß und Mord. Und in Glordune erst! Das ist sogar für uns Aceldamaner zuviel.“ Er schüttelte den Kopf. Offenbar war er nicht in der Lage, die Zustände in Glordune angemessen zu schildern.

Dann fuhr er fort: „Aber, wie dem auch sei, du hast eben noch nie wie einer von uns gelebt." Er sah Meure lange von der Seite an. „Du kennst ja das Mädchen, das zuerst mit dem anderen Burschen zusammen war. Sie hat mich stark an einen Ellarer erinnert. Die Ellarer sind ein seltsames Volk. Sogar auf Glordune gibt es nicht ihresgleichen. Ihr ganzes Leben lang arbeiten sie im Geiste ein Epos aus, das in einem phantastischen, sagenhaften Reich spielt. Schreckliche Ereignisse gibt es da, Ungeheuer, Zauberei, blitzende Schwerter und Taten von großer Kühnheit und bewundernswertem Mut. Diese individuellen Sagen sind kunstvoll bis ins kleinste Detail ausgearbeitet, je bizarrer, desto besser. Dem Ganzen liegt eine literarische Überlieferung zugrunde, die ich dir erst gar nicht zu beschreiben versuche. Dazu ist sie viel zu kompliziert und haarspalterisch. Jede Sage entsteht völlig im geheimen, sie wird niemals zu Papier gebracht, und niemand bekommt sie je zu hören. Wenn ein Ellarer nun sein Ende nahen fühlt, ruft er alle zu sich, die er kennt, Freunde und Feinde. Und sie alle versammeln sich, um sein Sterbelied anzuhören. Niemals stirbt ein Ellarer, bevor er nicht sein Lied beendet hat.

Ein einziges Mal war es mir bisher vergönnt, eine solche Sage mit anzuhören. Und wenn es das einzige bleibt, was ich je hören werde, hat sich mein Leben schon gelohnt. Im Universum gibt es nichts, was sich mit diesen Geschichten vergleichen ließe . . . Sie sind voll alter Sehnsüchte, die dir das Blut in Wallung bringen. Wenn das Sterbelied zu Ende ist, feiern die Ellarer ein großes Fest.

Ich habe das Lied eines Seemanns gehört, der als einziger Überlebender eines Schiffbruchs aus dem Wasser gezogen wurde. Sein Körper war zerschmettert, und wir hatten ihn am Strand von Chengurune in den Sand gelegt. Zunächst erzählte er uns Ereignisse, die sich tatsächlich zugetragen hatten. Allein diese Berichte waren auf ihre Art ein Heldenepos. Sie waren voller Unwetter, Seedämonen, Piraten und Eratzenaster – atemberaubend. Aber das alles war ihm gar nicht wichtig. Ihm ging es nur darum, eine Zuhörerschaft um sich zu versammeln, der er *seine* Sage erzählen konnte. Wir schickten in die Stadt nach weiteren Zuhörern, damit er nicht ehrlos aus dem Leben scheiden mußte. Wie ich schon sagte, war sein Körper zerschmettert, und er blutete aus zahlreichen Wunden, aber er hielt durch, bis die Leute eintrafen, und dann begann er mit seiner Geschichte.

Ein Mann also, der mehr tot als lebendig war, sprach von einem

Sonnenuntergang bis zum folgenden von Taten, die so furchterregend waren, daß seine wahren Geschichten, die er zuvor berichtet hatte, dagegen wie ein Bummel über den Wochenmarkt erschienen. Wir saßen um ihn herum und lauschten, völlig in seinem Bann. Wir aßen und sprachen nicht, kaum einer bewegte sich, bis sein letztes Wort verklungen war. Ganz am Schluß übrigens belegte er alle Nicht-Ellarer mit einem außergewöhnlich umfangreichen und bildhaften Fluch. Diesen Fluch habe ich schon lange vergessen. Wer merkt sich schon einen Fluch, wenn sie so häufig sind, daß die Luft an jedem Ort voll von ihnen ist? Aber die Geschichte ... Ich werde sie nie vergessen, wenn ich sie auch nicht erzählen könnte, ganz gleich, wie sehr ich mich bemühte. Ein sehr kluger Mann, der unter den Zuhörern saß, hat mir später gesagt, daß die Sage mindestens siebzehn verschiedene Handlungsstränge enthielt, die alle miteinander verflochten waren. Es wäre unmöglich, sie wieder zu entwirren. ... Raumschiffe spielten auch eine Rolle. Die Ellarer leben in kleinen Steinhäusern auf einer felsigen Insel. Sie bauen irgendwelche rebenartigen Früchte an. Wenn man sie nicht angreift, sind sie sehr maßvoll und friedlich."

Meure sagte: „Dann hätte auch Ingraine, falls das ihr richtiger Name war ..."

„Wahrscheinlich hieß sie wirklich so."

„... eine solche Geschichte zu erzählen gehabt?"

„Natürlich."

„Aber es wäre eine unvollendete Geschichte gewesen ..."

„Man sagt, daß die Todeslieder der jungen Ellarer die besten sind."

„Ja, das kann ich mir gut vorstellen."

„Es gibt noch etwas über sie zu sagen ... In ihrem Alltagsleben versuchen sie die Rolle eines der Helden ihres Epos nachzuempfinden. Die Ellarer halten es für ihre wichtigste Lebensaufgabe, den Charakter dieses Helden genau auszuarbeiten und sich nach seinem Wesen zu verhalten. Natürlich scheitert ein solcher Versuch für gewöhnlich, aber er füllt die Ellarer völlig aus. Ich habe nie einen von ihnen über Langeweile klagen hören."

„Cretus hat mir erzählt, daß sie eine Ellarerin war. Er sagte, sie wurde von einer fremden Existenz gesteuert, die Monsalvat unterdrückt. Wäre es auch möglich, daß sie dieser Wesenheit freiwillig gedient hat?"

„Wenn sie für sich die Rolle eines Spions gewählt hat, dann ist es durchaus möglich, daß sie sich dieser Aufgabe hingebungsvoll gewidmet hat. Falls sie euch, Halander und dich, in ihr Todeslied eingeschlossen hätte, würdet ihr euch kaum wiedererkannt haben. Sie hätte euch in fremde, sagenhafte Gestalten verwandelt."

„Es schien dir nicht viel auszumachen, daß sie so plötzlich verschwand."

Morgin zuckte die Achseln. Meure glaubte in dieser Geste Cretus wiederzuerkennen. „Manchmal verschwinden Leute, das ist nun einmal so. Natürlich verschwindet nicht jeder, nicht einmal viele, aber es kommt oft genug vor, ich war durchaus nicht überrascht: Wenn hier auf Monsalvat jemand an einem Ort ist, an den er nicht gehört, dann ist er eben mit einemmal nicht mehr da. Wenn es einer von euch Außenweltlern gewesen wäre oder das Haydarmädchen, dann hätte es mich schon gewundert."

„Wieso hätte es dich bei Tenguft überrascht?"

„Haydars halten sich eben nie am falschen Ort auf, das lehrt die Erfahrung."

Morgin wandte seine Aufmerksamkeit wieder dem Ruder zu, als habe er bereits zuviel Zeit mit Meure verschwendet. Meure hatte gut verstanden, was Morgin ihm über Monsalvat klarmachen wollte: Das Menschentum dieser Welt war noch nicht gezähmt worden. Yastian war eine Stätte der Verzweiflung, doch die Ellarer trugen in ihren Herzen eine ergreifende Poesie von kunstvoller Vielfältigkeit. Hinter jeder Stirn verbarg sich dort eine *Ilias* und eine *Odyssee.* Cretus spielte ihm ein paar Bilder zu, und Meure konnte sehen, daß die Ellarer klein und zart gebaut waren, ganz wie Ingraine; schlank, bleich, selbstbewußt und selbstgenügsam. Es war ein wenig reiselustiges Volk. Vor dem Lärm Glordunes waren sie auf ihre felsige Insel geflohen, und von dort würden sie nie wieder fortgehen, ganz gleich, was geschehen würde. Morgin hatte sie als Symbol für Monsalvat verwendet, und Meure spürte, daß Cretus der gleichen Ansicht war. Was die anderen Völker betraf . . . Meure sah ein, daß es nur wenige Beschränkungen auf Monsalvat gab; auch die Beschränkungen, die die zivilisierte Gesellschaft dem Verbrechen auferlegt hatte, galten hier kaum . . . Aber die zivilisierte Gesellschaft hatte nur einen Homer hervorgebracht. Doch hier, auf einer kleinen Felseninsel im Innenmeer, lebte ein ganzer Stamm von Dichtern, die dem blinden Sänger ebenbürtig waren. Was würde ein Ellarer in die Vereinigung der Stämme von Monsalvat einbringen, ja, was konnte er der ganzen Menschheit geben?! Und das galt sicher auch für alle anderen

Stämme, möglicherweise auch für die Lagostomer, trotz allem, was Morgin über sie gesagt hatte ...

Clellendols Stimme riß ihn aus seinen Gedanken. „Hier könnte ich mich fast zu Hause fühlen."

Flerdistar gab einen bissigen Kommentar: „Wie ein Wolf im Pferch der Schafe, wie?"

Clellendol antwortete ungerührt: „Eine Welt, in der jeder jeden Racheeid sein ganzes Leben lang nicht vergißt, müßte doch eigentlich auch für einen Vergangenheitsforscher ihre guten Seiten haben. Nun seht euch doch mal diese Stadt an! Ich kann es kaum erwarten, an Land zu gehen. Es riecht förmlich nach Verbrechen der ausgefeiltesten Art."

„Wie kannst du das jetzt schon beurteilen?" fragte Meure. „Ich finde auch, daß sie wie Verbrecher aussehen, aber sie sehen alle so aus und können doch wohl nicht alle Verbrecher sein."

„Ich bemerke Angst, Verschwörung und Intrigen. Man sieht es an ihren Bewegungen, ihren Gesten. Ich müßte näher herankommen, um Einzelheiten zu bestimmen. Aber es liegt ganz deutlich in der Luft. Hier findest du Raub und Erpressung in ungeahntem Umfang, Täuschung, Hehlerei und Betrug. Es sieht aus wie eine Schautafel im Lehrbuch des Verbrechens."

Meure sagte: „Die Eigenschaften, die du aufgezählt hast, legen es eigentlich nahe, die Gesellschaft dieser Leute zu meiden; und so verhalten sich ja auch die meisten Eingeborenen dieser Welt."

Flerdistar pflichtete ihm bei und mahnte zur Vorsicht: „Das ist auch meine Meinung. Meine Fähigkeit erlaubt es mir, die Wellen zu deuten, die die Mächtigen dieses Planeten einst auf dem Fluß der Zeit verursacht haben. Ich bin jedoch nicht gewillt, mich in diesen Strom zu stürzen, um mich unter diese Leute zu mischen. Ganz im Gegenteil. Hier sind wir dem totalen Chaos so nahe, daß es mir fast unerträglich ist. Ich will nur endlich das finden, was ich hier gesucht habe, dann will ich dem Planeten so schnell wie möglich den Rücken kehren. Die Gouverneure hatten es einst schon richtig erkannt: Monsalvat ist kein Platz für zivilisierte Wesen."

Meure sagte: „Vielleicht ist es unklug, die Gesellschaft dieser Gestalten zu suchen. Aber wenn du etwas beobachten oder erfahren willst, dann wirst du mit ihnen in Kontakt treten müssen. Ihr scheint mir beide aus dem Gleichgewicht geraten zu sein. Du, Flerdistar, verlierst im letzten Moment plötzlich die Nerven, und du, Clellendol, willst vor Vergnügen in die Luft springen. So hat eure Anwesenheit hier bald ihren Sinn verloren."

Flerdistar senkte den Kopf und schaute auf die Planken: „Du solltest so etwas nicht sagen."

Clellendol murmelte: „Für meinen Geschmack hast du dich schon zu sehr in ein Wesen dieser Welt verwandelt."

„Wir reagieren alle auf etwas Archaisches, das sich hier erhalten hat wie nirgendwo sonst. Euch ist es von Anfang an weggezüchtet worden, und wir haben es nach und nach durch unsere Zivilisiertheit verloren. Aber dennoch tragen wir alle den alten Keim zur Selbstzerstörung noch in uns. Hier liegt das Problem: Nur hier wird dieser alte Widerspruch noch spürbar, das Paradoxon. Ich gebe zu, ich spüre, daß sich in mir etwas regt, das ich schon vergessen glaubte."

„Dann willst du also über die Ebene traben, mit einem Speer in der einen Hand und einer anatomischen Trophäe in der anderen?" spöttelte Clellendol. „Oder willst du dich selbst als Trophäe zur Verfügung stellen? Ich muß zugeben, daß ich mir das Endziel der Zivilisation etwas anders vorgestellt habe."

Meure erwiderte: „Das Bild stimmt von vornherein nicht. Ich bin kein Haydar, und außerdem traben die Haydars nicht, sondern fliegen auf Eratzenastern. Und ich weiß gewiß, daß weder hier noch irgendwo sonst die Menschheit das Endziel der Zivilisation erreicht hat. Sie ist vielmehr weit davon entfernt. Das ist die große Überraschung – nach all den Jahren, die die Menschheit hinter sich hat, ist sie dem Ziel keinen Schritt näher gekommen. Und Raumschiffe und Technologie haben es nur in noch weitere Ferne gerückt."

Clellendols Stimme klang noch ironischer: „Hier sehen Sie den letzten großen Fortschrittsfeind!"

„Wenn ich gesagt habe, daß unser Zivilisationssystem nicht das beste denkbare System ist, heißt das noch lange nicht, daß ich es bekämpfen will. Man sagt, ihr Ler besitzt ein feines Unterscheidungsvermögen. In deiner Antwort war nichts davon zu spüren."

Clellendol fragte: „Wer bist du, daß du so zu uns sprechen kannst? Bist du Cretus oder bist du tatsächlich der gleiche Meure Schasny, der noch vor kurzem unentwegt zu Boden starrte, wenn er mit uns sprach?"

Meures Lachen galt eigentlich eher ihm selber. „Im Augenblick bin ich ich selbst, ich meine, Meure Schasny . . . Aber ich bin mir gar nicht mehr so sicher, ob es wirklich wichtig ist, diese Unterscheidung zu treffen ... Was meine Veränderung betrifft, so heißt es doch zu Recht, daß der die beste Überlebenschance hat, der es am besten versteht, sich auf die Veränderungen der Umwelt einzustellen. Flerdistar, das nämlich ist es, was wir verloren haben, dein Volk und meines: die Fähigkeit, mit dem Wind zu segeln. Statt dessen mauern wir uns in kleine abgeschlossene Zellen ein, die uns vor jeder Veränderung bewahren sollen. Du hast es mir immer wieder erzählt: Die Kultur der Ler hat sich seit Jahrhunderten nicht geändert. Ich vermute sogar, daß sie sich nicht mehr geändert hat, seit eure allerersten Vorfahren den Heimatplaneten verließen. Du hast auch gesagt, daß kein Ler eine Veränderung bewirken will, weil ihr euch vor den Folgen fürchtet. Wir leben aber auf einem Meer von Taten und ihren Folgen, und diese Folgen sind es doch, die du deuten gelernt hast; für dich sind sie Wellen auf dem Ozean der Zeit. Je höher die Anpassungsfähigkeit eines Lebewesens ist, desto höher ist seine Entwicklungsstufe. Wer luft- und schalldichte Kapseln baut, wird damit kaum seine Anpassungsfähigkeit steigern."

Morgin warnte sie: „Ich höre, daß ihr euch streitet. Ihr müßt schleunigst damit aufhören, denn wir nähern uns unserer Landungsstelle, und eure heftigen Worte könnten leicht einen Lagostomer so sehr in Aufregung versetzen, daß er euch angreift und so einen allgemeinen Aufruhr anzettelt."

„Du hast bestimmt recht", sagte Meure, „aber ist die Lage denn auch hier in diesem Viertel so explosiv? Hier sollen doch viele Ausländer leben."

Morgin antwortete: „Die Ausländer sind in der Minderheit, und sie kommen von überall her. Daher kann man nicht sagen, daß sie einen beruhigenden Einfluß auf die Lagostomer-Bevölkerung hätten. Es ist eher so, daß sich die Reaktionen der Bevölkerung hier noch schlechter vorausahnen lassen. Wir werden jetzt sehr bald an Land gehen; dann müssen wir uns einen Platz suchen, wo wir uns niederlassen können. Danach werden wir besprechen, was als nächstes zu geschehen hat."

„Kennst du ein geeignetes Quartier?"

„Ich habe von mehreren gehört, aber es ist keines dabei, das ich unter normalen Umständen aufsuchen würde. Wir werden uns zunächst mal umsehen."

Meure sagte: „Ich habe noch eine Frage, Meister Morgin: Wie kommen wir später wieder aus dieser Stadt heraus und in eine angenehmere Umgebung? Ich nehme nicht an, daß wir hier ewig bleiben können, und ich habe es auch nicht vor."

Morgin kratzte sich nachdenklich den Schädel. „Wir haben einen Dieb in unseren Reihen, der behauptet, er könne sogar den Geruch der Verbrechen der Lagostomer wahrnehmen ... Du trägst in dir einen furchtbaren Helden ... Wir müssen diesen beiden Gefährten Gelegenheit geben, miteinander etwas auszuhecken ... Ich wüßte nicht, wie wir auf andere Art wieder aus Yastian herauskommen könnten. Hier gelte ich als Mittler nichts, und ihr könnt auch nicht damit rechnen, daß man euch Geschenke macht, wo doch ein Haydar und sogar Erstvolk zu unserer Gruppe gehören. Wenn ihr bisher im Leben keine unangenehmen Entscheidungen treffen mußtet – nun sind sie nicht mehr zu umgehen."

„Die Entscheidung, die du uns beschreibst", sagte Meure, „kann doch nur lauten: Stehlen oder sterben."

Morgin zuckte die Achseln: „Als Mittler habe ich mein ganzes Leben damit zugebracht, meinen Zuhörern mehr oder weniger große Lügen aufzutischen. Wenn es dem Wohl der Allgemeinheit diente, habe ich in dieser Frage nie irgendwelche Skrupel gehabt ... Wenn es um meinen Hals geht, werde ich jederzeit genauso handeln. Ihr könnt getrost davon ausgehen, daß alle, denen ihr hier begegnen werdet, für sich diese Entscheidung schon längst getroffen haben. Diejenigen allerdings, die sich für ein anständiges Leben entschieden haben, werdet ihr nicht treffen."

„Wieso?" fragte Flerdistar. „Sind sie so selten?"

Morgin zuckte nur wieder mit den Schultern: „Es gibt sie nicht, meine Dame, nicht in Yastian."

Lange nach Einbruch der Dunkelheit fanden sie eine Absteige, falls man ihre Unterkunft so bezeichnen konnte. Morgin hatte das Boot verkauft, und daher konnten sie sich mehrere Räume leisten, die hinten an die Gaststube angrenzten und durch Türen miteinander verbunden waren. Sie hatten Morgin gebeten, für sie ein Quartier auszusuchen, doch alle Orte, die sie aufsuchten, machten den gleichen üblen Eindruck. Morgin traf seine Wahl offensichtlich nicht nach der Ausstattung oder der Sauberkeit einer Herberge.

Nachdem sie sich für die Nacht eingerichtet hatten, gab er eine kurze Erläuterung: „Hier in Yastian muß man sich seinen Schlafplatz sehr sorgfältig aussuchen. Tagsüber werdet ihr in den Straßen kaum einen offenen Streit miterleben können, doch in der Nacht ist es besser, wenn man an einem Ort Schutz sucht, der sich leicht verteidigen läßt. Das ist ausschlaggebend, nicht der Komfort oder der Preis, ob er nun hoch oder niedrig ist. Hier streunen des Nachts Gestalten umher, die keinen Widerstand dulden und sich auch keine langen Geschichten anhören wollen. Sie bringen einen sofort um, so leise wie möglich. Von dieser Herberge habe ich von einigen Ausländern gehört, die zeitweise hier zu tun hatten, und ich glaube, daß wir keine bessere finden können. Da wir eine relativ große, gemischte Gruppe sind, werden sie allgemein vermuten, daß wir ein besonders gemeines Verbrechen vorhaben, und uns weitgehend in Ruhe lassen. Das Haus unterhält übrigens Tag und Nacht eine Torwache – das ist im Preis eingeschlossen –, daher glaube ich, daß wir uns hier ein bißchen erholen können."

Viel Zeit würden sie nicht haben. Morgin schätzte, daß das Geld, das sie für die Barke bekommen hatten, ungefähr für eine Woche reichen würde; dann blieb ihnen noch ein kleiner Rest, der als Wegzehrung dienen konnte. Sie waren noch unentschlossen, ob sie versuchen sollten, von Yastian nach Ombur zu ziehen, oder ob sie sich nach Hinternasp auf der anderen Seite des Deltas wenden sollten.

Clellendol war sofort nach ihrer Ankunft in den Schankraum gegangen. Wahrscheinlich wollte er sich nach Gelegenheiten umsehen, um seine Fähigkeiten ein wenig zu trainieren.

Die anderen legten sich zum Schlafen nieder. Tenguft übernahm freiwillig die Nachtwache. Meure hatte einen schmuddeligen Strohsack in einer Ecke des Raumes als Nachtlager ausgewählt.

Er war erschöpft und müde, doch er fand keinen Schlaf. Er wälzte sich unruhig und nervös auf seinem Lager herum und fragte sich, warum er nicht einschlafen konnte. Um seine Sicherheit machte er sich keine Sorgen, denn er hatte grenzenloses Vertrauen in die empfindlichen Wahrnehmungsorgane des Haydar-Mädchens. Aber dieses Zutrauen konnte ihm nicht alle Furcht vor dem nehmen, was er bisher in Yastian gesehen hatte. Der Sonnenuntergang am Abend hatte die Stadt noch einmal in ein besonderes Licht getaucht. Die Doppelsonne war nicht allmählich hinter Bäumen oder grasbewachsenen Hügeln verschwunden, sondern sie war breit und behäbig hinter den Elendshütten hinabgeglitten. Es gab in der ganzen Stadt keinen Platz, von dem aus man einen Blick auf das offene Land hatte. Die Luft selbst schien in der Stadt eine andere Beschaffenheit zu haben. Sie war von einem öligen, fast undurchdringlichen Dunst erfüllt, der die Farben verblassen ließ und die Konturen verwischte. Ferne Gestalten und Gebäude konnte man nie genau ins Auge fassen; sie schienen dauernd aufzutauchen und wieder zu verschwinden.

Fern von den Kanälen bot die Stadt auch keinen besseren Anblick. Meure konnte kein Anzeichen dafür entdecken, daß es hier Wohlhabende gab, die ein eigenes Viertel bewohnten. Morgin hatte ihm jedoch versichert, daß es einige Reiche gäbe. Diese lebten allerdings so zurückgezogen, daß sie fast unsichtbar seien. Meure war überrascht über diesen Zustand. Er hatte gedacht, eine solche Armut, wie sie ihm in Yastian begegnete, müsse gleichzeitig bedeuten, daß es eine Kaste der Reichen gab, die im Überfluß lebte. Diesen Zustand hatte die Stadt jedoch schon lange hinter sich gelassen. Ursprünglich hatte auch hier eine normale Klassenstruktur geherrscht, aber die Zeit hatte diese Gliederung abgetragen. Offensichtlich lag hier ein soziologisches Phänomen vor, das sich mit Greshams Kehrsatz vergleichen ließ: Wenn die unterste Klasse einmal einen bestimmten Anteil an der Gesamtbevölkerung überschritten hat, dann wird ihr Wertesystem für die Gesellschaft als Ganzes beherrschend. Eine wohlhabende Klasse konnte es nur geben, wenn die Ärmsten wenigstens über einen sehr geringen Anteil am Gesamtvermögen verfügten. In Yastian gab es kein Gesamtvermögen mehr, das man verteilen konnte.

Die Ausländer, die Meure gern gesehen hätte, waren nicht erschienen. Er hatte sich vorgestellt, daß in einem Ausländerviertel eine hektische, kosmopolitische Atmosphäre herrschen würde, hatte auf fremdländische Gestalten gehofft, auf unbekannte Dialekte, auf Restaurants, die Spezialitäten aus aller Herren Länder anpriesen. Statt dessen hatte er nur hin und wieder jemanden erspäht, von dem man nicht mehr sagen konnte, als daß er offenbar kein Lagostomer war. Diese Ausländer sahen bestenfalls wie ganz normale Menschen aus, vielleicht ein bißchen heimtückischer.

Meure wußte, daß er sich hier nicht auf seine Wahrnehmung verlassen konnte. Ihm stand einfach nicht das geeignete Vorwissen zur Verfügung, um seine Beobachtungen richtig einzuschätzen. Er konnte die verschiedenen Rassen nicht unterscheiden, und Cretus' Erinnerungen waren ihm kaum eine Hilfe. Cretus hatte ein Bild von den Stämmen und Septen von Kepture, das der fernen Vergangenheit angehörte. Reinrassige Klesh waren offensichtlich nur wenige darunter. Das überraschte Meure nicht. Wer würde schon freiwillig in diese üble Stadt ziehen, die dem Rest dieser Welt verhaßt war, wenn nicht die Mischlinge, die halb-, viertel- und achtelblütigen Ausgestoßenen aller Stämme.

Cretus hatte sich bisher ruhig verhalten. Doch Meure hatte das Gefühl, daß er sich nicht mehr so tief zurückgezogen hatte wie bisher. Anscheinend beobachtete er schweigend die Umgebung und verbarg sich nicht länger erschreckt vor der Wirklichkeit. Meure hoffte, daß er Cretus noch eine Weile zurückhalten konnte, denn es war sicher nicht gut, wenn dieser sich zeigte, bevor die Umstände dafür wirklich geeignet waren. Oder bis sie es erforderten. Das war Meures Wunsch, und er hatte das seltsame Gefühl, daß er Cretus mit diesem Wunsch unter seiner Kontrolle hatte. Wenn das wirklich so war, wäre er sehr dankbar dafür. Vielleicht gab es für ihn doch einen Weg, ihr Unternehmen heil zu überstehen.

Der Vfzyekhr hatte sich lange und ausgiebig das Fell geputzt, jetzt lag er wie ein wärmendes Kissen an Meures Hüfte geschmiegt und war fest eingeschlafen. Morgin schnarchte leise. Außer Meure war nur Flerdistar noch wach. Bei Tenguft machte es keinen Unterschied, ob sie schlief oder wachte. Sie würde auf jeden Fall ein guter Wächter sein.

Der schwere Dunst, der auch nachts in den Straßen von Yastian hing, brach das Licht und leitete es in die kahlen Räume, so daß Meure recht gut sehen konnte. Er konnte sich vorstellen, daß diese diffuse Beleuchtung für Flerdistar und Clellendol sehr angenehm sein mochte, denn Ler konnten im Halbdunkel besser sehen als Menschen. Bei starker Dunkelheit dagegen bewegten sie sich eher zögernd, das hatte er schon auf dem Schiff beobachtet. Er sah Flerdistar in der Nähe des Fensters sitzen. Von ihrem Strohsack aus konnte sie hinaussehen, doch ihre Augen starrten ins Leere; ihr Gesicht war ausdruckslos.

Plötzlich stand sie auf, kam zu ihm herüber und setzte sich neben ihn. Sie begann sofort zu sprechen; sie schien sich ihre Worte lange vorher überlegt zu haben. „Es fällt mir schwer, mit dieser Tatsache fertig zu werden, ... aber jemand muß es aussprechen. Wieder einmal ist eine Expedition nach Monsalvat gescheitert, und die Überlebenden müssen sich nun über die fällige Entscheidung klarwerden: Sollen sie auf eine ungewisse Rettung hoffen, oder sollen sie sich auf eine düstere Zukunft einstellen?"

„Wie kannst du sagen, daß du gescheitert bist", erwiderte Meure, „solange noch ungewiß ist, ob du nicht doch noch eine Antwort auf die Frage erhältst, wegen der du hierhergekommen bist."

„Wir haben kein Schiff, darum könnte ich die Antwort nicht persönlich überbringen; und wir haben keine Verbindung zu anderen Planeten, darum kann ich sie auch nicht senden. Außerdem ist mir die Antwort unbekannt. Unsere Gruppe, die so zuversichtlich und gut gerüstet aufgebrochen ist, besteht nur noch aus drei Personen, von denen eine – du nämlich – sich unter meinen Augen immer mehr in ein fremdes, furchteinflößendes Wesen verwandelt."

Meure lachte leise und beruhigend: „Du glaubst also, Cretus sei dabei, die Kontrolle zu übernehmen. In dieser Frage kann ich dich beruhigen. Cretus ist nicht ich, du würdest den Unterschied sofort bemerken."

„Ich fürchte nicht nur Cretus. Da ist noch etwas ... es ist schwer zu beschreiben. Gegenwart, Vergangenheit und Zukunft vermischen sich dauernd auf diesem Planeten. Es fällt mir schwer, ihre Spuren zu entwirren. Ich spüre fremde Mächte, und ich weiß nicht, ob sie in die Vergangenheit oder in die Zukunft gehören. Sie verbergen sich im Schatten und steuern, kaum wahrnehmbar, das Gegenwartsgeschehen. Eine von diesen Kräften erscheint mir besonders verschwommen, scheint Vielfalt und Einheit zugleich zu sein. Vielleicht ist es diese Wesenheit, von der ich dich schon einige Male sprechen hörte."

„Beunruhigt dich noch etwas?"

„Ja, ich wollte es dir bisher nicht sagen, da ich mich vor den Folgen fürchtete."

„Ich verstehe dich nicht."

„Ich kann dir nicht sagen, warum das so ist, aber ich weiß es gewiß: Etwas, das ich tue, bewirkt hier eine große Veränderung. Ich mache irgendeinen Zug, und sofort gibt es eine Abweichung in den Entwicklungslinien dieser Welt. Mir ist, als würde ich eine beherrschende Gestalt der Geschichte schaffen, aber ich kann nicht absehen, wie diese Gestalt handeln wird. Ihre Wirkungen auf die Geschichte hält sie vor mir verborgen."

„Was du mir erzählst, erinnert mich an eine Sonnenfinsternis. Eine kleine Masse in der Nähe verstellt den Blick auf eine größere Masse, die sich dahinter verbirgt."

„Ja, so ähnlich ist es."

„Woher weißt du, daß *du* der Verursacher bist?"

„Das ist noch schwerer zu erklären . . . Schon als ich vor Jahren die ersten Schritte auf diesem Weg machte, habe ich schwache Anzeichen davon gespürt, und mit jedem Schritt, der mich näher hierherbrachte, ist es stärker geworden. Jetzt ist es so erdrückend geworden, daß es mir den Blick verstellt. Die Echos von Vergangenheit und Zukunft dröhnen über diese Welt, ich bin nur ein schwaches Geräusch im Zeitenlärm dieses Planeten. Doch ich setze unvorstellbare Dinge in Bewegung. Ich habe schon daran gedacht, freiwillig aus dem Leben zu gehen, denn ich weiß ja nicht, welche meiner Handlungen diese Folgen heraufbeschwört. Handlungen kann ich nicht sehr gut wahrnehmen, nur Kräfte."

„Nachdem du in die Zeit geschaut hast, fürchtest du also nun die Folgen jeder Handlung? Das führt dich nirgendwohin, und ich bin sicher, daß du das weißt. Es ist nicht nötig, daß ich es dir sage. Du würdest schreckensstarr in einer Ecke hocken und hättest Angst, auch nur die kleinste Bewegung zu machen. Und das wäre nicht einmal ein Ausweg, denn vielleicht würde gerade dieses Verhalten alles in Bewegung setzen. Nein, du mußt deinen Weg zu Ende gehen."

„Was ich hier auslöse, wird Monsalvat völlig verändern. All diese Barbarenkulturen, die bisher fortbestanden, wie in einem Bernsteintropfen konserviert, werden über Nacht vergehen. Ich weiß nicht, was an ihre Stelle treten wird."

„Werden sie tatsächlich ‚über Nacht vergehen', wie durch Zauberei?"

„Nein, das habe ich nicht wortwörtlich gemeint. Es wird vielmehr Jahre dauern. Über Generationen kann es sich erstrecken!"

„Monsalvat täte eine Veränderung wahrscheinlich gut. Sie ist lange überfällig."

„Deine Worte klingen stark nach Cretus."

„Cretus hat viele Wünsche, die auch die meinen sind. Ich empfände es als ehrenvoll, an ihrer Erfüllung mitzuarbeiten . . . Wie wird das Monsalvat von morgen aussehen?"

„Ich glaube, daß es eine Zivilisation sein wird, deren Art einem Vergangenheitsleser unergründlich ist."

„Du hast also Angst zu handeln, weil du befürchten mußt, daß Eigenschaften wie Intoleranz und Haß durch etwas Besseres ersetzt werden! Du möchtest, daß dieses Barbarentum als Forschungsobjekt erhalten bleibt? Du hast Angst, daß dein Beruf ausstirbt, während wir anderen etwas dazulernen: Anpassungsfähigkeit und Überlebenskunst. Es ist ein niedrigeres Gefühl als Furcht, was dich am Handeln hindert!"

Sie antwortete genauso hitzig wie er: „Was mich bewegt, sind keine selbstsüchtigen Motive. Es ist die Angst um mein Volk. Wir werden zu seltsamen Sehenswürdigkeiten für eine neue, veränderte Menschheit. Für uns wäre es ein langsamer Tod. Wenn ich das verhindere, wird man sich immer an mich erinnern."

„Du kannst doch sicher in der Zukunft sehen, daß man deiner bereits gedenkt . . ."

„Pah! Zeitparadoxe sind ein Rätselspiel für Kinder!"

„Eines Tages werde ich dich daran erinnern, daß ein Paradoxon nur entsteht, weil wir über eine unvollkommene Wahrnehmung verfügen – aus keinem anderen Grund!" Meure brach ab. Seine eigenen Worte hatten ihn erschreckt. In seinem ganzen Leben hatte er sich nie für Paradoxe interessiert, er hatte keines erdacht und auch über keines nachgegrübelt. Was er da eben gesagt hatte, war, auch wenn es sehr einleuchtend klang, äußerst untypisch für ihn. Aber es hatte auch nicht nach Cretus geklungen, und das verwirrte Meure am meisten.

Ein Schatten löste sich aus der Dunkelheit der Wand und huschte zu ihnen herüber. Völlig geräuschlos hockte plötzlich Tengufts eckige Gestalt neben ihnen. Sie lauschte noch einmal angespannt, dann flüsterte sie rauh: „Auf der Treppe! Es kommen zwei!"

Meure strengte seine Ohren an, aber er hörte nichts. Er hatte auch nicht damit gerechnet. Es dauerte eine Weile, bis er ebenfalls die Schritte hörte. Die Fremden gingen zwar leise, aber sie gaben sich keine Mühe, sich anzuschleichen. Dies teilte er Tenguft mit. Trotzdem nahm sie hinter der Tür Aufstellung und stand dort als dunkle Drohung.

Jetzt waren die Schritte an der Tür. Man hörte das Türschloß knacken, die Tür öffnete sich, und Clellendol trat ein. Er hatte jemanden bei sich, den er stützen mußte. Es war so dunkel im Zimmer, daß man die fremde Gestalt nicht erkennen konnte.

Während er seinen Gefährten vorwärtszog, flüsterte Clellendol ihnen zu: „Macht doch ein wenig Licht."

Tenguft verließ ihren Platz hinter der Tür und entzündete eine qualmende Öllampe. Im flackernden gelben Schein der kleinen

Flamme konnten alle sehen, wen Clellendol mitgebracht hatte: Vdhitz, den Spsom. Offenbar war ihm die Reise nach Yastian gar nicht gut bekommen.

Es zeigte sich bald, daß Vdhitz keine ernsthaften Verletzungen davongetragen hatte. Er war jedoch zunächst unfähig, sich verständlich in Menschensprache auszudrücken. Sie machten es ihm so bequem wie möglich, während er von Zeit zu Zeit versuchte, einen Satz in Menschensprache herauszubringen. Flerdistar beugte sich über ihn und sagte ihm ein paar Worte in Spsomsprache ins Ohr. Da verfiel er dankbar in seine eigene Sprache, und Flerdistar hatte Mühe, in Vdhitzs Atempausen dessen stotternde, zischende Ausführungen zu übersetzen.

Sie bekamen eine Geschichte zu hören, in der Mißgeschicke und größere Unglücke einander ablösten. Zunächst fing alles übel an, und dann verschlechterte sich die Lage. Morgin hatte mit dem Sackdiener und Benne vereinbart, daß diese nach Medlicht ziehen sollten, wo er zu ihnen stoßen wollte. Falls sie ihn dort nicht anträfen, sollten sie ihren Weg nach Utter Semerend fortsetzen. Die Ler-Ältesten schlossen sich den beiden an. Bald darauf kehrte Jemasmy zurück und berichtete, daß der Wendel verschwunden sei und niemand wüßte, wohin.

Das Verschwinden eines Wendels war immer ein besorgniserregendes Ereignis. Daher bat man Afanasy, den Mittler der Haydars, mit Hilfe seines Wendels eine Lesung vorzunehmen. Dabei machte man die Entdeckung, daß auch dieser Wendel verschwunden war. Wohin, das ließ sich auch diesmal nicht ermitteln. Darauf brach die Gesellschaft erneut nach Westen auf, von dunklen Vorahnungen begleitet. Benne-der-Klon setzte seine Ballista zusammen und baute sie am hinteren Ende des Karrens auf. In seinen erfahrenen Händen war die Ballista eine fürchterliche Waffe. Afanasy und ein Bursche namens Tallou wollten sie noch ein Stück des Wegs begleiten.

Mallam hatte sich den Anschein gegeben, als würde ihn dies alles wenig angehen, aber da auch er ein ungutes Gefühl hatte, schickte er ihnen eine Gruppe Haydars nach, die ihnen in einiger Entfernung folgen sollten. Als dieser Trupp nach kurzer Zeit zurückkehrte, konnte er eine Geschichte von einem heldenhaften, aber vergeblichen Kampf gegen eine große Übermacht berichten, den Jemasmys

Gruppe ausgetragen hatte. Die Meorer-Bande, die schon Morgin verfolgt hatte, hatte sie offenbar in einem weiten Bogen nach Süden umgangen und sie dann aus dem Hinterhalt angegriffen. Als die Haydars eintrafen, war es zum Eingreifen zu spät; sie konnten aber aus der Ferne den erbitterten Kampf beobachten: Benne wurde von den beiden Haydars gedeckt, während er Tod und Verderben unter den Meorern austeilte. Er ging mit einer Geschwindigkeit und einer Treffsicherheit zu Werke, wie man sie noch nie zuvor bei einem Nicht-Jäger beobachtet hatte. Wie Blitze fuhren seine Pfeile zwischen die Meorer, selten verfehlte einer sein Ziel. Benne schwenkte die schwere Waffe herum, spannte, zielte und schoß, alles in einer Bewegung. Leider gab es viele Meorer und nicht genügend Bennes, Afanasys und Tallous. Der Entsatztrupp konnte die wackeren Streiter nur noch blutig rächen, zur Rettung kam er zu spät.

Lafma hatte einige Meorer entkommen lassen, damit sie die Kunde von ihrer Bestrafung verbreiten konnten, aber Mallam entschied, daß ein überlebender Augenzeuge genug sei, und gab die Jagd auf die anderen Meorer frei. Bei einem kleineren Geplänkel, etwas südlich der Yastian-Medlicht-Route, wurde Shchifr von einem Meorer-Pfeil getroffen und starb. Vielleicht ermutigte es die Meorer, daß ein paar Fremde bei den Haydars waren, jedenfalls leisteten sie erbitterten Widerstand. Mallam kam zwar zu seiner Rache, aber er mußte sie teuer bezahlen. Zu teuer! Er verlor fast die Hälfte seiner Leute. Afanasy und sein Wendel waren nicht mehr, und die Orakeldeuterin war ins ferne Incana geflogen. Sgedine rief die Eratzenaster herbei. Man wollte sich nach Nord-Westen absetzen. Sie hätten Vdhitz mitgenommen, denn er hatte sich im Kampf mit den Meorern bewährt, obwohl er ein Leichtgewicht und zerbrechlich gebaut war, doch die Eratzenaster scheuten vor ihm. Sie bockten und schnauften und stießen aus einer verborgenen Mundöffnung an ihrer Unterseite heulende Laute aus. Die Haydars wurden zusehends unruhiger und nervöser.

Die Situation war verfahren. Rhardous N'hodos wurde eine Weissagung abverlangt, aber das Ergebnis war dunkel und unverständlich. Eine Lösung war nicht in Sicht. Sie hatten eine Flugstrecke von tausend Kilometern zu überwinden, die sie unmöglich zu Fuß bewältigen konnten. Sie waren sich auch nicht sicher, ob die anderen Haydars Vdhitz freundlich aufnehmen würden. Einige murrten, daß der Fremde ihnen nur Unglück gebracht habe.

Also beschloß Vdhitz, sich von ihnen zu trennen, und bald darauf sah er sie auf ihren grauenhaften Eratzenastern durch die Luft reiten. Ab und zu kehrte einer im großen Bogen zu ihm zurück, aber bald war auch der letzte am nordwestlichen Horizont verschwunden.

Vdhitz versteckte sich am Tag und wanderte in der Nacht. Über das Ödland von Ombur zog er nach Osten zu dem einzigen Ort, von dem er etwas gehört hatte, Yastian. Das war eine Stadt, und wenn es einmal einen Rettungsversuch geben sollte, würde man wahrscheinlich dort mit der Suche nach ihnen beginnen. Doch in Ombur war die Nacht genauso gefährlich wie der Tag. Korsoren durchstreiften das Land, und andere Kreaturen, die man hin und wieder hörte, aber nie zu sehen bekam, taten es ihnen gleich. Ihm erschienen Wesen, deren Äußeres sich ständig veränderte und die kein Geräusch verursachten und keinen Geruch ausströmten. Es war erschreckend, aber nach und nach gewöhnte er sich an seine Furcht. Vdhitz fühlte sich ständig beobachtet. Gleichzeitig spürte er, wie der Vfzyekhr ihn nach Yastian rief. Die kleinen Pelzwesen waren nämlich nicht einfach die Sklaven der Spsomi, sondern Partner in einer Beziehung, die aus Ler- und Menschensicht nicht zu verstehen war. Einen Teil dieser Beziehung machte die Telepathie aus, aber sie war nur bei bestimmten Vfzyekhr-Spsomi-Kombinationen möglich. Er fragte sich, warum der Vfzyekhr überhaupt mit den anderen nach Incana geflogen war, denn Menschen verfügten nur äußerst selten über telepathische Fähigkeiten und Ler niemals. Auch ihre einzigartige Multisprache, die in vielem der Telepathie ähnelte, konnte man nicht so bezeichnen, da sie mit herkömmlichen Schallwellen arbeitete.

Er litt und hungerte. Ombur war eine Trockensteppe. Es gab nur wenige Wasserstellen und kaum Wild. Die Korsoren und die anderen namenlosen Kreaturen, die im Ödland hausten, verfolgten ihn beim Wachen und beim Schlafen. Menschen, die seltsamsten, die er je gesehen hatte, verfolgten ihn Tag und Nacht. Seine Fremdartigkeit und seine Unvertrautheit mit der Umgebung hatten sie angelockt. Er überstand Abenteuer um Abenteuer, und ihm blieb nur die schwache Hoffnung, daß er sich unter den Mischlingen an den Docks von Yastian am Leben halten könnte, bis irgendwann ein Spsom-Schiff eintreffen würde. Bestimmt würde eines kommen, denn die andere Möglichkeit war unvorstellbar.

In den Sümpfen gelang es ihm, seine Verfolger abzuschütteln. Schließlich erreichte er die Stadt und schlug sich in der Nacht ins

Ausländerviertel durch. Lieber wäre er noch zehnmal über die Steppen Omburs gezogen, denn die Stadt war weit tödlicher als das Grasland. Der Kampf ums Überleben verlangte ihm alles ab. Mehr als einmal war er sich gewiß, daß dies das Ende war. Doch die endgültige Grenze seiner Belastbarkeit erreichte er nicht. Die Erfahrung, wo diese Grenze ist, muß jedes Lebewesen mit dem Tod erkaufen.

Es ging ihm wirklich schlecht. Gleich nach der Landung schon hatte er feststellen müssen, daß in dieser Welt ein für die Spsomi lebensnotwendiges Spurenelement nicht oder vielmehr nur in unzureichender Konzentration vorkam. Am Ende ließ er sich in einem Wanderzirkus ausstellen, der gerade durch das Delta zog und bizarre Klesh-Typen präsentierte, die in diesem Teil der Welt unbekannt waren. Das Gerücht von dieser Schau hatte Clellendol auf der Straße aufgenommen, war ihm sofort gefolgt und so auf Vdhitz gestoßen. Wie er ihn da herausgeholt hatte, erzählte er nicht.

Meure hatte der Erzählung gelauscht und vor allem Hoffnungslosigkeit herausgehört. Der Druck, der auf ihm lastete, wuchs. Alles schien auf einen Punkt zusammenzulaufen, und er wußte nicht, was er tun sollte ... Er lachte in sich hinein. *Natürlich weiß ich, was ich tun muß. Die Frage ist nur, ob ich es wage.*

Er tat einen Schritt in den Raum, hatte sich plötzlich aus dem Fluß der Zeit gelöst. Irgendwo im Hintergrund, ganz am Rand seiner Wahrnehmung oder Vorstellung, zuckte etwas zusammen beim Gedanken an das, was es nun zu tun hatte. Meure sagte zu Flerdistar: „Frage ihn, was genau ein Vfzyekhr zu tun vermag!“

Sie sah Meure erstaunt an, erschreckt von der unerwarteten Autorität, die aus seiner Stimme klang. Aber sie wandte sich sofort wieder dem Spsom zu und gab die Frage an Vdhitz in dessen zischender, abgehackter Redeweise weiter. Es dauerte seine Zeit, bis die Antwort vorlag, denn der Spsom sprach stockend und zögernd, und zaudernd kam auch Flerdistars Übersetzung:

„Sie sind keine Tiere, auch wenn sie so aussehen. Sie sind vielmehr die Nachkommen einer alten, sehr gelehrten und mächtigen Rasse. Sie sind älter als die Spsomi und als die Menschen, vielleicht sind sie älter als alles ...“

Nicht als alles! sagte eine erregte Stimme in Meures Innerem, doch Meure hatte mit dieser Warnung bereits gerechnet.

„... Niemand weiß, wie sie zu dem wurden, was sie sind. Die Spsomi haben sie so gefunden. Sie selbst haben es vergessen oder wollen sich nicht daran erinnern. Sie müssen einmal buchstäblich alles zur Verfügung gehabt haben, das haben die Spsom-Wissenschaftler herausgefunden. Telepathie war nur die Basis ihrer Entwicklung. Sie hatten die Schwelle zu einer rein geistigen Daseinsform erreicht, einer Existenz frei von allen Zwängen der Materie. Doch dann haben sie sich verändert. Sie sind freiwillig die Leiter ihrer Entwicklung wieder herabgestiegen. Doch sie haben Reste ihrer alten Fähigkeiten bewahrt."

Sie zögerte einen Moment, bevor sie weitersprach. „... Das ist für mich schwer zu verstehen. Ich glaube, daß sie noch telepathische Verbindungen unterhalten können, aber sie vermitteln nicht mehr ihre eigenen Gedanken ... Sie wissen gar nicht, was sie weitergeben ... Es ist fast wie bei einem technischen Kommunikationssystem. Es funktioniert jedoch nur unter bestimmten Voraussetzungen ... Es scheint, daß an jedem Ende der Kette mindestens zwei Spsomi sein müssen ... Die Spsomi wissen nicht, wie es funktioniert, aber die Verbindung kommt immer sofort zustande, und es steht fest, daß es keine Entfernungsbeschränkungen gibt.

Die Spsomi unterdrücken die Vfzyekhr nicht, sie hüten sie vielmehr sehr sorgfältig, denn es gibt nur noch wenige. Die Vfzyekhr-Forscher der Spsomi haben Anzeichen dafür entdeckt, daß diese Wesen einst über eine furchtbare Macht verfügt haben müssen. Im Fall ihrer Unterdrückung hätten sie diese Macht vielleicht wieder erweckt, darum haben sie sie eingeladen, sich ihnen anzuschließen. Die Röhren reinigen sie nur aus Langeweile. Es ist eine Tätigkeit, die sie auch in ihrer selbst erwählten Beschränkung gut ausführen können. Die Spsomi haben anderen Rassen, denen sie begegneten, erzählt, daß die Vfzyekhr ihre Sklaven seien, aber ihre Beziehung ist ganz anderer Art. Ohne die Vfzyekhr könnten die Spsomi gar keine Weltraumkultur unterhalten. Sie können sie zu nichts zwingen, auch wenn sie es versuchten.

Da es auf dieser Welt nur einen Spsom gibt, gibt es keine Kommunikationsmöglichkeit. Jetzt aber ist es zu spät. Wir hätten Shchifr auf jeden Fall am Leben erhalten müssen, dann wäre ein übertragungsfähiger Kreis zustande gekommen. Wir hätten eine ganze Armee hierherrufen können. Jetzt ist alles aus."

„Hier sind zwei Klesh", sagte Meure, „und hier sind zwei Ler. Warum geht es mit denen nicht?"

„Vdhitz sagte, zwischen den beiden ‚Komponenten' müsse eine

tiefe Übereinstimmung, eine wechselseitige Hingabe bestehen. Das Verständigungsritual mit dem Vfzyekhr intensiviert eine solche Beziehung um ein Vielfaches ... Daher kann man auch nie sexuelle Verbindungen bei den Spsomi beobachten ... Die Partner eines ... äh ... Sendebundes schließen sich sehr eng aneinander an und werden einander sehr ähnlich. Die Ebene dieses Bundes ist viel höher als die Stufe körperlicher Bedürfnisse und niedriger Gefühle. Sexuelle Wünsche würden die Verbindung mit dem Vfzyekhr bis zur Unwirksamkeit verzerren oder völlig ausschließen. Die Geschlechtlichkeit enthält negative Züge, die ebenfalls verstärkt würden ... Da habt ihr auch die Erklärung dafür, warum es mit Klesh oder Ler nicht funktionieren würde. Negative Gefühle, die die Partner füreinander empfinden, würden ins Unermeßliche gesteigert. Die Furcht, die Morgin vor Tenguft empfindet, könnte er dann nicht mehr mit dem Verstand beschwichtigen, sie würde Morgins ganze Persönlichkeit beherrschen. Auch ich könnte es nicht wagen, mit Clellendol in einen solchen Bund zu treten ..."

Meure nickte. „Aber ich bin zweifach – ohne sexuelle Komponente –, und unser Konflikt ist mehr oder weniger beigelegt.

Flerdistar starrte ihn erschrocken an und rief: „Nein!"

Vdhitz hatte offenbar einiges von ihrem Gespräch mitbekommen, und er begann heftig zu gestikulieren. Flerdistar sagte: „Siehst du, auch er sagt nein. Du kannst die Folgen eines solchen Versuchs gar nicht absehen. Wenn es funktionierte, könntest du vielleicht mit einem Kommunikationsring auf einem Spsom-Schiff in Verbindung treten, aber das Risiko ist zu groß."

„Jede Verbindung kommt durch den Zwang irgendwelcher Umstände zustande, auch wenn wir das nicht immer erkennen. Euer ganzes Gesellschaftssystem baut auf der Ich-Bezogenheit des einzelnen auf, Flerdistar. Bei den Klesh ist das Stammes-Bewußtsein an diese Stelle getreten, darum seid ihr für eine Verbindung dieser Art ungeeignet. Cretus aber ist ein Mischling, der letzte Nachfahre eines ausgestorbenen Klesh-Rada. Ich glaube, wir haben keine andere Wahl. Frage jetzt Vdhitz, wie es gemacht wird!"

Vdhitz sprach ein paar Sätze, dann wandte er sich ab. Flerdistar übersetzte: „Es kommt nur auf Gedanken- und Willenskraft und auf körperliche Nähe an. Die Spsom-Gruppe erfaßt den Vfzyekhr bei den Händen, sie bilden einen Kreis ... Manchmal hocken sie einfach nur dicht beieinander ..."

Meure sah kurz auf das Wesen hinab und stellte fest, daß es sich nicht bewegt hatte. Es lag noch immer genauso, wie es sich zum Schlafen zusammengerollt hatte. Er faßte die kleine, pelzige Kugel genauer ins Auge. Schlief der Vfzyekhr? Er mußte sich eingestehen, daß er bisher nicht über ihn nachgedacht hatte. Er streichelte zart den warmen Leib. Er unterschied sich nicht sehr von der Grundform der Menschen oder der Spsomi. Er hatte zwei Arme, zwei Beine, einen Kopf und einen Rumpf ... Unter Meures Berührung regte sich der Vfzyekhr und streckte sich. Er schien etwas gespürt zu haben, denn er wandte sein Gesicht zu Meure empor. Eigentlich konnte man kaum von einem Gesicht sprechen, denn der dichte Pelz bedeckte es vollständig. Irgendwo in der Mitte glänzten zwei dunkle Stellen. Zwei tiefliegende Augen schauten unter dem Pelz hervor. Der Vfzyekhr richtete sich auf und stellte sich auf Meures Knie. Ihre Gesichter waren nur durch einen kleinen Abstand getrennt. Meure fühlte sich so intensiv beobachtet, daß er sich unbehaglich fühlte. Was hatte Vdhitz gesagt? Gedanke und Wille? Gedanke und Wille.

Wie formulierte man den Wunsch nach dem Unvorstellbaren? Er zog Cretus mit sich. Was wünschte er, was wollte er? Mit jemandem in Verbindung treten. Mit wem? Wer stand zur Verfügung? Ein Sendebund auf einem Heimatplaneten der Spsomi? Ein Frachter irgendwo im All? Cretus hatte Meures Erinnerungen durchforstet, und er machte einen Vorschlag: *Versuche es mit der* Thlecsne Ishcht, *dem Kriegsschiff. Wir brauchen Feuerkraft. Der lange Pelzige braucht Medikamente. Vielleicht wird seine Rasse ...*

Meure stimmte zu. Er machte einen Versuch. Wünschte. Wille und Gedanke.

Cretus unterstütze ihn. Sie verbanden sich zu einem Wunsch.

Dann hörten sie Stimmen. Nein, es waren keine Stimmen. Meure hatte sie für sich einfach als Stimmen bezeichnet. In Wirklichkeit waren es Gedanken, reine, teilnahmslose Gedanken. Etwas verschwommen zunächst, aber dann wurden sie klarer, schärfer und intensiver, ohne daß Meure etwas dazu beisteuerte. Gedanke und Wille.

Etwas war erwacht.

Er/Sie hörten: *Grenzwert überschritten, Stärkenangabe:* 7A4+/−551AT& (die Symbolkette war für Meure völlig unverständlich, und er entschied, daß es sich um Codenummern handeln mußte) *Verstärkung über* ++555Df/aa3, *Synchronisation deutlich besser,*

Kontaktbund 9923A445-F wird Verbindung übernehmen, *Übertragungsbereich* A ...

Es gab keinen Schmerz, keine Furcht, keine Vorahnung. Von einem Augenblick zum anderen gab es Meure Schasny und Cretus den Schreiber nicht mehr. Ihre Einzelexistenzen waren ausgelöscht.

14

„Die Vorstellung, die sich ein moderner Mathematiker vom Universum macht, erinnert auffällig an die Visionen eines William Blake."

A. C.

These, Antithese, Synthese. Es entstand eine Person, die es zuvor nicht gegeben hatte. Sie besaß einen Erinnerungsschatz, der sich aus allen Erlebnissen der beiden Einzelpersonen zusammensetzte, die die Verbindung eingegangen waren. Der neue Mensch empfand seine Entstehung nicht als einen Bruch im Lauf der Ereignisse, für ihn war sie nur der Gipfelpunkt eines natürlichen Prozesses. Er fühlte sich nicht als Meure oder als Cretus, sondern als Summe aus beiden. Zunächst schätzte er sich nicht als eine benennbare Identität ein, aber er wußte sofort, daß er ein einzigartiges Geschöpf war, ausgestattet mit einzigartigen Fähigkeiten. Wo beide vorher, jeder für sich, vermutet hatten, daß irgendwo über ihren Köpfen ein dunkles Spiel gespielt würde, durchschaute der neue Mensch nun das ganze Spiel, erkannte die Spieler und seine eigenen Karten. Das alles geschah im allerersten Augenblick seiner neuen Existenz. Er sah alles in einem neuen Licht. Gleichzeitig war er aber selbst aus dem Schatten in dieses Licht getreten.

Es war keine Zeit mehr zu verlieren. Die ersten Augenblicke hatten die Erkenntnis gebracht, und mit der Erkenntnis kam die Einsicht, wie nötig die Tat geworden war. Er sah das alles schneller, als er es benennen konnte.

Er war in einem Zimmer in einer elenden Stadt auf Monsalvat. Das nahm er nur dämmrig wahr. Einige Personen waren da, sie blickten betroffen. Sie standen in einer gewissen Beziehung zu ihm, und jetzt waren sie besorgt, etwas ausgelöst zu haben, das Gefahr bedeutete. Ja, Gefahr. Es würde eine Veränderung geben, und einige würden diese Veränderung für negativ halten, da sie die Grundlagen der Gesellschaft betraf.

Auf der obersten Wahrnehmungsebene war er sich dessen bewußt, daß er ein Teil in einem gewaltigen Spsom-Vfzyekhr-Netzwerk war, welches das ganze Universum umspannte. Er glaubte die Knotenpunkte dieses vierdimensionalen Gebildes im ewigen Dunkel leuchten zu sehen. Und da war, natürlich, noch viel mehr. Fremdartige, intelligente Wesen. Zu manchen war ein Kontakt möglich. Andere gab es, in denen viele sich zu einer Einheit verbanden, bei denen er auf Ablehnung stieß. Auf dieser Wahrnehmungsebene hatte der gesamte Weltraum eine verzerrte Gestalt. Die Abstände zu den Dingen entsprachen nicht der tatsächlichen Entfernung in Lichtjahren. Sein Zielkontakt an Bord der *Thlecsne Ishcht,* die sich auf einem Flug durch das All befand, zeigte sich als unscharfes Schimmern. Seine Position zwischen den Sternen, die er als matte Punkte wahrnahm, ließ sich nicht genau bestimmen. Es gab andere Dinge, deren Standort glitzernd klar war, er konnte ihn genau festlegen.

In weiter Ferne, so schien es jedenfalls, gab es ein einzigartiges, unbestimmbares Gebilde. Er konnte sich darauf konzentrieren, seine Einzelheiten untersuchen, er mußte nur seine Wünsche dorthin lenken. Es war auf eine unbeschreibliche Weise fremdartig. Fremd für ihn und auch fremd für die Vorstellungskraft des ganzen Netzes, dessen Teil er war. Etwas war unrichtig (?), eine Funktionsstörung (?), verlief gegen alle Erwartungen (?). Es hatte ihn wahrgenommen. Es war in Bewegung geraten, in eine schiebend-drängende Bewegung, die sich nicht mit Beispielen aus der menschlichen Bewegungsanatomie beschreiben ließ. Es bewegte sich, und gleichzeitig konnte man ahnen oder spüren, daß es sich nicht wirklich physisch bewegte. Sicher war jedoch, daß es ihn wahrnahm und daß es sich anschickte, ihn zu bedrohen.

Er hatte eine Verbindung zur *Thlecsne Ishcht.* Er sandte eine Nachricht an den Kommunikationsbund an Bord: *Kommt mit dem Schiff nach Monsalvat und trefft die notwendigen Maßnahmen, um die Überlebenden der* Ffstretcha *an Bord zu nehmen. Ihr müßt eine feindselige Wesenheit niederkämpfen.*

Die *Thlecsne* antwortete: *Wir kommen gut gerüstet und sind auf eine Auseinandersetzung vorbereitet. Wie bei unserem ersten Anflug rechnen wir mit Flugschwierigkeiten, doch diesmal sind wir darauf vorbereitet.*

Er: *Ich werde versuchen, das Phänomen abzuschwächen. Es wird nämlich bewußt verursacht. Der Verursacher ist in unserem Netz auszumachen: Es ist die fremdartige Erscheinung bei den Koordinaten 23a&=+667. Entweder befindet sie sich auf dieser Welt oder in ihrer unmittelbaren Nachbarschaft.*

Der Bund an Bord der *Thlecsne Ishcht* sandte folgende Antwort: *Eure Sehfähigkeit hat die Größe G. Uns steht diese Sehkraft nicht annähernd zur Verfügung. Wir nehmen nur andere Spsom-Sender auf, ein paar unidentifizierbare Strahlungen und euch. Ihr seid keine Spsomi. Wer seid ihr, und wie konntet ihr euch in das Vfzyekhr-Netz einschalten?*

Er antwortete: *Ich/wir sind/waren Menschen. Als der Kommunikationsbund zustande kam, bin ich zu einer Einheit verschmolzen worden. Ich weiß nicht, welcher Art diese Einheit ist und ob sie Bestand haben wird. Ich werde mich nun auf eine höhere Ebene begeben und mit der fremden Wesenheit Verbindung aufnehmen, die unsere gemeinsamen Anstrengungen bedroht. Ihr müßt alle Spsom-Stationen aus dem Netz ausschalten, da es zu einer Bedrohung für euer gesamtes System kommen kann. Sofern euch Vfzyekhr zur Verfügung stehen, könnt ihr Dämpf-Filter nach dem Muster "2"/3 verwenden. Wenn ich nicht wieder Kontakt zu euch aufnehme, müßt ihr dieses Planetensystem ansteuern und die Wesenheit vernichten. Der Vfzyekhr kann ihren Ort bestimmen.*

Damit brach er den Kontakt zur *Thecsne Ishcht* ab. Dann versuchte er mit seinem Vfzyekhr-Bund eine höhere Kommunikationsebene zu erreichen.

Sein Ziel war die Wesenheit, sie stand im Zentrum seiner Konzentration.

Weit unten auf einer der beiden Lebenslinien, die er besaß, hatte es schon einmal einen Kontakt mit einer Projektion der Wesenheit gegeben. Doch diese Erinnerung war von einem mystisch-dunklen Hauch begleitet, war zugleich bedrückend und unwirklich. Der Kontakt jetzt war von völlig anderer Art. Die Wesenheit existierte vor allem auf einer sehr abstrakten, gedanklichen Ebene; sie hatte allerdings ihre Wurzeln in der physischen Realität, doch die waren dünn, weit verzweigt, trügerisch und fast unsichtbar wie das Myzel der Pilze. Und so, wie der sichtbare Teil der Pilzpflanze nur ein Fruchtträger ist, der von der eigentlichen Pflanze aus dem Untergrund hervorgetrieben wird, so waren auch die körperhaften Erscheinungen der Wesenheit auf Monsalvat nicht das Wesen selbst. Es waren vielmehr Kontaktstationen, Verständigungsapparate, die der Staatenorganismus des Wesens hervorbrachte, um mit Kreaturen in Verbindung zu treten, die ihm primitiv und unterlegen erschienen.

Soviel konnte er nun wahrnehmen. Was er nicht ermitteln konnte, war der Ort, an dem sich der Rest der physischen Existenz der Wesenheit verbarg.

Natürlich nicht! Diese Botschaft sandte es ihm. Durch diese direkte Ansprache wurde er sich noch einmal der Gefahr bewußt, in der er schwebte. Denn Monsalvat lag nun einmal im Einflußbereich des Wesens, und daher befand auch er sich auf einem Gelände, das von seinem Feind beherrscht wurde.

Endlich, ließ es sich wieder vernehmen, *kann ich direkt zu dem sprechen, um dessen Erweckung aus dem Haus der Toten ich mich so lange bemüht habe.*

Der Meure-Anteil gab die Antwort: *Und auch zu dem, den du von weither geholt hast, um als Träger für Cretus zu dienen. Aber keiner von uns will dir dafür danken, was du uns und dem Volk von Monsalvat angetan hast.*

Es antwortete: *Was das betrifft … Auch wenn du nur künstlich und zeitweise diese hohe Ebene erreicht hast, kannst du doch von ihr aus eine neue Sehweise gewinnen. Du wirst begreifen, daß Wesen wie ich durch die Handlungen anderer leben. Tiere sind dabei unbefriedigend, denn sie haben kein Zeitgefühl. Organismen dagegen, die mir ähneln, sind ebenfalls ungeeignet, denn sie erkennen mich, können sich mir widersetzen und mich möglicherweise angreifen. Nein, die Menschen von Monsalvat mit ihrer Leidenschaft, ihrem Haß, ihrer Rache und ihrer Verachtung sind wirklich gut geeignet, und sie besitzen gerade das richtige Erkenntnisvermögen. Einsamkeit und Langeweile nehmen mit dem Bewußtseinsstand zu. Körperliche Beschränkungen behindern den Anstieg zu dieser Ebene, daher werden sie immer weiter reduziert, und man reicht weiter und weiter hinauf. Diese Entwicklung lassen wir auf Monsalvat nicht zu! All diese blanken Waffen und die Freude an ihrem Gebrauch. Nein! Das darf sich nicht ändern. Und da ihr nicht zu mir kommen könnt, selbst wenn ihr wüßtet, wo sich meine körperliche Basis befindet, sehe ich nicht, wie ihr etwas verändern könntet.*

Was wird aus mir/uns?

Was bist du?

Eine Gemeinschaft, ein Staatenorganismus ... Vor langer Zeit bin ich aus Einzelwesen entstanden, die ein individuelles Bewußtsein hatten ...

Waren sie menschenähnlich?

Nein, eigentlich nicht. Allerdings hatten die Einzelwesen Knochen, Organe, Gliedmaßen, was eben eine herkömmliche Lebensform ausmacht. Das gilt für alle Lebewesen, es gibt nur äußerliche Abweichungen. Das Universum jedoch hat dem Körperlichen Grenzen auferlegt. Diese Grenzen kann man nur überwinden, wenn es einem gelingt, sie in einer neuen Gestalt zu umgehen.

Du hast dir bisher keinen anderen Wirt gesucht?

Nein, das ist mit einigen Problemen verbunden. Wenn ich meine Wirtswesen verlasse, dann entsteht ein Leerraum. Sie können nur als Wirtswesen existieren, und sie würden sich eine neue Wesenheit schaffen, über deren Art sich schlecht spekulieren läßt.

Und du erträgst keine Konkurrenz. Das ist ganz einleuchtend.

Ihr, sagte es, *seid Wesen der Bewegung. Das bedeutet, daß ihr unbeweglich seid in bezug auf die Zeit. Für mich ist es gerade umgekehrt. Für Monsalvat verfolge ich ein ganz konkretes Ziel: Ich warte, bis die zukünftige Wirtsbevölkerung einen gewissen Stand erreicht hat ... dann werde ich mich dorthin transferieren. Unter meiner Anleitung werden sie dann das All bereisen, und ich werde in zweifacher Hinsicht beweglich sein.*

Aha, dachte er, es ist nicht auf Monsalvat, denn es will sich erst dorthin transferieren ...) Dann fragte er: *Und dann willst du dich ausbreiten und vervielfachen?*

Nein, lautete die Antwort, *nachdem der Transfer zustande gekommen ist, werden wir die alte Wirtsbevölkerung eliminieren und gemeinsam davonfliegen ... Vorher muß hier auf Monsalvat erst eine gewisse Bevölkerungsdichte erzielt sein, darauf ist meine Existenzform angewiesen.*

Er fragte: „Warum willst du dich überhaupt fortbewegen?“

Die Maßnahme ist langfristig notwendig. Alle Planetensysteme verlieren irgendwann ihre Bewohnbarkeit für jede Lebensform.

Alle Lebensformen, auch die mächtigsten, haben ihre Beschränkungen. Dies ist eine meiner Grenzen. Ich kann Einzelwesen zusammenfassen und sie spezialisieren, aber ich kann keine alten Formen neu erschaffen oder spezialisierte Formen in eine neue Richtung lenken. Meine Wirtsform ist so hochspezialisiert, daß ihr sie für degeneriert halten würdet. Ich kann keinen Marmor erschaffen, nur Statuen aus dem Marmor formen, den ich finde. Meine Wirtswesen … wir sind kleine Pflanzenfresser, niemand würde uns ansehen, daß wir von den Stem-Epiprimaten abstammen, die auf einer sehr hohen Entwicklungsstufe standen.

Was wird aus den Klesh, wenn du hierherkommst?

Die hohe Entwicklungsstufe meines ursprünglichen Wirtsvolks kann ich ihnen nicht zugestehen … gerade soviel technologisches Wissen, daß wir von hier fortkommen können.

Er sagte: *Wird es ein solcher Transfer wie zwischen Cretus und mir?*

Cretus war nur ein Experiment. Ich habe seine Spur in der Zeit entdeckt – und auch die von Meure – und ihn dann hierhergeschafft. Vorher gab es einige Fehlversuche …

Hast du auch bedacht, daß sich etwas Ähnliches wiederholen könnte? Daß der Monsalvat-Klesh-Wirt eine verborgene, unentdeckte Kraft besitzen könnte. Daß er die Macht über dich, dein Wissen und deine Unabhängigkeit von der Zeit übernehmen könnte? Ich glaube nicht, daß ein solches Gebilde etwas Gutes bringen würde. Es würde das Universum mindestens ebenso sehr verändern, wie ich die Klesh auf Monsalvat verändern werde, aber für das Universum wäre es keine Veränderung im Guten.

Wie willst du die Klesh verändern? In der Botschaft schwang eine Spur von Schrecken mit.

Zunächst einmal werde ich sie gegen dich immun machen. Die Geschichten der Menschen sind voller Furcht und Abscheu vor Dämonen. Dort werde ich anknüpfen. Du wirst einen guten Dämonen abgeben, wenn du auch nicht ganz meinen Vorstellungen entsprichst.

Zum erstenmal war die drängende Kraft, mit der die Wesenheit den Kontakt gesucht hatte, verschwunden. Er suchte, er lauschte. Aber für einige Zeit war da nur Dunkelheit und Schweigen.

Er machte einen neuen Vorstoß. *Jetzt erkenne ich, daß es Wesen wie du waren, die wir Dämonen nannten. Aber es gelang den Dämonen nie, von den Menschen Besitz zu ergreifen, oder …*

Die Antwort kam sofort: *Es gibt kein oder. Es ist nie gelungen, das weiß ich. Der Transfer kam nie zustande, weil die zu überwindende Distanz immer zu groß war. Auf den Heimatwelten lief ihnen die Zeit davon, und in der näheren Nachbarschaft gab es keine geeigneten Wirtsorganismen.*

Diesmal gab sein dritter Bestandteil die Antwort: *Eine Rasse ist deinen Weg nicht zu Ende gegangen. Sie ist umgekehrt.*

Mehr als eine, antwortete es. *Eine von ihnen ist jetzt ein Bestandteil eures Kommunikationsbundes. Aber sie konnte sich meine Erfahrungen zunutze machen. Sie haben von mir gelernt, bevor ihre Evolution den Punkt überschritten hatte, hinter dem es keine Umkehr mehr gibt. Wir hatten bereits Kontakt miteinander, damals, wie ihr sagen würdet, dort, wie ich sagen würde.*

Welche Rasse ist noch umgekehrt?

Ihr Schiff hat dich hierhergebracht.

Die Spsomi?

Ja, die Spsomi. Sie fürchteten die Verschmelzung noch mehr als die Vfzyekhr sie gefürchtet hatten.

Wie ist es mit den Menschen, den Ler, den Klesh?

Das ist nicht mit einem Satz zu beantworten. Alle intelligenten Organismen entwickeln sich auf die Verschmelzung hin. Es liegt hier der gleiche Prozeß vor, der aus Einzellern vielzellige Lebewesen werden ließ.

Aber die einzelnen Rassen hassen einander doch!

Es ist unwichtig, was sie sagen. Was sie tun, das zählt. Sie reagieren aufeinander in genau bestimmbaren Verhaltensmustern. Alles in diesen Verhaltensmustern deutet darauf hin, daß die Vereinigung bald bevorsteht. Erst durch diese Muster wird ein Wesen wie ich überhaupt auf andere Organismen aufmerksam.

Weil sie als Wirt in Frage kommen?

Aus eben diesem Grund. Außerdem waren die Klesh in Reichweite, und sie besitzen genau das richtige, empfindsame Bewußtsein. Cretus zum Beispiel. Allerdings bin ich zunächst auf seine Vorfahren aufmerksam geworden. Es war fast zu spät …

Aber er hat dich doch bekämpft …

Gewiß, er hatte eigene Vorstellungen … Immerhin hat er die Voraussetzungen geschaffen, damit ich steuerbare Empfänger hier einführen konnte. Mit ihnen konnte ich verhindern, daß sich die Entwicklung in eine falsche Richtung bewegte. Es hat mich viel gekostet, diese Außenstationen hier zu unterhalten. Sie ähneln mir. Sie bestehen nicht wirklich aus Materie, obwohl es für eure Wahrnehmungsorgane so erscheinen mag.

Der Cretus-Anteil sagte: *Die Wendel.*

So ist es. Um sie zu benennen, habe ich sogar ein Menschenwort verwendet: Wandelbar! Vielleicht wird euch jetzt klar, warum man nie herausbekommen hat, auf welche Weise die Wendel zueinander in Verbindung treten. Sie verständigen sich untereinander überhaupt nicht; sie sind Teile von mir. Es gibt keine Wellen, sie sind einfach ein Bewußtseinszustand.

Aber es gab die Wendel schon früher als Cretus.

Ich kann mich in der Zeit bewegen. Ich habe sie vor Cretus eingeführt, damit man sie nach ihm benutzen konnte. Es war das Äußerste, was ich tun konnte, und es war mein erster Schritt auf dem Wege zur direkten Intervention.

Das ist das Äußerste, was du im Reich der Materie zu tun vermagst?

Das ist die einzige stabile Form, die ich im materiellen Universum annehmen kann.

Er hätte gern weitere Fragen gestellt und so dem Wesen Gelegenheit gegeben, sich weiter zu enthüllen. Er wußte, daß es in der Nähe war. Nahe genug, um sich in Reichweite der Waffen der *Thlecsne Ishcht* zu befinden, ganz gleich, wie diese beschaffen sein mochten.

Aber plötzlich verschwand die Verbindungsebene, die er mit der Wesenheit teilte. Sie verging nicht allmählich, wurde nicht langsam undeutlicher, sondern war von einem Moment auf den anderen nicht mehr da. Wie abgeschaltet. Aber er hatte auch keine Verbindung mit der Alltagswelt, in der sich sein Körper befand. Er war eingeschlossen im Niemals, im Nichts.

Eine feine Stimme sprach ihn an, fast unhörbar zwar, aber von einer kristallenen Klarheit, die auch den Lärm einer großen Stadt durchdrungen hätte. Sie sagte: „Wir haben die Kraft des ganzen Vfzyekhr-Volkes zusammengefaßt, um dich vor dem Wesen abzuschirmen. Es ist sehr intelligent, aber das ist keine praktische Intelligenz – es ist nicht gewitzt. Dennoch hat es erkannt, daß du herausbekommen willst, wo es sich befindet. Wir kennen es aus der alten Zeit, als wir es gefunden haben – oder es uns. Sein Beispiel hat uns zur Umkehr auf unserem Weg bewogen. Zur Zeit befindet es sich auf dem zweiten Planeten dieses Systems, dort hat es seine Basis. Aber es ist ein Wesen, das in der Zeit lebt, und so hat es den künftigen Transfer zurückverlegt. Seine Vorbereitungen hatten schon begonnen, bevor es mit dir sprach. Es dauert eine gewisse Zeitspanne, bis es die Kontrolle über seinen neuen Wirtsorganismus übernommen hat. In dieser Zeit kommen alle seine anderen Aktivitäten zum Erliegen. Das Kriegsschiff hat bereits offenen Raum gemeldet und nähert sich nun mit voller Kraft. Die Wesenheit, wie du sie nennst, wird von der Bevölkerung dieses Planeten Besitz ergreifen, bevor du sie davor warnen kannst. Das Wesen muß aber dennoch aufgehalten werden, denn eine Verbindung mit der Bevölkerung dieser Welt würde seine Stärke verfünffachen. Dann kann es das System verlassen, wo es gefangengehalten wurde."

Er dachte:

„Ich hatte geglaubt, es sei hier entstanden."

„Es gehört seit seinen Anfängen zu diesem System, aber vor langer Zeit hat es versucht, es zu verlassen. Es ist im ersten Schöpfungszyklus entstanden, und es war stärker als alles andere. Alle anderen Wesenheiten, die ihm ähnelten, verbanden sich, um es aufzuhalten. Es gab eine große Schlacht der Willenskräfte. Die Verbindungsebene, die du eben erblickt hast, erzitterte unter diesem Gefecht. Sogar ein Teil des materiellen Universums wurde in den Kampf hineingezogen. Wir ..."

„Fahre fort."

„Wir mußten etwas Schreckliches tun, ein Verbrechen begehen. Wir brachten alle Sterne in der Umgebung von Monsalvat zum Erlöschen, mit Ausnahme von Bitirme. Wir sahen, denn auch wir beherrschten die Zeit, daß die nahe gelegenen Systeme Lebensformen entwickeln würden, die es als Brücken für seine Ausdehnung benützen könnte. Es würde ewig weiterwachsen. Wir schufen Wirbel in der Struktur des Alls, die die Neuentstehung zentraler Sterne in diesem Bereich des Weltalls verhinderten. Die Urspirale, in der Sterne und Galaxien entstehen, ist an dieser Stelle deformiert."

Aus diesen Worten sprach ein Schuldgefühl, das sich nicht verbergen ließ. Er fragte: „Ihr mußtet viel zerstören, um es hier festzuhalten?"

„Die Hälfte von dem, was damals war, ist für immer verloren. Wir nahmen es freiwillig auf uns, denn wir erkannten, welche Zukunft uns alle erwartete. Wenn man die Zeit bewegen will, bedarf es dazu großer Lebensenergie. Darum mußten wir unsere Daseinsform selbst opfern, und wir wurden zu dem, was wir heute sind: kleine Pelztiere, die von einer anderen Zivilisation adoptiert worden sind. Wir sind die veränderten Nachkommen der Ersten, und wir wählten die Unwissenheit, weil wir nicht so werden wollten wie die Wesenheit. So ist es damals gewesen. Jetzt sind wir von den Toten zurückgekehrt, um uns zu versichern, daß wir nicht noch einmal dasselbe tun müssen, denn sie ist heute stärker als sie damals war."

„Du bist gekommen, um mir zu sagen, was ich tun soll."

„Du bist eine einzigartige Gestalt, eine Geburt des Zufalls. Jetzt ist dir die Macht des kollektiven Willens der Vfzyekhr verliehen worden. Wenn sie dir wieder entzogen wird, dann wird dir nur das bleiben, was Cretus und Meure in die Verbindung einbrachten: Unschuld und eine souveräne Menschenkenntnis. Ihr müßt die Verantwortung auf euch nehmen, die ihr für diese Menschen habt. Ihr könnt sie zu Heil und Rettung führen. Macht die Augen auf und folgt dann eurer Vision. Aber jetzt mußt du dieser Kreatur sagen, was wir tun werden, um sie zum Stillstand zu bringen – für immer."

„Was könnt ihr tun?"

„Die beiden Sterne, die das Zentrum des Systems bilden, sind sehr alt, und ihr Heliumanteil ist beträchtlich. Man kann einen Vorgang einleiten, in dem sie zu einem einzigen Gestirn verschmelzen. Ein solches Geschehen kann allerdings nicht durch Willenskraft allein ausgelöst werden, dazu müssen die Grundkräfte des Universums umgeformt werden.

Viele Geschöpfe werden darunter zu leiden haben, einige von ihnen sind den Menschen unbekannt, andere werden ihnen immer unbekannt bleiben. Wir haben alle Vorbereitungen getroffen, um den Prozeß einzuleiten. Doch vielleicht findest du einen anderen Weg. Dir stehen Cretus' Geschick und Meures Träume zur Verfügung, und du kannst dich der herkömmlichen Waffen der *Thlecsne Ishcht* bedienen, wenn die Lage es erfordert. Wenn du wieder mit der Wesenheit Kontakt aufnimmst, wird es nur noch zwei voneinander getrennte Sendekanäle geben, derer du dich bedienen kannst. Diese beiden Kanäle sind hermetisch gegeneinander abgeschirmt. Einer wird dich mit der Wesenheit verbinden und der andere mit der *Thlecsne.* Ich/Wir werden keine direkte Verbindung mehr haben. Wir werden nur beobachten, was geschieht. Solltest du scheitern, werden wir eingreifen."

Während die Stimme so zu ihm sprach, verspürte er die wachsende Kraft, die hinter ihr stand. Energien strömten zusammen, und lange vergessene Fähigkeiten erwachten zu neuem Leben. Eine Macht befreite sich von den Fesseln, die sie sich vor Jahrmillionen selbst angelegt hatte. Die Stimme entfernte sich weiter und weiter, dann erlosch sie.

Jetzt wurde die Gegenwart der Wesenheit wieder spürbar, gleichzeitig empfing er ein Gedankenbild des Raumschiffes. Doch nur er konnte beide wahrnehmen. Füreinander waren sie unsichtbar.

Er dachte: Es ist also auf dem zweiten Planeten, auf Kathargo. Doch es hat bereits mit dem Transfer hierher, nach Monsalvat, begonnen. Zu welchem Stamm wollte es? Auf welchem der vier Kontinente mochte es sich befinden? Verzweifelt überprüfte er das Wissen, daß Cretus und Meure über Monsalvat zusammengetragen hatten. Eine Tatsache schälte sich immer deutlicher heraus: Nirgendwo auf dieser Welt gab es eine Klesh-Rasse, deren Mitglieder so zahlreich waren, daß sie einen ganzen Kontinent beherrschen konnten. Die Mittler lebten zwar über die ganze Welt verteilt, aber ihre Zahl war sehr gering. Es gab nur einen Platz, wohin es sich wenden konnte: ... Hierher, nach Yastian. Eine Unzahl von Lagostomern lebte hier. Jeder einzelne war schwach, aber vereint; und von einem gemeinsamen Ziel beseelt, waren sie unschlagbar. Auch waren sie das einzige Volk, das ein Massenbewußtsein entwickelt hatte. *Das verdammte Ding hat Nerven! Es kommt hierher, direkt unter unsere Augen. Wie, um alles in der Welt, können wir das jetzt noch verhindern?*

Er löste sich aus den Gedankenverbindungen. Wie ein Traum erschien ihm die Alltagswelt, in die er zurückkehrte. Eine Scheibe aus milchigem Glas trennte ihn von seiner Umgebung. Er stand auf, hob den Vfzyekhr hoch und setzte ihn auf seiner Hüfte ab. Er trat an das Fenster, ohne seine Gefährten zu beachten, die ihn erstaunt anstarrten. Dann blickte er über die nächtliche Stadt. An vielen Stellen brannten kleine Lampen. Jede einzelne warf nur einen schwachen Schein, doch gemeinsam überstrahlten sie das Licht der Sterne. Eine schmerzhafte Sehnsucht nach dem fernen Hochland von Incana packte ihn, ein Verlangen nach der Steppe von Ombur mit ihrem Wind, der das Gesicht kühlte.

Jetzt also würde er sich zeigen, der Spender der Visionen, der Ursprung der Orakel, der Monsalvat unzählige Jahre in seinem Bann gehalten hatte. Hierher würde er kommen.

Als die Nacht hereinbrach, war es in der Stadt der Lagostomer nicht ruhiger geworden. Doch jetzt war es mit einemmal ganz still, ohne Grund. Es war so, als ob jedermann im gleichen Moment innehielt, abwartete, lauschte ... Sie warteten. Das Gefühl war so stark, daß es auch ihn ergriff. Sanft und verführerisch hüllte es ihn ein. Er wollte sich hingeben, eingehen in den kollektiven Wunsch, das zu tun, was alle taten, und so den Frieden finden. Schwer und lähmend senkte sich etwas aus dem Himmel auf die Stadt herab, flüsterte beschwörende Worte in ihr Unterbewußtsein: *Ich komme, um euch zu erlösen. Ich bringe euch endlich die Freiheit. Ihr sollt nach Herzenslust brüllen und töten, essen und Kinder zeugen, ich gewähre es euch. Ein großes Volk werde ich aus euch machen; ihr sollt zu den Sternen fliegen. Ihr werdet ewig leben ...* So redete die Stimme. Wie Balsam ließ sie die Flut ihrer Versprechungen auf die Hütten niederströmen, auf das verlorene, verzweifelte Volk. Für die Ohren war die Stimme nicht wahrnehmbar, darum war sie so gefährlich. Worte hätten die Lagostomer nur mißtrauisch gemacht. Doch Gefühlen würden sie antworten. *Ja,* würde etwas in ihnen sagen. *Ja, Herr, wir sind dein Volk. Wir wollen zu dir kommen.* So würde es geschehen, während er vom Fenster aus alles mit ansehen mußte.

Die Luft war von Erwartungen geschwängert. Es kostete ihn große Mühe, sich aus diesem fremden Bann zu befreien, um sich umzudrehen und Tenguft ein Zeichen zu geben. Sie reagierte, doch ihre Bewegungen waren schwerfällig und langsam. Wie eine Schlafwandlerin erhob sie sich und kam zu ihm ans Fenster. Vom Fenster aus überblickte man einen kleinen Innenhof, auf dem sich immer mehr Menschen versammelten. Sie sahen einander fragend an und schauten immer wieder erwartungsvoll zum Himmel empor. Hier mußte er zuschlagen, er durfte nicht länger zögern. Mit Tengufts Speer würde er einen der Leute mitten im Hof durchbohren – das würde die Lagostomer in einen unkontrollierbaren Mob verwandeln.

Ein harter Schlag ließ sein Nervensystem erzittern, und dann ergriff ihn ein lähmender Schmerz, begleitet von einem Gefühl, das er nie zuvor gespürt hatte. Die Stimme der Wesenheit ertönte wieder und schnitt ihn von seiner Umgebung ab. Seine Wahrnehmung wurde völlig von dem Anprall der Gedankenbotschaft beherrscht.

Das Schiff ist gekommen. Es brachte Feuer und hat großen Schaden angerichtet. Meine Wirtsorganismen wurden von Furcht und Panik ergriffen. Das hat mir Schwierigkeiten bereitet. Aber das ist jetzt nicht mehr wichtig. Ich habe mich abgekapselt. Sie mögen am bleichen Gebein von Kathargo nagen ... Bald wird eine gewaltige Faust in den Himmel greifen und das metallene Ding auslöschen. Diese Leute besitzen eine große Kraft; mit ihnen werde ich mir das Weltall gefügig machen. Ich konnte es vorher nicht wissen. Erst seit ich Fühlung zu ihnen aufgenommen habe, spüre ich es. Es wird nicht nötig sein, sie im Raumschiffbau zu unterweisen. Wenn ich sie miteinander verschmolzen habe, dann haben sie die Macht, ins All selbst hinauszugreifen und die Schiffe hierherzuholen, die wir brauchen. Für mein Reich wird es keine Grenzen geben.

Er versuchte Kontakt zur *Thlecsne Ishcht* aufzunehmen. Die Verbindung kam zustande und erlosch sofort wieder. Es schien nicht mehr nötig zu sein, eine Botschaft zu senden.

Am östlichen Horizont war ein Lichtschein zu sehen, wo vorher Dunkelheit geherrscht hatte. Vom Rande der Welt flackerte eine Flamme auf. Etwas näherte sich mit rasender Geschwindigkeit. In der Stadt unten sprangen Schreckensgefühle wie Funken von einem zu dem anderen über. Aus dem Leuchten wurde ein weißglühender Feuerball. Wie ein gigantischer Meteor zog er eine flammende Spur über das Firmament. Der Schall konnte seiner rasenden Fahrt nicht folgen, darum kam er schweigend, wie der Engel des Todes. Die Lagostomer verbargen vor diesem Anblick ihre Augen und krümmten sich zusammen. Dann stand die Erscheinung wie ein erstarrter Kugelblitz über ihnen. Ihr Mantel aus Flammen verwehte und enthüllte den bizarren Rumpf der *Thlecsne Ishcht.*

Der helle Schein ihres weißglühenden Röhrennetzes beleuchtete die Stadt und ließ gleichzeitig die Schatten der Hütten schwärzer werden. Das Schiff schwebte dicht über den Dächern, von einer unbekannten Kraft gestützt. Kleine Lichtblitze tanzten jetzt auf dem Röhrensystem, das den gesamten klobigen Rumpf überzog. Nun erst folgte wie rollender Donner der Fluglärm und erfüllte die Plätze, Kanäle und Gassen der Stadt. Der Anprall warf viele Lagostomer zu Boden. Glas klirrte aus den Fenstern, und der Staub zusammenbrechender Schuppen wirbelte auf.

Er schickte der Wesenheit eine Botschaft: *Du darfst nicht hierherkommen! Das Schiff ist schon da, und es ist bereit, noch schrecklicher zuzuschlagen, als auf Kathargo. Wir können dir die Lagostomer nicht überlassen, nicht die Klesh und auch nicht Monsalvat. Da wir alles Leben achten und lieben, wollen wir dich nicht vernichten, aber wir werden es nicht zulassen, daß du von dieser Welt Besitz ergreifst. Wenn wir ein gemeinsames Bewußtsein benötigen, werden wir aus uns selbst heraus eines bilden.* Er wartete auf eine Antwort.

Sie kam nicht. Er spürte nur tief im Unterbewußtsein, daß etwas geschah. Unsichtbare und doch schreckliche Ereignisse. Energieströme prallten aufeinander, bildeten Strudel, kämpften einen lautlosen Kampf. Er hoffte, daß die Wesenheit bei den Lagostomern auf unerwarteten Widerstand gestoßen war, aber er konnte sich von den Vorgängen kein Bild machen. Die Eindrücke waren unscharf und verschwommen, gleichzeitig schienen sie aus immer größerer Ferne zu kommen.

Dann klärte sich alles, und die Wesenheit sprach wieder: *Verraten! Gefangen!*

Die Botschaft wurde schwächer und erlosch.

???

Sie flackerte noch einmal auf: *Cretus! Ich habe Cretus vorangetrieben, bis er mich entdeckte, soweit seine eingeschränkte Wahrnehmung dies zuließ. Dann versteckte er sich. Vorher hatte er eine Stabilität geschaffen, von der ich mich täuschen ließ. Denn ich hielt sie für die Vorbereitung zu meinem Transfer. Aber er bewirkte etwas ganz anderes: Er schuf ein schlafendes, rudimentäres Massenbewußtsein, eine vielzellige Einheit, die ich bei meinem Transferversuch geweckt habe. Ich bin hierher aufgebrochen, habe meine alten Wirtsorganismen aus meinem Griff entlassen und mußte mit ansehen, wie sie kurz darauf von dem Kriegsschiff in wilder Panik durcheinandergewirbelt wurden. Jetzt sind sie nur noch unbrauchbare Tiere. Hier stellte ich fest, daß mir der Massenorganismus widersteht. Gleichzeitig zersplittert er unter der Furcht vor dem Raumschiff. Der Rückzug durch die Zeit wird mir von einer anderen Wesenheit versperrt. Ich zerfalle …*

Den letzten Teil der Botschaft hatte er kaum noch aufnehmen können, so schwach war sie geworden. Sie klang fast erstickt. Erstickt an den eigenen Plänen …

Er spürte, wie der Vfzyekhr die hohe Kommunikationsebene verließ. Seine Wahrnehmungskraft sank in tiefere Regionen und wurde schwächer. Er ließ es geschehen, entspannte sich. Die klare Stimme des Vfzyekhr drang in sein Bewußtsein: *Es ist vergangen. So hätten wir ihm einst schon begegnen sollen. Aber wir dachten, es sei genug gewesen, was wir damals taten.*

Das Bewußtseins-Bündnis der Vfzyekhr hatte sich nur für eine kurze Zeit neu informiert. Jetzt löste es sich auf und versank erneut in den Schlaf des Vergessens, aus dem es sich aus eigener Kraft erhoben hatte. Doch er war es, der das Erwachen ausgelöst hatte. Die Spsomi allein hätten es nicht vermocht.

Nein, nein, noch nicht, flehte er. *Ich weiß doch nicht, was ich tun soll und wo ich beginnen soll!*

Noch während seine Botschaft abging, war die Auflösung weiter vorangeschritten. Sie verwandelten sich wieder in die Teile des machtvollen Ganzen. In kleine, einfache Wesen, die gelegentlich den Raum mit einer anderen Rasse bereisten, mit der sie ein Bündnis geschlossen hatten. Ein Bündnis, das beide Rassen vor einer verhängnisvollen Entwicklung bewahren sollte.

Eine letzte Antwort schwebte durch Raum und Zeit: *Du bist Cretus, dem ein Menschenwesen die Ruhe gebracht hat, die du auf Monsalvat nicht gefunden hättest. Du magst dich auf dich selbst verlassen. Du weißt, was zu tun ist. Der Funke glimmt noch auf Monsalvat. Die Lagostomer haben es bewiesen, als sie der Verlokkung der Wesenheit widerstanden. Kämpfe …* Die Botschaft war unhörbar geworden.

Mit der hereinbrechenden Stille kam auch das Ende seiner Verbindung mit dem Vfzyekhr. Sie erlosch einen Herzschlag später mit einer Endgültigkeit, die ihm sagte, daß es sie nie mehr geben würde. Jetzt war er nur noch das, was der Dreierbund aus ihm gemacht hatte: die seltsame Verbindung zweier Einzelindividuen. Für diese Fusion gab es keinen Präzedenzfall. Darüber gab es keine Untersuchungsberichte und keine Sagen. Auf der Straße, die er nun gehen mußte, würde er seinen Weg selber suchen müssen. Tastend, fühlend und reagierend mußte er eine neue Einstellung finden zum Universum und den Menschen, die noch nicht wußten, welcher Gefahr sie gerade entronnen waren.

Er befand sich in einem armseligen Raum. Durch ein Fenster fiel Licht herein und tauchte den Raum in dämmriges Halbdunkel. Draußen herrschten Panik und Schrecken. Der Lärm des Tumults drang zu ihnen herein. Er bemerkte, daß seine Gefährten ihn ansahen; in ihren Augen war abzulesen, wie fremd er ihnen geworden war. Er wußte genau, daß er sehr behutsam und vorsichtig vorgehen mußte, denn seine Worte und Taten konnten Auswirkungen haben, die im ganzen Universum zu spüren sein würden. Von diesem Raum würde etwas ausstrahlen, Wellenkreise würden das All durchlaufen, sie würden sich brechen und andere Gestalt annehmen. Ja, er mußte jeden seiner Schritte mit Sorgfalt wählen.

Er blickte hinab auf den Vfzyekhr, der die Verbindung hergestellt hatte, die ihn zu einer Einheit verschmelzen ließ. Er streichelte ihn gedankenverloren. Das Wesen war kalt, es bewegte sich nicht. Tot. War es die ungeheure Anstrengung gewesen, oder war es freiwillig aus dem Leben geschieden ... Sein Tod war eine Verstärkung der letzten Mitteilung der Vfzyekhr: Er würde nie wieder die Macht erhalten, diese uralte Kraft aus ihrem Schlaf zu erwecken. Seine Hand glitt weiter über das weiße Fell. Eine tiefe Traurigkeit ergriff ihn. Er dachte: *Sie haben einen hohen Preis bezahlt, um das Universum zu erhalten, einst und jetzt, doch sie fordern nichts und sie klagen nicht. Jetzt ist die Reihe an mir.*

Clellendol trat zu ihm und sagte: „Gemeinsam mit Morgin habe ich die Leute im Hof beobachtet. Sie sind sehr aufgeregt, aber sie benehmen sich nicht so, wie man es von den Lagostomern erwarten würde. Sie reagieren nicht mehr so empfindlich aufeinander. Sie verlassen diesen Teil der Stadt in hellen Scharen. Wir werden bald gefahrlos nach draußen gehen können."

„Wo ist das Schiff jetzt?"

„Ganz in der Nähe. Die Lagostomer sind vor ihm geflüchtet. Es scheint sich gerade einen freien Platz zum Landen zu verschaffen. Offenbar wissen sie, daß sie hier irgendwo nach uns suchen müssen ..."

„Wir warten, bis sie unten sind. Dann gehen wir zu ihnen hinüber."

„Endlich können wir von hier fort!"

„Flerdistar und du, ihr könnt fortgehen ... Für mich bleibt hier noch sehr viel zu tun ..."

Auch Flerdistar kam zu ihm. Ihre Stimme klang sehr verwirrt: „Etwas ist mit dir geschehen – und mit uns ..."

Ihn befiel eine Erschöpfung, gegen die er sich kaum noch wehren konnte. Er antwortete: „Ja, mit uns allen ..."

„Wer bist du? Cretus oder Meure Schasny?"

„Beide und keiner von beiden."

„Wie sollen wir dich nennen?"

„Wie ihr wollt – oder nach meinen Taten."

„Was willst du tun?"

„Ich will den Weg finden helfen, den wir verloren haben. Ich habe eine Botschaft für jene, die mir zuhören wollen. Einige werden mir sicher zuhören."

„Ich weiß nicht, wie man eine solche Person nennt."

„Es ist auch gleichgültig. Nenne mich Cretus, damit ein Teil von dem erhalten bleibt, was einmal war. Aber vergiß nicht, daß der andere Teil genauso wichtig ist."

„Du willst also auf Monsalvat bleiben?"

„Ja, das werde ich. Hier läßt sich ein besserer Anfang finden als irgendwo sonst. Auch wird jeder, der es will, hierherkommen können. Der stürmische Raum um Monsalvat ist zur Ruhe gekommen. Die verhängnisvollen Orakel wird es nicht mehr geben. Endlich wird diese Welt ihrem Namen gerecht werden: Monsalvat – Mountain of Salvation – Berg des Heils. Der Name, den wir einst erdacht haben, ‚Ort, wo man die Fremden begräbt', wird nicht mehr gelten."

Flerdistar schnaubte verächtlich: „Heil! Welches Heil meinst du? Wovor willst du Monsalvat bewahren?"

„Vor seinen schlimmsten Feinden, vor dir und mir, vor uns. Ich werde mein Volk führen, und ich werde ihm den Weg zu einem wahren Menschentum weisen."

„Verfügst du über eine solche Macht, daß du dies Wagnis unternehmen kannst?"

„Ich habe viel von dem eingebüßt, was du Macht nennen würdest. Und doch habe ich etwas hinzugewonnen. Ich bin einzigartig geworden."

„Einzigartig als Doppelexistenz?"

„Das war ich. Jetzt bin ich eine Einheit."

„Dann wird also auf Monsalvat wieder der Marschtritt von Cretus' Armeen zu hören sein?"

„Nein, so wird es nie wieder sein. Das Neue darf nicht durch Zwang entstehen. Es muß aus sich heraus wachsen, unter der sorgsamen Obhut eines Gärtners."

„Ich verstehe, was du mit diesem Bild beschreiben willst: Der Gärtner bewässert den Boden und düngt ihn, aber er schneidet auch die wilden Triebe ab und verbrennt sie, jätet das Unkraut."

„Genau das habe ich vor. Aber mit der Zeit werden alle dieses Handwerk erlernen. Wir brauchen keine Herren. Unser Weg liegt deutlich vor uns, aber wir fürchten uns noch, ihn zu betreten, weil er so gerade und einfach ist."

Zynisch sagte sie: „Ein Jahrtausend wird es wohl dauern, nicht wahr?"

„Weder du noch ich werden es erleben. Die Geschichtsforscher der Zukunft werden feststellen, welche Veränderungen dieser Tag eingeleitet hat."

Sie sagte: „Ich habe schon vorher gespürt, daß etwas Neues im Entstehen war. Kann es denn möglich sein, daß es so einfach zu beschreiben ist?"

Er dachte wieder an seine Verbindung mit der Wesenheit und mit dem Massenbewußtsein der Vfzyekhr. Er dachte auch an die fernen, fremden Lichter, die er gesehen hatte, und von denen noch niemand etwas ahnte. Doch vor ihnen lag eine Zukunft, in der die Menschen auch auf *sie* vorbereitet sein mußten ... „Einfach?" sagte er endlich, „ja, so einfach wie der Rhythmus einer Musik. Er schafft den Mittelweg zwischen ungeordnetem Lärm und pedantischem Formalismus. Und das Sonderbare dabei ist, daß er zu seinem größten Teil durch Zufall entsteht."

„Durch Zufall?"

„Es ist so einfach, daß mir die Worte fehlen, um es deutlich zu machen. Es handelt sich um Willkür, um Zufall, und doch steht es in einem logischen Zusammenhang, der das All seit seinem Anfang beherrscht. Aus diesem Planetensystem hier, mit seinem Doppelstern, können wir viel über das Wesen der Dinge ablesen: Auf der untersten Wahrnehmungsstufe scheinen alle Dinge eine zweifache Existenz zu besitzen. Zufall und Vorherbestimmung sind zu gleicher Zeit Herren über das Universum. Doch in Wirklichkeit gibt es diese Zweiheit gar nicht. Sie entsteht nur durch die Beschränkungen unserer Wahrnehmungsfähigkeit."

„Du drückst dich noch rätselhafter aus als das Orakel. Das Orakel ist gar nicht verschwunden, es hat nur seinen Herrn gewechselt."

„Es gab hier nie ein wirkliches Orakel, und es gibt auch jetzt keines. Hast du denn nicht begriffen, was du hier erlebt hast? Hast du nicht verstanden, was du aus der Vergangenheit gelesen hast? Das Ding war kein Orakel. Wenn man diese Ausdrucksweise beibehalten will, diese Sprache des Aberglaubens, dann könnte man es als Dämon bezeichnen, als Sukkubus, der diese Welt beherrscht und ihr das Beste geraubt hat. Sie dachten, sie würden beschenkt, doch sie wurden beraubt.

Habe keine Furcht! Die Geschichte dieser Welt wird nicht die Geschichte eines Eroberers werden, dessen Taten seinen Namen mit Schande bedecken. Hier wird etwas beginnen, das die Menschen für immer verändern wird, und man wird nie erfahren, wer diesen Prozeß in Gang gebracht hat. Du hast einmal davon gesprochen: Die Zukunft Monsalvats ist mit deinen Forschungsmethoden nicht zu enthüllen. Das soll nicht nur für Monsalvat, das soll für die ganze Menschheit gelten. Wir werden keine Parias mehr sein. Ich werde unerkannt bleiben. Berühmt werden nur die Worte und Träume, die ich ihnen bringe."

Morgin trat dicht neben ihn und sagte leise: „Du hast zu den Außenweltlern gesprochen; sie sind unwissend. Ich aber bin hier geboren, ich verstehe, was du sagst. Du wirst einen erfahrenen Gefährten auf deiner langen Reise benötigen ... einen Schreiber, der die Worte eines Schreibers festhält."

Cretus lächelte. Im Halbdunkel des Zimmers war es kaum zu sehen. „Ihre wahre Bedeutung wirst auch du nicht festhalten können. Für deine Erfahrung aber wäre ich sehr dankbar. Komm also ruhig mit mir."

Er erhob sich und bettete den Vfzyekhr behutsam auf den Strohsack. Tenguft trat vor ihn hin. Ihre Stimme klang eigenartig belegt. So hatte er sie noch nie sprechen hören: „Auch ich werde mit dir kommen. Morgin kennt die Klesh, doch ich kenne alle Wege und Plätze dieser Welt. Und natürlich", fügte sie fast schüchtern hinzu, „brauchst du dir dann nicht jede Nacht eine andere Frau zu suchen."

„Du weißt, daß unser Weg ins Dunkle führt?"

„Das schreckt mich nicht. Der Weg aller Haydar-Krieger führt durch die Dunkelheit des Unbekannten. Wozu wären sie sonst Krieger? In beleuchteten, vertrauten Straßen findet jeder Städter seinen Weg."

„Dann sei mir willkommen. Ruhm und Ehre können wir nicht gewinnen, wenn es auch manchen harten Kampf geben wird."

„Aber wir werden alles verändern, das habe ich verstanden. Für immer! Vieles, was ich kannte und liebte, wird verlorengehen, und auch andere werden viel verlieren. Aber ich weiß auch, daß alles, was wir früher taten, nur ein Trugbild von Veränderung schuf. In unseren Herzen sind wir Tiere geblieben, auch jene von uns, die im Bauch der stählernen Schiffe wohnen ..."

Jetzt ging er wieder zum Fenster und sah zur *Thlecsne Ishcht* hinüber. Das Schiff hing tief über der Stadt und war noch immer dabei, einen geeigneten Landeplatz freizuräumen. Mit schnellen Lichtstrahlen fegte es die armseligen Hütten beiseite. Man sah keine Flammen, nur Schutt und Staub wirbelten durch die Luft. Die Lagostomer hatten diesen Teil der Stadt schon lange verlassen. Mit einem Achselzucken sagte er: „Laßt uns gehen. Es ist Zeit."

15

„Die Kunst des Fortschritts liegt darin, daß man das Ewige bewahrt."

„Die Ursprünge dieses Systems liegen in geheimnisvoller Dunkelheit. Jede Theorie, die den Tatsachen gerecht wird, geht von Voraussetzungen aus, die völlig absurd sind."

A. C.

Den Weg zum Schiff legten sie in tiefem Schweigen zurück. Nicht daß niemand etwas zu sagen gewußt hätte, nein, es war zuviel, was jeder sagen wollte. Einiges ließ sich nicht ausdrücken, weil ihnen dazu die Worte fehlten.

Als sie die Stelle erreicht hatten, die die *Thlecsne Ishcht* als Landeplatz ausgewählt hatte, hatte diese den Platz bereits leergeräumt und lag nun leicht auf dem kahlen Boden auf. Das Schiff war nicht auf dem Boden verankert, so wie Meure Schasny es vor langer, langer Zeit einst auf dem Feld bei Kundre zum erstenmal erblickt hatte. Es schwebte vielmehr fast über dem Boden. Sein Rumpf berührte ihn kaum. Es lag still, aber man konnte ihm ansehen, daß seine Kraft kaum gebändigt war. Funken liefen in Spiralen die Röhren entlang, deren verwirrendes Geflecht den Rumpf bedeckte.

Die Nacht war noch nicht zu Ende, doch im Osten, über den Hütten und den Nebelbänken des Flusses, verfärbte sich bereits der Himmel. Er dachte: *Dort über den Hügeln von Intance und Nasp ist der Himmel jetzt schon hell. Sein bleiches Licht wird sich in den schwarzen Seen spiegeln. Das Flimmern, das wir immer aus den Augenwinkeln sahen, ist verschwunden. Für alle Zeit. Wir haben es lange gesehen, und da wir nie erfuhren, was es war, hatten wir es schon beinahe vergessen. Nur die Außenweltler fühlten sich davon irritiert und glaubten, daß sie beobachtet würden. Wir haben es nie wahrhaben wollen. Wie ein Mann, der an einer Mauer lehnt, werden wir nun stürzen, weil es diese Wand nicht mehr gibt. Es sei denn, wir bauen eine neue Mauer, oder aber es gelingt uns, unser Gleichgewicht zu finden.* Für ihn jedoch gab es diese beiden Möglichkeiten nicht mehr. Er hatte seine Wahl bereits getroffen.

Aus der großen Luke unten am Schiffsrumpf quollen aufgeregte Spsomi hervor. Sie trugen eine bizarre Kleidung, die sie wahrscheinlich als Uniform bezeichnet hätten, wenn man sie daraufhin angesprochen hätte. Sie bildeten einen dichten Kreis um Vdhitz und nahmen Tenguft den Körper des Vfzyekhr aus den Händen. Sie hatte ihn von der Herberge zum Schiff getragen. Clellendol sah sich einen Moment zögernd um, einen kurzen Augenblick nur. Er tauschte einen Blick mit Flerdistar, sah kurz zu seinen alten Gefährten hinüber und stieg über die Leiter ins Schiff. Für ihn war sein Auftrag erledigt. Jetzt war er nur noch ein einfacher Passagier.

Auch Flerdistar trat auf die unterste Sprosse. Mit einer Hand hielt sie das Geländer umfaßt. So blieb sie unsicher stehen, drehte sich um und sagte: „Ich bin hierhergekommen, um die Vergangenheit zu erforschen, doch ich erhielt eine Antwort über die Zukunft, auf eine Frage, die ich gar nicht gestellt habe."

Cretus erwiderte: „Wenn man es einmal gelernt hat, auf Antworten zu hören, dann erhält man sogar Antworten auf Fragen, die man noch nicht gestellt hat. So sollte es auch sein. Selbst wenn einen diese neue Erfahrung zunächst erschreckt."

„Die Antwort, wegen der ich kam, habe ich noch nicht erhalten."

„Du hast nicht konkret genug danach gefragt."

„Die offizielle Geschichte lehrt, daß die Krieger von Sanjirmil angeführt wurden. Diese Aussage wird von den Sagen der Krieger bestätigt. Doch etwas, dessen Wurzel hier auf Monsalvat liegt, ließ uns diese geschichtliche Theorie fragwürdig erscheinen. Wie lautet die Wahrheit, und wieso liegt sie auf Monsalvat verborgen?"

„Cretus hat einst viel Zeit mit seinem *Skazenach* verbracht, bis er es lernte, ihn vollendet zu beherrschen. Einmal hat er – oder habe ich – etwas gesehen, was ich überhaupt nicht verstand. Es war so rätselhaft, daß ich mir die Einstellung des Geschichtenerzählers genau eingeprägt habe, damit ich wieder genau dorthin zurückkehren konnte.

Auch für einen Meister auf diesem Instrument ist das nämlich sehr schwierig. Später, als ich die Dinge, die ich sah, besser interpretieren konnte, gab ich eben diese Einstellungen erneut in den *Skazenach* ein, und die Szene lief wieder genauso ab.

... Es war sehr seltsam ... Ich hatte inzwischen einiges über die Krieger und die Klesh gelernt, und daher wußte ich, daß ich Sanjirmil selbst sah. Sie war sehr alt. Aber, und jetzt kommt das Erstaunliche: Sie war auf einer anderen Welt, nicht auf Morgenröte. Und sie bewegte sich in dieser Szene so, als ob sie erwartete, daß ihr jemand zusähe ..."

Flerdistar fragte erstaunt: „Was …" Aber Cretus schnitt ihr mit einer Geste das Wort ab.

„Sie sprach laut in einfacher Singlesprache. Es war, als würde sie einen Text aufsagen, den sie vorbereitet hatte. Ich, Cretus, werde es genauso wiedergeben, wie ich es von Sanjirmil gehört habe: Als das erste Schiff den Heimatplaneten verließ, war Sanjirmil die Anführerin einer kleinen Minderheit deines Volkes. Diese radikale Gruppe strebte die Herrschaft über die Menschen an. Sie gehörte zur Elite, zum Pilotenteam, von dem niemand zu Beginn der Reise etwas zu sehen bekam. Als dann die offene Meuterei ausbrach und die Gruppe das Schiff stahl, nahmen die zurückbleibenden Ler an, daß sie die Anführerin sei.

Doch dem war nicht so. Sie hatte sich verändert. Ihre Überzeugungen waren nur durch eine Fehlsteuerung ihres Gehirns zustande gekommen. Als Kind hatte es eine Überlastung ihrer Nervenzellen gegeben, die ihre Persönlichkeit beeinflußte. Doch nun, nachdem ihre Taten einen Prozeß in Gang gebracht hatten, der sich nicht mehr aufhalten ließ, war sie geheilt. Sie wurde von jemandem geheilt, der sie sehr liebte. Seine Behandlung befreite sie von den radikalen Ansichten, die ihren Geist beherrschten, aber sie verlor auch die Fähigkeit, ein Schiff zu steuern. Von nun an lebte sie zurückgezogen in ihrem Quartier, betrieb ein wenig untergeordnete Astrogation und erteilte Unterricht.

Als sie das Alter erreicht hatte, in dem die Fruchtbarkeit einsetzte, ging sie eine Familienbeziehung nach der Art eures Volkes ein. Auf der ersten Welt, auf der das Schiff landete, gebar sie zwei Kinder. Dort zog sie diese Kinder auch auf. Sie führte ein stilles, zurückgezogenes Leben, beinahe isoliert. Sie übte sich in den Tugenden der Ler und versuchte im stillen, das Böse zu bekämpfen, das sie in ihrer Jugend zum Ausbruch gebracht hatte."

Flerdistar sagte: „Eine bescheidene Person, die du da beschreibst, geradezu ein musterhafter Ler. Doch in der Ler-Geschichte wird sie als die Kraft bezeichnet, die in unserem Volk das Böse erweckte. Von allen Ler hat der Schatten ihrer Person am eindringlichsten über unserer Entwicklung gehangen. Sie hat uns zu dem gemacht, was wir heute sind. Und doch behauptest du, daß sie dir erzählte, sie habe sich zurückgezogen?"

„Glaubst du, ich hätte nicht alles überprüft, was sie mir sagte? Es hat mich genauso überrascht wie dich. Ich habe es sehr genau überprüft! Über einen Zeitraum von zehn Jahren habe ich das Leben Sanjirmils erforscht. Am Ende kannte ich es fast besser als sie selbst.

Natürlich nehmen die Dinge oft einen anderen Lauf, als wir es wünschen. Als sie noch krank war, hatte sie eine formende Kraft besessen, nach ihrer Heilung war sie nur noch eine einfache Frau in der Menge, ihre Macht war erloschen. Sie konnte die Geschichte nicht mehr steuern. Die Verschwörung versickerte im Untergrund, in geheimen Treffen wurde die Geschichte von Mund zu Mund weitergegeben ... und nach fast einer Generation fand sich eine neue Gruppe von Abtrünnigen zusammen. Sie stahlen das Schiff und machten sich auf in den Weltraum. So narrten sie die Mehrheit der Ler, die sich inzwischen zu friedlichen Siedlern entwickelt hatten.

Sie nahmen Sanjirmil mit sich, denn sie war ja die Prophetin ihrer Bewegung, sie hatte sie einst ins Leben gerufen, noch bevor die meisten von ihnen geboren waren. Sie wußten nur, daß sie Sanjirmil die Große war. Doch sie ging gegen ihren Willen mit diesen Aufständischen. Als sie Widerstand leistete, entführten sie sie mit Gewalt. Sie wußten, daß sie ohne den legendären Ursprung ihrer Bewegung nicht fortgehen konnten. Sie hätten es nicht ertragen, wenn ihre eigene Prophetin sie angeklagt oder gar einen Rachefeldzug gegen sie angeführt hätte.

Ihre Heilung war vollständig. Auch an Bord des Schiffes, umgeben von den jungen Aufrührern, wurde sie nicht mehr zu der Sanjirmil von einst. Sie war deren Talisman, das hatte sie nicht verhindern können, aber sie war ein Talisman, der ihr Verhalten nicht akzeptierte. Sie forderte von ihnen, sich bedingungslos zu ergeben und das Schiff zurückzubringen. Nun befanden sie sich in einer ausweglosen Situation. Sanjirmil verweigerte jede Zusammenarbeit, aber sie konnten sie auch nicht zurückbringen. Sie brachten es auch nicht fertig, sie zu töten. Man kann ihnen die Erkenntnis zugute halten, daß Sanjirmils Tod auch das Ende ihrer Bewegung bedeutet hätte.

Auf ihrem Weg, der sie vom Zentrum zum Rande des Universums führte, stießen sie auf ein seltsames Planetensystem, zu dem mehrere bewohnbare Welten gehörten. Eine erwies sich als besonders ruhig und angenehm, dort landeten sie. Es dauerte einige Zeit, bis sie Sanjirmil an einem Strand ein kleines Haus gebaut hatten. Sie ließen ihr Samen, Werkzeuge und einige Tiere zurück. Auf dieser Welt gab es kein intelligentes Leben. Dort konnten sie ihr zu Ehren ein Haus bauen, aber sie konnten auch sicher sein, daß sie niemals Gelegenheit haben würde, sie zu verraten. Diese Welt lag so weit draußen im Raum. Es schien ausgeschlossen zu sein, daß irgend jemand hierherkam, solange es hier noch ein Zeichen von ihrer Existenz gab. Nicht einmal sie selbst kannten die Positionen dieses Planetensystems genau. Außerdem hatte sie bereits ihre Ältesten-Phase erreicht, und es blieb ihr ohnehin nicht mehr allzuviel Zeit. Und so flogen sie davon, nachdem sie ihr noch einmal die Ehre erwiesen hatten, und ließen Sanjirmil auf einem unbewohnten Planeten zurück. Selbst seine Entdecker hatten schon nach kurzer Zeit vergessen, wo er sich befand ...

Jetzt kam Sanjirmil noch einmal ihre erfolgreiche Heilung zugute. Denn diese Heilung hatte ihr zu einer geistigen Gesundheit verholfen, wie sie wohl kaum je ein Ler oder Mensch besessen hatte. Sie saß allein in ihrer steinernen Villa und blickte über das weite Meer. Sie war die Gefangene einer Bewegung geworden, die sie einst ins Leben gerufen, dann verlassen und schließlich bekämpft hatte. Sie verzweifelte nicht. Sie verließ sich auf ihre Kräfte, denen sie ihr ganzes Leben hindurch vertraut hatte. So überlebte sie. Das erste Jahr. Und das zweite. Danach fiel ihr das Leben etwas leichter. Sie lernte es, sich dem Rhythmus des Planeten anzupassen.

Sie vergrößerte ihr kleines Reich und begann die Umgebung zu erforschen. Sie lernte einige gefährliche Lebensformen kennen, und sie verstand es bald, ihnen aus dem Weg zu gehen. Sie marschierte weit die Küste entlang, und sie durchstreifte das Landesinnere. Ein Schiff zu fliegen, hatte sie einst eine ungeheure Anstrengung gekostet, doch das Überleben bereitete ihr keine Schwierigkeiten. Sie vereinigte bald eine ganze Gemeinschaft von Handwerkern und Bauern in ihrer Person. Sie hatte keine Hoffnung, aber sie gab auch nicht auf.

Sie zählte bald die Jahre nicht mehr, denn sie konnte sie ohnehin nicht in die Jahre des Heimatplaneten umrechnen. Es war nicht mehr wichtig. Als man sie zurückließ, hatte ihr Haar schon einige graue Strähnen, jetzt wurde es völlig grau, dann weiß. Sie begann haushälterisch mit ihren Kräften umzugehen und verließ kaum noch die nähere Umgebung ihres Hauses. In dieser Zeit hatte sie zum erstenmal das Gefühl, das irgend etwas sich rührte, sie bemerkt hatte und sie beobachtete. Es war etwas Böses, das sich bis dahin aus einem unbekannten Grund totgestellt hatte. Zuerst glaubte sie an Halluzinationen. Sie schrieb sie ihrem Alter und ihrer Einsamkeit zu. Aber die Erlebnisse häuften sich, und die fremden Eindrücke wurden stärker. Es begann Spuren zu hinterlassen, die objektiv meßbar waren. Doch sie hörte nicht auf, an sich selbst zu zweifeln. Um sich Gewißheit zu verschaffen, ersann sie unauffällige kleine Fallen, die sie dem Unbekannten stellte. Es wurde zur Hauptbeschäftigung für den Rest ihres Lebens: der Beweis, daß dieses fremde Wesen existierte, daß es sich nicht um eine Täuschung ihrer nachlassenden Sinne handelte.

Schließlich gelangte sie zu der Gewißheit, daß dieses Wesen tatsächlich existierte. Es war kein Phantom, und es war intelligent; es war machtvoll und befand sich in einem Prozeß des Erwachens. Sie fürchtete sich vor ihm, doch es gelang ihr auch, sich in gewissen Grenzen mit ihm zu verständigen. In ihr war die Hoffnung erwacht, daß es eines Tages jemanden geben würde, der durch Raum und Zeit sehen konnte, der sie wahrnehmen würde. So spielte sie wieder und wieder eine kleine Szene, in der sie die ganze Geschichte erzählte. Irgendwann würde jemand die Wahrheit erfahren, ganz gleich, ob es die Krieger dann noch geben würde. Und so trug sie am Ende den Sieg über sie davon. Denn das Geschlecht der Krieger ist erloschen. Es lebt nur noch ihre Lüge, sie sei ihr Prophet, ihr Anführer gewesen. Doch ich kenne bereits die wahre Geschichte, und ich ..."

Flerdistar unterbrach ihn: „Du hast die Geschichte auf Monsalvat verbreitet, einst, als Cretus der Schreiber ..."

„Ich habe sie ein wenig überarbeitet und ausgeschmückt, um sie dem Geschmack der Klesh anzupassen ..."

„... daß Sanjirmil ..."

„... die Heilige Zermille, die heilige Frau von Monsalvat ..."

„... die Krieger haßte, obwohl sie selbst eine Ler war, und daß sie die Opfer der Krieger liebte."

„So geht die Legende."

„Es ist eine schöne Geschichte. Sie ist gut für dein Volk, und mir bringt sie endlich die Antwort, nach der ich so lange gesucht habe. Jetzt ist alles gut. Ich habe nur noch eine Frage: Was bringt die Geschichte eigentlich mit Monsalvat in Verbindung? Was hat sie mit dieser Welt zu tun?" Während sie noch ihre Frage formulierte, sagte ihr Gesicht ganz deutlich, daß sie die Antwort schon kannte. Mit einemmal wußte sie es.

Cretus antwortete ihr dennoch: „Hier auf Monsalvat haben sie sie zurückgelassen. Sie hat im Westen gelebt, am großen Ozean. Das

Land nennen wir heute Warvard. Es ist gar nicht sehr weit von Ombur entfernt. Und sie hat die Wesenheit aufgeweckt, die schon damals auf Kathargo lebte ... Sie hat mich gelehrt, die Wesenheit zu erkennen und ihren Einflüssen zu entfliehen. Die Kreatur konnte Raum und Zeit beeinflussen, aber sie konnte nicht verhindern, daß mich Sanjirmils Botschaft erreichte. Für Sanjirmil war es eine der letzten Taten in ihrem Leben, die Botschaft zu formulieren. Die Wesenheit konnte die Botschaft nicht wahrnehmen, diese Botschaft, durch die ich erkannte, daß ich mich zurückziehen mußte, daß mein Traum sich nicht verwirklichen ließ, solange dieses Etwas lebte und ich es nicht erreichen und darum nicht besiegen konnte ..."

Sanjirmils Geschichte war noch nicht ganz zu Ende, darum fuhr er fort: „Sie ist ins Meer gegangen, um zu schwimmen, und der große Ozean hat sie verschlungen. Die Sonnen, der Wind und die Wellen verwischten nach und nach alles, was sie am Strand zurückgelassen hatte. Ihre Spuren verwehten und waren für ungeübte Augen bald völlig unsichtbar geworden. Und dann kamen die Menschen und die ehemaligen Sklaven der Krieger, und sie schufen Bauten, rissen sie nieder und bauten sie wieder auf. Die Gouverneure und Kolonialisten radierten das aus, was Wind und Wellen übriggelassen hatten. Warum hätte auch irgend jemand hier nach ihr suchen sollen? Alle dachten ja, daß sie mit den Kriegern gegangen war. Doch als man die Krieger von Morgenröte deportierte, da hat niemand von ihnen ihr Grab erwähnt, niemand hat auch nur ihren Namen genannt. Nein, hier hat sie ihr Leben beendet. Und so haben wir aus ihr eine Heilige gemacht. Jetzt hat uns die Geschichte Recht gegeben. Es war eine lange Zeit, und es war ein weiter Weg, doch am Ende hat sie uns gerettet und uns den Weg gewiesen. Denn was ich verkünden werde, das stammt nicht von Meure und nicht von Cretus, sondern sie hat es mir gesagt. Ich kenne ihre Botschaft schon lange, doch ich wußte nicht, wie ich sie in Taten umsetzen sollte. Aber nach dem, was heute geschah, weiß ich es! Durch mich wird sie ihr Verbrechen wieder gutmachen können. Sie selbst hat schon alles vorbereitet. Zu ihrer Zeit war sie der einzige Ler, dessen Geist völlig rein und demütig war. Sie hatte eine klare Vision, die mir fehlte, obwohl auch ich einen Traum hatte. Doch ich war als Träumer weise genug, um zu erkennen, daß ihr Traum der größere war."

Flerdistar machte einen unsicheren Schritt die Leiter hinauf. Worte fand sie keine.

Er sagte zum Abschied: „Trage dies alles, was du gehört hast, weiter. Sage deinem Volk, daß niemand mehr staubige Bücher durchforschen oder das All durchqueren muß, wenn er zu ihr gelangen will, der größten Seherin deines Stammes. Sage deinen Leuten, daß wir sie zu euch bringen werden, daß sich unser Leben verändern wird. Wir werden uns auf wunderbare Art entfalten, und alles, was vor uns geschah, werden wir nun als Einführung betrachten, ohne die unsere Wandlung nicht möglich gewesen wäre. Leb wohl!"

Flerdistar schwieg noch immer. Stumm wandte sie sich ab und stieg die restlichen Sprossen hinauf. Ohne sich noch einmal umzusehen, verschwand sie im Rumpf des Schiffes.

Dann wurde die Leiter eingezogen, und die Luke schloß sich. Jetzt war die Außenhaut des Rumpfes nahtlos glatt. Das Schiff stieg auf, kaum merklich zunächst, doch dann wurde es schneller. Gleichzeitig schwenkte sein Bug herum, gehorchte den Anweisungen des unsichtbaren Kapitäns und seines Astrogators. Jetzt war es schon hoch in den Himmel hinaufgestiegen, in dem sich mit rosigem Schein die Ankunft des Morgens ankündigte. Der Horizont im Osten war bereits leuchtend orangefarben eingefärbt. Er erstrahlte in einem Licht, das zum Wesen von Monsalvat gehörte. Währenddessen war das Schiff geräuschlos weiter emporgestiegen. Der Funkenflug auf den Röhren verblaßte, und das Schiff stieg und stieg und war bald nur noch ein dunkler Fleck im endlosen Himmel von Monsalvat.

Es gab Leute in Yastian, deren Geschäft war es, alles festzuhalten, was in der Stadt geschah; und diese Leute wußten später zu berichten, daß die drei Gefährten noch eine Weile auf dem Landeplatz standen und in den Himmel schauten. Doch dann gingen auch sie. Am folgenden Tag konnte man sie an den Hafenbecken beobachten, wie sie mit mehreren Kapitänen verhandelten. Schließlich schifften sie sich auf einem Boot ein, daß dreieckige Segel gesetzt hatte. Die Mannschaft bestand aus schlanken Gestalten, die enganliegende gestreifte Hemden und imposante Turbane trugen. An dieser Kleidung und an ihren schmalen, sonnengebräunten Gesichtern konnte man leicht erkennen, daß sie zum Radah Horisande gehörten, den gefürchteten Piraten von Glordune.

Augenzeugen berichten, daß sie an Bord mit der finsteren Zurückhaltung aufgenommen wurden, die für diesen Klesh-Radah so typisch war. Dann löste das Schiff die Taue und zog mit langsamer Fahrt durch die Kanäle, dem Meer entgegen. Als der Abend hereinbrach, glitt es durch das Inselmeer des Deltas, und vom morastigen Ufer aus konnte man sehen, wie die drei beieinander an der Reling standen, entspannt und heiter. Seltsame Lieder klangen über das Wasser. Es waren nicht die blutdürstigen Shanties, die man hin und wieder von Leuten hören konnte, die eine Begegnung mit den Horisandern lebend überstanden hatten.

Von diesen Beobachtungen sprach man eine Weile in der Stadt, aber dann wandte man sich wieder dem hektischen Geschehen des Alltags zu. Doch es kam der Tag, da man sich wieder an all das erinnerte. Als nämlich Cretus, nachdem Bitirme viele Male über das Innenmeer gezogen war, nach Yastian auf Kepture, dem letzten der Kontinente, zurückkehrte, da sah man in den Beobachtungen die Vorzeichen für eine neue Zeit. Doch das ist eine andere Geschichte. Sie läßt sich in der Aussage zusammenfassen, daß eine große Veränderung von Osten kam. Sie kehrte dorthin zurück, von wo sie ausgegangen war, und dann breitete sie sich weiter aus, bis sie schließlich alles erfaßte: Menschen, Salamander und Gnome.

Nachwort

Michael Anthony Foster wurde 1939 in Greensboro/North Carolina geboren. Er studierte Russisch, hielt sich ein Jahr lang in Europa auf und schloß sein Studium schließlich mit einem akademischen Grad in slawischen Sprachen ab. Er wurde zur Air Force eingezogen und war bis zu seinem Abschied im Jahre 1976 als Gruppenführer bei einem Abschußkommando für Interkontinentalraketen stationiert. Anschließend arbeitete er als Systemanalytiker in der Datenverarbeitung, als Fotograf und – bis heute – als Verkäufer von Industriegas und Schweißzubehör. Diese Tätigkeit befriedigt ihn sehr, weil sie ihm Gelegenheit gibt, zum einen mit Technik befaßt zu sein, zum anderen mit ganz gewöhnlichen Leuten zusammenzutreffen, die – so M. A. Foster – „das Räderwerk unserer Technologie am Laufen halten, ohne oft überhaupt zu wissen, daß sie es sind, die unsere Zukunft realisieren. Er fährt in dieser Eigenschaft auch einen Truck und nutzt die Pausen in den Raststätten oft dazu, sich neue SF-Ideen auszudenken.

M. A. Foster, dessen Urgroßvater mütterlicherseits übrigens aus Baden-Baden stammt, von wo aus er 1870 in die USA auswanderte, wurde 1976 und 1977 für den *John W. Campbell Award* (der für den besten neuen Autor des Jahres vergeben wird) nominiert.

Nach den mir vorliegenden Informationen hat M. A. Foster bisher neben seinem aus drei Bänden bestehenden Ler-Zyklus, dessen Abschlußband der vorliegende Roman ist, zwei Kurzgeschichten und einen weiteren Roman geschrieben. Die Stories erscheinen 1981/1982 in Amerika in der von George R. R. Martin herausgegebenen Anthologienreihe *New Voices* (und zwar in den Ausgaben 4 und 5). Sein neuer Roman trägt den Titel *Waves* und ist bereits in Amerika erschienen; eine deutsche Ausgabe wird für die Reihe *Moewig Science Fiction* vorbereitet.

Was nun den Ler-Zyklus angeht, so liegt er dem deutschen Leser mit diesem Band komplett vor. Er besteht aus den Romanen *The Warriors of Dawn (Morgenrötes Krieger,* Moewig-SF 3503), *The*

Gameplayers of Zan (Die Zan-Spieler, Moewig-SF 3518) und dem vorliegenden Werk *The Day of the Klesh (Stunde der Klesh).* Die Veröffentlichungsreihenfolge orientierte sich dabei an der amerikanischen Ausgabe, wenngleich handlungschronologisch *The Gameplayers of Zan* der erste Band der Trilogie ist. Vor allem *The Gameplayers of Zan* war es dann auch, der die Kritik auf Foster aufmerksam werden ließ, während die beiden anderen Romane – wie übrigens auch *Waves* – als sehr gelungene Abenteuerromane im Stil der wiederbelebten Space Opera gelobt wurden.

Einige Kritiker witterten einen neuen Kultautor der amerikanischen Science Fiction, andere reihten ihn sofort unter die größten Science Fiction-Autoren ein. Einig sind sich alle auf jeden Fall darin, daß Foster ein großes Talent ist und es versteht, eine spannende Basishandlung mit starkem emotionalen Einfühlungsvermögen zu einem vielschichtigen Epos zu verschmelzen. Hinzu kommen Fosters Hang zur Tragödie und sein Sinn für dramatische Konflikte. Seine Werke sind reich an innerer Dramatik, bestechen durch eine Fülle von blendenden Science Fiction-Ideen und zeichnen sich überdies durch eine voll durchkonstruierte Handlung, etwa nach Art eines Krimis, aus, in der klug Höhepunkten zugearbeitet wird und jedes der vorher eingeführten Details Baustein eines wohlgerundeten Ganzen wird.

Auch der Zyklus insgesamt erweist sich als ein rundes Ganzes, das einer durch genetische Experimente aus dem Menschen heraus entwickelten neuen Rasse gewidmet ist. *Der* eigentliche Roman über die Ler ist *The Gameplayers of Zan;* er schildert den Aufstieg der Ler und ihren Aufbruch aus dem Reservat, hin zu den Sternen. *The Warriors of Dawn* zeigt die Ler auf ihrem Höhepunkt, als kraftvolle, dem Menschen in manchem überlegene Rasse. Und in *The Day of the Klesh* schließlich haben die Ler ihren Höhepunkt überschritten, sind ohne den einstigen Glanz, forschen ihren eigenen Mythen nach. Die Menschen und die durch verbrecherische genetische Zuchtauswahl aus dem Menschen entstandenen Klesh erweisen sich letztlich den Ler als ebenbürtig in ihrem genetischen Potential. Der Ler-Zyklus dürfte insgesamt einer der interessantesten Romanzyklen in der Science Fiction der letzten Jahre sein.

Hans Joachim Alpers